谨以此书献给我亲爱的妹妹和癌症朋友们——

中国式抗癌纪实

丽　晴／著

中国中医药出版社

·北　京·

图书在版编目（CIP）数据

中国式抗癌纪实 / 丽晴著 .—北京：中国中医药出版社，2014.9
ISBN 978-7-5132-1963-1

Ⅰ.①中… Ⅱ.①丽… Ⅲ.①纪实文学—中国—当代
Ⅳ.①I25

中国版本图书馆 CIP 数据核字（2014）第 150758 号

中国中医药出版社出版
北京市朝阳区北三环东路 28 号易亨大厦 16 层
邮政编码 100013
传真 010 64405750
三河市双峰印刷装订有限公司印刷
各地新华书店经销
*
开本 710×1000 1/16 印张 21.25 字数 291 千字
2014 年 9 月第 1 版 2014 年 9 月第 1 次印刷
书号 ISBN 978-7-5132-1963-1
*
定价 49.00 元
网址 www.cptcm.com

社长热线 010 64405720
购书热线 010 64065415 010 64065413
微信服务号 zgzyycbs
书店网址 csln.net/qksd/
官方微博 http：//e.weibo.com/cptcm

前　言

你可以不对任何事负责，但你不能不对自己的生命负责。

别说你不懂电脑。你可以不懂，但你的孩子懂。让你的孩子去谷歌，去百度，去查询你的病究竟是怎么回事？病因是什么？都有哪些治疗方案？哪一种方案更适合你？哪一种方案既适合你又适合你现有的经济能力？哪一种方案更稳妥、更不具危险性？要认真细致地了解各种治疗方案的利弊，在适合你的路径上寻找和选择治疗方案。一句话，就是什么方案能使你的生命系数更长久，生存质量更好，就是你确定的对象。知己知彼，才能百战不殆，才能不被忽悠。要万分清醒地认识到，最看重你、最想让你延长生命、最想使你活下来、而且活得幸福的是你身边的亲人。千万不要将最宝贵的生命全权寄托在他人身上。不要拿自己的生命去赌博，去尝试，因为最终输的只有你自己。

生命只有一次，不能纠错，不能重来。

目　录 \ *contents*

引子

与消失的生命对话

生命，就这样轻轻地飘走了，
从此，不再归来。
它带着父亲无尽的悔恨，载着母亲绵绵的思念，
它系着女儿未尽的孝心，留下儿子千万个遗憾……
生命，就这样悄无声息地远离了，
像人世间的幻影，像天空中划过的颗颗流星，
生命，就这样匆匆地飘走了，
从此，不再归来……

人生最宝贵的是生命，生命是活着的基石。

幸福与否？快乐与否？富裕与否？工作顺利与否？事业成功与否？都必须先拥有健康的生命。否则，一切皆为泡影，皆为虚无。

谋财有道，生命无价。这就是生命至高无上的意义！

2008年10月10日，我亲爱的小妹患急性白血病离开了人世。悲痛之余，此后的无数个日日夜夜里，一个个栩栩如生的生命不断地在我眼前掠过，他们循环往复，充填着我的饮食起居，充填着我所有的生活。我悲悯，我窒息，我挣扎，我几近失控。他们中有天真烂漫的孩子，有美丽活泼的少女，有英俊帅气的小伙，也有慈祥和蔼的老人……他们的名字和熟悉的话语至今仍是那么清晰，就像他们生前活着时那样，然而却呼之不应。他们的眼神充满焦灼和期待，像是有话要对我说，却又静谧无声。

他们想对我说什么？他们又想告诉我什么？冥冥之中，我走进了他们的灵魂。我虔诚地捧出我的心，去感应他们的灵魂；我用心与灵魂对接，与灵魂对话……

我突然抖落包裹灵魂的躯壳领悟了一切：他们走得突然，他们走得委屈，他们不甘愿离去！犹如委屈得到理解、伤痛得到抚慰一样，此后，他们不再跳跃在我眼前，停留在我的梦境。他们安息了，而我却在照顾小妹的7年间集聚了太多的伤痛。这些伤痛搅得我无法入眠。我在想，我是该为他们做点什么了。

我想起小妹在生病期间，曾经服过山东一家民营中医院的药，效果不错，只可惜没能坚持下去，因为她不相信中医。那么，这家医院到底怎么样？一个念头萌生：我应该去求证。如果真的那么棒，我就尽其所能，为白血病患者们提供一条可供参考的治疗途径；如果是虚假的，我就毫不犹豫地去揭穿它！

这颗心愿的种子根植在我的心底。它开始萌芽、开花、结果，直至在我的心中燃烧，在我的血液里沸腾！终于，它冲出囹圄，破土而出。我从网上找出声称能治白血病的一些民营医院，打电话咨询。结果大多数医院一听我要采访治愈十年以上的白血病病人全都底气不足，只有个别医院值得信赖。2009 年 6 月，我从不多的积蓄中取出一万多元稿费，开始了我的征程。采访是在两年多时间里陆续进行的。我不仅采访了有关中西医院，也采访了中西医专家；不仅走访了卫生部，也去了相关的民间康复团体。更重要的是，我不仅亲眼见到了数十名治愈的白血病和癌症患者，亲眼见证了他们的健康，见证了他们脱离病痛折磨的喜悦，见证了中国式抗癌的神奇，我还见到了一些失去亲人的家属，倾听了他们在治疗过程中锥心泣血的悔恨和教训……

我在中国十来个省市和地区来回奔波。我用自己的眼睛去探寻，探寻这些活下来的白血病和癌症康复者是如何治疗的？我用自己的耳朵去倾听，倾听他们是如何战胜病魔，赢得健康和生命的？

总之，我去取经，我用爱心的钥匙去开启康复者的治疗之锁，然后再将他们康复的经验，提供给正处在危难中的病友们，完成一个链接生命的接力。

儿子，让爸爸轻轻地对你诉说

儿子，你离开爸爸已经四年了。爸爸想你，爸爸非常非常地想你啊！

你知道吗？你走后，爸爸和你妈妈是怎么过来的吗？我们几乎每天都是在思念中度过的。回想起你从小到大的成长过程，我们更是想得心酸，想得心痛。你小时候身体很棒，一直到你患上白血病之前，都很少生病。以至医生确诊你为急性单核细胞白血病（M5）时，我们根本难以置信。

单位的叔叔阿姨得知此事，纷纷劝慰我说，不要怕，这个病移植就能治好。短短一个月，叔叔阿姨们就为你捐了 100 多万元。爸爸是怀揣着对单位所有同事的感激之情，满怀信心地带着你去北京的大医院做移植的。

当时，医生给的化疗方案是：两个小疗，一个大疗，再一个小疗。第一个化疗你还顺利，我们都很高兴。可是，第二个疗程你就感染了，好在得到了有效控制。到了第三个大疗，我的孩子，你已经不行了。这是因为，第三次化疗又成倍递增，只有12岁的你怎么能承受得了？医生说，打得越彻底，将来移植完后的复发率就越低，只有把四个疗程打完后才最为理想。可是儿子，你已经病危了啊，还打什么化疗？！你的所有脏器严重受损，甚至衰竭。你的肝转氨酶是正常人的三倍，胆红素是正常人的八倍，小便全是血，白细胞只剩下200（正常值为5000～10000）个，再加上严重的肺部感染……我可怜的孩子，你可怎么活啊？仅仅这一次，光给你治疗肺炎就花去70万。

我的儿啊，病危时，你神志还很清醒。医生建议将你转往另一家移植有经验的医院试试。可是，转过去也没法救你，第四个疗程根本没法打，因为第三个化疗你就被抢救了三次。医生们发现你的肠道开始大出血，一次出血就达1000mL，紧接着又发现脑出血。爸爸相继请来北京部队及地方的各路血液病大专家会诊，他们都相互摇头。就在此时，你又出现脑抽搐、不省人事，连呼吸都极为困难。除了心脏，你所有脏器都不行了……眼睁睁看着你遭这么大的罪，爸爸妈妈的心都碎了……你妈妈哭着对我说，我们让孩子走吧，他太痛苦了！我……实在……看不下去……

当晚，我和你妈妈就决定放弃治疗。我的孩子，我们不想再让你受折磨，我们要带你回哈尔滨，我们带你回家。

回到家，你反而很平静。我知道是因为什么，因为你不用再接受那个把你折磨致死的化疗了。孩子，都是爸爸不好，是爸爸害了你，是爸爸带你去做移植的，是爸爸亲手将你送上了不归之路。现在想来，假如大家不给我捐款，我没有钱，就不会想着给你去做移植。我应该在你做完第二个疗程后，就带你去吃中药。可惜我们错过了机会！有些事，是不能犯错的。比如生命，一旦犯错就永远失去了。

儿啊，你从小到大都是个很乖很听话的孩子。在街上，你每次看见叫花子，不管是真是假你都会主动给钱。所以爸爸向你学习，将给你治疗剩下的几十万元全部捐给了那些没钱医治的白血病儿童。

儿啊，你生病后，我知道你想同学们，我问你，要不要告诉同学们，让大家来看看你。你说，不用，还是等我好了再告诉他们吧。可是，当你看到我和你妈妈都不上班，专程陪你去北京看病时，当你看见仅仅几天爸爸的头发全变白了时，你已经全都明白了。我的绝顶聪明的好儿子，你竟然这样对我们说：

"爸，妈，你们别给我治了，再生一个吧。"

听你说出这样的话，你妈妈的眼泪刷刷刷地往下掉……我的孩子，你真是太懂事了……

你走的那天对我说，爸，我想吃你做的包子。我强忍着泪水答应了。我买了新鲜肉，买了你喜欢吃的芹菜馅，给你包了大包子。这是老爸为你做的最后一顿饭。

儿子，还有件事要告诉你，你走的那天，同学们都来看你了，他们来向你做最后的告别。他们都哭了……他们说，叔叔，我们想他……

孩子，爸爸妈妈也非常想念你……

孩子，你恨爸爸吗？爸爸对不起你！不过，爸爸下辈子还想做你的爸爸，这样，爸爸就有机会再一次好好地爱你！

失去了贴心小棉袄，妈妈的心永远是凉的

孩子，你走了吗？

不！没有，你没有走！你一直和妈妈在一起。我亲爱的女儿，每天一起床，你就在墙上微笑着看着我。你说：妈妈，早晨好！

妈妈也在心里回答你：早晨好，我的宝贝女儿！

到了晚上，妈妈又情不自禁地抬起头对你说：晚安，孩子！妈妈要睡

了，希望你能走进妈妈的梦里，甜甜地叫我一声妈妈，和妈妈说说心里话。

这张照片是你 18 岁那年拍的，黝黑乌亮的齐耳短发，一张美丽纯洁的脸，皮肤白皙而细腻，眉毛弯弯长长，眼睛又大又亮，挺拔的鼻梁，轮廓鲜明的嘴唇。你穿着天蓝色的短袖衣，泡泡袖被微风鼓胀着，像蓝天上飘下来的天使啊，我的女儿!

就在拍下这张照片不久，你和所有白血病病人一样住进了医院，开始了痛苦的治疗。但你是个坚强而懂事的孩子，你强忍着化疗带来的病痛，却不曾掉过一滴眼泪。有时候，我真想对你说，孩子，妈妈知道你很难过，你想哭就哭出来吧。可是话到嘴边又咽回去了。你熬过了一次又一次的化疗，但情况并不太好。妈妈打听到山东一家不错的中医院，治白血病很有经验，并把这家医院的院长请到家里来为你看病。这是一个很不错的医生，在他的治疗下，你的病情果然得到了缓解，妈妈真是为你高兴啊。可是，你太不注意休息，一天到晚沉迷在电脑里，每天晚上都到凌晨才睡觉。你忘记了院长的嘱托，也听不进妈妈的劝告，由于过度劳累，使你的抵抗力下降，你的病情不幸再次复发。院长精心为你制定的治疗方案被你自己毁于一旦。你不得不重新回到医院。回到医院还有什么治疗方法呢？没有，只有化疗。最终，妈妈亲眼看见你很不甘愿地离开这世界……

直到你走之前，你才醒悟到自己的错，我再次请来院长，可他已经无力回天。你对妈妈说，妈妈，我真后悔没听院长的话，没听您的话，好好休息，好好吃药。要是能重新活一次该多好啊!

你就这样轻轻地对妈妈说着这些话，很不甘愿地合上了双眼……我撕心裂肺地喊着你的名字，想喊醒你，想把你拉回来，可你还是狠心地离妈妈而去……

你在世时常常说：妈妈，您是我生命中的一棵大树，我是您的一件贴心小棉袄。可是，妈妈这棵大树没有保护好你。妈妈失去了你这件贴心小棉袄，妈妈的心永远都会是凉的，妈妈的悲伤也一样会延续到老，到死……

妈妈，您为什么不等我回来?

妈妈，姨告诉我您病危时，我正准备考试。虽然，我没及时赶回来，但我天天都在为您祈祷，祈祷您的病情会有转机，祈祷您不要这么快离开我。其实，七年来，我已经记不清几次接到姨这样的电话了，每次您都能转危为安。我觉得这都是因为有上帝与您同在，才时时刻刻都在保护着您。还有，我有一个无私奉献的姨，这么些年来，多亏她一直在您的身边照顾您，连工作都辞了。尤其在生死攸关的时刻，她都能睿智而冷静地做出一个个正确的决定，使您远离了死神的威胁。我想，这一次也会和过去一样，您仍然会闯过难关，微笑着等着我回来。

然而，我错了，等我考试过后赶到医院时，您已经离开我去了天堂……

妈妈，您怎么这么快就走了呢？妈妈，您为什么不等我回来看您最后一眼啊？妈妈……女儿回来了，可是您却不见了……妈妈，您在哪里？回答我，妈妈……

我真后悔这次没听姨的话尽快赶回来，我可以不考试，不上课，甚至可以辍学，我可以什么都不要，只要能看您最后一眼……妈妈，我真的好后悔好后悔啊……

人的一生会遇到许多后悔的事，但是这件事，我将后悔终生，遗憾终生！因为，上帝什么都可以重复给我，却吝啬地只给我一个妈妈！

姐姐，我不让你走！

亲爱的大姐，你好吗？你离开我们已经快两年了，你在那边过得还好吗？至少那里没有病痛，没有化疗，没有人在你的手上扎针，你可以平平静静地生活，对吧？

你走后，我总是想着你在医院做移植的那些可怕的日子，无论如何也排解不掉。我们家境状况比一般人要好，如果不是这样，也不会选择移植这条路。二姐正巧与你配型是六个点，全相合，所以你自然决定做移植。刚开始化疗，你是完全缓解的，我们没有选择去北京做移植，而是选择了就近的一家大医院。当时，这家医院的院长——血液研究所的负责人说，第二个疗程如果缓解就可以移植。他们用的是国际治疗方法，后来想想根本不行，因为在治疗仓里的化疗药量太大，根本受不了。如果没有钱，姐姐也会像其他病友一样，一年来两次，可他们反而能存活很长时间。也许我们是自私的，只是为了看到活生生的一点不变的你。但是，我们根本不知道，移植并不是一条好走的路，医生也希望我们家人在做决定前要和病人好好沟通。可我们和你沟通时，你依然选择移植。我记得当时你斩钉截铁地说：

“要么痛痛快快地死，要么健健康康地活。”

大姐，你在临死前的最后一个小时里，还让护士给我们发了一条短信，这条短信现在还存在我的手机里，因为这条短信很简洁，像电报一样。你说：

“一切安好，请不必担心。”

后来我才知道，大姐，你当时眼睛已经看不见了，喉咙也封喉了。你没法吃东西，整整四天啊，你粒米未进，我给你做的饭菜全是端进去啥样，出来仍是啥样，连米汤都没法喝啊！真的太惨了……

大姐，最终你是因全身器官衰竭而走的。令人心碎的是，你的大脑一直都是清醒的，这样活生生地看着你走，对于我们家人来说，该是多大的折磨啊！

我最亲的大姐呀，你要强一辈子，可走的时候却是那么惨……

阿爸，我不想离开你……

阿爸，今天的月儿又圆又亮，每当这个时候，我就特别想念您。阿爸，我来看您了，您好吗?

我离开您已经五六年了，您身体还好吗？您的胃痛病还经常犯吗？这是女儿最担心的事。阿爸，您原来的身体多棒啊，你有一儿一女，可您最疼爱的还是您的女儿我。打从我得了白血病，您心口就总是痛。医生说您是胃病，可您说，不是胃，是心口痛。

记得有一天半夜，我听见您对阿妈说，听说这个病没得治，可怜的女儿，还不如让我替她生病，她才 16 岁啊，我舍不得她走……说着，您哽咽起来……

我也躲在被子里哭了……阿爸，我也舍不得离开您啊!

古人云，“男儿有泪不轻弹，只因未到伤心处”。我知道您的心口痛是因女儿而起的。阿爸，我不想死，我还没孝敬您呢，等我再长大一些，找了工作，赚了钱回家，好好孝敬孝敬您再走也行啊。

阿爸，病房的丽丽阿姨的姐姐是个记者，她说她好喜欢我。您还记得吗？那天，您给我买了一个金黄色假发，我把它戴在头上，再配上那顶大红色的贝雷帽，正好碰见记者阿姨。她问病房的人说，这是谁家的小妹妹呀，这么水灵？我拿掉假发说，阿姨，我也是病人呢，我的头发才两天就全掉光了……记者阿姨半天没说话，她轻轻地摸着我的头说，戴上吧，好漂亮的头发，谁给你买的？我说，是我阿爸。我看到记者阿姨有点惊讶地看着阿爸您。是的，您天天在地里忙，很显老，有人都说您是我的爷爷。其实您才 40 岁啊。

见记者阿姨望着您，您赶忙点头说，嗯嗯，她喜欢就好。

我太喜欢啦，只要一戴上它，我就变漂亮了。那天有一位叔叔来看病人，走进我们病房，看着一个个光亮的头说，我是不是走错了？这里怎么像少林寺？他的话把全病房的人都逗笑了，嘻嘻……

记者阿姨还说，我戴上假发，很像安徒生童话里的白雪公主！阿爸，我真的有这么漂亮吗？

阿爸呀，没有我的日子，您和阿妈一定多多保重自己啊，我会托梦给我哥，让他为你们多尽孝心。阿爸，您想我吗？如果想我，就答应女儿的要求，好好活着，开开心心地活着，女儿会在天上保佑您，保佑您和阿妈健康，平安。

小姑娘这次住院是来做第二个化疗。她的家就在市郊，兄妹两个，大哥已经成家立业，父母做点小生意，还算有点积蓄。看来她恢复得不错，第二个化疗应该没问题。

可是，我出外采访十天后，却意外地得知她因感染高烧死在玻璃房（层流病房）里。

我不是医生，但我认为，不论是用中医治疗或西医治疗，都应以益于生命为目的，以尊重生命为前提。因为生命的个体不尽相同，不能一味地公式化，一味地套用一种治疗模式。福建协和医院有位专家说得好："方案是死的，人是活的。"

一旦发现生命体征受到威胁时，孰轻孰重？生命，生命，生命啊——朋友！有生命才有治疗，如果生命在你的过度治疗中消失，你的方案还能算成功吗？

第一章
癌症，一个地球难以破解之谜

小小的癌细胞，成了全世界的一个谜。
它如何产生，它来自哪里？
它一出现就大量繁殖，无限量增生。
它肆无忌惮地排除异己，侵犯其他脏器。
它威力巨大，有的竟然能改变——
　人体基因和染色体。
上帝啊，为何最细小最纳米的精灵，
　成了无法破译的世界难题？

探究癌症之源

癌细胞，没有人说得清它来自哪里，它是如何生成？只知道它来了，毫无征兆地来了，不容分说地来了。它来了，是那么强权无理地发展自己的势力，甚至将好细胞置于死地。最终威胁你宝贵的生命。全世界都在探寻它的缘由，它的根系？它究竟来自哪里？它的祖宗，它的直系、旁系血亲？

我不是研究者，也不是科学家，我并不具备探寻它谜底的资格。但是，我起码可以尽可能了解它的特性，了解它的规律，了解它喜欢滋生的土壤，然后去给世人以警示。这是我探索的起点，也是我采访写书的目的之一。

云南一位医学教授说，环境污染是患癌症的很大原因之一。现在满街的汽车，汽车的废气升到天上，形成酸雨，谁也无法避免。消化系统的肿瘤就是这样得的，女性的乳腺癌、宫颈癌也属高发。

他的话使我立刻想到了 PM2.5。我们是从首都的雾霾天气认知它的。

PM2.5 是一种非常可怕的大气污染物，也称可入肺颗粒。这种颗粒被吸入人体后，会直接进入肺部最深处，从而引发重大健康问题。《美国医学会杂志》的一项研究表明，PM2.5 会导致动脉斑块沉积，引发血管炎症和动脉粥样硬化，最终导致心脏病或其他心血管问题。

PM2.5 主要有自然源和人为源两种，但危害较大的是后者，烧煤、汽车尾气是主要的污染源。据悉，天津年均烧煤近 7000 万吨，河北年均烧煤 2 亿多吨。除了煤，紧接着就是汽车尾气。

随着我国的环境质量下降，食品污染、水污染、空气污染愈演愈烈，国人的健康已经出现了问题。据 2014 年 2 月 7 日的央视新闻报道：全球癌症患者的数量正以惊人的速度增加，必须实施有效的预防战略才能减轻人类的癌症医治负担。世卫组织下属专门研究机构——世界癌症所所长瓦尔德博士说："中国新增癌症病例占全球20%多一点，而中国癌症死亡病例占全球死亡病例25%还多。因为包括中国在内一些国家的医疗服务水平还在发展中，因此癌症存活率不如世界其他地区那么高。"报道称：2012年中国新诊断的癌症病例为306万，癌症死亡人数为220万。报道预测：到2030年，中国年新增癌症病例将超过500万，年死亡病例达386万。其中，肺癌、胃癌、肝癌、直肠癌和食道癌为高发。这个状况，令人警觉。

386万！多么可怕的一个数字，相当于我国每年有一个几百万人口的城市灭绝！照此下去，用不着等外国人来入侵，我们自己就把自己给灭了。

冰冻三尺非一日之寒。我国政府在此环保和可持续发展问题上已经觉醒，中国领导人已发出声明，不再不惜一切地强调经济增长；国务院决定在2015年前将环境空气质量检测覆盖全国所有中小城市；北京市政府也计划五年内新增百万亩森林控制污染；为治理汽车尾气，大建、多建充电站，普及电动出租车和公共汽车等（目前北京、厦门、深圳等地已经开始使用电动公共汽车、出租汽车）。2013年底，中央财政又拨50亿支持京津冀周边大气污染治理。这些都是国家和政府正在实施的有力措施。

千里之行始于足下。让我们携起手来，从我做起，从每一个人做起，为使中国的天空变得纯净、湛蓝出一份力。

1. 环境因素致癌

在我采访的上百个癌症、白血病患者中，综合起来有两大因素，一种是环境因素，另一种是人为因素。

2009年，我采访了浙江平湖一位急性白血病的小姑娘，她家离化工厂很近，仅那个片区，就有好几个白血病患者。当时，我租了一辆当地的三轮车去小姑娘家，发现很长一段路都是一排排平房，可是人烟稀少。司机告诉我，这里的居民越来越少是因为这里的空气很糟糕，白血病患者越来越多，所以很多都搬迁走了。

2013年4月初，我接到云南一位边防军官禹先生的电话，他的一家就有三位亲人病重，他的太太和太太的姐姐都得了白血病，姐姐是慢性粒细胞白血病，妹妹是急性粒细胞白血病（M2b），姐夫是脑瘤，真是太不幸了。我怀疑这种状况可能与他们家附近的化工厂有关，并提议他们搬离那个地方。但他们说，这是他们世代居住的老家，没法搬呀。

的确难，祖祖辈辈生活的地方，想要迁徙谈何容易！

内地的一位血液科主任认为，白血病的患病因素，很可能与环境的适应度有关系。她的病人中有位部队的小战士，他在农村时身体很好，但参军来到城市后不久就患了白血病。她认为，这与环境的适应性有关。农村空气洁净，突然来到城市，接触不洁净的空气或者水源等，一时适应不过来，就发病了。

2. 人为因素致癌

（1）家庭装修引发白血病

这是一个人人皆知的原因。在我采访的康复十年以上的白血病患者中，有不少家长承认，孩子在发病前，家里曾经装修过，由于缺乏这方面的知识，并没有避开孩子。但个别孩子在发病后，医生又说孩子早在装修前的三个月或半年就已经患病了，是否还有其他因素，不得而知。也有些医生认为，装修是一方面，但肯定不只是一种原因，它与污染、中毒等是分不开的，也就是说白血病发病有可能是综合原因导致的。

有位家长坦诚地对我说，儿子生病后我自己反思了一下，肯定是油漆导致的。因为，刷油漆时，我晚上经常搓麻将，又怕影响到孩子做功课，于是，就把孩子一个人关在刚油漆过的房间里做功课、睡觉。谁知，最终把儿子给害了。

（2）不当饮食引发癌症

饮食问题是癌症病人治疗和康复的重中之重。我采访的所有中医大夫都提到了这个问题。

饮食问题与社会有很大关系，但不要完全怪罪社会。有一个河北的孩子，两岁多，患的是淋巴瘤。医生见到孩子时吓了一大跳，说他是见过所有淋巴瘤中最重的患者：孩子的口腔里长满了肿瘤，上颌肿得不能闭合，没法吃饭。医生问孩子家长，什么时候发现患病的？其家长说，发病才一个月。医生问，一个月怎么会病成这样？平时到底吃了些什么？孩子家长一听说吃，便长叹一口气说，别提了！孩子平时从不吃五谷杂粮，就吃零食；孩子也从不喝水，全是喝饮料。他吃的东西，不是罐装，就是袋装。

人人都知道，垃圾食品应该不吃或少吃，结果他天天吃，这样的孩子能不生病吗？这种缺乏健康饮食概念的家长实属罕见。我对医生说，要好好教育孩子的家长，告诉他们，孩子得病完全在于他们的不负责任。医生说，你说得对。所以我们在看病之前，都要先“话疗”，了解他们的饮食习惯，从而去督导他们。

另外，不当饮食还会引起病情复发。有的病人本来治疗恢复得不错，结果因为吃东西吃坏了，使病情复发，最终离开人世。我估计，妹妹两次复发，就是因为吃了鱿母（母鱿鱼）。她的一个病友康复六年，后来还是复发去世了，她复发前也是吃了鱿鱼。

武汉一个患急性淋巴细胞白血病的孩子，本来吃中药恢复得挺好，可有一天我突然接到孩子妈妈的电话，说孩子幼稚细胞6%，冒尖了（正常在5%之下）。我问她给孩子吃什么了。她说吃了鸡。我说，这种病怎么能吃鸡呢？即便是土鸡也不能吃啊，鸡和海鲜、牛羊肉全是带发的食品，沾都不能沾。她说她一点都不知道，没人跟她说。

可见，病人的治疗和康复并非医生单方面的事。

（3）长期服用含有激素的更年期药品

我的一位朋友，她在更年期时，长期服用一种女性保健品，总觉得她患乳腺癌与此有关。因为医生说，这种东西含雌激素，不宜长期服用。

此外，滥用保健品也会出大事。我有一个北京的朋友，她的发小中有一位特别有钱，因而，她大把大把地购买保健品服用。别人说哪个品牌的保健品好，她就买哪个品牌，最终因肝损伤而身亡。

（4）染发

长期染发是一个患病隐患。有位女病人原本有一头漂亮的黄头发，但早期这种头发不时兴。于是，她不停地将其染黑，用的是当时最便宜的染发膏，叫一洗黑，三块钱一袋。用时将染料放在头发里揉搓，弄得整个头皮全都是黑色，染出的头发也非常黑。其实越黑的染发剂毒素越大，几年后，她患上了白血病。

现代人比较注意形象，即使要染发，最好选择健康安全的染发用品，如无氨或少氨的染发膏。此外，染的次数也不宜太多。我看到一些老人，由于长期染发，头皮上长出很多硬硬的小包，这对健康是不利的。

（5）长期服减肥药所致

我妹妹在福州住院时，同病房的病友说，她服了好长一段时间减肥药，她的病 90% 是由于服减肥药导致的，其他找不出任何原因，她自己也意识到了这一点。住院时，她还是很胖，当然早已不吃减肥药了。不过她说，服药的时候也只是瘦了一阵子，停了药就又胖了起来。

（6）涂改液

有位孩子的妈妈告诉我，孩子生病总觉得与孩子常用的涂改液有关系。因为里面所含甲醛极高，一打开就有一股刺鼻的难闻气味。除此之外，她再也想不出其他原因了。

3. 其他如免疫性因素等

无论我采访已康复的白血病病人，抑或是正在治疗或已经离世的血液病人，他们都有一个共同点：就是平时几乎不生病，甚至不感冒。只要一问起平时身体状况，答复都是：身体很好，从不生病，也不感冒，不拉肚子。说明患白血病都是突发性的。

我发现这个现象后，感到很奇怪。我想起民间有这样一种说法：平时不得病，得病即大病。我怀疑此病是否与免疫性因素有关？虽然目前并没有专家说白血病与免疫性因素相关，但在我采访的数十位病人中，大多数都是平时身体不错，有的甚至从不生病，从不感冒。

比如，我采访的大部分白血病孩子，他们平时喜欢运动，喜欢打球，喜欢跑步、锻炼，很少上网玩电脑。他们很乖，听父母的话，生活很有规律。没想到这些孩子反倒患了白血病。而那些经常小病不断的孩子反倒没大事。这种现象，从道理上很难说得通。爱锻炼，免疫力就强，身体素质应该更好，为什么反而会染上重症?

再有，我的妹妹也是个典型的例子。她从不感冒，也从不拉肚子。除了皮肤有时上火长个疱什么的，几乎不生病。她没有买新房，一直住着单位分的房子，没购房也就没装修，显然她的病与装修无关。但她有一个因素，是婚姻出了问题。我们姊妹俩的婚姻都很不幸，都失足掉进了老井。奇怪的是，一母同胞，性格却迥然不同。我性格活泼开朗，无论高兴的事、痛苦的事，不管朋友愿不愿意听，都喜欢一股脑儿泼给人家，所以我很快得以从老井中爬了上来。而我妹妹性格内向，有什么不好的事，习惯一个人默默承受。离婚后不久，她就病了。但她得的并不是白血病。起初，只听她说尿里有红细胞，不久，又说是肾病，这样拖了几年，总是不愈。突然有一次在医院看病抽血时晕倒在地，后来做了全面检查，说是红斑狼疮(因为她的免疫三项都查出了问题，即便红斑狼疮患者也很难查到三项都有问题的。这个诊断不仅有依据，而且可以说100%就是红斑狼疮了)，可到上海确诊的是白血病。虽然白血病的真正病因至今仍是世界难题，但从我采访的病例中综合来看，是不是也存在自身免疫性疾病的因素呢?只不过它和其他自身免疫性疾病所不同的是会发生基因突变而已。

一直到今天，这种说法我仍存在怀疑。好长一段时间，我都觉得我妹妹不应该是白血病，而是红斑狼疮，因为红斑狼疮是免疫性疾病，而且现在完全有把握治愈。虽然二者前期的治疗方式都是化疗，但白血病的恶性程度远比红斑狼疮要高得多。再加上她的婚姻不幸，这也是个精神因素，是否这些就是她患病的原因呢?

为什么红斑狼疮和白血病二者之间仅以20个坏细胞为界线来划定?为什么20个坏细胞是红斑狼疮，21个就是白血病了?对这个问题，医学科学家们还真得好好探讨探讨。

第二章
化疗，生命的双刃剑

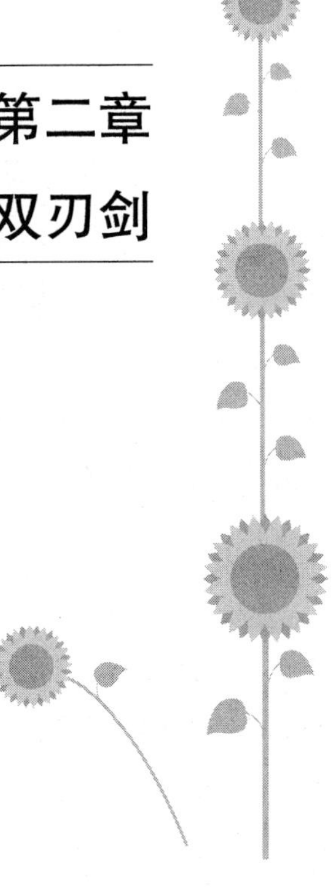

这是医学的悲哀。
为了惩罚癌细胞，
却要切割生命去铺垫。
这是医学的无奈，
而我们只有忍痛接受。
为了生命的原色，
我只能舍弃你——
身体里的精英，
与癌细胞同归于尽。

漫长的化疗，艰辛的等待

选择化疗，是白血病患者100%的治疗方法，除非你不想活下去。尽管化疗有生命危险，但不做化疗，等于放弃治疗，生的希望等于零，最终得靠输血维持，也只能延长几个月生命。因而，患了白血病（也就是俗称的“血癌”），只要接受治疗，就等于接受化疗。就算移植，化疗也是必经之路。即便是最贫穷的白血病亲属，也不会断然拒绝治疗，眼睁睁地看着自己的亲人活生生等死。

小妹在上海一家大医院确诊后，情绪极度低落。医生这样对她说：

“你是知识女性，我们觉得没必要瞒你。这个病比较凶险，目前仍属世界难题，治疗以化疗为主。但是，化疗也不是百分之百能缓解病情。首先是化疗有危险，其次是副作用很大，再者是有的人对化疗药物不敏感。如果对化疗药物不敏感，是件很悲哀的事。因为，这会导致你在很短的时间里失去生命。可如果不化疗，也只能活半年。”

怎么办？治，还是不治？我真不忍心看着医生将实情告诉她。这突如其来的灾难，不知道小妹柔弱的心要承受多么大的痛苦啊！

小妹听了医生的话，半天才抬起头说：“姐，我不治了，我们回家吧。”

“不！小妹，如果我们治，还有生存的希望；如果不治，一点希望也没有了。”

小妹不说话了，但我知道她心里对治疗已经没有了信心。这时，我想起病房里常常见到的一位男孩。听说他是一边化疗一边上高中，今年还要参加高考，很是为他的精神所感动。何不请他的妈妈来劝劝我妹妹，为她鼓鼓劲呢？可是当我把这意图告诉那孩子妈妈时，她刚张嘴，话没出口，眼里便滚下一串泪珠。

我觉得有些奇怪：“大姐？你……”

她苦笑一下，摆摆手，刚要张口，泪水又夺眶而出，一串接一串……

我更感到奇怪了，刚要发问，一位病人家属一把将我拉开，说：

“你可别去捅她的伤口了。你知道吗？她儿子两岁就得了白血病，到现在一共打了16年化疗啊！这几天孩子又很危险，刚化疗完，血象掉得很低，今天还便血了。”

我顿时怔住了。16年？！天哪，她这是怎么熬过来的？她和孩子受了多少磨难，喝了多少苦水，才挺过这5700多个日日夜夜啊？简直不敢想象！除了母亲，谁能做得到？谁又能坚持做到现在？

我不禁对这位伟大的母亲肃然起敬！同时，也对化疗这种治疗方法蒙上了一层更为可怕的阴影。

还有一个孩子，从十几岁打到23岁，整整六七年共打了40次化疗，多么可怕！就算孩子化疗好了，身体素质也好不了呀！

上帝保佑，小妹不仅不耐药，而且对化疗药物非常敏感。我想，这也是小妹后来多次复发却能多次缓解而又活了七八年的原因。

死里逃生捡回一条命

妹妹住院时我才得知，白血病患者（以淋巴癌和急性白血病为例）第一年约做十来次化疗，差不多一个月一次。缓解后，化疗量随之要增大。然后第二年是六次化疗，每两个月一次。如果能抗过这18次化疗，那你就基本上OK，“革命”成功啦。然而，想迈过两年中18次化疗这道坎的病人谈何容易！而且，必须在没有复发的情况下，如果中途复发，必须从复发那次重新算起。怪不得那男孩要打16年，肯定也是和我妹妹一样复发多次，才没完没了地化疗下去。

化疗，顾名思义，就是用化学药物进行针对性治疗。但用来治疗白血病的化疗药物不同于一般的化学药物，它是剧毒的（我亲眼看见护士不小心滴在手上，立即红肿，如不马上处理，很快就会溃烂坏死），而只有这种剧毒的药物才能杀死癌细胞。

更无奈的是，化疗虽然是用来针对人体癌细胞进行治疗的，但它又是一把双刃剑，没有准星，只会大面积扫荡，不能有的放矢地射杀。它杀癌细胞，同时也杀好细胞，而且损害人的各种脏器功能，造成极为严重、极为痛苦的不良后果，给病人雪上加霜。但因为全世界至今没有更好的对付癌细胞的办法，所以人们只有被动接受。这完全是人类医学的一种无奈，一种悲哀。

曾在天津一家大医院治疗的金先生说，不少患者看到身边的病友因化疗引起的严重感染、高烧、死亡，吓得都顾不得医生的叮咛，迅速逃亡，溜之大吉。这家医院有多种化疗方案，金先生用的是日本方案。他住的血液病区里有 40 名病友，他们相互间都留了电话。遗憾的是，其中大多金先生已经都打不通了……

“可能都不在人世了……”

金先生红着眼睛说。

金先生患的是和我妹妹同类型的急性粒细胞白血病（M2a）。在我采访的数十名白血病患者中，这种类型比较普遍。2005 年，金先生患病时才 31 岁，他共做了六次化疗，第三次化疗后病情缓解。做到第六次化疗时，医生说，还早着呢，二万五千里长征，你还没过草地呢。但第六次化疗刚做完，他就陷入了生命的绝境。他的血细胞迅速下降，白细胞只剩 360（正常人 4000 ~ 10000），血小板不到 1000（正常人 10 ~ 30 万），他病危了！全身大出血，除了眼睛和耳朵，能出血的地方就像自来水开关失灵一样，哗哗地往外奔涌……光口中吐出的鲜血就达 600mL 之多。他嘴唇发白，全身冰凉。

他想说，医生，我好冷……但是他已经说不出话来。他冷得直哆嗦。

这个来自哈尔滨、平时身体结实得像牛一般、一胳膊能抱 120 斤大米的朝鲜族小伙子，此时此刻身体轻如柳絮，眼看着就要飘起来，浮向天空……

小小的“玻璃房”，挤了四个医生、三个护士，他们在和死神争夺他的生命。他们在金先生的手和脚上开了四条静脉通道加压输血（由护士挤压血袋，以加快输血速度）。他明白，自己正在走向死神，内心挣扎着，想给小妹临终嘱托，却抬不起眼皮，说不了话。医生明白他的意图，便用了一个绝招：按压一个穴位，他反射性地抬一下眼皮，吐出两个字。反复几次，他就像一条即将渴死翻着白眼的鱼，终于说完那句遗言：

“小妹——你要——照顾——好——父母——”

四个小时的拼搏，感动了死神，金先生在白衣天使的倾力救治下，终于再次赢得了生命！打那以后，他说，我宁可死也不再接受化疗！

我是在山东淄博某医院碰到这位姓金的小伙子的。金先生跟我说起这些经历时，我一直在想象他当时的情景。可是，眼前这位膀大腰圆的小伙子与加压输血时抢救的病人的确很难联系在一起。那次绝处逢生之后，他一直在服用现在这家医院的中药，病情很稳定，血液指标全部正常，身体也完全恢复了。

“我现在又能和以往一样，扛个百十来斤大米不成问题。”

只不过，金先生谈起母亲时，眼里满含泪水：“小时候，大家唱‘世上只有妈妈好’，我体会不到其中的含义。我没娶妻，病重时 400 多个日日夜夜全是我妈照顾。而且，是 24 小时全天候照顾。那时，我才真切体会到，世上只有妈妈好，世上只有妈妈最伟大啊！”

为了结束折磨，她毫不犹豫地纵身一跳

化疗像一个无底深渊，掉下去就爬不起来，又像无边的死亡之海，把所有苦水喝干也难以爬上岸。能够按医生要求做完这几年化疗的病人，几乎都有几次病危的经历。那个时候，死神就在你面前，狞笑着向你招手，仅仅一纸之隔，便阴阳两重天。有的人宁肯死，也不接受这种治疗。厦门某中学就有这么一位化学老师，他领着患白血病的儿子去医院治疗。医生说让他准备好接受化疗。他一看化疗药就惊愕地瞪大双眼：这么毒的东西，怎么能往人的身体里打？不，我拒绝接受！

"接受化疗，你还有活下去的机会；如果不接受，等待你的只有死亡。"医生这样说。因而，虽然化疗凶险，但为了不失去亲人，大多数患者和家属都能忍痛承受。再有，一般病人家属都接受不了亲人的突然离去，哪怕延长一天生命也愿意接受。因为，这几乎是血液病人唯一的治疗方法，即便移植也躲不过。

在我妹妹住院的医院，有一位30多岁的白血病帅哥患的是M3型（这种类型80%以上用我国在民间中药验方基础上研究成功的亚砷酸化疗药就能治愈）。他化疗一直很顺利，每次都是打完就回家，虽然挂着床位，但他根本不在医院住，而且来来往往连口罩都不戴，把病友羡慕得要死。可有一次，他在回家的路上着凉感冒了，抵抗力急剧下降，肛门感染，烂了一个窟窿，仅这一次就花了十来万，还把他折磨得要死要活的。

还有一位病友，是我妹妹要好的朋友，她患的是M6，在厦门某医院化疗一直很顺利，从没复发过，安全度过了五年危险期。她成了该院整个血液科的一个单纯化疗成功医治的典范，每当谁对化疗没信心时，医生们就会把她亮出来做榜样。按理说，患白血病五年没复发已经是临床治愈了，谁也没想到，她在第七年突然就复发了（我怀疑是吃了鱿鱼，因为我妹妹也复发了，复发头几天我妹妹去她家玩，两人一起吃的鱿鱼），这一复发，化疗量只能加大，她住进了"玻璃房"。开始也还顺利，人也好好的，可一周后她突然就走了。具体原因不清楚，听说是胆囊堵塞，全身变成黄绿色。

我妹妹还有一位很要好的病友，是位60多岁的老太太。她患的是急性白血病（M3），这个类型相对其他类型更好治愈，打亚砷酸正是治疗M3最有效的化疗药，但糟糕的是她耐药，她一打就是20天或40天，而我妹妹打亚砷酸最多只打10～15天就缓解了。老太太一生爱美，也很爱干净。她皮肤白净，长相清秀，穿着打扮高雅，即便是在病房，她也一直戴着假发，从不随便拿下。她和我妹妹好得跟姐妹似的（小妹跟她所有的病友关系都很好，而对我总是缺乏信任，我想是同病相怜的缘故），两人吃的东西不分你我。因为她老伴不太会做吃的，她吃得最多的是地瓜稀饭，我妹妹也喜欢吃，我们送去的荤菜，妹妹也常会与她共同分享。可是最终，老太太因为耐药，医院宣布不治，回到家不久就去世了。天天在一起的患难之友突然离世，我妹妹非常难过，她很想去看她，可她老伴无论如何也不让我们去看。说是看了肯定会做恶梦，因为，他老伴死后整个皮肤变成了黑色。

——最爱美、最高雅、最白净的老太太死后变成了谁也想象不到的“黑人”。

化疗除了有死的危险，更可怕的是千奇百怪的副反应，尤其是伤害人的中枢神经。有的真的就被打疯了，出现神经错乱。我妹妹在福州一家大医院化疗时，同病房（病人多，男女同住）有位 26 岁很俊的小伙子，经多次化疗后造成面神经受损，口眼歪斜。本来此病针灸效果不错，但血液病人怕引起出血，只能放弃针灸治疗，看着他变成残废。其他治疗效果不好，医院也没办法，劝其出院，因为等待床位的血液病人太多。无奈，他妈妈只好哭着带他出院。

有人对我说，你妹妹还不错，又活了七八年。是的，我妹妹虽然还算幸运又活了七年多，但她活得非常痛苦。她留在我脑海里的全是化疗时的痛苦身影，以往的音容笑貌荡然无存。她每做一次化疗，我的心里就钉上了一个铁钉，全身紧张得痉挛。每次我都眼睁睁看着她被“毒药”摧残却又无可奈何。无论是在厦门、在福州，还是在北京治疗，她都是整个病房吐得最厉害的。无论用什么止吐药都没用，她翻江倒海般剧烈呕吐，吐食物，吐水，吐血……吐得奄奄一息。年复一年，直至她去世前，我的心脏已经钉满了铁钉，痉挛成一个铁拳，稍一触碰，心脏就会爆裂。

小妹在福州住院期间，冷不丁就能听见一些见怪不怪的噩耗。那天，我们又得知，有位 50 出头的妇女，已经办好了出院手续。正准备出院时，医生前来叮嘱她，别忘记来化疗。她愣了一会，放下手里的行李，毫不犹豫地从四楼病房纵身一跳……

关于生与死的问题，我已经考虑了 22 年

2008 年 3 月的一天，一位 28 岁的白血病患者在广东一家医院，选择了从 12 楼跳下去，结束了自己的生命。他 21 岁时，在读大学期间患了白血病，七年来，家里为给他治病花费了 300 万元。

更令人痛心的是，2007 年，南京一个 27 岁的白血病患者试图撞墙自杀，最后，也跳了楼。

小伙子 5 岁就得了白血病，当时他生的愿望非常强烈，社会对他的支持也不少。

在他试图撞墙自杀被救下 24 小时后，关心他的心理学家和记者朋友一同去对他进行劝导，进行心灵抚慰。进了他的房间，发现全是足球明星的照片，充满了阳光和力量。小伙子躺在床上，大家拉着他的手，想跟他讲几句话。

而他却说："你们什么都别说，关于生与死的问题，我已经考虑了 22 年，没有人比我更有感触，我现在累了，需要休息。"

小伙子不愿意和他人说话，只对爸爸说，想理个发，还请爸爸顺便把桌子收拾一下。

当听到他叫爸爸把电脑拿走时，在场的心理学家就意识到，他可能在 48 小时之内还会有自杀行为。要知道，电脑一直是他和外界联系的唯一通道。于是，他警告小伙子的父亲注意防范，并明确指出了危险源：窗户。因为，他的床靠着窗子，当时正是春天，万物复苏，而唯有他的心在冬季。这会刺激他，同时给他强烈的心理暗示：阳光就在外面，跳下去能融入到阳光之中。当时有关人员曾劝小伙子的父亲换个房间，可他父亲很自信地认为儿子不会了。而且，自己会 24 小时跟着。结果，当天晚上，他对爸爸说想小便，当父亲去厕所拿用具时，他立即跳下去了……

失误的抉择与小妹之死

我妹妹最后一次复发时，血液里出现了30%的癌细胞，因为是N次复发，医生说再次化疗缓解的几率只有1%。既然明知效果差，就没必要继续化疗，伤人伤身，何不试试中医中药治疗呢？可是，除了我和我儿子，父母及家人都反对中医。于是，小妹转院到省里，加大剂量化疗。事实证明，我是正确的。大剂量化疗越打越糟糕，不仅血小板被打没了，连续七天是“0”，而且癌细胞从30%居然打到了60%，越打越多！因为她终于碰到最麻烦的事——耐药。年纪大一点的人应该还记得央视体育频道有个姓马的女健美教练吧？“天天锻炼身体好，每天五分钟”，这是她的口头禅。她患白血病后也和我妹妹同住在福州这家医院，而且就在我妹妹隔壁的病房。她与她的亲哥哥配上了骨髓，是全相合。但在移植前的化疗中，她也是耐药了，最终死于感染。

妹妹也是这样，她肺部感染了。医生明确告诉我们没办法了，只能维持。

没有什么比亲眼看着亲人一点点远离人世更为痛苦的事了，这是对生者最大的折磨！我只得把悲痛欲绝的父母提前赶回南昌，避免让他们经历这白发人送黑发人的悲惨一幕。

大量的进口抗生素像子弹一样射进她柔弱的身体。一天4000多元的抗生素，正常人都无法承受那些抗生素的极大副作用，更何况是一个生命垂危的病人。就这样，可恶的抗生素最终把她推上了死亡之路。

我亲爱的小妹，就这样走了……我完整的心被魔鬼切割了一半。我声嘶力竭地哭喊着，不！不要送她走，不——

谁也别想拦住我！我冲出人群，掀开棺木去抱她，去亲她那依然美丽而年轻的脸……

曾经有人问我，你自费去全国各地采访，难道就为写这篇文章，你的动机是什么?

——为了这些本不该失去的生命，这就是我写此书的动机！这是生命的动机，血的动机。值得安慰的是，小妹是在希望的曙光中离去的，因为多种中国式抗癌疗法的春风已经吹来，和煦而温暖的阳光正在冲破一切阻力，映照在人们的心田，它像无数双充满慰藉的手，抚摸着病友寒冷而颤抖的脸。

黎明，正在他们渴盼的泪光中升腾……

第三章
中国式抗癌之生命咏叹

不要恐惧，更不要被它吓倒。

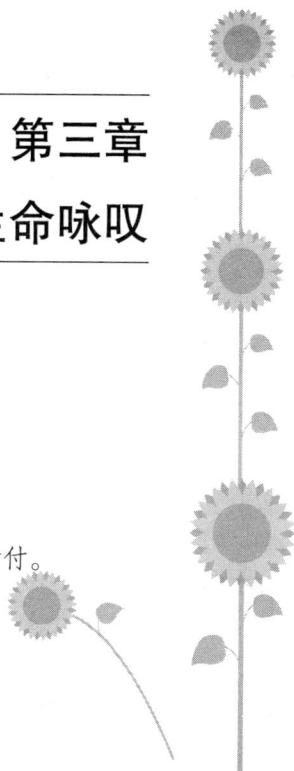

我们有多个靶向瞄准，我们有多种办法对付。

多管齐下，全面围剿。

既分工又合作，有的诱导，有的分化，
　有的改良，有的杀灭。

最终，你会发现，

癌症，不过是一只不堪一击的纸老虎。

你强它就弱，你弱它就强。

抗癌防癌，是一个全社会的公益活动，在人类攻破癌症之前，没有谁确定自己一生不患癌症，没有谁确定自己身体对癌细胞会绝对免疫。尤其现在，地球因人类的破坏，气候变暖，环境恶化，癌症发病率越来越高，它像毒蛇一样缠绕在人类健康的脖颈上。

目前，癌症仅次于心脑血管疾病，成为全世界死亡率最高的疾病之一。我国癌症发生率也呈快速上升之势，仅居心血管疾病之后。因此，科学防癌治癌的确是一条百年大计。

中医中药抗癌

我所见到和了解的民间中医董草原

2013 年 7 月 19 日，江苏一位姓万的病人家属给我打电话，为他患白血病的母亲咨询治疗途径，之后他提到了民间中医董草原，说这个人在民间治癌挺有名气。我即从网络资料上“认识”了董草原，但遗憾的是，所有资料都未提到他的治愈率。如果是个例，我觉得没有采访价值。于是，我联系他的长子董小锋，这是个严谨而谦虚的小伙子，也是位从正规医科大毕业的中医，他不太想接受我的采访，说详情只有找到他父亲董草原。困难的是他父亲从不接外人电话，而且居无定所，云游四方。我要了他的电话，并先后给他发了多条短信，告知他我的意图、我的简历等，希望他能接电话。

8 月 19 日，我终于接到董草原打来的电话。他用浓重的广东普通话说：

“我这几天在广州，你真想采访就马上飞过来！”

口气之大，态度之傲，把我吓了一跳！我再次提出治愈率的问题（因为我总是采访病人，因而说话养成了轻柔的习惯），没想到他又生硬地甩过一句话：

“那个见面再谈！这个问题你想几句话说清楚？这是不可能的！厦门离

广州很近嘛，你今天飞过来！”

刚才一个“马上”，现在又一个“今天”，此人的性格简直令我瞠目。我说，今天不可能，我广州没有熟人，得联系住处——刚说到这，他又说：

“这个还担心？！我帮你订！”

看来治愈率是问不出来了。去还是不去？到广州总比到茂名强，茂名离广州还有500多公里呢。我想，采访完他，让他提供一些广州的康复癌症病人，有治愈率，有代表性，我的采访就OK啦！于是，我在网上订了20号飞广州的机票，付款前我去电话请他确认，没想到他又不接电话，我连续发了几个短信他也没回。我急晕了，又找他儿子，他儿子也没辙。20分钟后，他终于回电说可以，可我的机票已经从400多元一下子飞升至600多元。我叹了口气，无语。因为我的一切费用皆为已出，无人给报销。

8月20日中午，我在广州捷豹酒店终于见到了董草原。他干干瘦瘦，年龄在70岁左右，胡子拉碴，穿着随便，双腿盘坐在床上。奇怪的是，广州潮湿，又遇35℃的高温，在他硕大的客房内却没开空调。我注意到，桌上满是大大小小的古董，还有些箱子和杂物，显得很杂乱。房间门窗密闭，闷热难忍。我从白云机场找到酒店已经疲惫不堪，和他聊了五分钟不到，脸上便大汗淋漓。我忍不住一面甩掉脸上的汗水，一面问他为何不开空调？他低头只顾吸着他的水烟——一支奇异的矿泉水瓶改装成的水烟筒，对我的发问不予作答。

我们开始交谈。一提起癌症治疗，这位民间中医便表现出对现代医学的满腹愤懑。

丽晴：董医生，我是一个白血病病人的亲属，我妹妹是患白血病走的。不知您治的癌症病人里有没有白血病？

董草原：有什么癌症我没治过？白血病当然也有。现在许多癌症病人不是死于癌症，而是死在手术和化疗上。

丽晴：听说凡是手术、化疗后的病人您都不治，是吗？

董草原：不是不治，是不好治。因为，治病不是肺不好就割掉肺，肾不好就割掉肾，哪有这么治疗的？我们人是一个整体，那些脏器都是人体固有的，都割掉还是人吗？要从整体来治疗。

丽晴：您大概治好多少癌症病人？有几百个吗？

董草原：（立刻放下水烟袋，怒目圆瞪）几百个？！我的诊所都快20年了，几百个？！香港一个老板，2000年来的，他父亲检查确诊是肺支气管癌，喘不过气，去我那里拿药。我说大概用六副药就好了。他好了后，三年内带了十个病人过来。医好了八个，死了两个。

当时我跟某媒体打官司时，法院要我找到家乡附近治好的病人出庭作证。我就在广东江门一个镇里找到12个，里面有肝癌、肺癌、淋巴癌、子宫癌、肠癌等。其中，包括有两个做了化疗的，可能因为他们比较年轻，恢复快，也治好了。

丽晴：这么神？有12个病人作证，媒体输了吧？

董草原：肯定输。之前，他们找了另一个人，带着那篇文章，说只要我拿150万，他就不刊出。

丽晴：如果真是这样，那就太没道德。

董草原：你知道癌症的痛苦吗？

丽晴：您是指您书中自己得过的那次癌症吗？

董草原：那是1977年。1999年我又得了肝癌，自己治好了。去年又发现肝癌淋巴转移。奇怪吗？

丽晴：奇怪。都十几年了，怎么又得呢？

董草原：你看我的背（他起身马上撩起后背的衣服，我看到后背隆起了一个长条形的包块）。我去年五月份在301医院检查，他们说有一台很好的机器复查一下。检查后说，我的肝癌复发了，没治了。

丽晴：（原来他的身体还在恢复期，而我看到他的治疗理论里"风是百病之源"，估计这就是他不开空调的原因）现在怎么样？今年复查了吗？

董草原：我复查干什么？没必要。

丽晴： 现在好了吗？

董草原： 你看我好了就好了。

丽晴： 还有哪里不舒服吗？全好了吗？

董草原： 是啊，不好能这样吗？

丽晴： 那你还到处乱走，不好好在家里养病。

董草原： 待在家里怎么行？我有很多工作要做。我北京有一个医学研究院，其研究是全方位的，不仅研究中医中药，还研究阴阳生命学、考古、《易经》、八卦等，我的两本书里都有，我还有一本论文集。中央党校就转载了我的《进化论是无科学依据的猜想》。你写一本书有什么用？

丽晴： 当然有用，别小看我的书，我用了四年多时间采访写作，目的是为患者提供多条用事实印证的治癌途径，供癌症患者们根据自己的不同情况去选择。

董草原： 全国妇女代表大会今年九月召开，他们请我去讲如何预防妇科癌症。

丽晴： 怎么预防妇科癌症？

董草原： 没这么简单，几句话是讲不清的。

丽晴： 嗯，了不起！你得了癌症还不停地吸烟啊？

董草原： 我的癌症病人里89％不吸烟，只有11％吸烟。抽烟、喝酒的人，60岁以后才得癌。

丽晴：（到这时我感觉自己坚持不下去了，很难受，饿得要虚脱了。看看表，这才发现已经快两点了）董医生，对不起！我正在闹胃病，包里还带着熬好的中药。我得去吃点东西，三点半我们继续聊好吗？你中午也休息一下。

我快速来到酒店餐厅，趴在饭桌上。服务员说，你脸色不好，要不要喝碗茶？我扬了扬手说，白开水就好。接过白开水，我赶紧先灌下一瓶藿香正气水。

我在餐厅吃了半碗素面，然后一直趴到下午三点半。此时，我感觉头没那么重了，精神也好了许多。于是，我给自己鼓了鼓劲，再次钻进董草原的“闷罐”里。

丽晴：董医生，中午休息得好吗？我们继续吧？

董草原：我中午不休息。

丽晴：那您精神真好。请讲讲您治愈的病例好吗？

董草原：2003年，有一个康复12年的病人，姓何，广东中山人。他在广东中山医科大学附属肿瘤医院确诊为：肝多发性血管瘤、右肩肿瘤，活检病理结果为肉瘤，全身淋巴转移。医生认为后期无治疗价值，于是放弃对他的治疗。他老婆很快因此跟他离婚了。何先生无奈之下，前往庙里烧香拜佛。在那里，他遇到一位姓林的单身女人。林女士听说了他的遭遇后，对他说，她家乡有个病人在董草原那里医好了，建议他去找我医。他当时听了半开玩笑地对女人说，如果董草原真的把我医好了，我就和你举行婚礼。林女士陪他来到我这里治疗了几天，不仅止痛，而且能吃能睡。一个月后，身上可以看见摸到的肿块全部消失。三个月后，出院回家调养。2007年，完全恢复健康并开始工作，几个月后复查肝肿块全部消失。两个月后，他们两人真的到我的诊所举行了婚礼。当地报纸和电视台发头条作了报道。当时何先生50来岁，现在已经60多了。

丽晴：现在他在哪儿？

董草原：就在我那里。2011年10月，有个吉林的政法委干部，在上海检查，确诊为肾癌肝转移、淋巴转移，去年底在301医院检查全好了。现在还在我这里调养。全国各地都有我的病人。本来邀请何先生夫妇一起来帮忙，后来他还有官司尚未解决，又回中山了。

丽晴：您收治的病人是不是有一定条件？

董草原：医院说能医好的病我都不医。我这里还可免费为病人治病。

丽晴：为何免费？

董草原：我是医生，我不是教授，也不是国家医生，我不能按他们的规矩办，我要按我自己做人的准则、自己的规矩办。

丽晴：看病花钱理所应当，况且你看病也不算贵。

董草原：难道他拿不出钱来，我就不给他治吗？

丽晴：我觉得能拿多少拿多少，这样比较合理。而且这样做已经非常不错，老百姓肯定拍手叫好。

董草原：我又不是公立医院，我得救人命啊！我是医生，明白吗？前些年，每天门诊量都有60来个。

丽晴：全国各地的吗？

董草原：外国来的华侨也不少。

丽晴：他们怎么知道的？我是通过一个病人亲属提供的信息才知道的。

董草原：他们有他们的渠道。

丽晴：问一句题外话，您相信郭林气功吗？郭林治好她自己的癌症，然后将气功传给癌友，现在全世界有28个国家在学练，是个防止癌症复发的好办法，很不错的！

董草原：郭林她本人都死了。

丽晴：但她不是死于癌症，而是由于劳累过度，突发脑溢血而走的。

董草原：如果她没有去医院瞎折腾，可能还可多活十几年，甚至几十年都不死。

丽晴：这个难说，她年纪也大了。

董草原：越年纪大的癌症越能治，你信不信？去年，我医好的吉林一位企业老总的父亲90岁，前列腺癌，淋巴转移、肝转移；还有某杂志社一位领导的父亲，91岁，也是前列腺癌，淋巴转移、肝转移，两个都是301医院确诊的。医生说，没用了。现在他们都被我医好了。

丽晴：他们是确诊后直接找您的吗？

董草原：医院不给他医，他没有地方医啦！

丽晴：他们是做什么工作的？干部吗？

董草原：干部又怎么样？我们医生是医病的，不是搞政治工作的。

丽晴：现在他们还在你们诊所吗？

董草原：他们不去我那里。

丽晴：明白了，是远程寄药治疗？

董草原：没必要，我北京有药呀。

丽晴：您的癌症病房楼可以住多少病人？

董草原：几百个也能住。一万多平方米的土地。

丽晴：哪来这么多医生？

董草原：你以为是公家的医院啊？我太太、女儿都治病，一个女儿在北京，一个女儿在河南。

丽晴：她们都会治病吗？

董草原：我教会的呀。

丽晴：女儿们是开诊所吗？效果怎么样？

董草原：刚开，没多久。

丽晴：我在网上看到了，是一家一个房间，可以有亲属照顾，可以自己做饭。对吧？

董草原：当然，哪能像那些医院那样。有亲人在身边陪伴多好。

丽晴：别这么说，您太偏激了。医院医生也有态度好的。

董草原：态度好就是好医生？要治好病才是好医生啊。

丽晴：您说得对。

董草原：你们厦门有好几个在我诊所住。有政府单位的，有企业老总，十几个都在我那里治好了。他们都请我去厦门，说所有吃住都由他们买单呢。

丽晴：他们都是什么时候治好的？

董草原：最早治愈的有十几年，最近治愈的有3年了，2009年治的。其中有3个治愈的康复病人每年中秋节都给我寄礼品。说实话，他要不寄礼品，我肯定忘记他们了。因为病人太多。

丽晴：可以说说，他们是哪些部门，贵姓吗？

董草原：不能。因为他们有的是政要，有的是企业老总。人家不愿让别人知道自己患了癌症，我怎么能告诉你人家的姓名呢？

丽晴：那他们都是哪些地方的？

董草原：厦门、泉州、安溪、漳州、龙岩、莆田。莆田那个是十几年前去我那里医的。全国不管哪个省，哪个地市，基本上都有我医治的病人。

丽晴：您医好的病人占所有癌症病人的比例是多少？

董草原：没办法统计。有不少在医院治疗过。

丽晴：你们诊所不是医院治过的不看吗？

董草原：有的看，有的不看。

丽晴：听说艾滋病您也能治？

董草原：治艾滋病和治感冒一样。

丽晴：什么？！不会吧？艾滋病您真的治好过？

董草原：不医好有谁敢说？你有艾滋病吗？我帮你医。

丽晴：（大笑）好哇，哪天我得了这种风流病就来找您治。

董草原：这个病不一定是风流哦。我还医过“非典”病人，我一副药就医好了。有个解放军医院的院长，拿我的药去他们的医院，连他们的医生都解释不了。因为，拿我的药去治那些“非典”的高烧病人，只需一个小时，42℃就降到37℃。

丽晴：有没有复发？

董草原：哪有什么复发？好了就好了，不好就不好。

丽晴：我看了有关医学论文，说您的药没有副作用，小老鼠都活得好好的，除了35％杀灭癌细胞的作用外，剩下的癌细胞都在走向凋亡。

董草原：现在癌症多得很，新华社发的消息说，一分钟有六个人被确诊为癌症。三种慢性病（癌症、高血压、糖尿病）的人数达2.5个亿。这些都可以用我的药治疗，有病治病，没病防病。

丽晴：那当然好！

探秘董草原治癌之谜

董草原提到那么多病人，却一个也不提供给我采访，我当然不会就此作罢。我提出到他家待几天，他满口答应了。于是，我踏上了去化州的火车，一探究竟。

在火车上，正巧遇到一位化州的先生。我说起董草原，他笑了笑说，知道。我问道：

“你相信他会治癌吗？”

“我不相信。”

“为什么？”

“我知道董草原，他原来在当地粮管所工作。上世纪 80 年代还在那里，后来不知怎么学了中医。我有一个朋友，和董草原同一个单位，他患了肝癌都没找他治，如果他真能治好，为什么不去找他治？”

“后来呢？”

“死了。”

“有点遗憾。既然医院治不好，又听说有这么个董草原能治癌，哪怕死马当活马医，怎么也得试一试啊。”

“不知道为什么。”他说，“可能因为要花一大笔钱吧？”

“据我了解没那么多。”

“反正大多数都是外地人找他看。听说他的地盘很大，就在南山寺前面。我想，也有可能这么多年了，他摸索到了一套治癌的办法。”

“我也不清楚，想过去看看。”我说。

到了化州，已是晚上六点多了。我在汽车站附近找了一家酒店，一晚 80 元，虽然破旧，但觉得挺便宜。后来才知，这个价在当地可以住到很不错的客房。第二天早上存好行李，乘小巴来到丽岗镇。没想到，丽岗镇离尖岗岭还有挺远的一段路，走路肯定不行，不认路，又没见到摩托车。我只好给董小锋打电话，这点路请他接我一下。他说，你自己打辆摩的过来吧。听了这话，我心里有点堵。千里路程都过来了，这孩子可真牛！老实说，我当晚就想住在他家里，不想住化州，这样可以省去很多麻烦事，还可多住几天，同样被他一口拒绝了，执意要我住化州。难道是与某媒体打官司的后遗症，见到记者都心存芥蒂？可是我采访的前因后果早都毫无保留地告诉他们父子俩了，而且，我连全书的目录都留给了董草原。究竟为什么？我没时间多想，在路边水果摊买了几个水果，提出请卖家送我一趟。他同意了，却要了当地双倍的价。

董草原中医诊所包裹在绿色的帷帐里，四面山色旖旎，院内河塘环绕，百树奇花倒映在水面，景色十分优美。怪不得香港亚洲电视台称之为“寄居深山老林的隐居诊所”。

董草原的长子，一个聪明、沉稳、30岁左右的小伙子。他说，你过来可以了解了解，也可以随便看看。看看我们的肿瘤专科，它的治癌理论、治癌方法，以及治癌药物和中医文化。总之，我们的方向就是要弘扬中医文化，把中医恢复到以前那个水平，但能不能达到这个目的，还需不断努力。

他简单说完，就向我介绍了一位50岁左右、干部模样的中年人。原来，他就是董草原提到的那位吉林某地的政法委干部，姓朱，大家都习惯称他为书记。

书记：我是肾癌，到这儿来的都是癌患者。我在这里治了23个月，到今年10月13日正好两年。

丽晴：你一开始就相信吗？

书记：我是看了那本《发现大药》的书，一看就明白了。还有一本叫《破解重大疾病迹象》，但我觉得《发现大药》更好，是用纪实来写的。我看了书后，感觉与我看的其他中医书不一样，比较客观。

来这里的病人有两种：一种是癌症刚发现、没经过任何治疗的。据我了解，没有经过医院治疗的人，都是看了这本书才来的。另一种是被营养、药品供大的癌症患者。还有一种，比如陈全义，他是原发性肺癌，两次病情复发都是在这儿给治好的。而且，他家好几口人都得了癌症，他们都用董医生的药而活着。这个家庭很有代表性。《破解重大疾病迹象》中说，这个中药治疗病人不是偶然的，而是必然的。也就是说，不是攻你这个病，而是调整你体内的环境。体内环境调整好，“不速之客”适应不了这个环境，就自己出去了。

丽晴：你的病治疗了将近两年是吗？

书记：其实我治疗了三四个月就好了。现在只是在这里休养，顺便调调其他的病。

丽晴：您现在感觉怎么样？

书记：我没事了。

丽晴：没癌细胞了？

书记：这个没检查。因为检查对身体不好（诊所有规定，在治疗的3个月期间，是不允许做CT、核磁共振的）。只要吃得好，睡得好，排得好，人舒服，不就好了吗？

丽晴：你现在除了吃中成药外，还喝汤药吗？

书记：也喝，有的时候会开。我现在吃的不是治癌的，而是治肾虚的药。我的眼眶黑了几十年，现在基本好了。有些成药，是药粉+汤药结合着吃，用于巩固后治疗肝郁，这个药的镇定效果最好。你看书里就有，几号药清热养心，如心肝脾胃肾都能治的呀，四号、五号、八号我都吃过。

丽晴：开始治癌是服消癌根吗？

书记：他的药并不只是治癌，里面有很多成分，对人体没什么伤害，没什么副作用。

丽晴：你当时没在医院做治疗就直接来这里吗？

书记：当时我在上海瑞金医院做检查，做完后正好碰到节假日，我就找了医院一位熟人，他提前从网上调出了我的检查单，是肾癌。我拿到检查就过来了。

丽晴：你来时严重吗？

书记：也不好说严重不严重。有的看上去严重但并不严重，有的看上去不严重反而严重。我是2011年9月30日确诊的。那时想得太多，短时间腰带就松了一个扣，现在都恢复至120多斤了。

丽晴：刚来的时候是怎么治疗的呢？

书记：到诊所来了后，有的时候用草药，有的时候用中成药。刚来两天是草药，清一清，清完了再吃中成药。他家这个院子里长的基本上都是中草药。有时新鲜药也用得很多。我用了两种药，一种药是树，即将树枝砍成一段一段，还有一种叫“来风”，另外还有两种什么药，洗完之后，熬汤用来洗澡。这里的草药都自己配，有100多亩药材基地呢。

丽晴：这样治疗了多久？

书记：三个月后我就好转了。

丽晴：费用怎么算？

书记：大概几万元吧。

丽晴：治疗期间太太没来，谁帮你做饭，照顾你呢？

书记：我太太上班，还要管孩子，来不了。来到诊所后，他们给我找了个小阿姨给我做饭。到第四个月我就没啥事了，总共住了七个半月就出了院。去年我就去过好几个地方，也回了几趟吉林老家。现在我用药都不要钱了，本镇的癌症病人都免费治疗。

丽晴：免费的事，我听董医生说了。但是，我在路上碰到几个当地人，都传他的治疗费用高。

书记：2000年就传说治疗费要十几、二十万了。

丽晴：当地人得癌，是不是很少到这儿来？

书记：也有，我那天来时就有一个肝癌治好了。每年正月十四，这里就会聚餐请客，很多治好的病人都会来，至少有好几十个。我现在看到的就有几十个。这些病人基本是广东江门这一带的，都像脱胎换骨了似的。

董小锋：的确很多，只是不敢讲。

丽晴：为啥不敢讲？

董小峰：你不了解农村的风俗，得了癌症就是不吉利。比如忌租房给你，多少钱都不租，你得的是癌症，是要死的病。人家也不来这儿打工，即便来，价格也要得高。比如，到其他地方是8元，到这里就得35元。有些正常人到我这儿来喝茶，就问我，你这杯子病人都喝过吗？我说喝过。他们马上就不敢喝了。非常忌讳。

丽晴：你看我就喝了，我就不怕。又没说癌症会传染，怕啥？书记，你身体无大碍，可以像董医生那样满世界跑呀。

书记：那可不行，他有病了，随手就可以弄点药。我又不是医生，又不懂，所以不能乱走。

我现在不是在治病，而是在这儿玩，在这儿休养，顺便调调以前的老病。有时间也和他们大夫一块出去，石家庄、驻马店等。《发现大药》的两位作者原来有不少病，在这里都调好了。

董小锋：你看到书记的例子，可以看到我们对癌症这个疾病的治疗方法，不是开刀把肿瘤割掉，或把它毒死，而是调整内环境，将癌毒从这个环境中排出去。有的需一年、两年，大多数人是在这里住三个月，然后回家里自己排，慢慢地排。书记想在这里疗养，在这里养养鸡、鸭、羊……

丽晴：天哪，你还养了羊？

书记：我自己养着玩，养了3头羊、7只鹅、37只鸡。总觉得那个做饭的小阿姨不方便，我把她给换了，换了个小伙子。

丽晴：为什么不种点菜？

书记：唉，别提了。我开始就种了菜，养了鹅后，全给我扫荡得干干净净，连根都没给留下。大姐，我有点事先走了。

丽晴：我只用你的姓，加上吉林，行吗？

书记：用我的全名都行，我又不上班。

丽晴：谢谢你的支持，但我用你的姓就可以了。

书记留下电话先出门了，我和董小锋继续聊。看得出来，书记在这里过得挺充实。董小锋告诉我，书记人不错，病治好后帮了他不少忙，前后好几次帮他救助病人。也有些病人治好后愿意留在这里，董小锋就让他们干点活。2006年，中山市的何先生患胆管癌（正是董草原提到的寺庙那个何先生），治好病后，前几个月帮董家养猪养鸡。没想到，一次台风把猪和鸡全刮跑了，他没活干，待不住，就回家了。

"他们是感激你而心甘情愿帮助你的。因为你们治好了他们的病，能重新活在这世上，这比什么都强。"我说。

董小锋说："我们一直提供免费或优惠治疗，从2012年开始登记、做记录，比如，现役军人和为国家做过大贡献的人等。家乡人只要是化州的并且生活困难的，治疗一律免费。"

"要提供必要的证明吧？"

"是的。"

"要求免费治疗的多吗？"

"还挺多。但十个要求免费的患者中，有八个是假困难，只有两个人是真的困难。而且，骂我最厉害的人，就是我给他免费治疗的人。"

"为什么？"

"病人去世了，他的家人就骂。"

（这是通病。在我采访中也是这样，不论多好的医生，都不能百分百治好每一个癌症病人。治好了，就说这个医生好，一旦去世了，就是医生不好。和医院比起来，显得很不公平。）

"他是什么原因去世的？"

"大部分病人都是医院化疗后快不行了才到这里来的。"

"不是医院化疗、手术过的病人不治吗？"

"唉，我们只是民间的医疗机构。病人一来，我们就说：我们治好过很多癌症病人，但不能保证每个都能治好。如果要我们包治好，要我们说有多少把握，就不好说了。但有的病人是在医院治不下去了，确实不行了，我们说治不了，他们便全家跪下来求我们。看到这种情况，你收还是不收？一旦收下了，又很难治好，他们就来跟你发难。即使有的治好了，都没有好话。”

“有这样的事？”

“湛江有个老师得了子宫癌，我们帮她治好了，她还生了孩子。可是别人问她，她却说，没这回事，我没得过癌症；还有个男病人，也是湛江的，我们帮他治好了一年多了，他反倒说我们敲诈勒索。”

“这种人没良知，过分了！”

“有些事，我们真的很难。广东一家媒体说的那个病人到我们这里治了两年没事了，可媒体说，人家不是癌症，而我们却当癌症治。结果呢？那个人的癌症确诊报告单还在我们这里，媒体也就没话说了。其实，他们从来没来过这里采访，更没见过家父。治病是一个很大的工程，并不是说治就能治，也不是给你吃药就好了，它是一个全方位的治疗工程，它包括很多综合调理的过程，必须从心理上、心态上、精神上，还有生活上、经济上等各方面配合到位。有一丝没到位，那就很麻烦。”

董小锋毕业于第一军医大学中医系，比他老爸学习条件优越得多。在那里他接受了良好的教育，他的几位老师都是国医大师邓铁涛的弟子。经过五年的大学历练，加之老爸的口传心授，他现在说话、办事条理清晰，成熟稳重，俨然已经锻炼成一位既懂中医理论，又有实践经验的医生了。

董草原癌症病房楼访问记

我是以病人亲属身份去癌症病房楼的，这样能听到真话。董小锋也说，我就不陪你了，你自己去吧，我在身边你听不到真话。正好听听他们对我们有什么意见，回头反馈给我。

病房楼很大，有点像方形，窗户很小，远处看像座碉堡，外表不太入眼。但进门一看，嗬，转着圈的病房，有五层楼高，颇为大气。每间病房大小等同，如酒店公寓，病人可以有亲属照顾，做饭生活。现有癌症病人不到30人，家家和眉善目，相敬如宾。见不到白大褂，闻不到医院消毒水的气味。怎么看也不像病房，倒像是一个硕大的居民楼。

进了门，就碰到七八个前来看病的病人和亲属，都是广东本省的。他们听说我是来自福建，便对我说，也是来看病房的吧？我点点头。他们说，还挺不错的，说完就走了。我看见进门后的墙壁上有一个毛泽东像和阴阳鱼，觉得挺有意思就拍了下来。正巧左边病房坐着一个女病人，我们很自然地就聊了起来。我注意到，她右边头上有一个约十多公分的手术疤痕。

丽晴：您好！请问您贵姓？是哪里人？

黄女士：我姓黄，韶关来的。

丽晴：看上去你还挺年轻。

黄女士：我62年的，51岁了。

丽晴：是脑瘤吗？

黄女士：是黑色素瘤转移到脑了。开始并不是脑瘤，而是脚上长东西。我去足浴城洗脚，那个修脚师傅刮破了我的脚。出现感染后，我原来踝关节上有个痣突然变红变黑了。去医院看，医生说要查查是良性还是恶性。没想到一查就是恶性的。医生说，我给你放疗到膝关节的位置，免得再往上走。结果癌细胞没走膝盖，却走到头上去了。我自己还不知道，是朋友发现我的嘴歪了。我赶紧到医院去买点药，想把嘴巴纠正过来。可医生却通知我马上住院进行全身检查。其他地方没事，检查脑的时候，发现肿瘤已经压迫了神经。手术那天，我已经不行了，处于昏迷状态。

丽晴：这边不是不收化疗、放疗过的病人吗？

黄女士：是啊，他是不收啊。但看到我弟弟开车七八个小时，很辛苦，后来就收了。还有，我开始还没有放疗，我弟弟就叫我来了，但我不信，是自己把自己害了。后来，医院不治了，我跑了好几个医院都不给我治，让我回家，我只好来了。当初，董医生（董小锋）不肯收我，我老公就对他说，治好治坏了也不怪他。董医生就说，那好，先住进来几天看看。

如果五天好转就能治，如果五天没好转就没办法。董医生还说，要注意不要感染，不要吹风。我说，好好，我会按照你的方法去做。我现在头很痛，你赶快给我下药吧。董医生下了药又说，看看吃了会不会呕吐，如果呕吐了就不好，结果我没呕吐；后来又问我服药后有没有发高烧？我说没有。董医生说，那就好。这样，我就留下来了。我的运气真的很好！

丽晴：是不是纯中药制剂和那个粉一起用？

黄女士：嗯，是这样。有时也自己煮中药。

丽晴：你在这里治了多久？

黄女士：快三个月了，刚开始躺在床上不能动，现在可以坐起来，好太多了！如果当时没手术会更好治一些，做了手术再来治，只有慢慢恢复了。我左手活动还是不太方便。

丽晴：谁照顾你？

黄女士：我老公和我儿子（原来坐在门口做功课的大学生正是她儿子），我儿子正好放假了。

丽晴：真孝顺。祝你早日康复！

跟黄女士聊完，我上了二楼，刚走进一间房间，就有好几个病人跟了过来。他们有的是浙江温州的，有的是桂林的，还有一个是南宁的。有两个是肺癌，一个是肝癌。令我没想到的是，照顾患肝癌的那个老太太不是病人的太太，而是他的亲姐姐。她对我说，没办法，他老婆有事来不了，只照顾了他三个月，我来照顾他三个月。

还有这么好的姐姐呀？（我也是个好姐姐呢）。

听说我是病人亲属，大家都向我介绍这里的情况。

“这里全国各地的病人都有。我是南宁的。那个书记原来就住这个房间，他住了七个月。后来在镇上租房住。”

“治疗效果怎么样啊？”

“挺不错的，我过几天就出院了。”

“你是什么病？”

“肺癌。”

这个患了肺癌的病人满脸喜色地说。他看上去不到50岁，结实得很，块头也大，像个铁塔似的，怎么看也不像个癌症病人。

“我住了两个月就好了。我没有放化疗。董医生说，没有做活检的更好治，只要做B超就行。他说只要是五脏六腑的，大多数都能活下来。”

“这里条件怎么样？”

“还行。三楼四楼都一样。楼上又来了四个。去年多一些，有30多个。

“买菜怎么办？”

“买菜，叫个摩托车，来去六元钱给他。两三天买一次。豆腐都不能吃。”

“你到医院，前前后后也花钱呀，大多数都不能活下来。别说三万、五万，哪怕花十万能治好也好呀。“

“可是，有的人在乎到这里治病不能报哇，总是担心这个、那个的。”

“这里有没有患白血病的病人？”

“有哇，楼下110号房的那个就是，我来的时候他还在。听说他是癌症加白血病，姓沈，45岁，杭州的。治好走了。我们来时他还在。他在医院花了200多万，哪个医院都看了。后来才跑到这里来的，治了三个月就好了。”

另一个40岁左右的女人对我说，我老公是肺癌，在这里治疗一个多月了，好坏现在还不好说。我对我的亲人也是这样讲。

“有年轻病人吗？”

“有哇，221那个，他是肝癌。”

我见到这个患肝癌的男孩子，简直大吃一惊。他才22岁，脸色简直就是灰白色，瘦削，纤弱。旁边那个皮肤黑黑的小伙子照顾他。

“这么年轻就得肝癌？是不是天天玩电脑到半夜呀？”

“是的，天天上网吧，玩游戏。还有，我还天天去吃烧烤。”男孩子说。

“你看，现在吃出毛病来了吧？唉！”

听说我是福建来的，孩子说：“103 也是福建的。”

从楼上下来，我来到 103 房间。这里住着一对夫妻，太太照顾先生，最多 30 来岁。

太太对我：“我是昨天才进来的，鼻咽癌。”

“你怎么知道董草原的呢？”

“我是看了《发现大药》这本书，就跟我老公说，这本书感觉写得挺有道理的。我有个朋友他得了肝癌，到这里来看，看好了，现在一直都挺好的。这样一讲，我们就相信了。当时董草原还在这，不过听说莫医生就是董草原的夫人，比董草原还厉害，认识 2000 多种中草药呢！”

“这么神？听说还有外国人来这儿治病？”

“不知道。我刚来几天，好像对门那家是澳门的吧。”

我走进澳洲那对夫妻的病房，男的是病人，患的是前列腺癌，妻子看上去比他显老些。

“听说你们是澳门来的？”

“是的，刚来不久。”太太回答，神情有点严肃。

“你们是怎么打听到这儿的？”

“我妹妹在国内了解到的。”

先生也走过来说：“我来的时候，看他们有很多治得不错的，也有不行的。有的住了三天就走了，而有的住了 20 多天就有效果。”

“你们相信能治好吗？”

“不信的，就没办法。”太太说：“根据自己的情况选择吧，人家不可能百分百保证能治好。”

“听说不让吃荤？光吃素，没营养怎么办？”

“我本来就吃了两年斋了。”

“那就好，这样能适应得快。祝你早日康复！”

本来我打算去看看那一百亩药材基地，再和董草原夫人莫芙娟医生

（她早在上世纪70年代就有行医资格了）聊聊，去书记家里走走，但董小锋要请我到化州去吃饭，而且还说是他母亲的意思。其实，我对吃饭这一类事是很不在意的，还要早早跑到化州去，真是太麻烦。况且，我和莫医生只在吃午饭时见了一面，也没说上几句话。董小锋这么一说，我心头顿时涌起一丝暖意，使我对这位默默为癌症病人服务的家庭医生肃然起敬。接着，董小锋又向我解释了没去接我的原因，当时正在抢救一位大出血的病人。原来如此，我的心结一下子打开了。只可惜待的时间太短，如果他能允许我在癌症楼里住几天，多采访几个病人该有多好。

"对病房楼感觉怎么样？"董小锋问我。

"嗯，不错！基本都说效果不错。"

我对他说起病人夸莫医生认识2000多种中草药时，董小锋说：

"这个太神化了吧。"

"是啊，越神化越假，对吧？！"

"放大了就不真实了。"

"是他们讲的，我可没放大。"

"你是走马观花。真正要感受到内在的东西，得住上一年，才能了解到深沉的东西。"

听了这话，我心里着实不高兴。心想，你老爸都同意我住上几天，你却不同意。时间那么紧，还让我中午到化州去休息。

董小锋当然感觉不到我内心的变化，继续说下去："每个人在社会上都是戴着面具的，生了病就不一样了。每一个治好的病人，他的人生观、世界观都会有一个全新的改变。有一对夫妻，原来在单位为人尖酸、刻薄，生活中很严肃。但生病后，连为人都变了，对人大方、热情、和蔼。"

"他们等于死过一次，当然不一样，我采访过很多康复病人都是这样。"

董小锋吸起水烟来，不是矿泉水瓶，而是本地人吸的大竹筒，吸起来发出呼噜呼噜的响声，像一种特殊的音乐。我想起我的太姥姥，她也是吸水烟的，她的水烟是一个精美的铜壶，她吸得不厉害，像是一种消遣，只是在每天午后吸一次。她老人家可是活到90岁，几乎是无疾而终。

“你老爸去年患重病，现在还要吸烟。”我又想起董草原那个矿泉水水烟袋。

“30岁以下的癌症病人几乎都是不吸烟、不喝酒的。”董小锋放下烟说：“没听到对我有啥意见吗？”

“没有。很可惜杭州那个白血病病人出院了。”

“他除了白血病，还有肝癌，治了三个月就痊愈了。”董小锋说：“现在他不用吃药了。”

“不用吃药？不对吧？我听说他回去后还要吃上一年的药。”

“持续吃几个月药就行。比如，一个月吃四天，两个月吃两天，三个月吃一天啦。我爸还去杭州看了她，挺好的。其实103房那个澳洲的也是白血病，只是他不愿意讲，除了前列腺癌、骨转移，还有白血病。他是个华侨。看了115房那个吗？一楼左手第一个。”

“是那个脑瘤病人吧？”

“她开始不是脑瘤，是黑色素瘤转移到脑的。”

“我跟她聊了很久，她说当时你们不收她，是求了很久才收的。”

“你不知道，她刚来时那个样子，脑袋被刚刚割开，全身手脚动不了。我当时是不肯收治的，但她好不容易颠簸过来，如果让她再颠簸回去，很可能就活不了了。我就说让她在这儿休息两天再说。隔壁镇，有个叫梁绍强的村民，肺都烂掉了，也是抬过来的，三剂药就好了。”

这时有个远道开车过来的人进来为家人求诊。我站起来拍下墙上的照片。因为时间太久，都变色了，许多都看不清楚。董小锋就拿来一沓照片给我，照片都是2004年前来诊所参加《董草原中草药治肿瘤与癌症研讨会》的专家、教授、全国政协委员、新华社和人民日报社记者等。此外，还有会议邀请的20多位五年以上的癌症康复病人（对了，董草原的中医诊所处处都很人性化，比如，只能称呼病人，不能称呼患者）。

我看到照片上面有一个气质不错的女人，她就是协和医科大的教授陆莉娜。

“陆莉娜得了癌症后，自己开了个追悼会。结果我们给她治好后，别人说她不是癌。现在她80多岁，她说肯定是癌。1996年，有一个农业银行行长患肝癌，到北京治疗花了100多万，不行了，抬过来的，动都不能动，到我们这里花了13000元就治好了。但后来他开车去广州，结果车祸走了。”董小锋说。

“怎么这么不幸？”

“还有更玄乎的。一位地震局干部的老婆得了癌症，我们给她治好了。有一天，她感冒了，两口子一起去跑步。然后到医院去挂吊针，针一拔，人就不行了，现在还是半死不活的。”

“这是什么原因呀？”

“这就是我爸说的，治得了你的病，救不了你的命。”董小锋说：“所以我们治癌是有禁忌的，不能乱吃东西。比如太累不能吃水鸭，秋天不能吃芋头等。”

采访完董草原和他的中医诊所，有个问题我一直很纠结：董草原对中医的阴阳辨证研究得如此透彻，对癌症病因也分析得十分在理，专著就有5本。可是，为什么他自己一连患了三次癌症呢？按理说，知道癌症是怎么得的，就知道该怎么去预防，去避免。第一次情有可原，但第二次得了肝癌后，相隔13年又得了肝癌，究竟是复发，还是重新又得了？他能找出这个原因吗？

董草原的抗癌理念

要知道董草原的治癌理念，首先要了解癌症产生的原因。董草原在他写的《癌变决定的因素是条件不是物质》一文中，不仅分析了癌变的因素，而且还告诉我们他是用什么方法治癌的。

他说：“正常细胞要质变成癌细胞，首先要具备条件，必须在条件的作用下才会发生质变。”

也就是说，细胞只有在外部条件的作用下，才能变成癌细胞。他举了一个很通俗的例子。如:“鸡蛋在一定的外部条件作用下变出鸡仔，石头在同样的外部条件下变不出鸡仔，因为鸡蛋和石头的内部物质的性质不同。而鸡蛋在冰箱里，永远变不出鸡仔。所以，正常细胞要变成癌细胞，首先要正常细胞的外部具备了癌产生生存的条件，否则正常细胞永远不能变成癌细胞。”

这正是唯物辩证法内、外因条件变化的对立统一观。

“质变成癌之后，也必须具备癌生存条件的癌才能生存和生长，条件越好，生长的速度就越快。癌生长的速度比正常细胞生长的速度快几倍甚至几十倍，说明癌的生存条件比人的生存条件还优越几倍。如果体内癌生存的条件消失了，癌不杀不化，也必然因为失去了条件的作用而自行逆变消失。即细胞在一定的条件下产生癌变，而癌又在一定的条件作用下逆变成正常细胞。”而“现代科学研究癌细胞则集中在癌细胞内部的物质，不顾外部条件，找错了研究和治疗的对象，犯了方向性的大错。”

那么，什么样的外部条件才会使正常细胞发生癌变呢?

董草原说:“使生命体内物质变化的主要条件是水分、热量和营养物质。这三大条件越充足，生命物质变化的范围越大、速度越快。水分、热量、营养物质对人来说要有一个标准量度。量度正常，生命体物质变化的速度就正常，人也正常无病态；三大条件一失常，人就必然产生病态。当人体内的水分、热量、营养物质超标到一定程度，人体物质就必然产生质变，使正常细胞变化范围扩大、速度加快，成为比正常细胞更高一级的生命细胞——癌细胞。因此，癌产生及生存的条件就是超标的高水分、高热量和高营养。‘三高’就是癌产生和生存的必备条件，‘三高’程度越高，癌生长速度越快。人体内的‘三高’一消失，癌就必然逆变。一切造成人体‘三高’的因素就是真正的致癌因素。

“中医学是从‘条件’这一角度认识和医治疾病、保健生命的，然后步步深入地认识生存与日月星辰、自然万物的关系，形成了天人合一的生命观和疾病观。它与现代西方科学的物质生命学、物质医学、微生物医学比较，简直是沧海一粟，小巫见大巫。中华传统生命学与医学、社会学、道学、天文学一脉相承，都是从太极图、八卦图、易经六十四卦图等一步步完成的。医学是易学中的一个支派，中医学以《易经》生命学的理论依据为开创，故不通《易》无以成大医。”

“找到了致癌因素，怎么消除，怎么治疗呢？”

“很简单，一切能降解体内‘三高’的因素，都能起到真正的抗癌作用。现代科学认识的抗癌物质，因为不能降低癌生存条件的‘三高’，所以防癌和治癌无效。”

我想起董草原说起他第一次患癌的情景：他思来想去，想起他喝了别人送他人参精的事。他喝了人参精后不久就患癌了。他断定是人参精给他体内带来的热毒，使体内产生了适合癌细胞的生存条件，阴阳就失衡了。于是，他就从《易经》出发，用中医理论、中草药调理，以去掉体内癌细胞所生存的条件。通过环境治、药物治、食疗等，最终，他成功治愈了自己的癌症。

后来，董草原因此而总结了肝癌、肺癌等产生的原因也与阴阳力亢进有关：“热在体内积久了，又泄不出去，积在哪儿，哪儿就阳力亢进。积在肝里，肝热亢进就产生肝癌；积在肺里，肺热亢进就产生肺癌；积在肠胃，肠胃就亢进，就易得肠癌、胃癌……所以，不少患者都是因为吃了高热、高营养食品或药物、补品后发病。”

“如果亢进的阴阳力消失了，癌细胞就会因为失去亢进力的作用而变成正常的细胞。所以，治癌就是要把癌的生存条件解决掉，它没法长了，就会逆转成正常细胞，人自然能继续活下去。”

董草原之所以不愿接诊在医院手术过、化疗过的病人，是因为“手术后的放化疗能使大部分患者的免疫系统受损伤，破坏体质，从而导致癌细胞全身扩散。那个时候，就是有最好的抗癌药，也没办法通过内机能产生抗癌作用，仙丹也救不过来了。”

董草原治癌，还有很重要的一点，就是对人进行整体调整。这正是中医治病的精髓。

《黄帝内经》说:“阴阳者，天地之道也，万物之纲纪，变化之父母，生杀之本始，神明之府也。”

他说:“自然万物没有跳出三界外，还在五行中。也就是说，人和一切生命都是有多种多样因素构成的团队，癌也是一种生命，癌也是一个团队。要消灭癌这个团队，就要有比癌团队更大的、实力更厚的团队作用，才能彻底把癌团队消灭，任何个人英雄主义都是杯水车薪。

中医阴阳五行的理论是整体的团队理论。中药是自然生物体，任何一种中药都是有多种多样的物质组合而成，一种中药就是一个团队，因此一味中药用对了，就能治一种病。而复方中药就是一个强大的团队，用中医团队思想作指导，指挥控制一个强大的中药团队，消灭一个癌团队，则势如破竹。

中医已经具备了癌产生和治疗的理念。中医生理、病理都是团队思想，中药也是团队作用，因此中医药完全可以快速根治癌症。医生用中药医治不好癌或其他恶病，不是中医药问题，而是医生水平问题。”

看来，要做一名好中医，最好精通《易经》，精通阴阳八卦学，这样治起病来会更得心应手。

采访董草原之前，我读过一些关于他的书，也看过网上关于他的一些资料，褒贬皆有之。最终我决定要采访他的原因，是他写的《生命与疾病》的前言。短短的文字，将什么是病，什么是药，什么是好医生及现代医学弊端分析得一清二楚。我觉得能写出这样文章的人，应该会有真本事。所以我不但要采访他，还要采访他治愈的病人，用事实说话。

作为一名“老记”，就要以事实说话，这是一个新闻工作者的道德和良知。即便查资料，也得要有一双黑白分明的眼睛，能从纷繁杂乱的网络里识别出真金白银。查网络，但也不能完全依靠网络（网上还有人说董草原已经不在人世，那已经是 6 年前的事了）。

我总在想，如此大的中医学成果如果出自某个有影响的人物身上，情形肯定大不一样。说不定早就拿到世界医坛上去大力宣传了。董草原的确有点“狂”，但他的“狂”是有原因的。我觉得在他的狂中有善，狂中有德，狂中有美。说件小事，董草原与我素昧平生，对我并不了解，但当他得知我广州没亲人时，便早早为我订好了房，使我内心挺受感动。四星级酒店，就算打完折，一间标房也得200元啊。虽然他说话比较“冲”，比较“傲”，但他心地很善良。

“医生的职责和目的是治病救人，治病是为了救人。谁能使用药去治好人的病、救了人的命，谁就是医生。尽管你才高八斗、学富五车，在临床上不能把病治好，就不是医生。将军的好坏由战场决定，医生的好坏由临床决定。”

我觉得他说的话很有道理。要是病治好了，人也死了，这病治得还有意义吗？我们老百姓生了病，不管为你治病的是什么人，博士也好，大师也好，草民也好，你在国家医院也好，在民间医院也行，只要能治好我的病，其他都不重要。我只关心你是否能治好我的病，并不会关心你有多大头衔，发表了多少医学论文。无论地位多高，身处几甲医院，关键要看你的真才实学。而医生的真才实学就是能不能把病治好。

能治好癌症，说一个两个是碰巧，那么五个十个、成百上千个呢？还能是碰巧吗？我觉得一定有它治好的原因和规律。如果国家组织有关机构能找出其治疗规律的话，一旦突破这个瓶颈，将会使无数的癌症病人受益，中国医学也极有可能登上世界之巅。

总之，短暂的接触是写不透董草原的。况且，已经有诸多名作家、名记者为他著书、撰文，加之他自己的几本中医理论著作，已有百万字之多，书和文在网上均能看到。我只是将这位民间高人的治癌大法和治癌理念推荐给大家，这应该是一件很好的事情！从写这本书开始，我就一直在想，如果咱们的中医中药能治癌该有多好啊（上海老中医孙启元刚刚治愈过几个血癌病人，不久就离世了），没想到病人亲属还真就为我提供了这么一位

董草原，而且在我妹妹尚未离世时就出名了。我真替相信中医的病友们感到由衷的高兴，也替我妹妹没能找到他治疗而感到无比的遗憾！

中西医结合抗癌

这是中华民族的骄傲

我国著名肝胆外科专家吴孟超院士曾这样说过："既有西医，又有中医，这就是中国医学的特色。肿瘤的确是当前医学面临的大难题，我是搞肝胆肿瘤的，搞了几十年了，虽然疗效有所提高，但是提高得还是不快，而且问题越来越多，越来越复杂，发病率也越来越高。""就目前的治疗观点来看，西医主要是看肿瘤的大小、有没有转移、有没有癌栓，但是没有看到这种疾病实际上是全身的。西医治疗肿瘤由于忽略了全身，所以重视局部的治疗；而中医的治疗是重视全身。两者结合起来就是一个完整的治病救人。结合得好，肿瘤治疗效果一定会提高。"

吴院士所说，正是中西医结合。即：西医的手术或化疗 + 中医的全身调理 = 完整地救治病人，这就是中西医结合。

说到中西医结合，我想起在网上读到"杏林隐者"写的一篇博文，真诚感人，便摘要如下，以飨读者。博文说的是两个国王和一个女孩的生死故事。

两位国王指的是约旦国王侯赛因和柬埔寨国王西哈努克，一个女孩指的是凤凰卫视年轻主持人刘海若。

两位国王的生与死极具对比性。首先，两位国王患的是同一种病，即淋巴瘤，俗称淋巴癌。淋巴瘤是淋巴造血系统的恶性肿瘤，它可发病在淋巴系统，也可发病在全身各组织器官。约旦国王侯赛因患淋巴瘤，于1998年7月中旬，去美国接受了为期6个月的化疗。1999年1月19日回国处理国事,1月26日病情反复，当天下午送回美国梅奥医院急救。2月4日下午，侯赛因国王接受第二次骨髓移植手术时，身体出现排异反应，且内脏衰竭，病情极度恶化，他决定立即回国，他要和他深爱的国民一起度过自己最后的时光。美方特意派出了两架F-16战斗机为侯赛因国王的专机一路护航。数日后国王驾崩。侯赛因国王从到美国接受治疗至与世长辞还不到八个月。

西哈努克比侯赛因年长十多岁，他是1993年罹患B细胞淋巴瘤（后来转移到其他脏器）。患病以后，柬埔寨臣民准备安排他到欧美国家的肿瘤中心治疗，但他没有选择美国，而是选择了留在中国治疗。后来他动情地说，我在中国治疗取得了良好的疗效。他还说，与他同时患淋巴瘤的肯尼迪总统夫人（包括侯赛因国王）等都已经故去，而他能健康回国，是中国送给柬埔寨最好的赠礼。2009年10月1日中国国庆节，他已经患病后十多年了，他能健康地与中国领导人一起登上了天安门城楼，成为了外国元首中登上天安门城楼最多的一位。西哈努克亲王一直活到90岁才去世。

一位51岁患癌症，一位71岁患癌症；

一位在美国治疗，一位在中国治疗；

一位西医治疗，一位中西医结合治疗；

一位骨髓移植，一位非骨髓移植；

一位治疗八个月痛苦地离世，一位在良好的生存状态中活到90岁。

再说凤凰卫视年轻主持人刘海若，2002年5月8日在英国伦敦因火车车厢脱轨而严重受伤，与她同行的两位女友当场死亡。浑身是血的刘海若被抢救人员从扭曲的车厢中抬出，火速送到附近的小镇医院。诊断表明，她多处内脏损伤，肝部受创最重，已经破裂，颅骨骨折引发硬膜外血肿。随即被紧急转送至伦敦皇家自由医院，经过进一步诊断抢救，英方医生宣布海若“脑干死亡”。

海若家人无论如何不能接受这个“判决”。英方医生无能为力，但其表示如果家属能够找到一位医生否定这个结论，治疗还可以继续。海若母亲迅速与中国驻英使馆取得了联系，求助电波传到了北京宣武医院，十几个小时后，凌锋教授登上了赴伦敦的飞机……

凌锋流利的英语和对病情有理有据的分析，让海若的家人对这位来自祖国大陆的女医生充满了信任。在家属的一再要求下，6月8日，昏迷中的海若经过长途飞行，住进了宣武医院神经外科的重症监护病房，开始了在国内治疗康复的历程。

事实证明，海若家人的选择是正确的！在中国医生的精心救治下，与死神几经殊死较量的海若，竟于2004年7月19日康复并重新走上她热爱的工作岗位。英方医生的结论被铁一般的事实彻底颠覆。

在这场救治海若的战斗中，中医显示出了神奇的力量，功不可没！这主要得益于凌锋教授这位主治者的高明，她虽是一位西医大夫，却从海若治疗开始，便让中医介入。2002年6月24日，海若再度出现高烧时，根据各项化验指标，专家会诊后认为是霉菌感染，重度败血症而又菌群失调，对所有抗生素都产生了耐药。在无奈的情况下，停用了所有的抗生素，完全使用中药和物理降温的方法治疗，并加用了中药三宝之一的“安宫牛黄丸”，使高热很快得到控制。用药两周后，海若体温恢复正常，彻底击败了死神的进攻！

两个国王和一个女孩的故事发人深省。有兴趣的朋友可以去问问，这么多年来，从已故国宝级名老中医蒲辅周先生起，有多少中医精英在为西哈努克治病？他何时又离开过中药？与侯赛因相比，西哈努克的情况难道不能算是旷世奇迹么？

两个国王和一个女孩的故事，充分说明了中国的神奇！

中国为什么这么神奇？

是中国的西医比英国、美国的西医都强？当然不是。尽管不能排除中国有像凌锋教授这样优秀杰出的，比英方医生强得多的西医大夫，但就中国西医整体水平而言，恐怕中国西医还不敢这样讲吧！对于这个问题，我们听听北京宣武医院院方是怎么说的：

英国后来派两名医生到北京看刘海若病情，以确定赔付金额。当他们见到刘海若后感到非常惊讶：“这种病例，就是恢复，现在也应该处在惊厥状态，不知你们是如何治疗的？”北京宣武医院院方回答：“我们不仅有高水平的西医大夫，而且还有你们国家没有的中医和中药。”

真是点睛之笔！这回答多么自豪！这是中华民族的骄傲！

这使我们联想到：中国历来人口众多，而且有五千多年的历史，为什么世界瘟疫史上最大、死人最多的瘟疫，却发生在欧洲和美洲，而不是发生在中国呢？“黑死病”曾使整个欧洲人口死亡过半。“天花”也曾使当时两千多万印第安人只余下几十万。中国历史上并不是没有发生过瘟疫，但为什么没形成欧美那样灭族绝种的毁灭性灾难呢？

比如天花，中国照样发生过。现今人们大多只知道预防天花的牛痘接种术是英国医生詹纳发明的。其实，其祖宗还在中国呢！

最早可追溯到唐宋时代，最可靠的是16世纪中叶，在中国民间已广为流传用人痘接种法预防天花，明代万历天启年间的程从周《茂先医案》、周晖《金陵琐事剩录》等书中都有种痘的记录。17世纪下半叶后，中国的人痘术相继传到俄国（1688）、日本（1744）、朝鲜（1763）。俄国人还专门派学生来中国学习种痘，后来俄国人将这种种痘术又传至土耳其。当时英国驻土耳其君士坦丁堡大使夫人蒙塔古女士（1689—1762）亲眼目睹了这神奇的种痘术，并于1716年向英国书信推荐。同年三月，她给自己六岁的儿子做了接种。1718年，她将这种技术带回英国。1721年，英国伦敦流行天花，儿童死亡率极高，英国每十四个人中就有一个死于天花。蒙塔古夫人以自己女儿做示范，公开传播这种种痘方法。从此，中国的人痘接种预防天花法在欧、美得到迅速传播。

英国乡村医生詹纳注意到，中国人痘接种法的免疫事实，并从中受到启发，再结合德国榨牛乳者不染天花的事实进行思考，发明了安全率更高的牛痘接种法。1796年5月14日，他给一名叫弗普斯的8岁村童做了首例接种牛痘的试验，约八个星期后，这种接种宣告成功。这划时代的发明，写进了他1798年出版的《对天花牛痘疫苗的成因及其效果的研究》一书中。而事实上，中国的人痘接种预防天花，按明代万历天启年间算，已比他早了二三百年！若追溯到唐宋时代，则更早了！

中国种族繁衍的历史，以及上述“两个国王和一个女孩的故事”均充分证明，中国人真的很幸运！中国真的很神奇！中国人的幸运和中国的神奇，原因在哪里？很简单，中国有自己的民族瑰宝——神奇的中医！

生命第一，而不是细胞第一

那么，是先中后西，还是先西后中，无论对于白血病还是其他癌症，都是一个关系到破译康复秘籍的首要问题。

去年，北京郭林新气功研究会负责人林健先生送给我两本书，一本是世界医学气功学会的《论文集》，里面收入了从1989年至2012年的六七十篇来自中西方各国的有关气功方面的论文；另一本是《郭林新气功2007年病例论文集》。

在《郭林新气功2007年病例论文集》里，有从成百上千个成功康复的癌症病人中精选出的62个典型病例。且先不说气功的医疗康复作用，其98%以上的病人治疗步骤是：

确诊后先用手术、放化疗等（极个别除外）治疗方法，待病情控制后，再用中医、气功或其他辅助疗法治疗。也就是说，这62例成功康复的癌症病人全都是先西后中。先西后中，是经得起实践检验的最佳搭档，它比单纯西医和单纯中医治疗更全面，更合理，更益于身体的治疗和康复。

比如，单纯性化疗治疗的白血病，成功的病例少之又少。当初与我妹妹在一起治疗的34位病人基本是单纯性化疗医治，现在已所剩无几，这种状况是全国所有大医院的缩影。我前前后后走访了不少大城市的大医院，很简单，我只问五年、十年以上白血病病人的存活有多少，除了急性白血病M3型以外，几乎都能不假思索地回答我“不多”或“也有，但不多”。

我妹妹走的前一年，我在北京一家大医院为我妹妹看病，专家听了我的简述和翻看了我妹妹的病历后，有些吃惊地说：

“7年多了？！我们医院像你妹妹这种病三五年就没了，你妹妹还不错！”

我妹妹仍属于单纯性西医化疗治疗的，只是在中后期，有一段时间服用了山东淄博某医院的中药，效果十分显著，可惜她没有坚持服用，最终复发后再次接受化疗，但结果是对化疗耐药，好不容易死里逃生再次抢救过来后，医院宣布不治，也不接受她住院。她开始醒悟了，也开始接受病友为她推荐的福建的几个土郎中，但服他们药几乎没有效果。她又偷偷服用先前服过的那家中医院剩下的一些中药。我心里很清楚，这回她真的后悔了，但悔之晚矣！

我妹妹就是一个单纯用西医化疗而丧失生命的代表。早在她发病初期，在上海某大医院化疗时，仅仅四天便发生生命危险，医生却依然坚持让她继续化疗。当我提出能不能等她恢复一些再治疗时，医生就说：

“那如果不打化疗的话，就只能出院，外面还有很多病人在排队等床位呢。”

“那就出院！”我坚定地说。因为我不想看着已经下了病危通知书的小妹死在这里。

“那你签字吧，出了危险我们不负责任。”

“为什么？”我不明白。

“她的血小板是两万五千，低于三万就极易引起脑出血。”

我真的没想到，医生的治疗会如此偏离实际，如此机械。但我知道，我必须制止。否则，我将眼睁睁地看着小妹的生命消失。因为，当时小妹的白细胞只剩下200个（正常人是5000～10000），血小板只剩下两万五千个（正常人是10～30万）。如果那时走了，她连一年生存期都不到哇！最令我心疼的是我妈妈。本来，她就被孩子突患白血病这突如其来的打击弄得伤心不已，心力交瘁，对于走和留，她什么主意也没有，只会天天流着泪说：

“怎么办，怎么办呀？还是听医生的吧？不打化疗，医生要我们出院哪。”

“别怕，我在部队做过多年护士，我带着抢救药品护送她，不会有事的。”

这是我第一次果断阻止化疗，救了小妹一命。后来这种情况还出现了几次，都转危为安。我不是说我有多么了不起，而是我舍不得亲爱的小妹离我而去。我和她是一母同胞的亲姐妹，又是父母的长女，在小妹生与死面前，我不能犹豫，否则将后悔终生。

我的决断救了小妹，却留下了一个疑问：为什么不在病人危及生命时停止化疗呢？我在福州某大医院采访了原血液科黄主任，她在血液科工作了 30 年，是一位很有临床经验的老专家。关于化疗，她是这样对我说的：

“一句话：血液科医生不好当。虽然血液病病人进来后基本上都是化疗。但是，选择化疗方案和化疗量非常关键。第一，方案对路，病人易于缓解；方案不对路，不仅伤害病人身体，而且效果不好。第二，化疗药物用量的大小也很难把握，量大了，有生命危险；量小了，又杀不死癌细胞。所以要做一名好的血液科医生并不容易。我的经验就是必须掌握一条原则：化疗打不下去时，应立即停止，待身体慢慢恢复了再继续打。比如，要等到指标上来，如血小板要在十万以上，白细胞在 4000 以上才能接着打。如果一个月恢复不了，就往后推。”

“那么，化疗的剂量要如何掌握呢？”

“要因人而异，因病情而异，因年龄性别而异，要了解病人的病情及身体承受能力。比如，一种化疗药，常用量一次是 20 克，但身体弱的就得减到 15 克。也就是说，方案是死的，但用起来要灵活。再有，医生一定要有责任心，发现问题尽早处理，特别是要非常小心地观察病人，要泡在病房里面。尤其是化疗后，有可能会出现骨髓抑制或感染或出血等情况。所以，我一天要查好几次房，这是我的工作习惯。非得一天看几次不可，不然心里就没数。打化疗头两周至三周，如果顺利，那就比较好。但化疗打下去，导致胃肠道紊乱、身体机能失调、免疫功能低下而容易出现感染。出现感染，用药要准，要找到感染原，确定是什么细菌？要看临床经验，比如呼吸道、口腔、肛门等。有些药物本身也会引起发热，将化疗药一停就退热了。”

说起感染，我觉得福州这家大医院的确很有经验，省里的血液病研究所也设在这里。我妹妹在当地化疗后感染了，医生用的是三四百元一支的进口抗生素，打了七八天后仍没效果，高热不退。而在福州这家医院血液科的年轻医生，用的抗生素只是先锋类加另一种国产药，当时费用才 70 多元，第二天热就退下来了。不得不佩服哇！

当我问到这位姓黄的老专家是否反对中医时，她说：“我不排斥中医，但我不主张单独用。比如，用中药配合化疗，减轻胃肠道反应，增强抵抗力就不错。因为，化疗后身体要恢复，免疫功能要恢复，细胞也要恢复。”

说实话，小妹复发多次，还能活这么多年，正是因为大多数化疗方案都是这位老专家提供的，关键时刻，也是经她和上海的一位姓沈的著名血液病专家会诊后才转危为安的。所以至今，我们全家人都很感谢他们！

这位老专家所说的话，可用几个字来概括，即：生命第一，而不是细胞第一。方案是死的，但用起来要灵活。不能化疗打完了，命也没了。

无论白血病还是其他癌症，单纯性西医治疗的危险性太大，易产生过度治疗，也易使病情复发。比如，癌症病人手术后，80%～90%以上患者因抵抗力下降，病情出现复发，这是一个不争的事实。于是，手术或化疗后配合中药调理，增强抵抗力，可以避免病情反复。当然，必须找到真正的能用辨证施治的好中医，才能有好的疗效。再有，西医的各种检验方法强于中医，它能使患者在短时间内得到正确的诊断，而正确的诊断是治疗疾病的基础。因而，抗癌明星于大元的“首选西医，结合中医，气功锻炼，饮食调养”的综合治疗语录已经得到了广大癌友的首肯，成了诸多癌症朋友的座右铭。无数癌症病人正是牢牢抓住这一救命法则，从而赢得了自己的宝贵生命，健康而快乐地活着。

慎重选择治疗方案

我国相关法规指出：患者有权知道自己的病情、诊断及治疗情况；有权知道医师拟定给自己实施的手术、特殊检查、特殊治疗的适应证、禁忌证、并发症、疗效、危险性及可能发生的其他情况；有权同意或者拒绝进行医师拟定的检查、治疗方案；在有多种治疗器械或多个治疗方案时，有选择权。

患者对自己的病情和治疗措施享有知情权。相应的医师对患者就有告知的义务。即医师有依据相关法律、法规履行向患者告知的义务；有经患者同意后才可进行相关检查、治疗的义务；有解答患者并告知相关问题的义务；有告知避免患者产生不利影响的义务；在不宜或者无法向患者告知的情况下，有向患者近亲属或其他法律规定的关系人进行告知的义务。

正因为此，尤其是重疾患者，更要选择好治疗方案。要权衡利弊，最好和医生一起商量，选择一种最适合自己的治疗方案。此方案应以风险低、能保全生命为前提。如果你确认自己选择的方案是最棒的，那么，就不要怕签字。

在这一点上，我觉得上海有的医院就做得不错。手术和化疗前，医生一定会详细地将方案告知亲属，说明前因后果，而且主任找谈话后，主管医生也要找谈话。方案也是由一个副主任医生或主任、一个主管医生、一个管床医生共同商量确定的。我妹妹的第一个化疗方案，用的是三尖衫，他们觉得我妹妹体质弱，所以给她用的是最小量。即便最小量，还是差点出了大事。这说明，虽然白血病治疗都是化疗，但化疗方案的选择、量大量小的确至关重要。

清理小妹遗物时，七年多的治疗记录居然高达半米。其中，有无数张像白条似的签字记录。比如，小妹每次住院化疗都要按程序将所有大大小小的检查都重新做一遍，其中就有腰穿。小妹最怕做腰穿，每次做完后不仅要平躺大半天，而且还带来一连串的后遗症，如腰酸、腰痛、弯腰困难等。所以，她拒绝做腰穿的签字记录最多。

腰穿在治疗上还算小事。最难的是医生总将一些有关于生死的抉择问题摆在你的面前，让你选择。比如，在上海我拒绝病危后的化疗，医生就将危险推到我的面前，要我签字。我权衡了利弊，毅然签了字。

值得庆幸的是，小妹的生命在我的签字中得以延续了这么些年。记得那天，我护送小妹从上海回到厦门，带去的抢救药品一个也没用上。小妹在软卧车厢一觉睡到厦门。回到厦门后，她的身体很快恢复起来。没想到化疗药才打了一半，她的病情就基本缓解了。小妹开始对药物十分敏感，这也是她复发多次都能活了这么多年的原因。

著名中医专家何裕民教授说："肿瘤治疗，短时间内杀灭癌细胞，中医不如西医显效，但长期疗效和综合疗效又远远优于单纯西医。因为它追求的是人的生存质量提高和长期的稳定，就像我们说的'和谐'……西医是种理想模式——把病杀灭得干干净净，但太理想化了，绝大多数病人做不到，只能让人明明白白地死。而中医认为，就病而言有可能还存在着这样或那样的问题，但却能让人糊里糊涂地活。"因此，只要理性地分析自己的病情，当你觉得自己的身体不能承受过度治疗的同时，不要怕签字。因为，它至少能使你"糊里糊涂地活"！

他选择签字，救了儿子

2009 年 6 月 30 日上午，我在上海某大学校园内采访了一位白血病亲属杨先生。他的儿子 1997 年患病，当时才 12 岁，化疗加中药，共治疗两三年时间就彻底痊愈了。

杨先生见到我连忙解释："你想见我的儿子，这事很令我为难。不是我有意不让你见，主要是我儿子 25 岁了，他已经结婚呀，还有了自己的孩子，连他的老婆都不知道他曾经患过白血病，至今已好了十几年了呀。你现在突然去见他，肯定要问起当年生病的情况，万一传到我媳妇耳朵里，总不是件好事吧？所以请你一定要理解。”

杨先生的儿子患的是急性淋巴细胞白血病（L2），说起儿子的病，他内心满是愧疚：

“儿子平时身体很好，从不生病，还喜好锻炼，常和我一起踢足球。儿子生病后，我一直在反思，我和他妈妈身体也挺好的呀，究竟是什么原因会得这个病呢？想来想去，可能就是油漆。这件事主要怪我，我对自己孩子太不关心。晚上有时搓搓麻将，就把小孩子一个人关在那个房间里面，而那间房子刚刚装修过，刷了油漆，我估计事情就坏在这里。

后来没过多久，孩子就开始发低热、疲乏、无力。一周后在医院做骨穿检查，发现有95％幼稚细胞，医生确诊为急性淋巴细胞白血病。孩子住院后打了四个月化疗，一直没出院。化疗反应太大，我觉得孩子的身体不行了，一直在走下坡路。医院里有个护士悄悄对我说，你孩子看来希望不大。听说山东淄博有家医院不错，你还是去那家医院试试中医吧。我开始没去山东，却选择去了另一家医院，结果发现那家医院是骗钱的，然后才决定去山东淄博。但我并不轻易相信别人，我先打电话，了解到浙江平湖有个孩子是他们治的，说是在他们那里看了一年，情况不错。我要了那个孩子的地址先去了平湖，想看看那个孩子的状况究竟怎么样。听说你昨天也去了平湖是吗？”

“是的，我去看一个M3型白血病的小姑娘。”看来他对平湖这个地方还挺熟。

“哦。到了他家我才知道，他家比较穷，因为没钱服药，小孩一直是断断续续地服药，但一年后情况很好。我看了这个孩子后，心里就有了底。1998年1月，我和太太商量好，准备带我儿子去山东淄博。因为我孩子得这个病后，我给全国各地的有关医院都写过信，他们回信全都没有办法。还说，如果找不到骨髓的话，只有自体移植。自体移植的书我也看过，并不保险啊。”

“杨先生，你真专业！”听到这里，我忍不住夸奖他。

杨先生笑了笑说：“这个没有办法的。小孩子得了这个毛病呀，他生了病，我也成了半个医生。后来儿子一直吃淄博那家医院的药。记得当时我还问过那个医院的院长，吃了这个药，西药全部不用行不行？他说可以。他又开了草药给我说，上海有的话你去上海配，没有就通知我，我给你寄。因为院长知道，我在淄博配的药是一分钱都不给报销的。所以我觉得这个医院的人真的挺为病人着想，不是那种只想赚钱的医生。他能为病人考虑，只给我儿子一种药丸，一种中成药。”

“你就那么放心地服他们的药？如果碰到孩子发热感冒，你会不会怀疑药的作用呢？”

我想起我妹妹就是因为碰到一次发热感冒就不再吃他们的药了，于是好奇地问杨先生。

杨先生说：“不会的。因为服他的药以后，小孩子状态不错，而且常去医院化验，血象结果出来都很好。小孩偶尔受凉会有的，院长马上开方子，让我去买药，小孩子服了就好了呀，还担心什么？”

“感冒？你不上医院，还是找他们？”

“那是当然，只要儿子一有事，我就马上给他打电话。我让他寄特快，有时一天就到了。当然，有件事我没听他的。他跟我说孩子要吃5年中药，而我只让儿子服了两年药，见儿子各方面都挺好，就什么药都不用了。不过，我是慢慢地减，到后来连中药也用得很少，晚上只给他服一颗。本来是两周做一次血常规，后来连这个也不做了，因为他已经完全好了，天天上学，和其他孩子没什么两样了呀。”

“你真是一个了不起的爸爸！”

“这是没有办法的事。况且我儿子得这个病，我是有责任的。我记得很清楚，当时我从医院出来，医生对我说，你要相信中医，不在这里看了？我说，不看了。医生说，不看你要签名。我说，签名就签名！我签完名就走了。第二天我就带我儿子到山东淄博了。我觉得看这个毛病啊，还是要靠中医。外面的情况我不清楚，但我儿子是活过来了，并且是靠中医活过来的。可能与我儿子年龄小也有关系，他还没开始发育。一直用西医、用化疗，对孩子发育不利，所以我就跟西医说拜拜。不然，听医生的，再打化疗，我儿子的命可能就难保了。”

孩子化疗受不了时，他选择了中医中药

就在采访杨先生的前一天，我去了杨先生所说的浙江平湖。虽然是跨省，但上海离平湖不远。我去采访一位患 M3 型白血病的 19 岁姑娘。那天，她父亲沈师傅要为刚刚考上平湖中学高中的女儿交学费，于是约我到平湖中学见面。然后，我和他一起回到石化的家。

那天真把我给急死了。因为我到了平湖中学，他的手机竟然打不通了，如果找不到他，我这一趟等于白来了。我去了财务室，有人说他已经交过款了，也有人说还没有。还好，我等了 40 分钟后沈师傅终于来了。我不认识他，但他一走到大门口，就认出了我：

“你是高记者吗？”

“真是谢天谢地！我差一点就找不到你了。你的电话怎么打不通了？”

“是没电了。不过，我知道你会在这里，因为说好了。”

沈师傅交完学费，我和他一起乘了一个小时车，来到他的家，终于见到她的女儿。姑娘很可爱，梳着一头短发，文静而秀气，红扑扑的脸上散发出青春健康的光泽。她接过我顺路买的西瓜，和她爸一起切起来，我顺势给他们父女俩拍了一张合影。

沈师傅告诉我，孩子是 1995 年得的病，住院三个月，打了三次化疗（M3 型主要是用亚砷酸化疗，一个疗程至少十天或半个月），之后在上海儿童医院又打了五次化疗，因为身体受不了，又吃不了东西，然后开始用山东淄博某医院的中药治疗，孩子逐渐恢复了健康。五年后，那家中医院的

院长告诉沈师傅，孩子已经完全康复，不用再服药了。可沈师傅却说，我害怕，不敢停药。

这个胆小的爸爸，竟然给孩子服了十来年的中药。

“沈师傅，你早就该停药了，最多吃 5 年啊！”

沈师傅说：“你没发现，我们这个地方的人都快搬光了吗？这里离化工厂近，得白血病的人不少，我还是想给孩子多服一些时间，反正服这个药又没坏处，于是想起来就服一粒，有时几天才服一次。没关系的，我想把剩下这些药服完就不再开了，不然留在家里也是浪费。”

西医内科主任偷着用中药救命

2009 年夏，我在山东某医院家属院里，采访了一位西医内科主任，70 多岁，他是 2003 年查出白血病（M4 型）的。他太太见到我第一句话就是：

“你想问什么，我都如实告诉你，但千万不要让我们医院知道。”

我答应了他的请求。

“我先生是服中药治好的。他发病有点奇怪，开始是头上长疙瘩，接着延伸到全身，不发烧也不感染，说是脂溢性皮炎、口腔溃疡，但他仍然上着班。不久，晚上发烧 38℃多，但他还一直在上班，实在坚持不下去了，才去住院。不久，便确诊为 M4 型白血病，化疗三个半疗程。第一疗程还好，第二个疗程就不行了，血小板低，血象低，感染了。11 月住院，次年 1 月份就很严重了，肺部感染、肠道感染（便脓便血）、胸腔积液。24 小时挂瓶点滴，春节后才慢慢缓过劲来。

说来也怪，和他同病房的一个急性白血病（M3 型）的病人向他介绍，说淄博有家医院，听说治疗血液病不错。他立即悄悄地前往那家医院，并找到了院长，拿回中药。然后瞒着本院医生，偷偷摸摸地服用，没想到越来越精神。

有意思的是，这个介绍我先生去看病的 M3 型的病人偏偏自己不去看，也不相信。另外，他说民营医院又不能报销，还得自己出钱等等。于是，他继续用西医治疗，听说后来还去了省立医院化疗。遗憾的是，没多久，他就离世了，才46岁。"

太太说到这里，主任有点得意地慢慢说（可能因为脑病，他说话有些断断续续）:"他用西医治，我用中药治。结果，他失败了，我成功了！"

我问主任，您这位西医内科大主任，为何这么怕医院知道您用中药？是不是您不相信中医？

"他哪里会相信？他是西医院的内科大夫怎么会相信？主要是我相信。"他太太接过话说。"信中医也是没办法。我是想试试看。因为西医已经没办法了，特别是害怕化疗。什么都降，血小板、血色素，白细胞最低降到200，马上发病危通知，太可怕了。"

主任又接着说:"病危后，我对孩子说给我准备后事吧。那年我70岁。当时我的血小板已经六七千了，输了几十个血小板，输一次只能管两三天，都有依赖性了。另外，还要打白蛋白、球蛋白，全是自费。血小板不能打了就打聚合力，打了五六针又出现副作用：手脚麻木，周围神经麻痹。西医再治下去，已经没啥办法，就想用中医治了。还是中医管用。服了中药后，血小板升得很快，两个月从二三万升至八九万，三个月就升至正常了，然后顺利出院。在我们医院住院半年，竟然花了30多万，有一半自费。什么脂肪乳、白蛋白、球蛋白等全是自费，血小板也不报销。

"出院后，我再也不想化疗了，甚至连骨穿都不做，自己感觉好就行。最多为了观察病情，十天半个月做个血常规。2004年、2005年一直很好，越活越精神，买菜、爬山，一切都好，体重150多斤。医院都说我是奇迹。因为医院根本不知道我在用中医治疗，我们也不敢提。"

"是啊，我们医院很反对用中医，血液科更反对。"主任太太说，"对了，我女儿的同事是个博士，他的母亲得了白血病，我女儿告诉她赶紧去淄博找中医治，挺不错的。结果她没去，后来脑出血走了。"

我问主任太太:"现在主任就是认准中医中药了？"

"是的，认准了。我们常常会接到咨询电话，安徽的，上海的，好多地方的病人打来的。有人怀疑我们是医托，我说，我们完全是实事求是说真话，没有瞎造，不是医托。"

后来，听说主任不慎摔了一跤，引发了心脑血管疾病而离世。

离开主任家时，他太太再次叮嘱我要为他们保密，千万别写他们的名字。西医反感中医，拒绝中医，在我国不是个别现象，但令人欣喜的是，这种现象已经开始改观。包括北京、上海的大医院专家也会在治疗中介入中医中药。有的专家曾这样说：我不管中医西医，只要对病人管用就行。这是一大进步！因为他们清楚地看到了西医治疗癌症的局限性。如果能像钟南山、凌锋等教授一样中西并用，一定能治疗更多的疑难杂症，解救更多的病人。

中医疗法疏导癌症

"臭水沟理论"

夏天，臭水沟容易滋生蚊子和苍蝇，消灭它们有两种方法：一是用农药喷洒见效最快，但过不了多久又会滋生新的蚊子和苍蝇；二是挖沟去掉淤泥让水流动起来，降低水液的温度。这就是世人皆晓的"流水不腐"的道理。因为水液的正常流动可使水质改善，不利于蚊子、苍蝇生长。

联想到白血病、肿瘤也是同样的道理。热毒与瘀血互相作用，使人体的血液循环遇到阻力，从而形成肿瘤，久而久之又发生恶性病变，癌症就形成了。西医的放化疗就像喷洒农药一样，它见效迅速，但时间一长，幼稚细胞又会出现。尤其是不少患者一直不停地化疗，不久便在巩固化疗的过程中复发。这就好比多次喷农药，使蚊子、苍蝇有了耐受力，喷多了也照样能生长。人在过度的放、化疗中渐渐失去了抵抗能力，坏细胞才容易乘虚而入。因此，中医采取活血祛瘀和凉血解毒的方法，它的治疗原理就好像开一个口子，把毒水引流出来，改善微循环，提高人体内氧的含量。只要人体的内环境一改变，抵抗力增加，幼稚细胞就难以生长或逐渐减少。这也就是西医的化疗、放疗，“急则治其标”，而中医的扶正、活血祛瘀、凉血解毒当属“缓则固其本”的道理。

黄氏疗法是山东淄博某医院院长发明的治疗肿瘤和血液病的综合疗法之一，它正是由“臭水沟理论”引发得来的“急则治标，以西为主；缓则固本，以中为主。中西医结合，标本兼治”的根本治疗大法。

辨证施治的开锁论

黄氏疗法认为，辨证论治是识别真假中医的分水岭。

“中医的辨证论治非常重要。辨证，就是要掌握传统的中医理论。比方说配钥匙，你配准了，就枯木逢春。配不准，就像不会开方的混混中医那样，一点鼠标十几味抗癌药都上去了。可是，病人服了一点用都没有。原因是医生根本没配好钥匙，而是一号、二号、三号钥匙全都拿去碰运气，锁当然打不开。再有一个是辨病。辨病，是结合现代医学对中药药理研究的成果。二者缺一不可。

“辨证最难。简单说来，就拿小儿感冒为例：如果孩子着凉流涕，这是第一阶段，为表证，治疗方法为解表；如果孩子咳嗽、发烧厉害，这是第二阶段，为肺热，治疗方法为清热；如果孩子不发烧，也不咳嗽，人变得蔫巴巴的没精神，这是第三阶段，为虚证，治疗以补为上，缺啥补啥。

“曾有人告诉我，中医学院的博士生毕业后不会开中药方，开始我还不相信。后来我接触了一些，果真如此。原因是，他们没有学到中医的真谛。比如，我给上海一位胰腺癌肝转移的病人江先生用的正是张仲景的名方——大柴胡汤，再配合我们医院研制的散结通络胶囊和特制的中药胶囊。你想，东汉时期的方剂竟然到现在仍然有效。1700 多年啊，可想而知，我们的中医学该是多么的博大精深！”（江先生感谢信附后）

院长告诉我，多年前，医院曾经招过一名60多岁的“老中医”。我先后两次发现他辨证施治错误。尤其第二次比较严重，如不及时纠正将对病人产生不良后果。此外，院长还了解到，这位“老中医”平时很少学习，是个麻将迷，于是院长毫不犹豫地将其辞退。

不要以为有个中医头衔，随着年纪大了，就变成了“老中医”，也不要以为有个主任医师、副主任医师的帽子，他就是能治病的好专家。辨别好中医最根本的一点，不是年轻或年老，也不是有没有教授的高帽子，而是看他是否能掌握辨证施治。真正的好中医开的药方，比西药更灵，效果更快，既治标也治本，只可惜这样的好中医太少太少。

抗癌“四四原则”

黄氏疗法是专门针对白血病和癌症病人的治疗康复原则，其内容如下：

（1）四早：早发现，早诊断，早治疗，早康复。

（2）四疗：即药疗、心疗、食疗、体疗相互配合。

药疗：辨证施治，及时调理，坚持用药。

心疗：科学对待，建立信心，心态平和。

食疗：营养平衡，禁忌烟酒及辛辣油腻。由于肿瘤多为热毒之邪所致，热性食物容易让体内血流加速造成出血，造成肿瘤的复发和转移。现代研究发现，肿瘤细胞不适合在碱性环境下生存，而日常饮食以素食为主，多食水果和蔬菜能保持体内的碱性环境。

体疗：适度锻炼，练习郭林气功、太极拳法为佳。强调通过适当锻炼来帮助恢复正气，提高免疫力和抗病能力。身体活动不方便的患者可以练习真气运行法，通过引导气在体内的运行，达到按摩脏腑，强身健体的效果。体力较好的患者可以练习郭林气功和太极拳，或根据个人爱好选择其他锻炼方法，以不感到疲劳为度。

（3）四心

信心：作为肿瘤、血液病的病人，一定要牢固树立此病可以治愈的坚定信念，鼓足战胜病魔的勇气。做到战略上藐视肿瘤，战术上重视治疗，不要被肿瘤吓倒，要清楚肿瘤不是不治之症，希望就在脚下。

决心：要有与疾病做斗争的意志。白血病病情变化快、容易反复，需要患者密切配合医生的治疗，严格遵守医嘱，心态平和，坚定不移地治疗下去。

恒心：要有铁杵磨成针的持之以恒的毅力。

细心：在日程生活中，无论是治疗用药，还是饮食护理，都要细心呵护，该吃不该吃、该做不该做的，要按医生的指导去做，不能乱来。

（4）四防

防劳累：劳累会造成人体免疫力下降，也是肿瘤复发的一个常见诱发因素。劳累包括劳力过度、劳神过度和房劳过度。肿瘤患者在日常生活中一定要劳逸结合，弛张有度。

防感冒：肿瘤患者因为体质虚弱，免疫力差，对外来的风寒、风热邪气的侵袭难以抵御，很容易引起感冒。感冒后邪气入里，体温升高，体质更加虚弱，从而加重病情。

近期，有一个湖北的孩子在医院做第一个化疗时，孩子的肝就被打坏了，还一直高烧不退。他妈妈算是个聪明的母亲，见西医一个月都没办法退烧，什么药都用尽，便马上出院，找了河北一家民营中医院，结果不到十天就退烧了，后来病情稳定了很长时间。不料，因两次感冒，孩子病情再度复发。

白血病患者最怕的就是感冒。千万要注意避免外感风寒。

我妹妹有一点不好，病情一稳定就很大意，所以她复发过N次。除了平时吃东西不注意外，还不注意保暖。有一次她出去看病友，正赶上厦门气温骤变，于是着凉后感冒高烧，病情随之复发。

防气怒：中医认为“怒则气上”，人生气时气血上涌，可见头晕头疼、面赤耳鸣，甚至晕厥，很容易造成肿瘤的复发。而生闷气的人大多肝气郁滞，气不能在人体内正常运行，日久郁滞而化火，也会造成肿瘤的复发。所以在日常生活中，尽可能不要生气，做到：宠辱不惊，功名利禄皆看淡；笑口常开，健康快乐保平安。

防暴食：饮食过饱，即超过脾胃所消化吸收的能力，易造成脾胃的损伤，故有“饮食自倍，脾胃乃伤”之说。脾胃为人后天之本，脾胃损伤则气血生化无源，气血不足则免疫力低下，造成肿瘤的复发。

此外，有不少病人的病情控制后，就放松了警惕，以至病情复发而无法挽救。在我的采访中，就有不少这样的例子。民间中医董草原也一再强调，病愈后的保护十分重要，决不可掉以轻心，特别是癌症病人的饮食、心态、过度劳累、外感风寒等，都会直接引起体内阴阳失调，造成适合癌细胞生存的条件，引起旧病复发。

今年七月，福建有个孩子，因白血病出现“脑白”（坏细胞侵害到脑组织），医院下了病危通知，说顶多能活十几天。孩子神志不清，头痛剧烈。经中医用药后，头痛消失，精神好，可以下床走动了，在医院住了几天后出院回家。没想到，回家后胃口大开，一下子吃了两只猪蹄，第二天病情出现反复，最终因“脑白”再次复发而离世。医生分析说，调猪蹄的卤料性温，属大热，不能吃太多。

其实，抗癌是一个长期的过程，是需要医患双方及中西医多方面结合才能完成的事情，西医治疗与中医治疗各有优势。只有根据每个患者的临床表现及肿瘤的早、中、晚期，制定不同的中西医结合的治理方案，进行个性化治疗，才能使患者病情得到最有效的控制，早日康复。

黄氏疗法治白血病，从中医讲有三条出路：一是皮肤发汗，二是利小便，三是通大便。这三个方法，目的是使体内的热毒、病毒分解，排泄得越彻底越好。在这方面，病人表现得很典型，不少人用药后，排出的小便像浓茶似的，十天半个月后就越来越清，几个月后便正常了。身上的感觉、血象都改善了，一年、两年下来，骨髓也改善了，这是根本的改善。

有位姓孙的退休小学教师，今年76岁，患急性粒细胞白血病（M2a，和我妹妹一样型），起初她也是先在省里的医院看的。后来她去了这家医院后，感觉疗效不错，就再没去省里看。省里医院的医生还常打电话催促她：

“到化疗时间了，你怎么不来？”

当得知孙老师在用中医中药治疗时，医生说：

“你要看中医？告诉你，中医是不管用的。你不要命呀，赶快来化疗吧。”

这一催就是好几个月。孙老师十个月后出现十几个幼稚细胞，也没去打化疗。就这样，两三年下来，她越活越好，我去她家采访时，她气色也不错。后来，省里的医院再也不反对她看中医了。因为，和她一起患病的人都不在了。老太太成了独一无二的冠军，成了生命的领跑者。

至今，经该院治疗康复五年以上的血液病患者有200多位，覆盖了除西藏之外的大江南北，而且还治愈了数十位东南亚、港澳台的癌症病人。为此，医院曾举办多次病友康复联谊会，到会的百余名康复病人个个感激涕零，千恩万谢，称院长和医生们是他们的再生父母，救命恩人。此情此景，使到场的每个人都为之动容。如果其他医院也能出现这样的场面，那你死我活的医患关系还会存在吗？

必须提醒的是，即便这家医院有200多位血癌病人创造了奇迹，也不能保证前去求治的每一位患者都能创造奇迹。毕竟血癌凶险，属世界难题。想要用中医治疗，就要给中医机会。给中医机会，也是给自己机会，不要等病情危重时再来用中医治疗。

附：胰腺癌肝转移患者江先生致院长的感谢信

院长：您好！

我是上海的一位胰腺癌患者，我叫江某，今年56岁，从事汽车驾驶工作。2008 年 5 月下旬，我感到上腹胀不适，在上海某大医院就诊，经 CT、B 超检查提示：胆总管下段结石可能，胰腺癌可能，右肝下段稍低密度影，肝右叶低回声结节。胰腺形态饱满不规则，胰管扩张，胆总管扩张。

为求进一步诊治，我又去上海某肝胆专科医院求治。核磁共振等检查结果提示：肝内外胆管扩张、胆总管下段断续，胰头部纹理不均，考虑胰头癌，肝内多发性转移瘤。后又经外科会诊，认为已无外科手术治疗指征。也就是说，我患的胰头癌肝转移已不能做开刀手术了，医生断言我的生命也就三至六个月。

尤其我的血液检查结果全都超出正常范围的几倍乃至几十倍，如 CA19-9 的正常范围是 0 ~ 39，而我的检测结果大于 1000。加之我全身皮肤黏膜出现明显黄染，遂门诊以“胆管狭窄、胰头癌可能”收住入院，并采用 ERCP 方式将金属内置管置入我的肝总管进行引流。对我所患胰头癌及转移性肝癌，医生说只能做放化疗。

对此我家属认为：既然医生估计我的来日不多，所以不想让我再受放化疗的痛苦，而是想选择中医的保守疗法来延续我的时日。就在这时，我的表姐听了您来上海进行的中医讲座后，觉得您是一位既有中医理论，又有实践经验的难得的好中医。于是，介绍我去找您看病。经过服用您根据我病情所特制的中药胶囊、汤药及联糖素、散结通等，再加上我自己配合练习郭林气功的锻炼，我的病情逐渐好转……服了您的中药两个月后，我肝上的三个转移肿块逐渐变小到消失，从而使我信心大增，我的第六感觉告诉我，您就是我这辈子的救命恩人。

另外，爱人、孩子对我的细心照料和精神上的鼓励，使我更增添了战胜疾病的信心和勇气。想到这不同寻常、令人心酸的 700 多个日日夜夜，她们真是无微不至地照顾我，无论我是发高烧，还是憋气、腹胀、浑身颤抖、难过时，她们总是细心服侍我、安慰我，使我深感亲人的温暖和关心。眼下我感觉到自己身体正在日益恢复中，体重亦逐渐增加，血液检验、癌胚抗原、C 反应蛋白、CA19-9、CA50、CA12-5 等检测结果都已正常。对此，我要感谢您和您的团队近两年来为我所付出的心血。就我的胰头癌、肝转移，即便在肿瘤医院也不多见，但是为了挽救我的生命，您查了不少资料，并集体讨论，研究制定了缜密的治疗方案，辨证施治，逐步使我严重的病情有了起色，也让我们全家在绝望中看到了生的希望。今天我在此代表我全家，向您及医院的全体员工，表示衷心的感谢！感谢您的救命之恩，感谢你们高尚的医德，高超的技艺！谢谢大家！

江某

2010 年 4 月 28 日

我采访的好医生不在少数，之所以转载江先生的感谢信，是因为他确诊后，被我国一位著名西医专家判定最多只有 6 个月生命。而现在，他已经康复 5 年了，具有代表性。

就在此书发稿之际，我得知已经康复 5 年半的江先生 2013 年国庆刚刚离世。奇怪的是，他不是死于癌症，而是死于呼吸系统疾病（肺脓疡、肺功能衰竭）。为他治疗的山东淄博某医院院长听说噩耗，特地去看望了他的爱人。江太太见到院长就哭着说：

“我先生一直恢复不错，身体各方面都挺正常。但近年来不知怎么就不练气功了，说怕人看到笑话，不好意思。结果经常在家生闷气，总是发火，后来还摔东西。这次正赶上中秋节入院，做个化验都要等好长时间，而只有等化验结果出来，知道是什么细菌时才能用药。不巧的是，又赶上医院节假日……唉，他在住院期间的各项癌指标检测中仍没有发现癌细胞，得知这个结果，我真的感到很痛心。”

听了江太太的叙述，院长说：“我和江先生都成了好朋友了，他病情发生了变化，为何不联系我们呢？其实他的病并不复杂，发火是肝郁，用逍遥丸就好；摔东西可用龙胆泻肝丸。在中医五行理论上，肺属金，肝属木，金克木，肺抑制肝的功能，如果肝火过旺则容易反过来抑制肺脏的功能。因此，肺的病变应该从肝去论治。由此看到，中医看病不是单纯直线运动，有时是转个弯去治病的。病人康复后不能大意，要长期与医生沟通。医德好的医生对病人会负责到底，不会不管的。江先生走得真是遗憾！”

不要等病情危重再来找中医

院长说，不少病人或亲属来我们医院问诊时，大多数病情都已十分严重，这说明我国的白血病、癌症的发病率在不断上升。

几乎超过90％的患者是在其他医疗途径效果不佳或者被放弃治疗之后才来求助我们，而此时患者的身心均已不堪治疗之苦，身体的免疫力和精神状况已经降到了极点，随时都在死亡线上徘徊。他们抱着“死马当活马医”“试试看”的心态来我院进行治疗。对于我院的专家来说，这是一种无奈，但作为医者，更需要付出多倍的努力，来给这些怀着“最后一线希望”的患者以帮助。可以毫不夸张地说，所有经过我院治疗缓解或康复5年以上的近200名白血病患者，每一个都是奇迹，这些在我院的《白血病患者的新生之路》一书中可见一斑。

可是，为什么大多数患者都到了几乎不治的时候才求助于中医呢？经过分析，我们认为主要原因有以下几个：

首先，对白血病的治疗方式认识片面。白血病是一种到目前为止仍未被科学破解的疑难病，多数人只知道西医治疗（包括化疗和骨髓移植），而不知道中医治疗，更不了解中西医结合等综合治疗方式。所以，患者及亲属没有找到合适的治疗途径，以至失去了最佳治疗时机。

其次，对中医缺少了解或有误解。许多人不相信中医可以治疗白血病，以为像白血病这样的“大病”只有西医才能治疗。而实际上，中医和西医各有优势，特别是中医拥有几千年的历史，是我国的瑰宝，在疑难病方面往往有独到之处。

因此，不要等病情危重了再来找中医，化疗和中医可以同时治疗，强强联手。需要强调的是，不建议单纯采用中医的方式治疗，应坚持“病急西医为主，病缓中医为主”的方针。因为发病初期，幼稚细胞活跃，病情较急，这个时候化疗可以迅速地控制病情发展，大部分患者通过化疗可以缓解。不过，化疗有局限性，只能治标，很难治本，而且存在抗药性和对自身机体损伤的缺点，故不是长久之计。在缓解之后，最好用中医结合治疗。另外，如果身体情况允许，病人尽量到医院来，增加面诊的次数，这样使中医的辨证施治更为准确，治愈率也会提高。有病人用药后长时间不联系，不和医院沟通；有的又继续化疗，最终效果不好了又再来找我们。再有，要根据病人身体情况，有效地延长化疗间隔，提高机体免疫力，逐步从根本上解决病灶的问题。这样治疗，生命会更稳妥，更有保障。总结起来，有以下几点告知大家：

西医化疗是必要的，但不是唯一的；

骨髓移植是科学的，但不是唯一的；

中医治疗是可行的，但不是唯一的；

科学而有效地综合治疗，才是正确的。

在我院治疗成功的患者中，许多没有再去化疗，许多在不断延长化疗的间隔时间，既减少了痛苦，又节省了费用，这样的治疗方法非常适合中国的国情。但我们在推广自己的治疗方法时却遇到很大的困难，主要是西医对中医药的排斥，这使得众多病人及其家属徘徊在十字路口，不知道该听谁的，不知道如何确定治疗方向。这些难上加难的事，全都推到患者和患者亲属面前，的确很难定夺。

抑癌生存，与癌共舞

三蠲抑瘤法之清肺抑瘤汤

“三蠲抑瘤法”是江西省某医院院长在多年临床实践中根据肿瘤常见病因机理总结的经验，是用来专门针对癌症病人的切实有效的治疗方法。

所谓“蠲”，为免除、减轻之意。“三蠲”即蠲虚、蠲毒、蠲痰瘀，简单来说就是扶正祛邪、清毒散结的一种综合疗法。他认为，人体正气（包括机体的免疫功能）是体内一道祛邪防病屏障，如果正气虚了，那么邪气（致病因子）就会乘虚而入。这里所指的虚，不仅包括通常所说的虚弱，更多的是指孔洞、空隙或薄弱环节的意思。正如《淮南子·泛论》所说："若循虚而出入，则亦无能履也。"因此，病人之所以罹患肿瘤就是正气或是免疫功能出现了漏洞、空隙，以致外邪侵入；加上情志郁结、饮食不节等，造成脏腑失调，经络不畅，肿毒痰瘀互结，形成肿块。所以蠲虚就是加强和巩固机体防病抗邪的屏障，也可以说是改善和提高免疫功能，是治本；而蠲毒、蠲瘀则是清除肿瘤的致病因子，是治标。因而三蠲抑瘤法是一种扶正祛邪、标本兼治的方法。它对肿瘤细胞的作用不像西医化疗那样在杀灭肿瘤细胞的同时，大量损伤机体正常组织细胞，造成正邪俱伤，出现骨髓抑制、心肝肾等脏器功能损害和腹泻、恶心呕吐、脱发、手足麻木等严重的毒副反应，而是抑制肿瘤细胞的生长，诱导肿瘤细胞凋亡，不断减少肿瘤细胞的数量，在抑制肿瘤细胞增长的同时，不断恢复脏器的功能和机体的抗病力。它就像社会管理，一方面通过改造环境，打击邪恶以消灭不健康的力量；另一方又面通过加强自身治安防卫机制，来减少、抑制不健康的力量，维护社会的健康发展。

比如针对肺癌来说，根据它的病因特点，以"三蠲抑瘤法"补虚、清毒、化痰瘀并用，组成清肺抑瘤汤。一方面补益脾肺，以补正虚，提高机体免疫力；另一方面清毒化痰瘀，以清除结聚之瘤邪。按照中医辨证论治，可以取得很好的疗效。

清肺抑瘤汤由12味药组成，包括太子参、黄芪、白花蛇舌草、半枝莲、茯苓、陈皮等，这些中草药对肿瘤细胞具有明显的抑制作用，同时还有促使癌细胞凋亡的作用。

院长用他发明的三蠲抑瘤法诊治了不少癌症病人，包括肺癌、肝癌、结直肠癌、胃癌、乳腺癌、白血病等，有的延长了生命，有的创造了生存10年、20年的奇迹。许多晚期癌症患者经过三蠲抑瘤法治疗，生活质量得到很大改善，实现了无痛苦生存、无痛苦死亡。

三躅抑瘤法之抑癌生存

抑癌生存，是近年来中医界的一个新理念，它逐渐成为中西医结合治疗癌症的一个主导思想。尤其是对于那些医院无法收治的“老大难”和重度晚期癌症患者，甚至生命垂危的病人，抑瘤生存是最好的治疗方式。

在江西省某中西医结合医院，院长详细地对我谈了他的治癌理念：

“西医追求无瘤生存。对付癌细胞，只有利用化疗、放疗等手段杀灭或手术摘除，除此之外，别无良策。放化疗是双刃剑，在杀灭癌细胞的同时，对机体脏器有很大损伤，弄不好就要付出生命的代价。也许化疗做完了，人的心肝肾也完了，命也没有了。因此，中医强调治病是为了救命，治病是为了生存。人死了，谈治疗还有什么用？还有什么意义？人的生存期和生活质量取决于脏器功能，心肾肝不好，怎么活得长呢？中医是以人为核心，即把人的生存和人的生活质量放在第一位，虽然也追求无瘤，但不把它作为唯一目标。所以，在消灭肿瘤细胞的同时，最大限度地保护脏器功能，采取抑瘤生存、带瘤生存的方法，通过增强机体免疫功能，诱导肿瘤细胞凋亡等方法，使瘤缩小或消除，让瘤与人和平共处。人体免疫功能好比体内的警察，通过增强机体免疫功能，加强了警察的力量，就可以依赖自身的力量控制或消灭肿瘤细胞，稳定或缩小瘤体，保持脏器的正常功能，改善临床症状，使病人生活质量提高，生存期延长。”

治疗癌症、白血病病人的最好方法就是中西医结合，这也是我国医学的特色与优势。实体瘤患者早期尽量争取手术，术后可适当化疗，加服一至三年的中医药治疗。化疗一般不超过六个疗程。体质差的、年龄大的，尽量少化疗或不化疗，可以采用内服中药加中药抗癌制剂静脉滴注的方法，也能取得较好的疗效。在他们医院，对年老体弱、晚期肿瘤、不能耐受放疗、化疗的患者采用他们首创的中药内服加中药注射剂静脉滴注，取得了较好的效果。这种方法虽然杀灭肿瘤的力量较小，但控瘤效果好，毒副作

用小，拔针后就可活动，不用担心恶心、呕吐、脱发，以及血液各项指标下降和心肝肾功能损害，帮助机体带瘤生存。现在不少晚期病人乐于选择这种疗法，也为在化疗遇到障碍的情况下治疗肿瘤开辟了一条新途径。

“因此，我们应该公正地看待中西医。西医有快有慢，中医也有快有慢。比如，西医的降压快，对危重病人抢救快。但有的就不如中医，如高烧。西医只有用抗生素，打不下来就没办法了；而中医有些药用上是立竿见影的。西医是看病不看人，中医是多靶点。你想，两只手、三只手总比一只手强吧。西医随着科技进步发展较快，中医当然也在发展，以前中医都是单纯三个指头、一个小枕头，现在就可以结合现代诊疗手段，或是中西医结合。这同样是发展创新。西医有时可能需几万元或十几万元的医疗费，而中医也许几百元就搞定了。”

我是2010年10月中旬慕名去采访院长的。那天，正赶上一位姓朱的肺癌患者出院给院长送锦旗。这是个肺癌病人，姓朱，61岁，患晚期肺癌，到上海某大医院治疗，做了两个疗程的化疗，病情仍未得到有效控制。在胸腔积液的基础上，又继发心包积液，胸闷喘息、不能平卧、不思饮食、短气乏力、日见消瘦。主管医师告诉家属最多只能活半个月，请他赶快返回江西以便料理后事。家属不甘心，又在上海到处寻找中医治疗，一位医师告诉他江西就有一名治癌的医生很有特长，可寻一试，并告知联系电话。于是他们急返江西联系到这位院长，前来就诊。经过三蠲抑瘤法中药内服加中药注射剂静脉滴注治疗，五天后，患者胸闷气喘、不得平卧就得到了很大改善，饮食增加，精神好转。令他没想到的是，经院长治疗20天后，积液全部吸收，且能吃能睡，整个精神状态焕然一新，于是出现了开头送锦旗的一幕。

在医院，我还有幸见到专程从上海赶来治病的上海国棉三厂退休干部李大姐，她60多岁，是慢性粒细胞白血病患者，在上海治疗几年后复发，难以控制。主管医师明确告诉他，由于年高体弱，反复发作，已经没有办法，最多只有六个月的生存期。本来，她此行来到南昌，是为自己即将要离世而特地来江西看一看自己曾经工作过的地方，以了却临终前的心愿。当时已经全身浮肿，发热多汗，锁骨上、腋下、腹股沟淋巴结肿大，腹胀肠鸣，不思饮食，四肢乏力。到江西后，听在江西当警察的小儿子的朋友说，江西有一位中医肿瘤名医，治好了不少肿瘤病人，不少外省市的患者都赶来江西请他治疗。于是，她的小儿子也带她去找这家医院的院长看看。这一看不要紧，她的病情有了很大的改善。几个月后，她独自回到了上海复查，结果是她的白细胞从 4.5 ~ 3.8 万降至 1.7 万。检查医师拿着报告单，见了她的第一句话就是:“恭喜你！”

邻居看到她更惊讶得了不得:

“江西有这么好的中医啊？！”

她也得意地回答说:“当然。别用老眼光看江西。”

我见到这位气质不一般的李大姐时，也有些吃惊，上海人的确漂亮。见到她，就使我立即感觉到，其实美和年龄是无关的。她精神气色都不错，看来，是中医中药的神奇魅力令她重新焕发了青春。

在这家中医研究院病房，70% ~ 80%是重病人，其中有不少抑瘤生存的病人，比朱某恢复得更好的病人还有不少。有位从武汉某著名医院转来的病人胡女士，是一位 60 多岁的中晚期大肠癌病人，来时大小便失禁，不能站立和行走，是坐在轮椅上被推过来的。医生说她最多只能活三个月。中医治疗后，三个月可以生活自理，存活了五年多。有位胃癌肝转移的患者，到医院治疗时腹胀如鼓，形体消瘦，面色黧黑，四肢无力，白细胞只有 2000 多。进院第三天就出现上消化道大出血，经过院长亲自医治，进行中西医结合抢救，方才转危为安。现经中医治疗后，已经恢复了工作。有位姓周的结肠癌术后患者，由于术中发现有淋巴转移，需要做化疗，可是患者看到病房的其他病人做化疗后胃肠反应很重，呕吐不止，水食难进，坚决不肯接受化疗。于是找到了这家医院，经过采用益气清毒法中药内服，加上中药抗肿瘤制剂静脉滴注六个疗程，已经存活五年多，每天活蹦乱跳，天天打麻将。

不少癌症病人不仅长期生存十几年，而且仍在职上班。有位李姓肺癌病人，只做了一个化疗，坚持吃中药三年，现在已存活六年了。而和他同住院的病友全走了。李某说，之前，我也东找西找好多地方，治疗效果都不好，现在我始终坚持吃院长的药。还有个胃癌患者手术后，竟然没打化疗，中药治疗两三年，就不吃药了，已经存活十几年，跟儿子陪读去了。

抑瘤生存已经成了不少医院的治疗原则。我采访了江西省某中医院血液科的主任，她也证实了这一点：

“来我们科住院的白血病病人，基本是化疗效果差的，或者化疗打不下去的。急性白血病来得比较少，多数是慢性白血病。个别白血病病人的生存期超过了 15 年。即便有些白血病病人没有治疗条件，也可带病留药，延缓生命，改善生活质量。这样的病人至少都可以拖个两三年。他们一边吃着中药，一边与亲人们快乐地生活着。”

这样多好！带瘤生存，与亲人们快乐地生活着。有的心情放松后，一边吃药，一边练气功，不知不觉中，病反而好了。有的即便离世，也不那么痛苦，而是在亲人的怀抱中安然离去。

这位院长给我讲了这样一个故事：有一位晚期胃淋巴瘤的患者，当时在省一家大医院诊治，医生说已经没有办法了，最多只能生存三个月。可是老人还有很多心愿未了，希望能找个好医生帮助延长生命。经人介绍找到了我，治疗三个月以后，精神、食欲大增，腹胀腹痛减轻。以后，随着生命的延长，老人家做完了 70 大寿，见到了在国外的外孙女，更看到了刚出生的孙子，在高兴和无痛苦中走完了人生的旅程，延长生命将近两年。为此，他的女儿和女婿在老人过世后专程到医院向这位院长表示感谢。他们深情地说，过去对中医不了解，也不相信中医有多大的作用，这次通过自己亲身经历的这件事，让我们感到中医真的很神奇。

这就是抑癌生存的魅力，也是中西医结合最为人性化的治疗效果。

三蠲抑瘤法之益气清毒，扶正祛邪

在三蠲抑瘤法的基础上，院长进一步把他的中医肿瘤特色疗法推升为益气清毒法，经过多次专家论证建立了国家中医药管理局恶性肿瘤中医益气清毒重点研究室，并担任研究室主任。这是在截稿之时，目前国家仅有的两个中医肿瘤重点研究室之一，说明了国家主管部门和专家对益气清毒法的高度重视与肯定。

益气清毒法在补虚扶正方面重视益气。中医认为，气是人体生命活动的基本物质和主要动力，正气强健则脏腑功能正常而协调，免疫功能健旺，抗病能力强。而脾胃为后天气血化生之源，肺主一身之气，因此益气当以补益脾肺为先。清毒则是清除体内形成肿瘤的热毒之邪、痰瘀交结之邪，重在抑制肿瘤细胞增殖，诱导肿瘤细胞凋亡，而不是以毒攻毒，正邪俱伤。这是中医治疗中晚期肿瘤扶正祛邪的创造性应用，这种疗法使不少中晚期肿瘤患者得到了救治。如肝癌患者罗先生，男，53 岁，是南昌市某局的一位干部。他在 2008 年 10 月体检时，发现肝脏占位病变，诊断为肝癌，后在上海某医院做了右肝肿瘤切除术。 同年 12 月，他又因上腹部不适，到上海第二军医大学附属某医院做胃镜检查，又发现患上了胃癌，于是又做了胃大部分切除术。术后没法吃东西，吃下去东西肚子就胀得受不了。体重迅减二三十斤，且常常感到上腹部及肝区胀痛，口干、口苦，精神疲倦，四肢乏力，失眠多梦。此外，罗先生还有肝硬化、糖尿病、高血压病史十多年。由于病情复杂，罗先生多方求治，疗效甚微，非常焦虑和痛苦。后来经朋友介绍，抱着一线希望，在 2009 年 1 月找到了该院院长。进院三天后患者突然上消化道出血，院长立即采用中西医结合的方法进行抢救，经过五个昼夜，硬是把他从死亡线上拉回来了。病情稳定后，即用益气清毒法治疗，首先内服中药，药用益气清毒汤，以益气养阴、疏肝健脾、清毒消瘤，每日一剂，分两次服。并配合用抗癌中药制剂静脉滴注，进行护肝治疗。由于辨证准确，采取了联合用药的综合治疗方法，尽管病情疑难而

复杂，但经过四个疗程的治疗，病情大为好转，肝区疼痛消除，食欲正常，睡眠安稳，精力大增。复查腹部CT和彩超，结果未发现新的病灶，肿瘤标记物检查数值全部在正常范围。现继续坚持服用中药以巩固疗效，并已恢复了正常工作。他逢人就说，我这条命是院长救回来的，他不仅医术高，而且医德高尚，是我的大恩人。

用益气清毒法治疗成功的例子还有很多，这位院长有一个记录和保留病历的习惯，翻阅他收集的病历资料，可以看到有很多用三蠲抑瘤法、益气清毒法治疗肺癌、胃癌、直肠癌、结肠癌、胰腺癌、前列腺癌、食管癌、乳腺癌、子宫癌、卵巢癌、肝癌、淋巴瘤、骨癌、白血病的记载，不少病人经过治疗后延长了生存期，提高了生活质量，有的甚至在死亡线上被拽回来，又安度了几年。有的鼻咽癌患者经他治疗后的生存期已有20年，有的肝癌患者生存期已超过10年，有的胰腺癌患者生存期近10年……这只是中医治疗肿瘤的冰山一角，却显示了它充满希望的生命力。

营养医学调理慢性病

这是一场深刻的革命，它将对现代医学科学理念
产生颠覆性的冲击。
以营养素，给身体的各个部件添油加力。
补充给养，补充能量，增强身体自愈能力。
不用医药，不用外力，
只要给我加油，我就可以自己救自己。
只要给我支点，我就可以延伸生活的美丽。

人的生命是一个悖论。一方面它很脆弱，在外力的作用下，几分钟甚至几秒钟就可以停止呼吸；而另一方面它又很顽强，因为上天赋予它强大的自我修复能力。只要支撑它生存的基本要素没有完全断裂，它就可以修复如初。

有个精通中西医的博士在面对他的电视观众时讲过这么一件事：他的一个外科医生朋友患了慢性胆囊炎，要把它切了。就在他被推进手术室进行麻醉的那一刻，生来第一次感受到生命的脆弱。因为他的生命将要交给别人管理几个小时。这是多么大的一件事啊！他很清楚，即使一个小小的胆囊手术，也可能发生意外，也可能回不来。他亲眼见到不少人把命交给别人就再也没回来。他为别人做了多年的手术，每天都在玩生命，可是玩到自己出了毛病时，才十分清醒地意识到这一点。

所以，健康只有掌握在自己手里才最放心，最安全。然而，这个世界上并没有百分之百健康的人，医生也一样。健康是相对的，不健康才是绝对的。因为我们的身体时时刻刻在受到损伤，受到伤害。被污染的环境、水和食物等方方面面的因素不断地在侵蚀我们的机体，使我们一生都注定走在通往医院的路上。

其实，我们的方向错了。我们可以不跑医院，可以通过吃饭用营养来修复。因为人坏了就是病了，病了就是因为外界因素造成体内营养素缺失，而人的脏器又是靠各种营养素来生成、维护，比如蛋白质、水、氨基酸等。于是，吃饭就是补充脏器中所需的营养，使生命不断强大起来。所以人必须吃饭，不吃饭就不能生存。但人光吃饭，营养不均衡，因此需要佐以机体所需的营养，才能彻底修复得病的机体。

说出这番道理的正是营养医学创始人、《失传的营养学》作者王博士。利用营养素修复治疗人的机体，达到治疗各种慢性疾病（包括癌症，因为癌症也是慢性病），正是他的首创。

这是一个人体科学生物链，是大道。自然界中的万事万物都是在这种修复——再生——修复的生物链中进行轮回，因而它也是天人合一的营养核心价值理论。

2013 年春节后的一天中午，我突然接到一位陌生先生来自北京的电话，他姓郑，是北京某大公司的一位副总裁。他说这次冒昧打搅我，是为了向我提供一条信息——几个省的电视台正在同播一次《健康就好》的节目，其中有一次讲了用营养素调理好了一位白血病患者。他之所以向我提供这条信息，是看了我的博客，知道我在帮助白血病病人。

我很感谢这位先生。虽然他说的这个节目我没看过，但我前几年就读过那位博士写的有关营养学的书。当时，我看完书后，就想找这位博士，可不知上哪去找他。我在网上搜索，发现有不少人也很想找他，因为他在书中提到用营养素调理疾病。谁没有疾病呢？于是，便有网友在百度提问：

“此人是不是某直销企业的托啊？”

没有否定，也没有肯定。总之，没有人能准确地回答这位网友的提问。

我记得书里提过他曾经调理好一些慢性病，甚至癌症，但白血病在书中我倒是未看到。再加上，最近找我咨询的白血病病人不少，有好几个都是孩子，很危重。如果真是这样，我倒想深入了解一下，看看能不能帮到那些孩子，尤其有一位河南驻马店的三岁急性淋巴细胞白血病男孩的病情正处于危急之中。于是，我通过郑先生提供的健康热线，几经辗转找到了那位博士，我提出如果是真的，希望他能帮一帮几个患白血病的孩子，他们已经快走投无路了。

我问他：“能不能采访那位姓朱的白血病病人呢？”

“当然可以。”他回答说，“其实电视上已经说得很详细了。”

“我知道。但是我不能光凭电视和报道写东西，我的书中所有涉及的病例都经过我的采访，都必须用事实说话。现在采访很方便，可以直接视频。只要我跟对方聊上几句，基本上我就能判定事情的真伪。”

白血病患者与营养调理结缘

癌症也是慢性病。我在网上看了《健康就好》节目中的营养调理治疗白血病，总觉得这个病人面熟。后来终于在我的采访笔记本里找到了他的名字，姓朱。原来2009年，我在青岛采访病人时就已经采访过他了，我和好几个病人的合影中也有他。他当时吃着中药，情况良好。后来怎么又复发了呢？

我拨通了朱先生家的电话，是朱太太接的，她说先生带孩子出去玩了，自己有点感冒待在家里。

只有与死亡握过手的人，才能深深体会到生的可贵！患了急性单核细胞白血病（M5b）的朱先生，真切体验了与死亡近距离接触的痛苦。在电视节目中，我看到朱先生回忆起当初患病的情形，尽管面对那么多观众，他仍然禁不住流下眼泪。

朱太太告诉我：朱先生是在2007年患上白血病的，确诊后，他和其他白血病病人一样，经历了痛苦的化疗阶段。他说，如果我死了，我的儿子就没有爸爸了。朱先生不想放弃，他选择了与病魔拼一把。一开始，治疗还算顺利，后来，他一边化疗一边服中药，没想到在第9个化疗后，病情还是复发了。就是从这次开始，他感到了死神的逼近。因为，他亲眼见到他的病友们在复发后一个个离去……

朱先生含泪写下了遗嘱，并录了像，做了最坏的打算。但他贤惠的太太从未放弃过，她听说有的病可以通过营养调理来解决，于是，认真读了一本叫《失传的营养学》的书，感到书中说的不无道理。她说，人是有自愈能力的。比如，切菜时不小心割破了手，过几天它就好了。如果用营养素调动它的自愈能力，是否也能使疾病康复呢？

其实朱先生已经见过一次写营养学的那位博士。博士得知他的病况后对他说，你这个得进行营养调理。他说，我现在吃着中药挺好的。博士说，我觉得这个病不可能很好，充其量是延缓而已。但当时朱先生夫妇并未接受他的调理。可这次不同，他所有的治疗途径都走了一遍仍然不行，病情还是复发了。到了走投无路的地步，也只好尝试着接受用营养素了。于是，从复发后的第一个化疗起，他就配合博士用营养素调理自己的身体，不知不觉中，他的身体竟然渐渐走向了康复。他可以心无所恃地和太太、儿子一起去看海，一起去公园。在电视节目里，朱先生十分感谢这位博士救了自己，博士也感谢朱先生一丝不苟地执行了他的营养调理方案。博士说：

"你的康复，也得益于你对我的信任和配合。补营养素必须在专业的指导下进行，如果你没有坚定地执行我的方案，如果用了营养素后你没有及时向我反馈情况，我就无法根据你的具体情况及时为你进行方案调整，也不可能成功。当然，我们还得感谢医生的化疗。白血病患者的调养，一定得跟化疗相配合。化疗有它的意义，可以将癌细胞杀死，先把病情控制住。”

“白血病的坏细胞怎么长出来的呢？是因骨髓造血系统被破坏而造成的。要根本解决这个问题，除了用化疗外，还得先控制住它的发展，然后再通过营养调理来解决它。这么说吧，假如一块好地，如果你长期不理它，不去整理，就会长出野草。几年不管，就会成为荒废的盐碱地，什么也长不了。人的身体也是这个道理，你要好好对待他，要勤浇灌，勤呵护，就能长出好庄稼。一方面通过化疗杀死癌细胞，另一方面补充所需的营养，通过营养调理后，改善骨髓的造血环境，癌细胞就长不出来了，长出来的就是好细胞。这个问题不就解决了吗？”

我倒是觉得奇怪，朱先生夫妇从头到尾都没提到移植，而一般患了白血病的人，在媒体的误导下，想到的只有骨髓移植。这是为何呢?

朱太太轻轻一笑说：“我们到医院后，医生首推的办法就是移植。但是，我一是觉得我丈夫年纪大了；二是即使移植，当然应找自己兄弟姐妹比较好，找别人根本不合适，但兄弟姐妹的年纪也大了，不适合做移植；三是经济上的问题，一下子拿出一大笔钱不是轻易能做到的。再加上移植并不是像宣传的那样，只要找到了配型，就能够活下来。因为它的排异反应很厉害，弄不好人财两空。所以我们没有考虑移植。”

“看来朱太太懂得可真不少。”我说。

“唉，我老公得了这个病，我就有必要去了解这个病。不仅要从中西医各方面去了解这个病，而且要学习一些这方面的知识。不能全去听医生的，也不能一点主见没有。比如一直化疗下去，身体承受不了，有可能打着打着人就没了。化疗有好处，但要权衡利弊，然后自己做出决定。我觉得要有一个习惯：生了病，要马上去看医生，第一是西医，第二是中医。医生虽然是治病救人，但也有一些他们无奈的地方。我也是跟你当年为你妹妹找中医一样，确实看到有人在那治好了，才相信，才会去吃他们的中药。但服了中药后，感觉这些药太寒，有时他会便血，尤其是吃着中药一年半后，病情复发了，我们这才去想其他的办法。一边抓紧去医院继续化疗，一边用营养素调理。”

“复发后又打了几次化疗？”

“四次，加上以前的共13次。”

“吃了营养素后，发生病情变化怎么办？”

“找博士去调整啊。”

“你先生一共调整了几次后康复的？”

“六次。”

“现在还在吃营养素吗？”

“是的，一直在吃，到今年（2013年）6月就三年了。”

发稿前，我又打电话给朱先生，他一切都好，血液检查也一切正常，和正常人没啥两样。

肝癌患者拨开乌云见太阳

去年，我有一个战友的先生走了，说是患肝硬化十多年。听到这个消息很突然，我埋怨她没早告诉我们。因为我们连她先生生病都不知道，更别说生了这么重的病。我想说，这几年，我正在采访一些治愈的癌症病人，至少有不少经验可以借鉴。毕竟她先生还不到60岁。她回答说，告诉你们有什么用？想想也是，我们又帮不上她的忙。可是，当我采访了北京的常先生之后就想，假如她先生还在世，我一定会告诉她，你先生的病有希望了。

今年45岁的常先生从中学时期就澳抗阳性（一种肝脏检测项目），其肝病到现在也有几十年了。当时因为年轻并无大碍，根本没把它当回事。尤其是到澳洲去学习期间，生活规律，天天游泳，回国后，他的澳抗竟然转阴了。后来，他结婚生子，有了自己的公司，事业一帆风顺。但他的肝脏问题却不争气，一直在走下坡路，甚至给他带来了厄运。原因就是潜伏在体内的“隐形杀手”——乙肝病毒对肝脏的损害是悄悄进行的。他的肝脏从一般的肝炎转为纤维化，再转为肝硬化，到了40岁那年，又被确诊为肝癌。

常先生不仅学业有成，生意做得好，而且对自己的病也丝毫不含糊。做完第一次手术后，他从网上有关资料得知，这个病并不是将肿瘤切除了就算痊愈，手术后五年复发率超过了78%，复发后存活率不到10%。这个情况并不像别人所说，早发现、早治疗就能百分百康复。果然短短一年多，他的肝癌再次复发。而在做第二次手术时，又不幸发生了一些意外。不过，这一切都没能阻挡常先生与疾病作斗争的勇气。

就在这时，有人向他推荐了一位中西医结合的医学博士。常先生开始对见这位所谓的博士根本不以为然，自己这个病到了这个节骨眼上，恐怕世界医学专家也无能为力。加上那天北京下着大雨，路又远，更是心烦不已。不过，他还是去了。幸亏他去了，不然他就失去了这么个千载难逢的好机会。

冒着大雨，见到这位博士后，虽没说上几句话，但这位博士看上去面善，性格好，常先生的心略微平静了些。博士递给了他一本书，对他说：

“回去看看这本书，如果看完觉得还行再来找我，如果看完没感觉那就算了。”

常先生读了这本《失传的营养学》后感觉越来越开窍，越来越觉得不虚此行。他觉得这个博士与其他的博士不太一样，他的书讲得很有道理。他是拨开了乱象，看到了事物的本质。他说糖尿病是肝病，这个理论才真正解释了为什么现在糖尿病病人会如此之多，解释了为什么糖尿病到了后期，肝都不好的根本原因。尤其是在对于他手术后是否复发的问题上，这位博士和医院的说法截然不同。在医院，没有一位大夫敢保证他病情不复发，只是这样对他说：

“这个我们保证不了，但复发了我们能给你治，大不了换肝。”

常先生每次一听到“换肝”两个字心里就发憷。他觉得医生只是在安慰自己，要是真的换了肝，时日就不多了。而这位博士却对他说：

“肝硬化不是不可逆的，而是可逆的，如果你能认真地执行我的方案，肝硬化如果缓解了，肝癌复发的几率就很小了。”

常先生听了这话，信心倍增。他接受了营养调理方案，并下决心严格执行。然而，这个方案说来容易，做起来很难，没有坚强的毅力恐难做到。

每天不能吃饭，光喝新鲜蔬菜汁。喝上一餐、两餐勉强，但喝上十天半月你能行吗？可是，为啥要喝这些新鲜蔬菜汁呢？他不明白。

“喝蔬菜汁是为了养肝。当然，并不是每个肝硬化的病人都适用。”博士说。

啥也不能吃，光喝蔬菜汁，这可把常先生饿坏了。他饿得受不了了，就去吃那些打完汁的蔬菜渣，虽然难以下咽。就这样，他硬是坚持了两周14天，这14天给他带来的变化不小，他的各项指标已经出现了变化，开始下降了。

博士在分析了他最新的检查结果后说，你再坚持喝上14天吧。

果然在28天后，常先生在自己的肝脏化验报告上看到了简直难以置信的惊喜：所有的一切都在往好的方向转化。虽然他的体重下降，但奇怪的是精神状态却很好。常先生心里想，这条路我选对了，我要坚持不懈地走营养调理这条路。

如今常先生已经调理5年了，他的甲胎蛋白值已经恢复正常，转氨酶也从500下降至100（因为第二次手术时胆管受了伤，恢复起来比较慢），肝硬化已得到缓解。身体状况不错，他踢球、游泳，无所不能。

常先生对我说：“上电视那天，如果不是有碍观瞻，我立马能趴在地上，做上50个俯卧撑。你信吗？你都不知道，我碰上这么个博士有多高兴，多幸运！因为我早期的一些病友都已经去世啦。”

常先生说：“同学聚会时，用餐点菜总是要征求我的意见。我说，只有我不想吃的，没有我不能吃的。你知道吗？以前我排骨都不敢碰，甜的更不敢吃。因为肝脏不好，所有功能都受影响。现在我连扣肉都吃。如果不说，没人知道我有病。现在想来，如果没有进行营养调理，简直不敢想象我现在状况会是怎么样。往年单位体检，我总担心复发，现在我一点儿也不担心了。我特别感谢博士，真的。可博士却说感谢我，说我有智慧。开始我还不明白，以为是相互间的客套话。后来我才明白，是要感谢我，我是挺有智慧的，因为我把这一切全弄明白了。比如，我读了博士的书才知道，为什么糖尿病人这么多，原来是现在食品里的毒太多了，没有几样东西吃得放心，没有几样东西没有毒。我们却都不知道，这些毒全是肝脏在解。肝太辛苦了！这么多的毒，肝脏它解不了，于是就积在里面，不就把肝伤了吗？现在好多孩子都得糖尿病，就是吃了有毒的东西呀。这些我全看清楚了，所以我才能做出正确的选择。正是我的这个选择，给了自己康复的机会和勇气。”

常先生现在只保留一种抗病毒西药，其他药都停了，每天只服大把大把的营养素。他对自己的病特有信心，他说：

“我最乐意看博士当初看我化验单的情景，在调理的第一年，每次看化验单，他都是神情凝重，抓耳搔腮的。看到他那样，我就想笑。笑着笑着，我就哭了……我真想对这位令人起敬的人说一声，您别急呀，我已经病了30年，这才一年时间，您就能把我变成现在这样，您救了我，我已经非常非常感激了。别说是一年，你就是说三年五年，甚至十年二十年，只要能治好我的病我都认了。我是一点都不着急，短时间恢复得这么好，我知足了。再说，肝脏恢复是要有时间的，只要我坚持下来，肝硬化会好，肝癌也会好。我真希望中国能多一些像他这样的博士专家，真正为老百姓解除痛苦，说真话，办实事，而不是像有些明明知道食品出了问题，还隐瞒真相说什么‘不会中毒，没到一定的剂量……”

常先生说出了百姓的心里话。这些话我们常在QQ评论、百度帖吧、天涯论坛里看到，百姓对危害食品安全的有关人员真是恨透了。

采访完病人，我从更深的层次认识了营养医学，也就一些问题向博士（此博士为河北医科大学医学硕士，北京中医药大学中西医结合博士）谈了自己的看法。

丽晴：我觉得您所说的营养调理，其实不就是中医的阴阳平衡吗？体内缺什么补什么，让体内器官恢复阴阳平衡，恢复应有的生命力，病就好了，身体也就好了。

博士：你说的没错。中医的本质其实就是营养学。因为它里面蕴含着一个值得我们每个人思考的哲理：自然是大道，取法自然才是最有境界，而中医正是取法自然的典范。比如中医的整体观，在任何时候都是有境界的，都是很恰当的。

你看，临床上各种新特效药层出不穷，但能治愈的病却不多。除了细菌感染和缺铁性贫血之类能100％治愈外，其他疾病能治愈的好像就不多了。病真的这么难治吗？不是，是因为没有遵循正确的道路。如果按照正确的方法去治疗，我们身上所有的疾病几乎都能治愈，包括冠心病、糖尿病这样的被人们认为的“不治之症”。

丽晴：您的新书里说：西医是没有道的术，中医才是道术结合的东西。没有道的术第一是盲目的，第二是经常会犯愚蠢的错误。

博士：对。那一章是：中医西医营养学和营养医学。有个学中医的孩子对我说，你的书前半部我看了很兴奋，但后半部我兴奋不起来，因为没方案。你再写一本吧？把一些方案弄上去。我说，孩子，你学中医，要明白一点，什么是道，什么是术。道是指导性的，术是具体的。道是永恒的，术是随时要变的。只有道术合一才对。道是对术进行指导的，所以要明白首要守道。

丽晴：我在网上也查到一些国外有关营养学的书籍，这些与您的理论有区别吗？

博士：那是医学营养，而不是营养医学。营养医学，是将营养学和医学的知识相融合而发展出来的，通过饮食调整和营养素来治疗各种各样的疾病，当然也包括人们平时的健康维护，是医学和营养学的终极发展方向。营养素是用来治疗我们身体里已经有症状或还没有症状的那些疾病的，用营养素来维护我们的健康是最正确、最根本的一条路。

丽晴：对于营养医学，从开始的质疑声和知之甚少到趋之若骛，您的营养医学观点越来越被国民大众所接受，寻求营养调理治疗慢性病的人日趋增多。这么多人需要调理，您的营养素能供应得上吗？

博士：我是经过严格考查后，从全国各地的营养素中找到最适合我用的产品。我对营养素的理解根本不是这些个厂家能达到的，包括国外的一些厂家。我只要看到他们生产的成分，就知道他们对营养素的理解是什么角度。

丽晴：有一个大问题，假如营养素的质量不能保证怎么办？

博士：这个问题是存在的。但是其一，我们吃的食物比营养素更不安全，农药残留更多；其二，营养素原料很多是国外进口，比如鱼油一定是从挪威及北欧那边进口。另外，我这边选择了五至六个厂家的营养素。比如维生素C，我找遍了全国各地就一家能用。再有名的产品如果不合我的专业标准依然不行，因为它的成分和剂量会干涉到其他营养素的作用。这些我都要考虑。

丽晴：你们有好几万个会员，不可能都是您一个人调理吧？

博士：每个方案都是我做，所以我忙得要死。我干的是良心活，每天和生死打交道。所以要全力以赴去做，要做到问心无愧。但也要理解我，多好治的病也会有死人的。多难治的病，我把他救过来了，说明我是认真的。假如你昏迷了，等不了我用药，那没办法，因为你不给我时间。或者细菌太厉害，或者其他因素干扰了我的用药。

丽晴：糖尿病调成什么样才算好了？

博士：所有的降糖药、胰岛素都停掉，营养素也停掉，这个人的血糖在四点几就算好了。完全好至少要很长时间，我可以在短期内让你的血糖调到正常，但你肝脏等器官的问题不可能短时间回到正常（博士认为，糖尿病的根子是肝的问题），因为这个病已经二三十年了。

经过调理后，一大批糖尿病患者停了胰岛素，而且血糖很正常。主要是年轻的调得慢。除非不认真执行方案和执行不下去的人，有效率几乎是90％以上。我们的分析与病例分析是一样的。必须分析这个人是怎么得的病，整体是什么样的情况，最终做出营养调理方案。要知道，营养素用不对，反而对身体造成损伤，所以必须在专业人士的指导下服用。

丽晴：没错。我听一位北京朋友说过这样一件事，她的一个发小家境不错，于是，她只要一听说什么保健品好，就马上去买。她服过众多保健品，最终造成肝坏死，医院抢救不过来去世了。

博士：我敢这样说，我们对高血压和糖尿病的认识在全世界是无人可比的，因为中国人的思维是大思维（我想起董草原治癌的太极阴阳理论，同样也是大思维）。就拿美国人来说，他发现山上的樱桃能治他的病，就把这个樱桃里的东西提取出来，没有理论，没有方法。他们一直在找方法，但他们的思维是局限的，他们写的东西过不了理论这个关。说吃这个能治这个病，吃那个能治那个病，在今天看来，真是太幼稚了。只有走营养医学的路，才真正能治病救人。

比如，我们看糖尿病的发病期比别人要早，你6.0以上的血糖才叫不正常，7.0以上才给你诊断糖尿病。但我们知道，只要你的血糖离开4.5、4.7，往5.0走，你就已经是糖尿病了。只是那会太轻，不值得把你诊断为糖尿病，但你已经走在糖尿病的路上了。就像吃馒头，你第六个饱了，前五个不是没有作用，得有个过程。从4.5到7.5这一点点，需要二三十年时间。

采访完博士，我赶紧为驻马店那个3岁的白血病孩子报了名，加入了健康会员，博士也尽快为他做出了调理方案。但是很遗憾，那个孩子的营养素还没用上时就快不行了，最终还是离开人世。如此看来，做营养调理应在病情稳定的情况下才能进行，因为健康中心还有一个了解病情、分析病情、制定方案、厂家备营养素和寄营养素的过程。从报名开始，到吃上营养素，估计要等三个月左右。所以，尽管我把自己已经申请好的健康会员账号送给了孩子父亲，但因为孩子的病情危重，根本等不了。

博士很实在地回答说："调理白血病，我们还不成熟，再加上孩子的病情很危重，是由于过度治疗引起的，我们只能尽力而为。但高血压、2 型糖尿病等慢性病效果很不错。再有，用营养素是得益于身体强大的修复能力。不能说癌症来一个就好一个，这其中还得益于病人是否能百分百认真地执行营养方案，这样才可达到预想的效果。"

博士又说："大家理解的营养很简单，其实反而是比较专业的问题。最大的学问就是怎么吃饭的问题，没有人知道怎么吃饭是对的。没钱的时候，想吃的东西吃不上，有了钱想吃的又不知道吃啥好。为什么呢？比如朋友吃鲍鱼，但鲍鱼不一定好，因为只有吃对身体需要的才是最好。但前提是，你知道什么是身体需要的吗？我们的肝脏、心脏都需要什么样的营养供给吗？所以我们这样吃饭是盲目的，这样才造成营养缺乏，时间久了必然生病。那么，我们通过专业分析，到底缺了哪些，缺的程度，引起损伤的程度，从哪里入手去补，这并不是单纯地补营养素，而是需要很专业的分析和指导。这些，在我的书里说得很清楚。"

采访后，我参与了王博士的营养调理。尝试半年多，我觉得整个营养调理运作中还有些环节不太成熟。相信以后会慢慢改进，趋于正轨。

第四章
中国式抗癌之郭林新气功

走出去，走出去——
走进阳光的大海，走进大自然的苍穹；
走进春的艳丽，夏的浪漫，秋的收获，冬的希望。
走进天与地，阴与阳，
走进快乐与开心，走进忘我与自由。
让动与静在“吸吸呼”中亲吻，
让心和脑在宇宙中漫游。
没错，是这样……是这样，就是这样——
　就这样启动灵魂的诗句，沸腾你的血脉，
　就这样用风的呼吸，激活你新生命的篇章！

军中某教授用科学数据验证郭林新气功

这是一位西医专家发表的论文，请看以下这一组数据：

335名郭林新气功习练者中，中晚期癌症病人104例，70.26%的病情稳定，存活质量好的占52%，中等质量的占43%，差的只占5%。而在104例中已有43例恢复全日制工作，占47.25%，有的还在工作中作出重大贡献。

除了以上中晚期病人取得优良效果外，其他病人中47.7%的生活质量良好，生活质量中等的占50.3%，生活质量较差的只占2%。从病情康复上，明显进步的占70.26%，病情稳定的占27.3%，恶化的仅占2.44%。从恢复工作情况来看，全面恢复工作的占24.47%，部分恢复工作的占20%，全休的占55.53%（包括离休）。

这不是做梦吧？这样的惊人数据，这样惊人的康复率，全都发生在郭林气功的习练者身上！

做出这一组数据的是解放军301总医院原呼吸科主任黄念秋教授。

在上世纪90年代，郭林新气功第一届国际气功研讨会在北京召开，会上收到来自中国及世界各地郭林气功习练者的224篇论文，其中有40多篇卓有见地的论文，同样是用医学数据说明郭林新气功科学性的。至2012年，世界医学气功（即郭林新气功）学会的学术交流会议已经举行七届了。

黄念秋教授的《郭林新气功锻炼中的癌症患者335例调查报告》等系列论文获得了中国气功科学研究会学术委员会授予的林宏宇基金一等奖。

那么，大家不禁要问，黄教授是西医专家，怎么会投入气功的医学研究呢？

其实，早在上世纪90年代初，抗癌明星高文彬和于大元就通过解放军301医院的一位功友找到了他们医院原呼吸科主任黄念秋，恳切请求，让她把自己当成小白鼠或荷兰猪，用科学的手段来研究郭林新气功。因为郭林新气功在不少癌症患者中收到了非常好的疗效，但没有科学依据，不被医学界认可，人们也很难相信。于是，他们想找一位正规医院的有临床经验的西医专家进行临床科学研究，得出医学上认可的科学数据。

黄教授听了两位抗癌明星的话后十分感动。她想，他们二位作为病人，与疾病作斗争，自己病好了，已经相当不容易，还要将自己作为科学研究对象来推动医学发展，连他们都有这样的使命和责任感，自己作为医生，难道不应该有这种使命感吗？但是，自己一直从事西医的临床工作，对中医的整体治疗观念虽然很是欣赏，但对气功却从未接触过，甚至认为气功有些玄，怀疑有迷信成分在里面。而且，社会上对气功也不是很支持，弄不好会把自己给卷进是非中去，的确有一定顾虑。于是，她只答应他们俩说，给她几个月时间考虑考虑。

带着犹豫，黄教授去北大找了生理学教授陈守良先生，希望得到他的大力支持。陈教授一听这件事就拍手称快。他说：

“太好了！我们正需要这方面的资料。许多癌症病人练了气功说病好了，使我怀疑他们到底是不是癌症？气功对癌症到底有没有效果？太需要弄清楚这些东西了。”

后来，黄教授又深入抗癌团体，看他们练功，与他们一起过生日（癌龄），和他们深入交谈，受到极大的震撼。她看到癌症病人能这么快乐健康地活着，与医院见到的病人完全不一样，终于下定决心去做这项研究。她说：

“哪怕是花上自己毕生精力也是值得的。”

于是，两年来她以一个医学科学工作者的身份，进行了十分艰辛的工作，对335名练习郭林新气功的癌症病人做了大量的调查研究，调查表上提出了上百个问题，比医院病历详细多了。

通过这次调查的结果和数据，黄教授获得了以下几点启示：

一、所调查335例正在气功锻炼中的癌症患者中，98.80%都曾有肯定明确的病理学诊断依据，故调查对象的癌症诊断是确切可靠的。

二、从104例中晚期病人的转归来看，他们大多数超过了早在癌症确诊时医生对他们预后的估计，有不少病人曾被医生宣告只能存活数月，有的甚至已报病危。但如今病程已达5年以上者竟占104例的38.46％（40例）。104例患者中生活质量良好的在半数以上。

三、本组病例所取得的效果是中西医综合治疗的效果，他们中有92.24％（309例）先期经过手术、放疗及化疗这三种传统而经典的抗癌治疗，有76.12％（255例）的病人合并选择中药，而选用生物疗法的为数不多（16.12％）。值得注意的是，本组病人除上述综合项目外，100％的病人都增加了气功。从104例中晚期患者的康复情况看，其中不少病人的生存期比医生根据经验预测的延长，有的带癌生存，有的癌灶及转移灶缩小或消失，大部分病人生活质量及劳动力提高，这些都说明气功在治疗中有着不可低估的作用。

四、坚强的精神状态和积极的康复信心是战胜癌症的有力武器。在我们调查的对象中，目前精神状态良好、康复信心强的占91.04％。

五、机体内部存在防病、抗病的巨大潜力，对于癌症，同样也存在这种潜力，这个事实已被基础医学研究所证实，而作为临床医生在治疗癌症时如何更积极地调动和促进这种内在抗癌潜力的发挥却做得很不够。我们往往只把病人当作自己应该努力去治疗的对象，而忽视他本人也是与癌症作斗争的主体。如果能将医生所采取的各种“外源性”治疗手段与调动其“内源性”抗癌潜力相结合，变病人的被动接受治疗为主动的抗癌斗争，医患密切配合，定能提高癌症的治疗效果。

最后，黄教授说，应该感谢郭林老师为癌症病人创造了这套简便易行、经济有效，且适应癌症的抗癌手段，使许多病人得到重生，它所创造的经济效益和社会效益是巨大的。郭林新气功的抗癌效果使我们看到了以往在治癌问题上的片面与不足。这次对气功锻炼中癌症患者的调查对我们的震动和教育是深刻的，它使我们的认识得到一次飞跃：

实践——认识——再实践——再认识，永远是认识事物的规律。相信郭林新气功必将成为抗癌史上的里程碑而载入医学史册。

最终黄教授得出的结论是：癌症是一只纸老虎。她说，自然界给了人类与疾病抗争的能力，医生的责任是引导病人调动自身的主观能动性去与疾病斗争。对癌症也是一样，可以通过自身免疫力去斗争、去战胜。郭林新气功给癌症患者创造了一个良好的互相交流的环境，使病人心理放松，对病人免疫力的提高是很有帮助的。

郭林新气功重启癌症病人的生命之门

我经常在厦门的朋友和熟识的人中问这样的问题："你们听说过郭林新气功吗？"

"什么功？郭——林——气功？不知道。"

"郭林新气功？是干啥的？锻炼的吗？从来没听说过。"

"郭林新气功？是不是法轮功啊？"

几乎没人知道这个功法，更别说是否知道这个功法能治疗癌症了，除非个别进行健身气功的习练者。这是中国人、尤其是癌症病人的最大遗憾。

郭林是一位画家，具体说是岭南派女画家。郭林新气功，顾名思义就是由画家郭林创编的一种气功，郭林在世时叫新气功疗法，也叫"自控功法"。郭林逝世后，她的弟子们将她创编的"新气功"正式取名为"郭林新气功"。

郭林在20世纪40年代不幸患了子宫癌，而且转移至膀胱、腹腔，先后做了六次手术，饱尝了病痛的折磨，于是下决心要用气功来自救。郭林的祖父就是一位气功师，小时候，她跟着祖父习练过童子功。于是，她探索尝试着把古气功与传统气功中禁用的风呼吸法相结合，创编了一种动静相兼的行功，用它来抑制癌细胞的转移和扩散，结果她治愈了自己的病，获得了成功。

郭林用自己的智慧，将祖宗留下的宝贝拾遗补缺，创编成颇具科学性的一套功法，用实际行动向命运挑战，用实际行动发出了对生命的呼唤！

她成功了！她不仅拯救了自己，而且以博大的胸怀，将自己的法宝传播于世，从而拯救了千千万万个癌症患者。这位开启癌症患者生命之门的伟大女性，做出了一个何其功德无量的壮举啊！

上世纪的1971年，郭林用她创编的新气功开始走向社会，挽救和延长了成千上万癌症患者和严重的慢性病人的生命，为广大癌症和慢性病患者所认识和接受，也得到不少知名医学专家、学者的认可，并被国家体育总局批准为全民健身气功之一。现在除西藏外，郭林新气功研究会和气功辅导站已遍布各省市、自治区的大中城市，北京市各大公园几乎都设有气功辅导站。更令人欣慰的是，郭林新气功已流传到日本、马来西亚、加拿大、美国、澳大利亚、德国等28个国家，名扬海外。

目前，医学界还没有一种治疗癌症的特效办法，而实践证明，用郭林新气功来对抗癌症，是一种具有特别疗效的好办法。因此，在国外，郭林新气功也称之为“医学气功”，即有医疗作用的气功。它的诞生和发展，对广大癌症朋友抗癌治癌，造福于人民做出了突出的贡献。

郭林新气功不仅对癌症病人有效，而且对红斑狼疮也同样有效。此外，对糖尿病、高血压、肾结石等慢性病的效果也不错。

郭林曾这样说过：“病人是我的老师，新气功疗法为我们提供了这么多活生生的抗癌胜利的病例，感谢大家的抗癌实践对我观念上的转变，对我医学实践和认识上的帮助。”

如果郭林本人没有患癌症，也许这个功法不会存在。这使我想起毛泽东说的一句话：“人定胜天！”人，只有在遇到巨大灾难的时候，才会发出与天搏斗的呐喊！

郭林新气功的治癌原理

郭林之所以将自己创编的气功称为“新气功”，是因为此气功区别于以往的其他气功。它的特点是：不意守，采取风呼吸，以行功为主的脚跷手摸、有补有泄及辨证施功等，这些都与一般健身气功的意守丹田或体内某个部位以意领气有所不同。

郭林新气功是有科学道理的。

它主要的功理功法可概括为：松静、吸氧、脚跷、手摸、吸呼。所谓松静，就是要求癌症患者在思想和肢体上做到放松、入静，松静自然了，在练功中就能产生内气。这种内气能治病治癌，而且在练功过程中，始终保持心平气和、心安神静的精神状态，持之以恒，也能提高人体免疫功能；在气功状态下大量吸氧，可以控制癌细胞的生长，并使之发生逆转。据不少肿瘤专家研究认为，癌细胞是一种厌氧细胞，一个正常人比平时多吸 8 倍的氧，就可以防癌治癌，郭林新气功大量吸氧，多达 20 倍左右，所以更能控制癌细胞的发展，并使之发生逆转；通过五大导引达到疏通经络、调合气血、平衡阴阳，使人体生理功能得到改善，被损伤的内在循环和机能得到修补和恢复。所以说，郭林新气功能防癌治癌是有科学道理的。

美国科学家研究后确认：这个气功治癌很科学

1982 年初，美国德克萨斯州癌症研究中心专门研究肿瘤细胞学的博士雷久南女士，来到北京中国医学科学院肿瘤研究所讲学，期间的几个月时间，她常到地坛公园郭林新气功辅导站认真考察、调查研究了多日，之后说：

“你们还要到哪儿去找治癌的科学，我看你们这个气功治癌就很科学。”

回国后，她看了柯岩的一篇文章《癌症≠死亡》，当晚就给柯岩写了一封长信，表达了以下三点意见：

第一、郭林新气功能提高人体免疫功能。因为我们在研究中发现，患癌症的病人都有一个情绪低压、闷闷不乐的过程，或者精神上受了强烈的刺激，导致免疫功能下降。郭林新气功在练功时，要求病人心平气和，心安神静，轻松愉快，这本身就可以提高人体的免疫功能，就能达到对癌细胞的零级杀伤，任何手术、放化疗都只能达到一级杀伤，即百分比的杀伤。在这个意义上讲，郭林新气功能治癌是完全符合科学的。

第二、郭林新气功大量吸氧，可以防癌治癌。在研究中发现，一般癌细胞都是由于正常细胞缺氧后，引起细胞功能发生异变，以至发展到无限增长。而郭林新气功在练功时，大量吸收新鲜空气里面的自然氧气，它能控制癌细胞的发展，并使癌细胞发生转化。在实验室里，我们用高压氧可以抑制癌细胞的生长，甚至可使肿块消失，但在人体上不能做这种试验，高压氧吸多了会中毒。郭林新气功在气功状态下大量吸氧，吸的再多也不会中毒。在这个意义上，郭林新气功治癌也完全是符合科学的。

第三、郭林新气功能够调整细胞间的电位差。在研究中，我们将正常细胞和癌细胞的电位相比较后发现，癌细胞主要表现为低电位，而正常细胞的电位就比较高。郭林新气功在练功时，能够产生强烈的生物电，这种自身产生的强烈生物电，就能调节自身细胞之间的电位差。在这个意义上讲，郭林新气功是完全符合科学的。

实践证明，郭林新气功的确对防癌治癌有奇特疗效，但并不是每一位癌症病人都能获得最佳疗效。这是因为患者是否树立了正确的练习态度，是否掌握了科学的练功方法，是否有一个健康的心态和精神状态，都与练功的效果有直接关系。

我采访了那么多练习郭林新气功的受益者，觉得习练者要具备一定的素质，尤其是具备持之以恒的顽强毅力，才能起到良好的效果。

有一位德高望重的气功师给我提示一个问题：即有不少想学练郭林新气功的病人，搞不清郭林新气功和抗癌健身法的区别到底在哪里？其实，抗癌健身法不能完全代表郭林新气功，它仅是郭林新气功的一部分。因为，

郭林新气功包含了初级功、中级功和高级功。

初级功：为抗癌治癌及治疗疑难慢性病的功法。如有的抗癌乐园把它称为“抗癌健身法”。

中级功：为巩固疗效及保健功法。

高级功：为养生及延年益寿的功法。

我们学习和传承郭林新气功必须是全面的，而不应是片面的，这样才能使郭林新气功发扬光大。

中国医学专家也对郭林新气功另眼相看了

郭林新气功从上世纪70年代到现在，无论在中国哪个城市的民间抗癌群体中都不难看到。千千万万个被医生划上死亡符号的癌症患者，通过郭林新气功和中西医等综合医治，重新开启了生命之门。数十年观察，数十年的实例，中国专家们终于对郭林新气功另眼相看了，他们终于开始正视郭林新气功的医疗康复作用，终于开始对这一奇特的生命现象进行研究和探讨了。而且，已经有不少专家从数不清的死亡判决中转变了观念，对郭林新气功刮目相看起来。

北京中医医院肿瘤科主任郁仁存教授承认：“气功能安定病人情绪，增强病人信心，调动病人的主观能动性，起到了一些医药起不到的作用，在肿瘤综合治疗中显示出越来越重要的作用。”

北京肿瘤医院院长、北京肿瘤防治研究所徐光伟教授也在报告中谈到：“我们已经收集了一些典型病例，事实说明，确有不少中晚期癌症患者，在被医院宣判为‘死刑’后，通过练功奇迹般地活了下来。”

北京肺部肿瘤研究所蔡廉甫教授在北京肺部研究所做了临床实验观察后说：“气功对手术后功能的恢复是有很大促进作用的，对机体功能改善起到了积极作用，有利于肺癌的治疗，似乎已毋庸置疑。”

1993年协和医院黄念秋教授认为她的研究所见“可能是郭林新气功抗癌

作用机理的一个侧面，郭林新气功可能还通过神经－内分泌－免疫网络的复杂影响，对机体从宏观到微观进行多层次的调控，来提高病人的抗癌功能。”

此外，郭林新气功不仅能治疗肺癌、肝癌、肠癌、胃癌、乳腺癌、白血病等多种癌症，而且也能治疗冠心病、糖尿病、肝炎、肾炎、红斑狼疮、乙肝、硬皮病等多种慢性病及疑难病，成功病例同样不计其数，受益者遍及全世界。

当然，世界上任何事物都不是绝对的。郭林并没有说她创编的气功可以包治百病。她郑重地告诉大家：要相信不要迷信，要认真学气功，放松练气功，气功可以治病救人，但不可能起死回生，这是实事求是的科学态度。但无论如何，郭林新气功都是刺向癌细胞的一把利剑，只要把它掌握好，坚持不懈地练习，将会起到意想不到的效果，出现一个个人间奇迹！

28个国家和地区在习练郭林新气功

2012年8月，我采访了世界医学气功学会副主席、北京郭林气功研究会副会长林健先生。他说，从郭林新气功的环境来说，国外的比国内的好，因为国外是直接将郭林新气功作为一种治疗手段进入医院，为患者治疗的。许多大学开设了气功课程，开展了有关气功课题的研究。目前，世界医学气功学会已拥有28个国家和地区的会员国，包括德国、日本、美国、澳大利亚、西班牙、瑞典、爱尔兰等。

据悉，美国在2002年练习太极拳的就达500多万人，目前练习气功的据说有1千多万人。而他们的气功师，1995年就多达284位，在国际气功联盟里，有132个美国气功教员在册。他们中91.5%是白种人，只有8.5%来自亚洲。其中，20%气功师或气功治疗师具有硕士、博士、东方医学学士等高学历，或是注册针灸师。他们中大多数练的是健身气功，大约20%练的是医学气功（他们都将郭林新气功称之为医学气功，即有医疗作用的气功)。在上世纪 70 年代，德国就传入了中国气功，目前不少医院、疗养院，甚至公园里都在讲授和习练中国气功。

中国气功在国外已进入医保，用于治病和康复

林会长还介绍说，在德国科隆，郭林新气功已经像中国早期那样进入了医学科学领域，并进入了医保，为医学所运用。具体做法是：组织医务人员先学习郭林新气功，然后再传授给病人，用来治病和康复，病人所产生的费用可在医保内报销。因为这样做才符合当地的法律，即有资质的医生才能去传授医学气功。在柏林市的大公园里，常常能见到成群的晨练者做气功；在西班牙和爱尔兰，传授中国气功的气功师几乎全是白人。

在美国，气功被称为“精神充电术”，静功(或静坐)被称为“冥想术”。我看到一篇网文，文中讲了一个叫盖尔的老太太特“中国”，平时戴着一顶从地摊上买来的蓝色八角帽，帽正中挂着红五星，自称自己是红军中的女政委，她有个中文名叫“木兰”。她在纽约开了一家“精神充电室”(气功室)，专门为前来就诊的病人祛除疲劳，补充能量(类似于气功师“发功”)。她还把自己的“充电术”写成书，据说挺畅销。盖尔对中国相当熟悉，她甚至研究过英译本的《易经》，完全是个中国通。

我虽然是一位气功爱好者，也练了十多年的健身气功，但我并不知道气功竟然对高血压患者也有疗效。72 岁的克莉丝托·布卓(Crystal Bujol)跟随美国气功协会(NQA)董事会成员之一的气功大师约翰·沃克特(John Walcott)学习了 3 年。她的血压曾经高达 190/100mmHg，她说练习气功后，仅仅四周时间，她的收缩压降低到了 160 mmHg。现在她的血压一直保持在 140/80 mmHg 左右。患肺癌的赫顿，她的肿瘤科医生坚持让她练习中国气功，现在赫顿说她的身体棒极了。

美国气功协会说：“气功能促进健康，帮助康复，并使人充满活力。气功的动作都是为了培养精力，促进血液循环；气功不像跑步或举重那样给人

压力，而是在放松的状态下完成的；它能影响全身的各个系统——呼吸系统、免疫系统和消化系统，使这些系统更好地运行，提高了生活的质量；气功随时随地都能练，不需要健身服，也不需要办健身俱乐部的会员卡；不管站立、走路、坐下或躺着都可以练。"

气功练习者和研究者还说，将这一治疗方式和药物配合使用，已经可以治疗无数疾病，包括哮喘、癌症、糖尿病、高血压和心悸。

他们所说的将气功治疗方式和药物配合，正是我们所说的——中西医结合＋气功。

老外说：郭林新气功可以使癌症不再复发

秦竟成先生讲起近年到北京参加"纪念郭林诞生100年纪念活动"的事时，仍兴奋不已。他说，郭林新气功研究会举办完纪念活动后，还组织学员们来到北戴河进行郭林新气功功法培训。秦先生参加了郭林新气功中级功的培训。他说：

学习郭林新气功满十年后，必须要转练中级功。因为，初级功是针对癌症的，中级功是在癌症康复基础上达到强身健体的一种功法。我学郭林新气功中级功至今两年，现在我的手上已经有气感。前年，在北戴河可真热闹。除了我们中国人，还有来自世界各地的外国朋友，德国、英国、日本、瑞士、匈牙利等，男男女女、老老少少都来学习我们的郭林新气功。我觉得挺好奇，就问一对德国夫妇：

"你们德国的医药那么发达，为何还要到中国来学习郭林新气功呢？"

他们回答说："因为目前世界上还没有一种药物能够使癌症不再复发，只有郭林老师的气功能做到。"

我又问他们："你们是怎么得知郭林新气功的呢？"

他们说："有两个在北京的高级教授得了癌症，练习郭林新气功后痊愈，回国后把消息告诉大家的。"

秦竟成先生是因癌症和郭林新气功结缘的。他退休前是在湖南省电力勘测设计院工作，今年 71 岁。2001 年发现肾癌后，当时在湖南一家省级医院检查，最终在省肿瘤医院确诊为肾癌。那时，癌细胞已经转移到双肺，左肺有四个结，右肺有六个结，最大的蚕豆那么大，直径 1cm。检查后，秦先生先做了一个化疗。

我自己感觉做化疗对身体伤害太大，不过一个月后，肺上肿瘤开始变小，但化疗太难受。我就问医生，有没有更好的治疗方法。他们说还有生物治疗，一个疗程 1.8 万元。于是，我做了一个疗程的生物治疗，双肺癌结慢慢消失，还剩下一点点。一个月后，我决定手术，切除了左肾。接着服用了 9 个月的进口药，是美国的药，由德国生产的。1000 元一瓶，一瓶 30 粒，一天一粒，可以吃一个月。我服用八个月后出院了。

我靠中西医结合，服中药、练习郭林新气功已经康复 12 年。现在我很健康，虽然过了 70 岁，但别人说，“看上去只有五六十岁”。我现在从不生病，连感冒也不得。我要感谢我的气功启蒙老师刘金华。我康复的经验是：

一是中西医结合治疗，二是得益于郭林老师的气功（需天天练，练初级功时，上午要练三个半小时，共七个功法；十年后改中级功，练一个小时，强身健体）。

秦竟成先生的联系方式是桂中矗教授提供的。我书中采访的癌症朋友的信息大多来自郭林新气功研究会，来自群体抗癌组织，也有一些是来自癌症康复者和癌症病人的亲属。如果说这本书的出版能给癌症病人带来一定帮助的话，那么，最先要感谢的就是他们。同时，还有那些接受我采访的癌症康复者。真心地向他们道一声：谢谢！

荷兰中医学气功，前来中国考“资格”

美国气功科学研究会理事长黄松笑，早年曾跟郭林老师学过气功。1981 年春，应广东电视台的要求，她和郭林老师一起拍摄了全套“新气功初级功”十集电视教学片，编写了新气功疗法图解。当时，郭林握着她的手说：

“松笑呀，用新气功疗法去帮助病患者恢复健康，尤其是把病危的癌症病人抢救过来，这是多么有意义的工作呀！今后不管碰到什么困难、挫折，你都要坚定不移地开展这个事业。你要永远记住：致力新气功，造福为人民！这是我们崇高的愿望呀！”

正是这谆谆教诲和崇高的愿望，支持、鼓舞了黄松笑。多年来，她一直按老师的教导去做，在从没听说过气功的西方国家里，一切从零开始，艰辛地去开拓，在美国、加拿大都有不少成功病例。现在，她可以告慰敬爱的恩师：“您老人家放心吧！如今郭林新气功的硕果不仅开遍神州大地，而且在海外已开花结果！”

前几年，桂林癌症康复协会接待了前来学郭林新气功的老外，来自荷兰2006年暑期文化交流团一行40余人。他们来桂林的目的是学习中国的国粹——针灸、推拿、按摩、太极拳、药膳与气功等，气功则指名要到桂林市癌症康复协会学习郭林新气功。奇怪的是，他们大多数是在荷兰从事中医的医生，并不是癌症患者。原来，他们是自己学会了，再回国去教癌症病人。一些国家和地区也是如此，比如德国的柏林。老外说，上个世纪90年代，郭林新气功就传入了荷兰。他们知道，新气功疗法能防癌抗癌。桂林市癌症康复协会为荷兰朋友准备了由协会编写的《郭林新气功简明手册》（中英文对照版），对于他们来说简直是雪里送炭；他们还选派了协会里最优秀的十几名老师教授荷兰朋友学习郭林新气功的主要功法：自然行功、中度快功、三步点功、升降开合功、头部按摩与涌泉按摩等。

老外出于对郭林新气功的崇拜，学习非常刻苦，经考核后都取得了优异成绩，他们深深被老师们冒着酷暑教功所感动，一个个热泪盈眶地直竖大拇指说“OK”。临走时，他们送给协会一面大锦旗：“衷心感谢桂林市癌症康复协会郭林新气功全体老师的辛勤劳动和执着精神”，并满怀深情地在锦旗上签上了他们的名字。

拒绝手术和化疗的肝癌康复者

2013年4月6日上午，当我结束了北京空军指挥学院的老教授桂中矗先生的采访后，最想做的一件事，就是恭恭敬敬地站在他的面前，向他敬一个崇高的军礼！

桂教授现在住在老年公寓，听说我要采访他，毫不犹豫就答应了。以下是我对他的采访原始记录：

“我是1992年体检时发现肝癌的，当时，61岁。医生说，我的肝右叶有一个四五厘米大小的肿瘤病变。我住进了空军总院，B超和CT都做了，但都确诊不了。而空军总院没有核磁共振，只有去解放军总院做。不巧的是，解放军总院的核磁共振又正在检修。当时全北京市只有三台核磁共振仪，去地方做，价格昂贵，花费不起。为了确诊，我只有一边住院、一边等待。

有幸的是，在此期间，我读到病友的一本著名诗人柯岩写的《癌症≠死亡》，书中高文彬等抗癌明星的康复经历给了我巨大的鼓舞。同时，我也明白了一个道理：手术或化疗不能根本解决癌症这个问题。比如，高文彬肺腺癌手术时，医生发现肺扩散严重，又原封不动地缝上了。经过放、化疗后，高文彬选择了郭林新气功，结果一举成功，他的身体逐渐康复并健康生存多年。于是，我想学习郭林气功。病房有个病友，他有郭林气功的小小光盘，我借来星期日带回家偷偷观看。不久，我同学的爱人得了肺癌，他买了一套光盘，我借来把它给录下来了，然后常常在家看老师怎么做。后又听说北京抗癌乐园每天都在八一湖练功教功，我们医院离那儿比较近，我就去看辅导员教功。慢慢就学会了，大家还夸我动作要领掌握得好，做得挺标准，不少人还向我学习呢。做着做着，干扰我的症状不知不觉就消失了。比如心慌啊，腿没劲啊，肝区发胀啊，全都没有了。睡觉睡得着，吃饭胃口又好，我的心情开始渐渐放松下来，没有患病初期那么紧张了。两个月后，我做了核磁共振，正式确诊为原发性肝癌。奇怪的是，我的肿瘤两个月来不仅没有发展，而且还有所缩小。经两个总院专家会诊后，医院确定了一位经验丰富的专家准备为我进行手术，而且，为了稳妥起见，决定在手术前，在我们空军总院先做肝动脉栓塞——即从股动脉打入一种化疗药物，让肿块变小一点，然后再行手术。我很感谢医生，为了我，他们把手术方案做得很周全。但是因为经过两个月的气功实践，我完全相信郭林的气功可以治病。所以思来想去，我的病虽然有风险，但风险不一定比手术风险大。我们单位有一个干事，他也是肝癌，入院前活蹦乱跳的，平时还天天锻炼，太极拳、太极剑，练得不亦乐乎。得了肝癌后，在总院做了手术，三个月就病故了。这说明动手术也不是没风险。既然通过实践，我的症状在改善，肿瘤不仅没有扩大，还有缩小的趋势，为什么要去挨这一刀呢？况且，即便挨这一刀也未必就一定能好。手术后，肿瘤复发、扩散的情况有的是。

医生得知我放弃手术的想法后，都来动员我赶紧手术，并告诉我，肝癌发展很快，你已经拖了这么长时间，再拖下去，恐怕连做手术的机会都没有了。可我慎重考虑后，还是决定在医院住院，白天去八一湖练气功。”

听着桂教授讲述，我忍不住打断他的话：“桂教授，您不愧是军人作风，敢想敢说敢做。您不知道，住在医院不手术，可以说是冒天下之大不韪，您这种破天荒的想法和举动，恐怕没有人赞同吧？”

“医生当然不同意我这样做，所以我只好在‘拒绝治疗’的出院通知书上签上我的名字。

我还是不太明白，桂教授为何完全拒绝医生的治疗，而对郭林新气功治疗自己的病会如此有把握。桂教授这样告诉我：

“我敢于冒这个风险的勇气和胆量是来自于实践，实践证明我没做手术和放化疗，只练习郭林新气功，对肿瘤的确有治疗作用。这就是我底气足的原因。事实证明，我选择了一条最适合自己的抗癌治癌的路。后来，连我自己都没想到，我练郭林新气功不到半年，肿瘤已经完全消失。到医院复查时，大夫们都竖起大拇指说，奇迹！真是奇迹！后来，大约在四五年后，我的肝上发现一个 0.2cm 大的肿瘤，医生检查后确定为复发。这时，我仔细分析了复发的原因，大约有这么几点：

一是调中级功过早。我是在康复四年多时调的功。这时虽然肿瘤消失，但尚需巩固一段时间，而我停了治疗癌症的主要功法‘快步功’，改调中级功的慢步行功。慢步行功为补功，并非治疗功，所以出问题了。二是那段时间，我家里出了点事，对我情绪有影响。三是饮食问题。康复后，我不太忌口，又恢复了过去的老习惯。比如，我喜欢吃虾、炒花生米和腌咸菜等，这些都是病情容易复发的诱因。”

看来，肿瘤患者康复后，除了必须生命不息、练功不止外，还得注意生活方式和生活细节，不可大意啊！

“你说得对，我的确大意了。如果要调功，一定要辨证施调，不可自以为是。病情复发后，我找了气功老师，发现了问题出在哪，马上改进，恢复快步功，还增加了另外两种功法，加强练习。果然，不到半个月，复发的肿瘤就被我给干掉了！我重新找回了健康，之后再也没复发过。不过，练功与心态有极大的关系。比如你在公园练得不错，但回到家里与爱人吵架，那就等于白练了。因此，疗身还得疗心。此外，有的人对练习郭林新气功持怀疑态度，半信半疑，这样的心态就好不了，直接影响练功效果。”

说到家人，我想起了桂教授因癌症早逝的太太。为什么桂教授不好好带领她练郭林新气功而用西医治疗呢？提起自己最亲的人，桂教授的话语中充满遗憾。他说：

“我爱人用西医治疗很正常。因为，她自己就是某医院的一位医生。当时，她患上肺癌，是他们医院癌症病情最重的一个，她的肺部阴影很浓。第一个化疗后，她亲眼见到我做郭林气功效果好，这才会相信，才会跟着我一起练。练气功后，她的状况非常好，阴影淡了，甚至基本上看不见，她感到很乐观。当时，她所在的某医院有位肺癌专家，看她身体恢复不错，就跟她说，再上一次化疗。我爱人觉得，虽然自己恢复不错，但为了尽早康复，就答应了。没想到，服用化疗药的第二天她就大出血，一下子没抢救过来便撒手人寰了。后来我才知道，这位专家是在做一个试验，他将化疗针剂制成片剂，并把剂量加大了一倍。如果成功了，就是他的成果；如果失败了，病人就白白送死。而我爱人知道我没做化疗、没做手术都好了，她想证明，自己用化疗治疗同样也能好，她希望能快一点好起来。因为他是肺癌专家，所以很相信他。

“太惊心动魄了！怎么会有这样的事？！”我难掩内心的愤怒向桂教授发问，“难道这事就这么算了？”

“是啊，不就算了。能怎么办？人都死了。再说我也没这个精力，我也是个病人，正在康复。孩子们又没有成人，什么也不懂，我俩生病都没有和孩子们细说。而且，对这种不负责任的人，你没法跟他理论。他说，我的目的也是想治好她的。

唉，当时我太太化疗时，医生说她活不了三个月。可是，我带她练气功活得很好的。即便是从化疗到大出血死的时候，实际也已经活了一年零3个月，比医生预计的多活了一年。其实她也相信了郭林新气功，但她希望肿瘤更快地消掉，她很急躁。她自己是个医生，她当然相信西医。而且，上世纪90年代初，相信郭林新气功的人实在太少了，更别说医院。现在就不同了，我国已经有一些西医院和西医专家开始相信郭林新气功了。比如，桂林的癌症康复组织2005年就开始与市内八家三甲医院肿瘤科建立了合作机制，医生与抗癌明星们一起去帮助癌症病人康复。听说还有好几个城市都这样做了，都与当地的抗癌组织联手，共同激发癌症病人战胜病痛的勇气，这真是件可喜的事。”

同为癌症，一个只用郭林新气功治疗，一个用西医化疗治疗；一个至今健康生存21年，一个只活了一年零3个月（其中一年生存还是得益于练了郭林新气功），亲爱的朋友们，这是多么惊心动魄的鲜明对比啊！

其实像桂教授这样的病人并非少数。我知道的就有唐伶俐、杨文辉等。他们都没做手术和化疗，完全靠练习郭林新气功得以痊愈。杨文辉当时脑肿瘤有2.8cm×2.9cm×3.0cm这么大，大夫说他最多只有三个月生命。他家庭十分困难，根本拿不出钱来动手术和化疗，没想到反而救了他。后来他找到了北京抗癌乐园的何开芳老师，学练郭林新气功，身体逐渐恢复健康，开始是带瘤生存，后来肿瘤竟然消失了。他在文中激动地写道：

各位病友，实践是检验真理的唯一标准，我要感谢我当初没有钱做手术和放化疗。从网上查到，北京天坛医院脑胶质瘤患者术后的平均生存时间只有18个月。癌症早期手术是治疗最好的选择，但是，对于大多数中、晚期患者，就不可相信那些昂贵的特效药和高科技了。要相信生命在你脚下，疗效掌握在你自己手中，最好的药物来自你的厨房。对于贫困的癌症患者，如果无力进行西医的治疗，就尽量减少检查的次数，把有限的经费放在食疗上，集中精力，背水一战，苦练郭林新气功，奇迹会出现在你的身上。我几年才检查一次，我只是关心每天的胃口、睡眠和精神状态，能吃能睡就不会死，至于其他的不予理睬。

各位病友，劝君莫把郭林新气功当儿戏，它有37年历史，经得起时间考验；它传播到世界各地，经得起地域的考验；她的疗效不是个别病例，而是成千上万，受益者无数，具有普遍性。我们要继承它，传播它，发扬它。因为它已经在人类抗癌史上写下了光辉的一页。

我采访桂教授的目的，并不是让大家都跟他一样，长了肿瘤不手术、不化疗。而是要学习桂教授患病后的处理方式，学习他不受任何干扰，冷静地分析自己的病情，从而找到最适合自己的治疗方法；学习他苦练巧练、辨证施功的思维模式；学习他对待癌症那种敢于拼杀的无畏精神和对病魔战无不胜的坚强意志。如果癌症朋友们能这样理解，我就放心了。还有更重要的一点，只有相信郭林新气功，才会有恒心、有毅力地去练习，才会有好的效果。

健康生存21年的肠癌康复者

采访姜先生前，我事先观看了央视的《中华医药》关于他的那档节目——阻击癌症：把握生命健康之姜寅生的“癌”字新解。这个节目真实展现了他患肠癌后的心情和治疗情况，尤其是在半个月内，他两次手术后的不顺利，险些导致他的第三次手术。就在这关键时刻，一剂张仲景《伤寒论》的承气汤，竟然为他解决了肠梗阻的大问题，即刻使他转危为安。

我采访姜先生时，问了他两个细节问题。第一个是：姜先生说，他一出院就到处去找气功老师学功，这使我感到很奇怪。为什么姜先生一开始就对气功深信不疑呢？

原来，在姜先生发病初期出现便血后，还没打算上医院，而是接触了气功。他是在亲属的引导下，去找过一位气功师。这位气功师背对着他发了一次功，神奇的事便发生了：平时，他每天都有便血，气功师给他发功后，第二天便血居然止住了。这件事对他影响很大，本来对气功不甚了解的他，通过在自己身上发生的奇事便很快相信了气功。而且，也是气功师的一句话使他立刻紧张起来：

“你的身体有大毛病，尽快上医院检查去吧。”

姜先生不敢怠慢，马上奔往医院。医院做完检查，确诊他为肠癌。

第二个问题：我曾经向我的两位战友（一位是肺癌，一位是肠癌）强烈推荐过郭林新气功，可是他们都以“刚出院，身体太虚弱，无法做气功”为由婉言拒绝了，最终均在短时间内先后离开了人世。那么，姜先生做了两次手术，身体肯定更虚弱，而我的战友没做手术，只做了化疗。姜先生一出院就开始练习郭林新气功，只要练习过郭林新气功的人都知道，如果没有顽强的毅力和持之以恒的精神是不可能练好的。难道他就不怕累，他又是怎么坚持下来的呢？

姜先生回答说：“他出院后，也和他们一样身体非常虚弱，别说做气功了，就连一节广播体操他都做不下来。第一次练功那天，区区 200 米的路，他歇了三次才到达，非常吃力。气功师见状便问他：

“你行不行啊？做气功最关键的是坚持到底，你能做到吗？”

“能！”他气喘吁吁却毫不犹豫地回答。

“那好，我马上就教你。”

于是，姜先生一口气跟着气功师练了 40 分钟。连他自己都难以置信：

一个路都走不动的人，第一次怎么能练那么长时间呢？他说，现在想来，一是因为当时强烈的求生欲望；二是郭林新气功“吸吸呼”的吸氧量大；三是注意力完全放在呼吸上，这样就忘记了疲乏。

这天练完功，以往被疼痛搅得难以入睡的他，大中午就呼呼大睡一场。紧接着，晚上也是倒下去就睡着了。他太太甚至说他还响起了呼噜，可见他睡得有多香。姜先生高兴坏了，他觉得这气功太神奇了，收益如此之快，简直立竿见影！于是，他对气功更是加倍信任。打那以后，至今 21 年，他坚持练功不懈，病情从未复发，他的气色越来越好，身体越来越健康。

如今的姜先生担任了北京抗癌乐园常务理事会副理事长，他不仅自己坚持练功，而且还为癌友们教功，为大家做奉献。他还先后接受邀请，到波兰、美国、香港教授郭林新气功，将中医文化传播到世界各地。

姜先生说，只可惜郭林新气功这么好的一个东西，对癌症病人这么有疗效的一种办法很多人都不去用，真是难以理解。现在，全世界几十个国家都有人，在习练。可在中国，了解它的人、相信它的人、练习它的人还是少得可怜。北京患癌症的人有成千上万，可来学功的并不多。

这样一个具有中国特色的抗癌方法、一个熠熠闪光的治病珍宝得不到推广，真是太遗憾！如果癌症病人都能来练习郭林新气功，控制癌症的复发，那么，太多的生命都能得以延续，这将是件造福人类的大好事啊。

独肾无脾，奇人健康生存 28 年

广东江门的源荣照先生是“世界华人百名抗癌明星”之一，他今年 78 岁。今年四月初，我在 QQ 视频中见到了他。瘦削的脸颊，双眼炯炯有神，尤其是一口整齐而洁白的牙齿完全是原配，看上去比假牙还要美丽白净。我说：“我在网上看到您的资料，您不仅用气功治好自己的病，而且还每天传授郭林新气功，让更多的人脱离病痛，真了不起！我称呼您源老师吧？！”源老师笑着说：“网上的材料不准，我不是只有半个肾，而是还有一个肾。但是，我没有脾。”

“没有脾？那对您的生活有影响吗？”我惊奇地问道。

“很好呀，我是肾癌肺转移，切除了一只肾和脾脏。现在你看我，依然很健康。”

源老师的确健康，也很健谈，他从自己的生平，谈到九死一生的得癌经历，再谈到学练郭林新气功，最后又谈到他周游列国去传授郭林新气功，整整视频近两个小时，不累不喘，笑声朗朗，中气十足。相反，我倒是感觉有点累了。

源老师当过八年兵，干过预备役，转业后分配到矿务局，之后在砒矿（砒霜矿）工作了八年，这八年，正是他日后得癌的根源。也就是说，他在砒矿工作时已经有慢性砒中毒，只不过那时年轻，感觉不明显而已。源老师说，砒矿周围的山沟里，连草木都不长。出了砒矿山口很远，才能见到一星点绿色。

从砒矿调回城里当公务员不久，源老师就下海了，有了自己的公司。1984年底，就在他事业如日中天之时，他突然出现血尿。经医院检查，他的左肾患上了恶性肿瘤，而且肿瘤巨大。手术后切下一个直径16cm、长23cm的肿瘤！如此巨大的家伙，使他的刀口从肚脐延续到后腰。当时，家人对他隐瞒了病情，直至八年后肿瘤再次复发时他才得知真相。因为当时他没做CT，他就医的江门北街医院连肿瘤科都没有，只有外科，而且他很快就手术了。为了慎重起见，他的病理切片送到了广州进行鉴定，最终确诊为透明细胞癌。

源老师他自己也看了出院报告，上面写着：肾Ca。

“Ca？不是化学元素中的钙吗？肯定是以前得过肺结核，现在钙化了。我怎么也不会想到Ca是癌的代名词啊！直到八年后，病情复发，肾区剧烈疼痛，打止痛针也解决不了问题，医生说要放疗，我这才知道是癌！可是，这次的肿瘤比上次还要大1cm，就在开刀的疤痕处，又长出一个直径17cm

的硕大肿瘤。由于肿瘤太大，医生才决定先放、化疗，将瘤体缩小，然后休息一个月后再行手术。可是一个月后，肿瘤不仅原封不动，丝毫没有缩小，反倒转移到肺了。这下麻烦更大了，要么手术，要么保守治疗。但是，这次手术风险很大，容易造成腹主动脉破裂。当地医院决定不了，于是，我被送到广州第一军医大学附属南方医院。医院专家说，因为手术会引起腹主动脉破裂，只能保守治疗，手术危险性太大。我又去了广州军区总院，检查后他们的意见和南方医院相同。我只好回到江门。这时，他们告诉我说，广州南方医院调来一位泌尿外科主任，于是，家人陪着我来到他的家里会诊。主任检查后说，手术很危险，真的很危险！还是尊重你个人的意见吧。于是，大家的目光全都集中在我的身上。我明白，所谓'保守治疗'，不就是等死嘛！我不想死！我当即对主任说，我虽然没打过仗，但我是当兵出身的。于其让我等死，不如拼了算了！就这样，主任当即在他家为我开了住院通知书。第二天就做全面体检，第三天就手术了。不幸的是，医生预料的事真的成了现实，手术中，我的腹主动脉破裂，血流如注。医生一连为我输了6000mL血，等于将我的血全部给换了一遍。手术进行了十多个小时，我在ICU住了18天，有幸活着出来。为了使身体尽快恢复，减轻止痛药的副作用，尽管伤口痛得我都要晕厥过去，但仍咬着牙一片止痛药也没吃，硬是挺了过来。"

然而，上天并没眷顾这个顶天立地的硬汉子，接踵而来的灾难更令他始料不及：先是抢救中手忙脚乱，忘记将他翻上去的胃给翻下来；紧接着更倒霉的是，在ICU住了18天后，又发现输血时感染上了丙肝。真是屋漏偏逢连夜雨，倒霉事一件接着一件，他的谷丙转氨酶竟高达384（正常为40），术后化疗又发生了胸腔严重积水。医生500mL，800mL，又800mL，连续抽了5次仍然抽不干。那胸腔积水就像是流不尽的地泉一样，抽完又涌出，无穷无尽……无奈，医生递上病危通知，宣告不治。他拖着无比虚弱的身体回到家，即便到了这种程度，这个不屈的人从未想到过放弃。他说：

"只要有一线希望，也绝不甘心等死！我在两个月的放疗期间，曾听有个人说起郭林新气功对一部分人的癌症有效，中央电视台播出过。既然中央电视台播出，肯定不会是假的。于是，我就到处找书。不久，在大女儿的帮助下弄到一个小册子，书名叫《郭林气功》。说实话，生病初期，我是一直相信医生能治好我的病的。况且，只要需要，我儿子可以往返香港，世界最好的药都能拿到。所以我根本不会相信什么郭林气功，认为那就是些邪门歪道。直到后来医院宣告不治，让我回家（其实就是等死）。糟糕的是手术、化疗后，免疫力下降，癌细胞又转移到肺，肺上出现了五个小黑点。无奈之下，我只有逼上梁山去相信气功并努力去尝试、去学习它。我想，兴许能走出一条生路呢？

为了不使自己忘记，我就戴着老花眼镜，对着录音机把自己的阅读声音录下来，第二天一边放录音，一边照着做。哪知，预备功中的‘松静站立’刚刚一分钟，我的气就接不上来，头晕眼花，天旋地转，只好坐下来，休息片刻再继续做。大约练了18天，我感到胃口好一些，睡眠好一点，精神好一点了。以前上不了楼，现在自己摸着能上去。但半年时间内，我只能做上丹田、中丹田开合，不能做下丹田开合。因为不能下蹲，蹲下去就起不来。半年后，我才能做下蹲动作。后来，我发现自己的尿发黄（其实是在排毒），就怀疑是不是自己的要领没掌握好，练气功出了偏差？好在我通过媒体找到了北京郭林新气功的黄可成老师——我的恩师。黄老师和我患的是一样的病——肾癌，她给我寄来了学功的书籍和资料。

根据老师指导，我重新系统地安排了自然行功、特快功、中快功、定步功、点步功、头按、手棍功、脚棍功等功法，逐步要求自己做到规范。为了一个吐音功法，我甚至专程飞到北京找黄老师请教，同时黄老师也给我查功辅导。找准了方向，我每天累计练功六七小时，早上四点就起来。练到三个月后，我去医院复查，医生说‘胸水没有增加’。我高兴坏了！我知道，我有救了！”

一年后，源老师复查的结果是“胸水全部消失”。五年后，他重新获得了健康。源老师“死而复生”的消息不胫而走，电视台和媒体的记者都闻风登门采访。江门抗癌协会的副秘书长得知此事后，特地找到源老师，对他说：

“你已经康复过来了，能不能做点好事，教教别的癌症患者练习郭林新气功呢？”

由于源老师练郭林新气功是先救肺，因此十多年来，他都坚持练“寅时功”（凌晨三至五点，《黄帝内经》说寅时主肺），而且这样不会影响白天的工作和教功。源老师是江门地区第一个传授郭林新气功的人。他生活作息很有规律，每天吃五餐，睡眠累计六小时左右。常去旅游，国内除新疆、西藏等省区外，其他的都曾涉足；出境游共去了六个国家。目前内分泌正常，生活质量好，尽享天伦之乐。郭林新气功使源老师得以彻底康复，也让他引以为自豪，只要了解他的人都称赞他创造了奇迹。

问起跟他学练郭林新气功的效果如何？源老师自豪地说：

“从1995年参加我举办的第一期学习班开始，跟我学功的弟子现都安在呢。有白血病、乳腺癌、子宫癌、骨癌等。有个中学校长患了骨癌，当时病重，已经起不来床了，连寿衣都买好了。后来跟我练功，远离了死亡，又健康生活了。他把跟我学功的12月27日定为生日，意为重生之日。他要我每年这一天都去看他一次，看一次就和他一起拍张照，意为：又多活一年了！我去了几年后，就懒得和他拍照了，因为我觉得他死不了了！

“气功不仅能治癌，而且还能治慢性病。记得有位先生问我，气功能治癌症，能不能治失眠？我说，试试看吧。于是，我跟他约好，每天早上用BB机呼他，喊他起来做气功。后来我呼他，他也不来了。原来，他才做了一个星期，失眠问题就解决啦，睡得很香，BB机也叫不醒了。此后，连患慢性支气管炎的也来找我了。找我的人太多了，全国各地都有，其中有好几个红斑狼疮都治好了。”

源老师就这样练了八年。2009年下半年的一天，源老师觉得头有点发胀，一量血压178/90mmHg。医生说：

“从现在起，你要终身服用降压药了，每天一片‘寿比山’。”

源老师这一次听医生的话就不像以前患癌那样惊恐了。他笑了笑，心想，我偏不信那个邪！因为他现在有郭林新气功这个法宝，更重要的是，他早就懂得如何辨证施功了。他把自然行功改换成全套慢步行功，练习一小时左右。大约过了三个月，高压基本稳定在130～180mmHg之间，根本不用服药。他又用事实驳斥了医生的预言，他胜利了！

如今，跟源老师学习郭林新气功的人既有全国各地的，也有世界各地的，他们大老远来拜见源老师，原因正是他懂得辨证施功。什么样的病，用什么样的功法；出现什么状况，该如何调理功法，源老师都得心应手。他说：

“你看，郭林新气功救了我的命，一举扫掉了我的癌症、丙肝、高血压，我又用它救了太多人的命，肝癌、乳腺癌、红斑狼疮等等，多着呢，最长的康复者有20年了。跟我学功的红斑狼疮病人有七八个，一个没死，全活下来了。郭林新气功真是我们国家的好宝贝啊！如今，国内外到处请我教功，仅马来西亚一年教一个月，我连续教了五年。我现在身体很棒，七八年都不用体检，感冒都收不到我的钱。我只有一个肾，一上午教功四小时，喝了那么多水都用不着上厕所，因为水可以气化。我除了牙好，眼睛也好，都78岁了，我连眼镜都不用戴。我还成了抗癌明星，成了世界医学气功协会会员。”

“我不想死！”源荣照先生成功的康复经历，首先得益于他心底强烈的求生欲望。就算医生宣告不治，判定他必死，那又怎么样？这一切都打倒不了他！他说，既然事实证明郭林新气功能治癌，我为什么不试？！苦，我不怕；难，又何妨？我曾经是名军人，军人是一往无前的！

这就是最值得我们敬佩的地方。源荣照先生不像那些意志薄弱者，得了癌整天愁眉不展，避人避光，情绪低落，只承认必死，不争取求生。其实心里很惧怕死，但又这也不相信，那也不尝试。哪怕见到和自己一样的癌症康复者也不愿意去相信。这样的心态附体，即便人活着，精神也已经死了。生命对于他们已经没有了意义。

高文彬：奇迹是这样练成的

人的一生免不了生病，有一个飞行员、宇航员的身体当然是好事，但这毕竟少之又少。得了病既不要惊慌，也不能不当回事，尤其在患了癌症时。我觉得在这方面，抗癌明星高文彬是一个榜样。

钱学森对高文彬《与癌症康复者谈抗癌》一书有很高的评价，他称赞这本书是人体科学最伟大的一部著作。这是因为高文彬说出了如何正确对待癌症的治疗，如何保存自己、消灭癌症这一最为科学、最为客观的话。

高文彬原是海军政治部文化部的副部长，抗美援朝的老战士，他在1975年查出肺腺癌淋巴转移。确诊为肺癌之后，医生开刀打开胸腔，发现癌细胞广泛扩散，已无法手术，又原封不动地缝上了。医生预言他仅能活半年左右。他接受了这个事实，但他觉得，作为一个唯物主义者，要面对现实，生死的自然规律不可抗拒，但也不等于束手待毙。于是，他先是接受了放、化疗的治疗。

就在这时，他的一个挚友向他介绍了郭林新气功，说是能治癌，效果很好。开始他不太相信。他说：

“我对气功不仅毫无了解，而且还有成见，认为那是歪门邪道，一个唯物主义者，不能在生死关头做有损‘形象’的事，治不了病，还落个受骗上当，这样的蠢事我不干。同志们还给我介绍偏方、验方，原来他们也是听来的。我拿着有的偏方去请教郁仁存主任时，郁主任说这已是十几年前的办法了，早就不用了。同志们给我介绍的办法很多，我都不急于采用，要经过一番调查研究，要了解医生的行医经历和病人的实践情况。对于报纸、杂志、广播、电视上介绍的什么新药、新疗法，凡是没有经过相当长的时间、相当多的病例检验的，我一概不用。这并不是我不接受‘新鲜事物’，而是由于癌这个病种的特殊性，决定我必须求稳、求准、求真、求实效。对气功治疗，我也是持这样的态度。我没有接触过气功，要我去贸然接受气功治疗，我是无论如何也不能同意的。由于罗明昭同志对郭林治癌的气功有较深的了解，所以她再三要我去学习，并热情地向我介绍郭林新气功的有关材料和病例。我认真看过以后，又拿这些材料去请教黄孝迈主任。

黄主任看过以后说：‘看来这还是个出路。’

这句话很有分量。它促使我考虑：我虽然不怕死，但不等于不想活；不怕死，也不能等死，而要活，就必须寻求生路。于是，我决定去学郭林新气功，实地看看郭林新气功的‘真面目’。

1977年5月，我在龙潭湖公园见到了郭林老师。开头，郭林老师对我不太感兴趣，说：

‘你们这样的人办法多，不肯下功夫，说不定练几天就不练了。’我说：‘我是被逼上梁山的，既然决定来了，我就一定要坚持下去。’

前面我说过，气功究竟怎么回事，我从来没有接触过，所以我把气功想得很神秘。但到公园一看，原来就是这样摇摇晃晃，像扭秧歌，又没有扭秧歌好看，我心想，这玩意儿能治病吗？特别是癌症那么厉害，靠这么扭来扭去，就能把癌扭好？心里不免有点嘀咕。

可是了解到好多病人就是这么做的，而且有治好的病例，证明气功确实能治癌。最使人信服的是有两例硬皮病病人，经过学郭林新气功，硬皮变成了正常皮肤，肝、肾等重要器官功能有了明显改善。还有一例失掉手术机会的胃癌病人，经过练气功，饭量从每天仅吃二三两主食，增加到每顿吃半斤。这不仅鼓舞了病人，连医生也感到惊奇。后来又听了郭林老师讲课，我觉得确实有道理，从完全不相信，到半信半疑，进而坚信不疑。于是我便下决心坚持学，坚持练。由于我学得快，郭林老师比较满意。我做得认真，又能坚持，她更高兴。过了一段时间，又教学‘吐音’。‘吐音’就是放声喊规定的声音。喊起来不太习惯，也不好听。我想，做行功扭来扭去就够难看的了，现在又教‘吐音’，喊得那么难听，真有点不好意思。可郭林老师说这是主要功法。为了治病，就顾不得那么多了，她怎么教，我就怎么学，怎么做吧。

当时，这种气功还不普及，有的人见了很新鲜，有的人却产生误解。比如我早晨很早到外面做行功，有人看了便以为这是得了什么魔怔。‘吐音’比做行功更难了，当时我还不能远走，只能在院子里做。在院子里吐音很不方便。可吐音又是主要功法，必须做。怎么办呢？我就在室内做。等外面放广播操乐曲时，我就打开窗户放声喊。邻居听到了，以为出了什么事，便跑进来询问，我就忙着做解释。真不容易啊！

当时开胸探查后，专家判断我的存活期不过一年左右。当我存活一年以后，医生高兴地说：‘不简单。’第二年又说：‘真不简单。’到了第三年以后，则说：‘真是奇迹。’到了第四年以后，最熟悉我情况的康礼源主任、郁仁存主任异口同声地说：‘这是出乎我们意料之外的。’”

高文彬与癌症作斗争的真实记录，以无可辩驳的事实，证明了西医、中医、气功三结合治癌的重大意义，证明了郭林新气功治癌的强大生命力。当然，这其中也包含了西医专家的智慧和光彩，渗透着气功大师郭林老师的心血，更得益于高文彬常年坚持练功，寒冬酷暑不辍、风雨无阻的坚强毅力。

亲爱的病友们，现在明白了吧？奇迹正是这样创造的。今年我又采访了好几位练习气功的白血病患者，事实证明：郭林新气功不仅对恶性肿瘤有效，而且对于白血病等恶性血液病也有确切的疗效。

晚期淋巴瘤患者逃离移植获得了新生

2008年年初，晚期淋巴瘤患者阎女士开始了她艰难的治疗历程。她和央视某著名主持人患同样的病，住同一家医院，同样是去做骨髓移植。她和他经常坐着轮椅在电梯中相遇。阎女士亲眼目睹了他移植后的复发和离世。这对她打击巨大。她觉得，他的条件那么优越都走了，何况我一个普通人！这件事令她幡然醒悟！于是她在出院单上签上了“拒绝治疗”四个字，既而逃离医院。结果，她得救了！土中医使她脱离了生命危险，郭林新气功给了她带瘤生存的良好生活质量。她活得很开心。她说，我知足了！

我倒是觉得有点奇怪，为什么她这个病会拖成晚期才去治疗呢？

“这与误诊有关系。其实，我2007年就发现骨淋巴结包块，只是刚开始长得比较慢，所以没有引起医生的重视。但是我并没耽误啊，这一年多，我一直在看、在检查，因为我总感冒发低烧。我做了无数次核磁和CT，包括在我们省的大医院也都没查出来。直到我去上海前，我们这里还说我一切正常，人家上海检查的结果出来了：淋巴瘤三期。那个时候，我整个淋巴全肿起来，脖子都弯不了。我真恨自己的医学知识太贫乏，把自己的病给误了，直到确诊后我才经常上网浏览。

我今年53岁，大庆人。2008年3月我确诊为晚期淋巴瘤，在上海做了11个化疗后病情复发，然后转到北京某大医院打算骨髓移植。当时央视的那位著名主持人就住在我的楼上，可我的病比他严重多了。在电梯里我碰到他，是住我斜对面的唐山老大姐告诉我的，不然我根本认不出他。我和他都坐着轮椅，他又黑又瘦，戴着大口罩，小黑帽。我们都是淋巴瘤。

我在北京因病危抢救了好几次，状况很不好。6月5日，他的去世对我打击特别大。明摆着他各方面条件、包括用药和给他看病的专家肯定都比我好，但他却因移植复发走了，如果我做移植肯定也完了，还花那钱干啥？况且现在天天输血，紧接着还要大剂量化疗，怎么能受得了？还是回家养着，能活几天算几天吧。于是，我决定放弃治疗回家。医生得知我要走很不乐意，说可以上手术台抽骨髓。我老公说，她首先得先活下来呀，现在人都不行了，怎么移植？于是，医生让我签了‘后果自负’后才让我出院。

回到家后，我最大的心愿就是希望能活八个月，因为我儿子八个月后要高考。因为身体不能走远，我接受朋友推荐的乡村医生的中药治疗（当时，我还不知道有郭林新气功）。大约半年后，我可以下楼了。一年后，我感觉状态不错，就停了中药。可是好景不长，八个月后癌细胞又转移到双肺。医生又建议我去医院做手术、放化疗。这一次，我对化疗已经失去信心，因为同病房好几个转移后化疗的病人全都走了。我对老公说，宁肯死也不化疗了。我趴在网上寻找，看看有没有和我一样的病人活下来的，是通过什么办法活下来的？我找到了新浪癌友圈，找到了抗癌乐园，找到了和我患一样病的山东淄博抗癌乐园园长李英伟。

我赶紧给李英伟打电话，是祥子接的，说他去北京学习了。我要来他的电话，可他的电话一直不开机，一直到下午他下课后才打通。我和他聊了很久。我说，我就相信你了，你能不能辛苦一点，教我学习郭林气功。英伟问我，你在哪？我说在家里。英伟说，太远了，我给你介绍一个哈尔滨的老师吧？我说不行，我就认准你，因为你和我是一样的病，你没做手术，放化疗后练郭林新气功活了这么多年。英伟见我这么坚决，就告诉我淄博莲池公园那有一大帮大姐在练功，你可以去找她们。于是，我老公陪我当天就赶到淄博，带着行李直奔莲池公园，抗癌乐园的人都特别好，他们马上就教我。

当时练得可累了。主要是因为要领没掌握，不会放松（这个要领最重要），结果累得我膝盖、肩膀、腰上都贴满了膏药，我都怀疑自己能不能坚持下来，但是没有其他办法了，只有练功才能救命。结果第二次进班重新学，有不少患者说活了几年了，对我影响特别大。再加上李英伟讲课，更增添了我的信心，他特别正能量。现在我的功时已经减了一半多了，只做三个多小时，早上五点钟出去，八点多回来。中午午睡后，下午两点多去太极馆，打太极，学《易经》，练八段锦，打马王堆引导术等一些动作，缓解腰背肌肉。郭林新气功来自五禽戏，都属健身气功。郭林新气功做完一二小时后就可以做其他功了。郭林新功好就好在它不走偏，特安全。

在练功的同时，英伟介绍我服用山东淄博某医院的中药，我的身体一天比一天好，癌肿块一天比一天小，现在只剩零点几，而且成了侏儒，再也不长了，也不影响我的生活。血液指标正常，双肺转移灶消失。虽然，身上还留有一些化疗后遗症，比如打化疗时造成血管发硬等，但我的精神很好。我每年都出去旅游，在山水间更感到欢乐无比。你前天打电话时，我不便接受采访，是因为我们到长白山旅游去了。现在我每天都过得很开心，如果不说，谁也看不出我是病人，爬山、走路，也不感觉累。

我 2010 年 11 月回北京复查时，医生见到我的第一句话就是：

‘天哪，你咋还活着呢？！’”

2013 年 7 月初，阎女士兴奋地告诉我说，我们新浪癌友圈又组织到河南新乡万先山聚会，你不去采访吗？有上百名来自全国各地的病友，最高癌龄都有 40 年了，你要能去该有多好。可以见证太多奇迹！我非常想去，可是，一是因为胃疾的加重，再有这本书没写完一直放不下，所以感到很遗憾。但她说的奇迹，我一点也不怀疑，我去了全国好几家群体抗癌组织，被医生判死刑而活着的人成千上万，全是中西医结合治疗和郭林新气功的成果。

采访结束时，阎女士还一再提示说：

“如果发生后背疼时，一定要注意。我遇到好多病人，肺癌、肾癌、肝癌、胃癌、卵巢癌、肠癌全是从后背疼开始，找不着点位的疼，我也是这样。还有，在治疗期间，尤其是中晚期癌症病人，吃东西千万要注意，不能吃红肉类，即牛羊肉，还有海鲜等，我在发病初期的三年内吃了三年的素食。因为，癌症是终身疾病，无论任何一种癌症，它都是伴随你终身的，什么时候你眼睛闭上了，停止呼吸了才算抗癌结束。比如，你心情不好啦，饮食不注意啦，睡眠不注意啦，劳累啦，都会引起肿瘤的复发。我看了太多人的博客，接触了太多的病人，有 20 年、29 年前患的淋巴瘤，现在又复发了。有位老大姐是 9 年前患的肠癌，现在转移到脾上了。医生对再次复发的她说，想吃点啥就吃点啥，也别住院化疗了。她哭着对我说，连医生都放弃我了，于是天天在家哭。我就劝她，你这是耐药，化疗也没用了，医生才这么说。你在家哭也没用，病也不会被你哭下去。不如跟着我一起练练功，说不定还会好起来的。现在她每天跟我练功，我们有七八个功友，大家都关心她，她现在心情好多了。还有一个 15 年前患的乳腺癌，练了五年后，吃吃中药就好，功也不练了，没想到 15 年后，癌细胞转到骨头上了，于是，她找到我说，唉，郭林新气功都忘了，现在又得捡起来重新练。”

原来癌症不是和白血病一样，五年不复发就是痊愈呀？没想到癌症十几年、几十年后还会复发，太不可思议了。

“是啊，其实，人死很容易，什么办法都能死，什么办法都可以快速结束生命，但选择活下来特别难。就说现在，我仍是带瘤生存，不过跟原来比起来，就是小巫见大巫了，是在可控范围内。但因为化疗的副作用，生病到现在都七年了，我头上、腋下还会冒脓包，而且这些副作用全都体现在皮肤上，皮肤跟破布似的，洗澡一抹就裂口；小脚趾看上去是好的，按上去就出脓血，持续好多年了。”

“那你现在还教大家练功吗？”

“是的。因为我也是个病人，我特别理解他们刚患病时的心情，我当时也是急切地想找到一种好方法，让自己能尽快控制病情。能找到这么个人，在他们最迷茫的时候去指点一下，他们的心情就会不一样。教他们练功、抗癌，多好。我教功不要他们一分钱，又不要他们买药。但是太多的人还是不开窍，连我这个晚期病人的现身说法他们都不相信，没办法。郭林老师说，‘功救有缘人’。也算他们没缘吧。”

我想起几位患癌症逝去的战友。我也曾向他们过推荐郭林新气功，并买光盘送给他们，但他们都没接受。很不理解，他们宁肯相信医生的话，在家里等死，也不作任何努力。真是惋惜啊，毕竟他们都才50多岁。

“你听过一首歌吗？叫‘癌症病人是一家人’。我们都是一个心态，能帮则帮。包括我在北京、上海参加的抗癌乐园，还有网上的新浪癌友圈，全是这样啊。比如有个叫张艳坤的大姐，22年前患癌，全身8处转移，她不仅顽强地与病魔抗争，越活越坚强，越活越洒脱，创造了自身的奇迹，而且还为癌症患者和抗癌事业做了大量工作。如今，她年近古稀，还担任黑龙江省抗癌协会秘书长，成为远近闻名的‘抗癌英雄’。她康复后一直在义务教功，现在跟她学功的人达两三万人。她看上去红光满面，特显年轻。

她老伴也是癌，80多岁，一直活着。总之，伟大的人多了去了，我只是小小小小的一滴水。我在他们身上学到太多东西了，他们对病友真是好，有一点风吹草动就给你鼓励、加油，帮助你战胜困难，特别感动。所以，哪怕我再累，只要有人想跟我学功，我都会义务去教他们，因为我现在体力不错。尽管身上还有肿瘤，但在可控范围内，我照样出去旅游。平时每天练功三四个小时，七点出去，十一点回来。有时我和老公开车出去玩，看到风景好时，我就会让老公停下车来，我做个把小时功再走。总之，救我命的郭林新气功已经完全融入我的生活啦！”

阎女士和我书中采访的癌症康复病人一样，也算得上是一个聪明的病人。她在自己生命处于危难当中时，没有接受医生让她继续进仓移植的建议，而是坚持认为“先得让自己活下来，再做其他打算”。因为她有了前车之鉴——央视著名主持人移植后复发离世；她宁死也不再做化疗，于是，她向网络寻求帮助，并很快找到了希望。我真希望所有病友都能像她那样，知难而退，成为聪明的病人，千万别稀里糊涂弄丢自己的性命。

运指健脑功使她们恢复了健康

郭林新气功里有一种妙不可言的功法，叫“运指健脑功”。它主要针对一些脑部疾患的康复者而创编的。我看了这个功法的视频，练功者全都坐在凳子上：一二三四五六七,七六五四三二一,一会儿十指交叉，一会儿双手转腕，看上去十分简单。我感到有点怀疑，这也叫气功？这样的功法也能治病？

“当然能，你可别小看它！”一位姓邹的女士十分肯定地对我说。她也是位癌症患者。

在李园长拍摄的抗癌明星里，有一个名叫唐伶俐的老太太，她是郭林老师的弟子。当年，她患的是恶性脑瘤，别说练郭林气功，就连路都走不好。由于脑瘤的影响，她眼睛失明，走路不平衡，这怎么练功呢？郭林老师先是根据她的病情编创了“运指健脑功”，然后想了个办法，在两棵树之间拴了根绳子，让她抓住绳子练功。就这样，郭林老师的运指健脑功使唐伶俐恢复了健康。李园长采访她时，同时也将她练的运指健脑功全程拍了下来。没想到这个光盘成了传递生命的接力棒，传到哪里则救人救到哪里。

邹女士是淄博抗癌乐园的会员，今年56岁，几年前患上肺腺癌，化疗后，李园长教她练郭林气功，她的身体逐渐恢复。之后，她放松了警惕，回到单位上班，结果没多久，癌细胞转移到脑子了。李园长得知后，让她跟着光盘练习运指健脑功。邹女士一边做放疗，一边坚持练郭林新气功和运指健脑功。每次按时去做核磁共振时，医生都要说，不错，小了一点。练了不到两年，转移的大小肿瘤全部消失。医生说：

“你康复了，你真是个奇迹！”

邹女士高兴坏了，回到抗癌乐园，她把自己掌握的功法传授给其他患者。于是，奇迹开始接力，产生连锁反应：好几个偏瘫的病人练了这个功后，他们的手竟然能举起来了！邹女士理所应当地成为气功师，每天在公园将运指健脑功传递下去，发扬光大。不少前来晨练的健康人相继被邹女士创造的奇迹所吸引，跟着练起来，不亦乐乎。

邹女士在治疗她自己的癌病中，得到了抗癌乐园赠予她的一把终生享用的金钥匙——郭林新气功。得到这把金钥匙后，她并没有独自享用，她用自己的爱帮癌友们开启一扇扇生命之门，健康之门，他们在为拯救生命传递爱。

一位抗癌乐园副园长看过我的初稿后说：“你采访的每一个病例都是一颗颗珍珠，它会在每一位癌症朋友的心里发出夺目的光彩。”但愿这光彩真的能渗透进人们的意识里，使人们重新激起对生命的认识，对中国式抗癌的认识，而不只是外国人接受它，墙里开花墙外香。

我们的未来同样不是梦

一位前往桂林抗癌基地练功的白血病病人谈了自己练习郭林新气功的体会：

我到基地第二天，老师开始教我们郭林新气功。因为我的血象一直不好，白细胞才 2.2，血小板才 40，就算用了升血小板的药也很难升到正常。牙龈经常出血，有时候晚上睡觉时还好好的，可清早一起来就满嘴血腥味，一吐，全是瘀血，经常是这样的。每天早晨漱口时，白色的牙膏泡泡都是带血的，有时抠鼻子一不小心抠出血，就很难止住。但是，来基地练功大概一周之后，突然发现晚上睡觉起来嘴巴里没有血腥味了，早晨漱口时牙膏泡泡也是雪白雪白的，偶尔抠鼻子抠破了，也只会渗出一点点血，过不了几分钟再用手指头去摸，就没有血了。一直到现在为止，都没有出现过出血不止的状况，不论是鼻子还是牙龈。如今在基地练功大约半个来月，虽然没有去医院查过血，但是我敢肯定，血小板一定上去了。

前些天，基地来了三位客人。其中一位是 1975 年生的直肠癌患者，1990 年开始练郭林新气功，到现在已经有 30 多年的癌龄了，从未复发，这真的让我备受鼓舞。在这里，不仅收获美味，收获快乐，更重要的是收获康复的信心。我下一步的计划，是打算坚持苦练郭林新气功三年，把身上的病灶通通消灭掉。我坚信，我的未来不是梦！

我们的未来也不是梦：郭林老师生前的愿望，是希望建一所气功大学，用来系统研究、传授中国传统文化中的生命科学和健康技法，以此培养大量人才，弘扬健身文化。

但愿郭林老师的愿望更不是梦！

第五章
群体抗癌

我的另一个家，是末路中的相逢；
我的另一个家，是悲伤中的安抚；
我的另一个家，是恐惧中的慰藉；
我的另一个家，是跌倒后的搀扶；
我的另一个家，是病痛中的牵手；
我的另一个家，是寒冬里的暖屋；
我的另一个家，是夏日里的清泉；
我的另一个家，是生命重生的幸福。

另一个家

起初，在我的采访计划中，并没有涉及抗癌群体，虽然我知道不少地方有这么一些抗癌群体。决定将抗癌群体作为一个大主题写进书里，是我在采访癌症病人时，他们都不约而同地谈到这个“家”的。随着我在各地抗癌团体的深入采访，我渐渐地被他们这个温馨“家”的氛围所感动，尤其对其中的“家人”敬佩不已。

2009 年夏天的一个清晨，我与青岛市市南区抗癌协会的王老师（患多发性骨髓瘤）一起来到青岛公园。走进这绿色的世界，我眼前出现这样的景象：一群男男女女正在茂密的林子里练习郭林新气功。晨风徐徐吹来，虽有些清冷，但初升的朝阳已把斑驳的金光洒在了他们的身上。鲜花绿树，草长鸟鸣，宁静中的律动，律动中的宁静，有一种天人合一的自由和洒脱……我突然感到，谁说练气功辛苦？我倒觉得练功是件很幸福的事。它的独特魅力是可以忘我，无我，把我托付给大自然，把我像风筝一样放飞出去，还有什么比这更为幸福、更为惬意的事情呢？

我看见，他们的脸上面带微笑，他们的步履轻松而稳健，他们的情绪平和而愉悦，他们的生命洋溢着勃勃生机！你们说，他们不幸福吗？

他们中有肺癌、肝癌、乳腺癌、结肠癌，也有白血病和王老师这样的血液病患者。其中，我见到了一位军人和一位转业干部。军人是位大校，人挺精干、阳光。他患的是 M3 型白血病，除了练习郭林气功，还夹练一些六字诀和五禽戏。说话间，他给我表演了两种功法，动作很标准。现在他仍坚持练功，早已远离了白血病，很健康。

气功练完后，他们陆续来到公园的一个抗癌乐园点——一所小房屋，各自取出自己的茶杯和小凳子，开始聊天。后来我才知道，这就是抗癌群体的“话疗”。他们各自谈着自己的治病经历和练功感受，也谈自己的悲伤和快乐。王老师告诉我，其中那个40多岁的女士，是白血病（M2）患者。当初刚来抗癌协会时，心情很不好，天天哭，还经常想自杀，不想活了。王老师得知此情后，不厌其烦地跟她聊，大家也一起劝慰她，使她慢慢消除了恐惧，积极用中西医结合的方式治疗。如今，她早已度过了五年期，连中药都不用吃了。

我明白了，他们与“家人们”同属抗癌群体。如今全国各地有无数个类似的抗癌群体，虽然他们的名字不尽相同，但它们都是癌症朋友们的家。在这个家里，凝聚了一股巨大的暖流，它能把历经疾病磨砺的千疮百孔的心彻底修复……

他们都有患病的苦难经历，他们相互鼓励，相互安慰，他们相互传授习练郭林新气功的经验，他们共同分享战胜病痛的苦与乐，他们同病相怜。抗癌群体，原来就是癌友们的不离不弃的轴呀，有了这个支点，他们就可以相互搀扶着，顽强地升起那张硕大的生命之帆。

就是从那一刻起，我决定写他们的群体，写他们依恋的家。我写他们，是想告诉还没有加入这个群体的癌友们，尽早成为他们中的一员，尽早分享这个温馨而伟大的家的温暖，尽早解除病痛带来的苦痛与悲伤，尽早学练郭林新气功，为自己的身体保驾护航。因为，这是一个相辅相成的良性光圈：癌症病人康复，离不开郭林新气功，郭林新气功又离不开综合调理，综合调理离不开抗癌群体，抗癌群体则离不开癌友们的集体智慧。

用不着我呐喊，越来越多的生命奇迹在这个癌症病友圈里产生，越来越多的癌症病人被这个光圈的神奇魅力所吸引；用不着我呐喊，谁也不会对能拯救生命的科学现象视而不见。各地、各市、各省，以及台湾、香港、澳门地区，相继成立了抗癌群体，中国、外国、世界相继成立了郭林新气功研究会。

世界将癌症康复的眼光集中在中国！

我是你的“草帽”，你是我的“天空”

有一把伞撑了很久/雨停了还不肯收/有一束花闻了很久/枯萎了也不肯丢/只因一句永远潜藏在心底的祝福/——亲爱的，早日康复！

这是一位帅哥写给一位癌症患者的诗。真没想到，采访中，我还能邂逅如此凄婉而美丽的爱情故事。故事的主人公叫白萍，当年她30多岁，年轻漂亮，气质高雅，又在一家外资企业做副总，工作充实，生活美满。因为，她有一个温馨而稳定的家庭，有爱着她、体贴她的丈夫。对于一个女人，丈夫就是自己的天空，两人相爱，就是自己最大的幸福。然而有一天，这一切竟成了一幅镜中画，瞬间碎裂，随着那一声撕心裂肺的声响，幸福便悄然地离她远去。

那是1999年3月的一天，我突然因贫血而昏迷，医生检查后，发现我的腹部有一个大肿块。于是，我做了结肠切除手术，没想到术后确诊为“晚期低分化结肠癌Ⅳ级”。这个结果像一颗重雷，炸向我和我的家庭，我的精神受到巨大打击，实在难以接受眼前这残酷的事实。我才30多岁啊，上天为什么对我如此不公平呢？就在我不知所措、伤心欲绝时，几位有着近20年癌龄的癌症康复志愿者来到我的病床前与我亲切交谈。她们说：“小白，你虽然无法选择生活，但是你可以选择面对挫折的人生态度，关键是你的意志不能垮。”在这些大姐的引导下，我加入了桂林市癌症康复协会。在那里，所有的人都很真诚，我感受到了亲情般的关怀，大家的呵护给了我战胜病魔的勇气。我还年轻，我不能死，我要活下去！就这样，强烈的求生欲望，支撑着我开始了艰难的抗癌之路。

白萍不是一个容易屈服的人，她用坚强的意志，积极配合医生治疗。然而，她的病情并未好转。短短两个月，她的病情再度复发，结肠癌转移至肝、肾，医生断言她的生命期限仅有两个月。怎么办？望着自己唯一的女儿，白萍的父亲心痛无比，老泪纵横……

“孩子，别担心！我们上北京，无论花多大的代价，老爸也要救活你。”

父女俩前往北京求医。可半个月里，没有一家医院接纳白萍。白萍的病情急剧恶化，体重迅速下降，一米六几的个儿，只剩下40公斤，连走路都感到非常吃力。就在走投无路的时候，解放军总医院伸出温暖的手，同意她入院治疗。医生先为她做了结肠和肾的立体放疗，接着又做了肝部的介入治疗。一个月后，白萍可以下床活动了。半年后，癌细胞终于停止扩散，病情稳定了。白萍用6个月不屈的抗争，和医生一起打了一个争夺生命的攻坚战，并取得了决定性的胜利。

白萍生命的天空又呈现了一片湛蓝。

病情稳定了，但是为了尽快康复，白萍接受了医生的建议，回到桂林继续自己漫长的抗癌康复之路——这就是抗癌明星为她铺开的“规范的治疗、科学服用中药、保持良好的心态、科学合理的饮食、规范的健身锻炼”的抗癌之路。她定期上医院做检查，肿块不消也不长。两个月过去了，两年也安然过去了，医生的断言失败。白萍不仅没死，反倒觉得死亡已经渐渐远离了自己。

我正在远离癌症，远离死亡，这本来是件高兴的事，可就在这当儿，与我共同生活了八年的丈夫却有了新欢，移情别恋了。我怎么也想不通，最危难的时刻已经过去了，为什么还会这样？我不想接受这样的现实，更不想失去我的丈夫。我忍受着心灵上巨大的伤痛，耐心地劝说他，希望他能回到我的身边。只要他能回头，我们还是能一如既往地生活在一起。然而他什么也听不进，他对我已经彻底死心。尤其难以忍受的是，那个第三者还当着我的面斥责我自私，说我：“自己都快要死了，为什么还要找一个人来垫背？”

我真是想不通，你抢走了我的老公，还说我自私。世界上哪有这样的道理？难道生病是过错吗？

这就是我以往坚信的爱情，真是天大的讽刺！看着丈夫绝情离去的身影，我的心就像被掏空了一般，万念俱灰。爱情都没有了，还要健康做什么？我想到了死。因为死了就没有烦恼，就可以解脱。抗癌明星志愿者察觉了我的异样，但苦于找不到我的心结所在，十分着急。他们带我去参加协会的各种志愿者活动，希望我在帮助别人的过程中，重新振作起来。但是爱巢的塌陷岂能在短时间修复？这条黑色的链条，紧紧地锁住了我已冻僵的心，难以复苏。我开始自暴自弃，不吃药，不治疗，也不练功了，天天用网络来麻痹自己的神经。

一天，我在上网时，一个叫“草帽”的网友跳进了我的眼帘，我们聊了起来。我发现此人谈吐儒雅，极富同情心，这使我的心里得到些许安慰。我们越聊越合拍。一个月后，“草帽”突然提出约我见面，当时我马上就拒绝了他，因为，我不想从网络的虚拟世界走向现实。我多次拒绝他后，他显得很失落，竟然为我写了一首诗。诗中这样写道：风吹到这里就是我 / 曲终人未散就是我 / 四海为家就是我 / 谁能知道我停在哪里？/ 掩埋了自己的不幸 / 从此就开始了决定 / 哪怕回去时只剩下姓名 / 也要勇敢地决定 / 我的眼泪是笑容 / 陪你一直到天明 / 只要是你的梦 / 就是我的梦 / 永远守在你的天空……

我流着泪读完“草帽”的诗，再也不忍心让他失望，我答应见他。可是，当我一见到他时，顿时就被吓坏了。原来这个“草帽”比我原来的老公还要年轻，还要帅气。我第一感觉就是：糟糕，我又碰到一个感情骗子了！我一句话没说就冲出咖啡屋。

对于我的突然出走，他感到很纳闷。他没有放弃，电话不断，短信不断，甚至锲而不舍地向我示爱，邀请我去卡拉 OK。渐渐地我被他的真诚所感动，打消了对他的顾虑，终于去了歌厅。在歌厅，他竟然当着众人面向我求婚。他说：“我爱上了一位姑娘，可她却总是不理我，使我的心备受煎熬……”

此后，他不再给我打电话，发短信。一天，两天，三天，已经听惯了他声音的我实在熬不住了，觉得很对不起他，第一次主动给他打了电话。没想到，他接到电话就说：

“我知道你会给我来电话。只要你一给我来电话，就表明你爱上了我。你绝对跑不了了！”

“草帽”的爱，如同夏日里的一场甘霖，将白萍所有的痛苦和怨恨全都冲刷掉了。她突然明白，生命并不是依附于哪一个人，而是要为自己去精彩地活着。她彻底从失去爱情的伤痛中走了出来，尽情地沐浴在幸福的爱河里。不久，白萍去医院做全面检查，结果惊喜地发现结肠和肾的肿块已经消失，肝上面的八个点也不见了，白萍康复了！

白萍康复后，她非常感谢一切帮助过她的人。她和“草帽”的爱情也修成了正果。2004 年，大家选她担任桂林市癌症康复协会（简称桂林癌协）会长后，她更是全心全意地为癌症朋友们服务。她为协会解决了经费问题；在先生“草帽”的建议下，她开通了 2730（爱惜生命）援助中心热线电话，开始了她的生命援助，在社会上引起了极大反响；从 2004 年 6 月起，她组织协会开创了全国第一个“与癌友‘话疗’”活动，即由十年癌龄以上的“抗癌明星”组成志愿服务小组，走进各个医院肿瘤科，与癌症患者面对面交流，使许多癌友走出了恐惧的阴影，重新扬起了生命的风帆；组织“生命绿洲”志愿者服务队，自己任队长，提出了“健康在你眼前，白萍们在你身边”等口号，定期将温暖和关爱送进协会里的孤寡老人家；亲自策划“美好生活网”，为癌友搭建生命绿洲，网站开通以来，许多国家及地区的民间团体和癌症康复组织经常前来交流、学习。马来西亚吉隆坡癌协负责人黄慧明在听了桂林抗癌明星的感人故事后，深情地说：“你们的坚强和不懈努力，你们对生命的执着和追求将会感动着世上每一个角落的人。人们只有从你们身上才能感受到生命的美丽，才深深知道健康是多么珍贵。”

2007 年 3 月，在白萍的努力下，抗癌协会完成了一件大事，即与市里八家三甲医院肿瘤科达成“无缝合作”意向，并正式启动。在这个意向里，医院同意郭林新气功正式进入医院，由癌协的老师教医院的病人锻炼；医院长期为癌协提供一个 600 平米的“话疗”活动室，协会志愿者以过来人的身份，每月去一次医院，与癌症病人开展面对面“话疗”，为他们舒缓心理压力，分享成功的经验；市内所有三甲医院肿瘤科的名家们都成了他们协会的顾问，癌友们看病挂号费全免；医院愿意与桂林癌协一起把中国国粹——中医中药、针灸和气功包装起来，把中医治癌、群体抗癌、郭林新气功抗癌经验推向社会，推向世界。

对此，白会长说："和医院合作等于是互相帮助，医院在帮我们癌协，我们在帮医院的病人，各取所需。"

谁都知道，对于病人来说，医生的鼓动性非常大。许多癌症病人不是病死的，而是被癌症吓死的，被医生吓死的。现在，医生能允许老癌友们去给新癌友们话疗，传授癌症康复经验，帮新癌友们练习郭林新气功，说明医生认同了群体抗癌和郭林新气功的作用。这样连癌症亲属们的工作也一通百通了，除非心理上抱有必死信念的人，还有谁不能接受呢？

这件事为推广郭林新气功在临床医学上的应用开了一个好头。如果全国的医院都能这样与癌症团体"无缝对接"，对癌症病人的康复将是一个极有力的手段！

这就是白萍的故事。如果不是她亲口讲述，我觉得这根本不像现实生活中发生的事，倒像是作家编的一个情感小说。真是太感人了！

白萍说："这并不奇怪，得了癌症没有什么，它可以好啊，好了就和正常人一样，我们有30%的人重返工作岗位呢。像我这样重组家庭的也不少，小伙子病好后找到了好姑娘，姑娘病好了找到了好老公，而且好几对都比过去的原配好，有的后成立的家庭还更富有。其实，得癌并不可怕，可怕的是自己的沮丧和放弃，复活之路最终只能靠自己走，靠自己抗争。如果不想抗争，希望和奇迹自然会溜走。"

采访白萍时，我很想知道她的幸福指数。

白萍说："我的幸福指数就是帮助别人。我自己就是这样一路上走来的，成了至今13年无癌生存的人。"

哦，对了，"草帽"见妻子如此忙碌，实在不忍心，干脆把自己的公司委托给朋友经营，自己和白萍共同去帮助癌友。白萍为了报答她的"草帽"，在自己创作的一首歌中写道：

我愿变成一支最美丽的彩笔

能画出一双双不流泪的眼睛
留得在世上稍纵即逝的光明
能让所有生命不再凋零
我愿化作天上的月亮和星辰
漫漫长夜里陪你走过风和雨
留住的健康全部都送去给你
昨日伤痛已变成遥远的回忆
……

在抗癌团体里，有无数个像白萍这样的人，他们自己痊愈后，不辞辛苦地帮助他人，扶助他人，与癌症朋友们共同唱起劫后重生的生命之歌。这使我想起解放军医学专家黄教授调研时说过的话：

"绝大多数病人不但能充满信心与癌魔顽强斗争，还关心集体，乐于助人，十分珍惜自己来之不易的'第二次生命'。他们热爱生活，愿意参加自己力所能及的社会活动并积极为防癌抗癌事业作无私的奉献。他们这种精神面貌与我们在以往的临床实践中习惯见到的'单个抗癌'的病人所表现的显然不同。这里可以看到：癌症的治疗康复应从生物医学模式向生物——社会——心理医学模式转变的必要性及其所发挥的巨大作用。作为医生，从中受到的教育是非常深刻的。"

癌症俱乐部使她放弃了自杀

抗癌组织是癌友们自己的家，这个家不是名义上的，而是一种依靠，一种胜似亲人的关怀。

俱乐部会员、卵巢癌晚期患者张女士，刚患病时心情极度恐慌，又没得到家人的体贴和温暖，一时想不开，竟然将煤气罐搬进卧室，决心结束自己的生命，多亏被丈夫及时发现而幸免于难。俱乐部的会员知道情况后，便经常上门去开导她，看望她婆婆，她婆婆看见会员们健康快乐的精神风貌，也开始相信癌症不等于死亡了，一家人又过上了其乐融融的生活。对此，她的丈夫和婆婆对给他们家带来幸福的抗癌俱乐部无比敬佩，无比感激。

有一位姓熊的会员因喉癌扩散到淋巴，在省肿瘤医院施行手术。俱乐部会员们得知后，立即赶到医院去看望。其爱人见到大伙儿，十分感动地说：

“你们来得正好，这是我老公一年之内的第三次手术，我家的人都在外地，只有癌症康复俱乐部的人才是最亲的人。谢谢你们，谢谢大家！”

手术做了四个小时，熊先生被送入了重症监护室，手术护士喊着“请家属帮忙把病人移上床”，片区长徐治武和病友罗龙根赶快脱了鞋子，站在床上把熊先生轻轻地移到病床上。也许是真情的感染，亲情的驱动，施行全麻的熊先生睁开了双眼，看着一张张热切的面孔，激动得热泪盈眶，双手合十表示感谢，这动人的场景感染了在场的所有人。当他们得知探望的人并不是病人的家属，而是康复俱乐部的病友时，都动情地赞叹：“真是难得啊！”

但是，祸不单行。熊先生在术后八个月，又一次遭受到病魔的侵扰，病情恶化，急需手术，这对拿低保的熊先生来说，无疑是雪上加霜。这次上北京做手术，手术费用是六万元。熊先生万般无奈之下，拨通了新声会片组长——徐组长的电话求助。徐组长焦急万分，迅速向大家通报了情况，希望大家献一份爱心，帮助困境中的熊先生。

就这样，1000 元、2000 元、3000 元、5000 元，大家纷纷伸出了援助之手，有的还亲自将钱送到了徐组长家里。更难能可贵的是，乳腺六组的李组长听说此事后，也拿出了 3000 元。在接到电话后不到 12 小时，徐组长就将所需要的现金全部汇到了医院的账户上，速度之快真是难以想象！

有个叫龚循芹的会员，她家里不幸有七人患了癌症（母亲、两个姐姐、一个姐夫、公公婆婆及本人），并已有几人先后离去，但她仍坚强地面对人生，积极参加俱乐部的各种活动，还参加文艺演出队到病房慰问病友，她的姐姐龚循萍（乳腺癌）也是俱乐部歌队的队长，歌唱得很好听。

朋友们，听了这些故事，你能不感动吗？如果不是有了这个比亲人还亲的大家庭，谁碰到这样的危难都是很难抵抗过去的。

这是我们健康的家园

“家”，是这个世界上最养眼、最温馨的文字。人人都有家，可当你罹患重疾之后，家的感觉少了，家的温馨浅了，家的氛围冷了。有亲人的安慰，却不是知音；有亲人的体恤，却依然感到孤独和焦虑。其实家还是那个家，亲人也同样在关心你，是你的所需变了，无论家人怎么关心你，他们都是健康人，那些不痛不痒的话对你起不了太大作用，也安抚不了你的内心。尤其是家人跟着你的情绪走，你忧郁大家也忧郁，你不开心大家也不开心。直到有一天，你走进了一个属于所有癌症病人的大家，你才有了感觉。因为这个家是超越亲情的家，这个家的人对自己的爱，是超越亲情的关爱。请听听江西省癌症康复俱乐部的“家人”情真意切地倾诉吧：

来到癌症康复俱乐部，我们得到了如长辈般的关心呵护，如兄弟姐妹般的亲情和手足情，如家般的温馨、温暖。像久旱的枯树沐浴了甘露，像迷失方向的船只看到了航标，像流浪的孤儿回到了家。

——丁女士

一次偶然的机会得知江西省癌症康复俱乐部，我欣喜若狂，油然生出一种找到组织的感觉。在俱乐部里听讲座，学习如何调整饮食，如何正确锻炼，如何感恩。通过参加各项活动，增强并提高了彻底战胜癌症的信心。

——姜先生

自从我加入了癌症康复俱乐部，看见周围有这么多和我有着相似经历的病友，大家经常在一起交流，相互支持着，相互鼓励着，让我找到了第二个家的感觉。“祸兮福所倚”，我得到了如此多的关爱，不幸的同时也是万幸。我非常感谢癌症康复俱乐部，给了我们这些特殊群体一个广泛交流的平台，经常开展各种活动，虽然疾病不得不让我提前退休，但我现在的生活一点也不空虚，我的身体也一天比一天好，我相信我能度过第一个“五岁”，也能迎接第二个“五岁”！

——曾先生在庆“五整”生日（康复五年）时感言

我有幸加入了江西省癌症康复俱乐部。四年里，我通过自身的努力，当上了新声会副主任。对于喉癌的患者来说，重新练习发声是最重要的，在这里我用了半年的时间和许克强大哥学习食道语，现在我能清楚地表达我的意思了，我终于从一个无声的世界走进了一个有声的世界！我的生活质量提高了，现在我也在帮助一批又一批的喉癌新病友学习发声，很多病友在我们的帮助下都渐渐地会数数了。我感谢江西省癌症康复俱乐部，让我走出人生的最低谷，重新获得了说话的机会，也让我体会到了人间有真情，世界有真爱。江西省癌症康复俱乐部，我的第二个家园！

——徐先生

这次我有幸参加了第一期培训班，经过短短几天的培训，我受益很大。参加了这期学习培训班，就如在一个舒适的环境里度过了一个愉快而美好的假期。这期培训班改变了我人生，把我从癌病生活的苦难中拯救出来了。

——饶女士

我真幸运，参加了省癌症康复俱乐部办的新会员第一期学习班。在学习班里，我学到了很多知识。特别是院长、教授及专家的讲课，深深的启发了我，使我知道了人和大自然是息息相关的，是和谐相处的。只要遵循大自然规律去生活，身体才会好，生命才会得到延续。在学习班里，我认识了很多老师和同学。我们互相交流、互相关心、互相鼓励。过去的灰心、忧虑统统都抛掉了。我突然觉得自己有了很多的兄弟姐妹，我多幸福啊！在学习班里，我唱歌、跳舞，特别让我难忘的是，我虽然白发苍苍，竟然也站上了演出的舞台。回想那一刻，我的心在甜甜地笑，回去后我要告诉我的孩子们：老妈越活越年轻了。

——胡女士

江西的冷女士在担任副理事长后，感觉一天到晚都很忙。她说："最主要的是不停地有新患者进来，现在癌症病人实在是太多了。那些刚进来的新患者，见到我们就像找到了救星似的。这说明，榜样的力量是无穷的。你想，同样是癌症，同样有转移，你能活得很好，我肯定也能，有的人来了后，很快就转变了心态，尤其是参加我们的新会员学习班后启发更大。但是，还是有一些放不开的人不敢进来，得了癌症生怕被别人知道，一个人闷在家里，不敢走出来。这样的人一般都活不长，两三年后就没了。"

有位癌友这样说：我想我们都是很有福气的人，能够有机会来到癌症康复俱乐部，能够在这里认识郭林新气功，了解这一治疗并健身的好功夫，使自己的身体得以康复，这是多么幸运的事啊！

离世前还惦记这个"家"……

健康的家园，不仅滋润癌友的身心，激励他们战胜病痛，而且这个家已经和癌友们建立了深厚的感情，成了他们生活中不可分割的一部分。他们对这个家园给自己所带来的幸福、帮助和满足感激不尽，尤其是一些晚期癌症患者在临终之前，依然念念不忘参加抗癌乐园活动时所感受到的欢乐和温馨。

福州市抗癌协会癌症康复分会会员、原福建省广播电视厅负责人田先生为肺癌晚期，已无力回天，他叮嘱家人向乐园捐赠人民币3000元，以表达他对抗癌乐园活动的支持；原马尾区税务局陈科长，怀着同样的心情在临终前向乐园捐赠5000元人民币。就在不久前，抗癌协会的路大姐在临走前也交了最后一次会员费1000元。他们怀念在抗癌乐园里的时时刻刻，怀念与癌友们在一起的那份真情……

江西省癌症康复俱乐部的卵巢癌患者熊某，患病后多次复发、转移。由于独身一人，俱乐部的会员经常主动到病房、家里看望她，安慰她，送饭送菜、送鲜花，帮助她解决一些生活上的困难。在她病重时，俱乐部的会员还买来新鲜蔬菜，亲自到她家帮她做饭，她和家人都深受感动。就在她“五整”生日那年，她身体已经非常虚弱了，但她硬是冒着寒风打车来到会场，大家给她佩带“五整”生日的红花，她深情地要求大家给她留个影以作纪念。在她弥留之际，还坚持要为俱乐部捐献200元钱（此时她连看病的钱都没有了），并亲手交到会员手里，以表达对抗癌俱乐部的感谢。她说：

“我不能为俱乐部做什么了，这点钱，只是我向大家表达的一份心意，给需要帮助的会员买点吃的吧。”

此情此景，无不使人潸然泪下。

令人感动的远不只这些。江西抚州的卵巢癌患者邱女士，由于患病以后不断地原位复发、转移，心情十分焦急，东奔西跑寻求治疗方案，在市三医院恰巧碰上俱乐部的会员，在大家的启发下，她毅然选择了综合治疗，合理安排康复生活。经过几个月的恢复，现在精神状态很好，病情也得到了有效控制。她逢人就夸，是俱乐部给了她健康和今天。现在她怀着一颗感恩的心，主动帮助俱乐部做些工作，并且下定决心在南昌租房子住下，要和俱乐部的朋友们共同努力，她说：“为了回报俱乐部给我们的爱，我愿意住在南昌尽一点力所能及的责任。”

江西九江鄱阳的肠癌患者徐先生也是这样，他生病后在南昌一家医院住院治疗，参加了俱乐部的活动和体能锻炼，与大家建立了深厚的感情。就因为此，他竟然决定把老家的房子卖掉，在南昌买房住下，这样，他就可以天天和俱乐部的癌友们在一起了。

癌友们与“家”的感情，是千言万语也表达不完的。有一个癌友这样说：

“只要我有一口气在，就要去俱乐部参加活动，在俱乐部让我感到安心、高兴。”

现任全国政协主席俞正声在任青岛市委书记期间，也曾视察过青岛抗癌乐园，并题了“群体抗癌”四个大字。群体抗癌就是抗癌群体的核心，这个核心就是他们的生命得以寄存的温馨家园。

听了这些感人的故事，我想起淄博抗癌乐园的李园长曾经说过的话：“这个群体真的是个英雄群体，活着的都是战士，死了的都是英雄。我们每个人都要做爱的链条上的那一个结，把这个爱传递下去。”

“抗癌司令部”里的“名医司令”

看了这个小标题，大家一定会感到奇怪，名医就是名医，怎么会跑到癌症病人堆里当上“司令”了？的确如此，毫不夸张。而且，我所说的名医不只是医生，还是医院的院长。他每天有固定的行政工作，每周有固定的专家门诊，每月有固定的研究生前来求教。除此之外，他还要抽出时间去研究病案，研究肿瘤科研与实验，研究他的“三蠲抑瘤”“益气清毒”法，还得写他的肿瘤治疗、肿瘤康复著作，批改学生跟师日记、学习心得和论文。他的时间除了吃饭、睡觉外，几乎没有多余的留给自己，怎么可能还去担任本职工作之外的社会团体的头儿呢？这“名医司令”是谁呢？他就是江西省中医药研究院、江西中西医结合医院院长、二级主任医师、教授、全国名老中医学术经验传承指导老师、博士研究生导师熊墨年。这个“搞癌司令部”就是江西省癌症康复俱乐部，而由在职院长担任抗癌群体法人代表，这可能是全国唯一的特例了。

都到了“司令”的高度，不是所有人都能荣任的。院长之所以被癌友们热捧，将他扶上“司令”宝座，还得追溯到当年他在江西肿瘤医院当副院长的时候。那时，他对癌症病人的榜样力量非常看重，每年都要组织抗癌明星评选。他觉得这样的明星，是癌症病人的榜样，榜样会赢来无数癌症病人粉丝，用不着你当医生的费尽口舌，他们会自动向明星看齐，自动簇拥在明星身边，自动增强康复信心，自动相信：癌症不等于死亡！

后来，他调离肿瘤医院，调到江西省中医药研究院工作后，评选抗癌明星之事淡了下来。但明星们的风采在延续，粉丝们在年年增多，从一家医院覆盖到多家医院，他们相互间感到了握成拳头的巨大能量！于是，明星与粉丝互动，共同谋划，往“成家立户”方向靠拢。从上世纪90年代开始，癌友们就想成立一个癌症病人康复交流社团，像北京抗癌乐园那样，大家在一起交流、练功，练习郭林新气功，一起抱团取暖。然而，谈何容易？没有领头人，没有场地，没有经费，找不到主管单位，癌友们跑遍所有该去的部门，均无功而返。

怎么办？癌友们想起了一个人，当年将他们推上明星宝座上的熊院长。他既是全国名医又是医院院长，既能联络上峰，又能体恤病民。更重要的是，他具有一种对癌症病人的康复十分上心的可贵品质。这样的人最值得“老癌”们拥戴，推举他承担此重任再合适不过了。

面对癌友们的一双双祈盼的眼神，熊院长觉得自己没有理由拒绝。组建抗癌群体是个好主意，这比评几个抗癌明星更实用，更有效。不过，接受这副重担，等于接受数不清的麻烦与艰辛，院长心里很清楚。有些人不理解了：

“您已经是功成名就，为什么要自找麻烦去背这个包袱呢？”

对此，院长淡定地回答：“我是医务工作者，又是个老党员，为人民服务、为患者服务、为弱势群体服务，是我应该做的事。”

熊院长接受了他们的提议，开始为组建这个团体奔忙起来。他找到有关单位，告诉他们想为癌症病友们找一个家的初衷，告诉他们为这个家立户的重要性，希望得到他们的支持。有关领导听后很受感动。他们说，这才是真正的最弱势群体，他们比残疾人更需要关心。因为，残疾人只是肢体残疾，生命并没受到威胁，而癌症病人不一样，他们的生命正在受到威胁，更需要关爱。他们表示：“请院长放心，我们一定想办法去办。”

果然，熊院长前前后后奔忙好几个月的艰辛没有白费，成立江西省癌症康复俱乐部的报告终于得以批复：家长是省卫生厅，娘家是江西省中医药研究院，理事长呢？当然是院长。因为，只有他是最为合适的人选。

于是，在名医院长带领下，这支抗癌群体开始行动起来，定场所，找经费，建组织，培骨干，利用《康复园》、新闻媒体、网络等各种形式宣传癌症康复知识，开展癌症康复联谊活动，组织专家为患者咨询义诊，举办癌症康复知识讲座，为生存期超过五年的患者举办“五整”生日活动，举办每年一次的全国肿瘤防治宣传周活动，举办喉癌复声学习班、新会员学习班、志愿者学习班、郭林新气功学习班、书画兴趣班。组建艺术团、腰鼓队、合唱团并深入社区演出，用他们优美的歌舞，顽强不屈的精神向全社会展示癌症患者的坚强形象，宣传癌症不等于死亡的真理。并且不忘回报社会的关爱和帮助，积极组织会员参加汶川地震的抗震救灾、留守儿童的捐助帮扶，为贫困儿童和癌症患者捐款助医。这不仅提高了广大癌症患者的康复水平，而且为普及癌症康复知识，构建社会和谐作出了贡献。于是，这支由名医统领的抗癌群体，成了全国抗癌群体中的一枝独秀，成为省市新闻媒体经常报道的对象，甚至中央电视台也做过报道。

它的独特在于：利用名医和专家的优势，宣传科学的癌症康复知识，举办癌症康复讲座，而这种知识货真价实，简单实用，患者信得过，用的有效，获益大。熊院长对每期俱乐部内部康复宣传资料《康复园》的稿件都要亲自审定，而且亲自撰写了《食养与肿瘤康复保健》一书免费赠送给会员。

它的独特在于：由于熊院长在江西医学界知名度高，不仅是全国名医，也是省中医药学会肿瘤分会、省中西医结合学会肿瘤专业委员会、省抗癌协会癌症康复专业委员会主任委员，与省内外知名中西医肿瘤专家有着广泛联系，通过组织专家委员会专家在全国肿瘤防治宣传周活动、“五整”生日活动中义诊，患者可以零距离与全国名医、省内著名肿瘤专家接触，提出问题，解决问题，免费就诊，直接享受名医便民的服务。

它的独特在于：由名医牵头组织肿瘤专家团队参与患者康复活动，由于这些专家长期从事临床诊疗工作，对患者的医疗需求、心理需求有比较深刻的了解，易于沟通和互动，而且可以进一步拉近医患距离，改善和增进医患关系，有益于构建和谐社会。所以，许多会员一谈起俱乐部对他们的帮助，一谈起俱乐部的发展都会情不自禁地提到熊院长，称赞熊院长和为俱乐部奉献爱心的专家、医务工作者。

它的独特在于：利用名医效应，充分利用社会资源，千方百计地争取政府的支持，在省政府、省卫生厅、省财政厅的大力支持下，解决了癌症康复俱乐部日常运行经费，解决了过去依赖熊院长个人到处化缘筹资的困境，这在我国抗癌群体中为数不多。由于自筹经费困难，经费的短缺不仅困扰着抗癌群体的正常活动，同时，也影响癌症病人的健康培训、教功、学功等许多问题（2012 年 5 月，我前往福州市抗癌协会癌症康复分会参加一个中医讲座。会后我才知道，两位中医专家的来回机票等费用 4000 多元竟然是福州抗癌协会会长一人支付的，其他住宿和就餐费用也是由其他会员解决的）。

它的独特还在于：不同于全国其他癌症群体的抱团取暖、抱团练功、抱团聚乐，而是拥有其独特眼光；不仅聚焦癌友，而且面向全社会展开科学抗癌、科学防癌的大旗，将抗癌事业做大做强。不仅仅是癌症病人的小康复，还有公众的大康复，即大康复 + 小康复的大视野，大到指导和干预公众的防癌生活。

具体做法是：

1. 定期抽取某个病种的会员病历资料进行归类，分析，统计，调研。

2. 从病历中找出具有共性的规律，例如各种癌症病人的生活方式、心理特征、体质特点对癌症发病的影响。

3. 根据癌症病人的生活方式、心理特征、体质特点，找出对癌症病人康复的影响。比如经过多年临床观察，熊院长发现患乳腺癌的病人大多长期大便秘结，易上火，易急躁；部分病人性格内向，郁闷，不愿主动与人交往。

4. 以此调研为基础，可提出对公众生活方式、心理调适进行干预的意见。因为，不良的生活习惯会引发癌症的可能性，良好的生活习惯却可以防止癌症的发生；同样，不良的生活习惯会影响癌症病人的康复，而良好的生活习惯则会促进癌症病人的康复。

如此宏大的规划，成了立足小群体、辐射大群体的百年大计，这是其他抗癌群体无法企及的。

因此，建议我国的抗癌群体能像这“一枝独秀”的抗癌群体一样，最好选择富有爱心的医生来做癌症康复组织的理事长，这样才能将抗癌防癌的事业在全社会做大做强。也只有这样的人可以找到企业赞助，而一个癌症病人很难做到这一点。因此，只有动员全社会来支持癌症康复事业，动员全社会来抗癌防癌才更有意义。

香港癌症群体由专职义工管理

还有一些抗癌群体的经验也可借鉴。如香港的癌症康复组织是一个病种成立一个康复组织，管理人员也不是癌症病人，而是由专职义工（有工资待遇）来负责管理。这样，医生可直接参与康复组织活动。除了政府支持外，绝大部分经费是企业和私人的捐助，经费充足，管理严格。他们面向广大癌症患者开展癌症预防、康复的宣传、咨询、指导、交流、联谊等多项社会公益活动，并且向境内兄弟省市癌症康复组织会员开放，进行信息交流。他们的经费来源多为企业捐赠。只不过，癌症康复组织的经费使用权必须严格按捐赠者的意愿行使，不得私自挪用。

2011 年，江西省癌症康复俱乐部与新闻媒体联合推出了网络交流平台《癌友大联盟》之后，又推出了一档电话交流平台《井冈之春——癌友康复热线》。这样，病友沟通、交流更方便了。热线每周两次，一次两小时。热线开通后非常火，病友们纷纷表示，这个热线太好了，有问题随时问，有疑虑随时请教，简直成了我们身边离不开的好伙伴。

熊院长说，我一个人是干不了多少事的，主要是靠党和政府的支持，靠社会各界和癌症病人的支持，如今全国80多个省、市都成立了癌症康复组织，其中北京、上海、天津、深圳、浙江、江苏、河北、陕西、山东等省市癌症康复组织工作比较活跃。这同样是政府重视，社会力量支持，媒体宣传得力的结果，他们有许多经验也值得我们学习。

有一位抗癌乐园的负责人提起江西省癌症康复俱乐部时，这样对我说：

“我知道，他们是一个例外，是由医生来组建和负责癌症团体，这个我们没法与江西比。其一，癌友们是他的病人，病人又成了他的朋友；其二，他是治疗上的癌症专家，所以他有极大的凝聚力和号召力；其三，他是唯一一个非癌症病人的癌症群体“家长”。

我之所以向全国抗癌群体推荐这个“例外”，不仅仅因为江西省癌症康复俱乐部上了央视，有了名气，更不是为了宣扬个人，而是觉得这个模式具有榜样的力量。因为，榜样的力量是无穷的。

中国的癌症病人与日俱增，10年间年平均增长了4%，这个数字是惊人的。因此，更显得各地成立抗癌组织是必要的和重要的。如果全国各地都能参照江西癌症康复协会这个模式，由在职的医生或医院工作人员组建和负责癌症康复团体，这样就有可能争取到与江西癌症俱乐部同等的待遇。比如有娘家，有主管，有政府实实在在的关爱。经费不用愁，请专家讲课不用愁，活动场地不用愁。而且，拥有这个“例外”也能做大做强，大到向全社会辐射，强到向全社会呐喊：癌症并不可怕，癌症可防可治，癌症不等于死亡！

他们是一群最可爱的人

采访了若干个抗癌团体后，我的脑海里升腾起一个问号：为什么抗癌团体里的病人自己康复了，都很愿意去帮助他人，回报他人，回报社会？为什么他们从死亡谷底爬上来后，思想会上升到如此纯净、如此高尚的境界？

这种例子不是个别，而是大部分，几乎涵盖所有在癌症团体的团员们。他们无私奉献，教授新气功，他们互相帮助，一方有难，八方支援；他们每天无忧无虑地活在感动里，活得那么超脱，那么开心，那么快乐；他们的群体是了不起的英雄团体，他们每个人都是超级癌友，超级英雄！

北京生命绿洲教师团、被称为北京抗癌女人花的刘桂玲说："我的最大愿望，是把获得健康和幸福的密码传递给大家，希望你们得到感悟，都能守住自己的健康，创造出属于自己的幸福世界。"

淄博抗癌乐园的李园长，说出的话简直像诗一样：

"我们抗癌群体是一个英雄群体，我们每一个人都要做爱的链条上的一个结，把爱传递下去。"

我写新闻稿离不开采访，而且从不靠资料写稿，这是我做了几十年"老记"所养成的工作习惯。这个好习惯就是能从采访对象那里得到材料上所不可能得到的细节。这些细节常常令我感动不已。一位不知名的癌友这样说，癌症康复组织是一个真情凝聚的特殊群体，我现在也在免费教大家练气功，我特别理解刚刚学做气功的人，因为我当初也是和他们一样特别想找一种好的治疗方法。只要我活一天，只要有人需要，我会一直无偿地做下去。

亲爱的朋友，听了这些心里话，你们不觉得这是从生死磨难演变而来的一种人性的觉醒、一种善良的回归吗？你们不觉得他们可爱，不觉得他

们高尚吗？他们生活在帮助别人的喜悦里，同时，他们又在用无私的爱为自己的生命增添光彩！

无论你走进哪一个抗癌乐园、抗癌俱乐部、抗癌学校、抗癌病友圈等，你都会感受到一股充满爱的巨大能量扑面而来，它的波长直接辐射到每个人的内心，渗透进每个人的灵魂。这个能量有着难以抗拒的感染力，因为这里不管是“癌领导”，还是“癌小兵”，以及“老癌”们全是经历过死神的威胁，经历过放化疗熔炉冶炼的强者！而不是“站着说话不腰疼”的健康人。癌症病友无论处于哪一种窘态，无论是痛苦悲伤、孤独无助，还是忧郁消沉、恐惧和绝望，只要一靠进这个群体，你就会被爱的暖流所吸引，被爱的暖流所融化。

毫不夸张地说，这是一个无比强大的英雄群体，它的感召力，它的自信力，是其他任何一个民间团体都无法比拟的！

中央财政出资帮助抗癌群体

抗癌群体是一个群众团体，多为会员自己筹资创办，像江西省癌症康复俱乐部那样有稳定地方财政支持的并不多见。于是，这就需要会员有奉献精神。在我的采访中，本身在企业做领导不幸患了癌症的人几乎成了抗癌群体的主力军，他们充分体现了“能者多劳”的无私和大度。

深圳市爱康之家大病关怀中心主任范庆平先生就是这么一位慷慨之人。范先生曾经是位胃癌患者，肿瘤有 5 ~ 7cm 大小。通过治疗渐渐康复后，范先生想明白了一个道理：钱是第二位的，拥有健康才是第一位的。于是，他把公司全权托付给别人打理，自己租了一间 150 多平米的大房子，专门给癌症病人组织活动，并成立了爱康之家大病关怀中心，他和太太两人全天候在此为癌症病人做奉献。

大病关怀中心现在会员 8000 多名，除了两个营养师、两个普通义工不是病人外，其他全部是癌症病人。有这么一个具有奉献精神的企业家，使关怀中心的活动如火如荼地开展起来了。每周每天都有固定的活动：郭林新气功辅导，听营养讲座，去莲花山跳广场舞、唱大合唱、搞体育活动等。此外，关怀中心还分期分批组织癌症病人去度假、疗养，每月举办一场当月生人的生日会，庆贺生日。

我去关怀中心采访时，正赶上每月的生日会，这是我此生参加过的人数最多、场面最大的一场生日会，会后我和大家一起品尝了一顿生日大餐——十几个高级海鲜菜品的海鲜宴。就在吃饭时，我看到一位70多岁的母亲带着一位中年人来到席间，范主任见状非常高兴，立即招呼他们赶紧去抢着吃大餐！

我笑着问为什么？

范主任说："虽然菜品富足，绝对饿不着，但'抢着吃'是这里特别有的一种乐趣，一种氛围。越抢着吃，口味就越好"。接着，他悄悄地告诉我："刚才那两位是母子俩，而且母子俩都是癌症。母亲是这里的会员，病情也日趋稳定，但她儿子患肝癌后情绪一直不太好。我就劝这位母亲一定想办法将她儿子邀请过来。只要她儿子能来，其他工作我们来做，一定会有好效果"。

范主任说："其实说白了，关怀中心就是找个地方，将大家聚在一起。否则，得了病闷在家里，情绪压抑，对病情十分不利。只要能到我们这里来，就会看到：'我治愈8年了，他治愈十年了，甚至十几年、几十年这样的场面'。看到这些，他（她）自然会想，我和他们是一样的病，他（她）好了，我也一定会好。这样可以排除对癌症的恐惧心理，越来越自信。否则，有的人得病后不敢跟别人讲，连单位的同事都不讲，郁郁寡欢，这样很不利于治疗和康复，用不了多久病人就完了。这就是七分治疗，三分心态的道理，很重要。现在癌症发病率很高，有的一家三四个癌症，有的母子，有的父女，太多了。只要来到我们这里，大家都是癌症病人，同病相怜。在一起吃吃喝喝，说说唱唱，天天过得很开心，多好！"

也许正因为范主任的关怀中心办得很成功，引起了社会各界的关注，去年（2013 年）获得了中央财政的支持，专项拨款 50 万元，启动社会一个示范项目：为癌症病人提供生物细胞免疫治疗。这个项目是国内第一次获得国家中央财政支持的推广补助项目，也是深圳历史上同类机构唯一获得国家支持的示范项目单位。它的目的是鼓励、引导癌症病人进行生物免疫细胞治疗，增强机体免疫功能，减少并发症，预防复发转移。只要具有深圳户口或具有深圳市居住满两年以上的病人都可以参与。

这个项目做一个是五万元，医保病人国家补助 4.8 万元，自己只需交 2000 元就 OK 了；非医保病人补助一万元。据悉，这是美国上世纪 90 年代的技术，即抽出自己体内的 50 ~ 100mL 血，拿去进行培养出好细胞，然后再回输自己体内。听说做完生物治疗后的人就像打了兴奋剂一样，国外就是用此方法来做保健的。

范主任早年做过一次，感觉不错。他说："我们关怀中心起到的是一个纽带作用，就是配合政府，在我们和政府之间架起一座桥梁，联系社会爱心人士和企业，把抗癌群众团体搞得更好。"

从关爱中心采访回来，我心里想，深圳的癌症朋友们真幸福！

转动心灵瑜伽，舞出健康生命

我在厦门闹市区的金榜公园附近找到了厦门的癌友俱乐部，它设在厦门同心慈善会。得知我的来意后，办公室的一位小妹说，那你去找喜悦吧，她正在辅导大家练功。

喜悦？还有这样的名字？

一位长相清丽的女士微笑着朝我走了过来："我是喜悦。"

"那你贵姓？"

"我姓蔡，喜悦是我来这里之后，自己心里叫出的名字。"

"心里叫出的名字？！"

"是的，因为我来到这里，很快就有了一种全新的感觉。我的悲伤、担心和忧虑一扫而光，和癌友们在一起练功，开展活动，我过得喜悦，过得非常开心！”

喜悦是2009年患的晚期癌症，当时，她丈夫的哥哥才走了一年多，为了不使公公婆婆难过，她一直隐瞒自己的病情，独自一人承受了12个化疗，但对死亡的恐惧仍然压得她喘不过气来。在家里，她怕丈夫因此而垮下去，她丈夫又怕她因此而离开自己和15岁的儿子。他们俩常常是你看着我，我看着你，互相担心，互相惧怕，这股巨大的压力弥漫在家人心头。她觉得这样下去，自己肯定会崩溃。后来，她听说有这么一个癌友俱乐部，便拖着病痛而虚弱的身体前去投奔。

癌友俱乐部有一个三层楼的阶梯，她差一点就上不去。每层用了十来分钟，分了三次才气喘吁吁地爬上去。上去后，她在一个大房间前停住了脚步，她看到有一群人在鞠躬，在转圈，并没发现有什么东西可吸引自己，她有点儿失落，但接下来，大家的热情马上感染了她，她的心情很快发生变化。原来，这里全都是和自己一样的癌友，她至少可以和他们交谈，至少可以在这里释放内心的压力，至少可以和大家一起分享癌友们战胜癌症的快乐。更重要的是，她来到这里后，获得了重新活下去的勇气和力量。因为她得知，有的癌友已经成功活了几年、十几年，甚至几十年！她的信心倍增，她毫不犹豫地成了他们中的一员。

他们练的鞠躬和转圈原来也是一种功法，名叫旋转瑜伽，是一个叫“台湾癌友新生命协会”的组织带过来的。

2004年，这个组织成员来到厦门，建立了癌友抗癌训练基地，集中在环岛路的海边练功。厦门大学的癌症患者陈老师觉得稀奇，就在一边旁听了他们的课程，他们也热情地邀请陈老师去参加训练。陈老师练功后，觉得受益匪浅，于是，她联系厦门的一些癌友一起练功。那个时候，癌友们还没有一个固定的聚集地，他们练功的场所是不固定的，有时在公园落脚，有时与大海作伴。直到在厦门同心慈善会的广谱法师的帮助下，为他们腾出了一间房，才有了自己的“家”。

“有家的感觉真好。感谢广普法师，感谢同心慈善会给了我们这个家，并且投入了一定的活动经费，支撑我们癌友俱乐部。我们在这个家里练功，和台湾癌友新生命协会一样做心灵慈善，养护心灵，关爱生命，关爱癌症病人，扶持癌症病人，促使他们心灵的转变。”

喜悦告诉我，癌友俱乐部不谈宗教，不谈商业，不推销药品，当然也不收癌友的任何费用，并经常会组织癌友们去户外活动。其实，她也有过不少好的想法，但无奈由于经费等各种问题不能实现。虽然他们没有经费去太远的地方，但近处的登山、郊游还是有的。另外，还有一些特长课程，如中医理论、心理咨询、学习制作丝网花等等。说起旋转瑜伽这种功法，喜悦兴奋起来：

“旋转瑜伽这种气功可以清理身体里的垃圾，平衡身体，提高免疫力，很不错！”

尤其是2011年11月，厦门38名癌友前往台湾，与全球八个国家755名癌友及其家属义工完成了一项吉尼斯世界纪录的创举。当时755人同时不停地旋转90分钟，在场的每一个人向全世界发出生命的呐喊，让更多的癌症病人看到了信心和希望!

我们有共同的苦难和欢乐

“其实死并不难，但选择活下来却必须要坚强，要有战胜病痛的决心。你只要迈进抗癌团体，就会有一种乐观、坚毅和顽强的精神环绕着你……”

这是一个癌症团体会员说的话。

厦门癌友俱乐部的曾女士身上也有一股子顽强劲，这个肺癌晚期患者，在2009年发现时就已经是肺腺癌四期了，是在手术中发现转移的。医生只能将大的肿瘤切除，对那些数不清的小肿瘤却无可奈何。术后，她打了三个化疗。

停了化疗后不久，她就开始练习郭林新气功了。2012年5月来到厦门癌友俱乐部，学习旋转瑜伽。当时，她还不太敢放弃郭林新气功，干脆两种功法一起练。一开始还体验不到这个功的好处，练不多久就发现它的益处了，先是睡眠改善。她说：

“以前我一直睡不好，能睡好觉真是太好了。今年8月份，我开始天天来练习旋转瑜伽。只要转起来，立马见效。可能是旋转瑜伽比郭林新气功更需要体力，练时会出好多汗，是在排毒。现在我感觉肺活量增大了，而且原来手臂没劲，抬不起来，现在手臂完全正常了。练了5个月后，再去检查身体，肿瘤虽然还在，但还是那么大，没有长大的迹象。医生要我化疗，被我拒绝了，因为化疗太难受。既然现在控制得还好，我就不想再去受那个罪。坚持练旋转瑜伽的癌友，都是练得有效果的，所以比较认同这个功法。”

曾女士还说，很喜欢这里的氛围。一来到这里，情绪就不一样，感觉很轻松，很喜悦。练完功后，大家一起话疗，一起介绍自己，认识新朋友，熟悉老朋友，结束时互相给个拥抱。

“刚开始，我对拥抱还不习惯，但现在真的被大家感化了。我刚来时，看见喜悦脸上长了好多黑痣，现在皮肤光洁度很好，她原来一直吃着中药，现在连中药都不吃了，完全靠练旋转瑜伽。”

曾女士所说的氛围，是指整个癌友俱乐部。每个光临此处的新癌友会员，首先就是接受爱。每个癌友都学会倾诉，学会释放，把自己心里的苦水倒出来，再将快乐的事告诉大家，比如体检后的好消息啦，练功后的好现象啦，等等。

“现在我每次都能转一个小时以上。”

喜悦也感慨地说：“在这里，我们得到的爱和家人完全不一样。我们有共同的苦难和共同的欢乐，还有共同的追求。我需要大家，大家也需要我。我有了一个展现生命价值的平台，我会尽自己的能力去帮助癌友们。现在我老公一点都不担心我了，我们全家人的生活又恢复了以往的温馨和幸福。得了病，才想起要好好地爱自己。以前一颗心全部放在老公和孩子身上，他俩成了我生活的全部，细到孩子的每一张考试卷的分析，从来没有歇息的时候。天天活得很累，很辛苦。这些责任，山一样压在我们头上，总有一天，我会被压垮了，再也承担不起爱和责任了。其实，身体是一面镜子，它会反映承受的苦，帮你显现内在的状态，它不会欺骗你。因为那些责任像大山一样压在我的身上，时间一长，承受不了，身体就垮了。要科学地对待身体，是你得罪它了，它才提醒你、报复你。要与自己的癌细胞沟通，要追求身心合一，要平衡身体和心灵。患了癌的人常常会戴假面具，为了别人委曲求全，这样不好。来到我们这里，就要甩掉假面具，该哭就哭出来，哭是一种释放。每天的旋转会呈现每个人不同的状态，有的癌友在旋转时不小心碰到别人就赶紧避让。有的会紧张、有的会排斥、有的会害怕、有的会逃避，如果你不能完全放松下来，身体也会跟着很紧绷。在学习的过程中我们会引导大家打开心扉、全然放松。”

“我每天上午都要到癌友俱乐部，雷打不动。回家后老公做好饭，我吃现成的。以前他很少顾家，晚上总是很晚回来，现在他一心一意为我好。”喜悦还告诉我说，“在这里，我还有个巨大的收获，就是学会了爱自己，也找到了一个崭新的自己。”

喜悦深情地说：“所以，我感谢得癌，感谢伤害，感谢所有的事。让我们透过不同的经历和体验成长自己，学会接受和感恩是我得病以后最大的收获。”

采访完多地的群体抗癌组织，我真想对所有癌友们说：去寻找你们的另一个家吧，那是一个超可爱的地方，一个超越亲情的温馨之地，一个使你能放下痛苦、遗忘恐惧的乐园！

去和你的“家人”拥抱吧，他们将牵着你的手，让你的生命重新涅槃。

第六章
关于骨髓移植

你从自己滚烫的血管
　截取一颗生命的种子，
无偿地种植在他人即将枯竭的生命里。
你就这样，把爱捧在手心，
高高地托起！
人世间，还有哪种爱能与你比拟？

——赠骨髓捐献者

一个勇敢者的生命游戏，
命运中充满着波动和未知。
为了重燃生命之火，
你必须淌过化疗、排异的关口，
　淌过感染对你的煎熬和折磨……
才能接住亲人给你健康的承诺。

——赠骨髓移植者

骨髓移植的成功率究竟是多少？

95％以上的人都认为：患了白血病，只有通过骨髓移植（与干细胞移植同一道理，只是采集的方法不一样），才能最终治愈，除此之外，只有等待死亡。且不说移植是否是治疗血癌的唯一途径，就移植的成功率究竟是多少呢？有多少人能通过移植活下来呢？他们愈后的生活质量又如何呢？

2009年6月25日，我前往北京，想通过卫生部有关部门了解此情，但卫生部的回答很婉转，说我要的数据挺专业，建议直接找相关的学会了解，如中华医学会等。但中华医学会也没能提供相关数据。

回到福建，我在2010年1月15日采访了福建血液研究所有关负责人，倒是这位专家很明快地回答了我的问题。采访记录如下：

问：骨髓移植或造血干细胞移植治疗白血病的成功率是不是网络上说的20％～30％？

答：没有那么低，应该有60％～70％这么高。不过，成功移植后会复发的。有的一二年，有的三五年，但这不是移植本身的问题。

问：复发后就没治了吧？

答：对，复发后基本没治了。所谓移植就是把供者的细胞移到你的身体里，在你的身上长起来了，长的是别人的细胞，这样的移植就算成功。至于后面出现的是属于治疗效果的问题，跟移植是两回事。

问：央视的那位主持人患的是恶性淋巴瘤，也属于血液病吧？他是移植成功后复发吗？

答：对对，他是成功后复发，不是移植不成功。

问：他好像是没多久就复发了。

答：这是本身病的问题啦。比如，同样是白血病，有的比较凶险，有的就比较平稳。

问： 也就是个体反应不一样？

答： 对，治疗结果也不一样。

对于移植的成功率，还有另一种说法，即通过移植前的化疗关、移植关及移植后的免疫排异关、感染关。如果半年后的基因检查，患者体内各种指标、各个脏器都正常，才算真正获得成功。不少患者就是出舱半年、一年后病情复发，并因此而丧失生命。

两种说法都有各自的道理。当时（2009 年）还有一些专家认为，移植成功率有 20%（指真正能活下来的）就很不错了。

况且，不是所有血液病患者都能移植。第一军医大学珠江医院血液科主任郭坤元教授曾指出，“要走出白血病治疗的误区，不是所有白血病病人都需骨髓移植”。郭教授说：“白血病发生在不同的干细胞发育阶段上，分为急性型和慢性型两种不同性质的类型，其中又分为淋巴细胞白血病或者非淋巴细胞白血病，儿童型或成人型。不同类型和亚型的治疗原则、方案、技术路线都是不同的。有一部分患者对常规的化学治疗很敏感，仅用化疗就可以治愈。例如，国内老一辈专家建立的儿童淋巴细胞白血病化学治疗方案和工艺，治愈了 80%以上的患儿，这些患儿很多已长大成人，结婚生子，健康工作。我国在国际上独创的诱导分化疗法，用维生素 A 衍生物或砷剂联合治疗（全反式维甲酸），可以治愈 95%以上的成人急非淋 M3 型（早幼粒）白血病。”

此外，移植是有条件的。比如骨髓里的白血病细胞缓解在 5%以下、进入白血病缓解期半年至一年时间且没有反弹的、年龄在 60 岁以下的、心肺肝肾功能正常的，等等。但即便符合条件，也未必都能移植成功。这是因为，有一道很难跨越的关口横亘在白血病患者面前——大于平时十倍以上的化疗量。

有的中医大夫是反对移植的，认为骨髓移植违背生理自然规律。比如著名老中医孙起元先生在《漫谈骨髓移植》一书中就曾经提到。他在中医治疗白血病、癌症方面颇有建树，另著有《中医治疗白血病探索》等。他的观点语惊四座：

他不承认白血病是癌症（血癌），更不主张白血病化疗，而是用纯中药治疗。在《漫谈骨髓移植》一书中，他认为骨髓移植违背生理自然规律，摧毁了生命的免疫力，且配型困难；即便自体骨髓移植也是舍本逐末，其成功率极低、费用极高、副作用太大，后患无穷。

拥有金钱≠拥有生命

具备几十万真金白银才能有资格谈移植，这是最起码的条件。

被确诊白血病是件很不幸的事，这等于告诉你，你的生命正出现危难。你的精神、你的亲人、你的家人即刻进入紧急状态，你的人生即刻进入生与死的紧要关口。

白血病俗称血癌，是一种恶性血液病。很不幸，2001年，我妹妹在上海某医院确诊为急性粒细胞白血病（M2a）。我为妹妹办住院手续那天，碰到一位医院的熟人，她一听我妹妹患的是白血病就说："唉，又给医院送钱来了。"

白血病患者的治疗非同一般的癌症，它不像实体肿瘤，可以通过手术切除，稳固一段时间就可以出院，即便术后化疗也是没完没了。过去，白血病被认为是"不治之症"，是因为确诊后除了输血等支持疗法外，一般无其他特殊治疗方法。现在不同了，可通过化疗、移植等手段使病情缓解，延长生存期限，一部分病人可长期存活。然而，所有白血病病人首先要面对的就是治疗费用。一般化疗，如不感染，一次治疗费用至少两万,五次就是十万。即便有医疗保险，同样费用少不了，这是因为至少有一半以上的化疗药物是进口，而白血病主要的治疗方法就是化疗。但为了救人，病人亲属不可能因为它是进口药物而拒绝治疗。如果化疗顺利，对化疗药物敏感，即便花费不少钱也算幸运。而有的病人一开始便对化疗药物不敏感，换过多次化疗药物，癌细胞仍然打不下去，这是最糟糕的事，如果再遇上感染，费用更是无从计算。你会看见每日送来的治疗费用清单里，成千上万的费用在递增，你的家底就在那些对账单里流水般飘走。如此大的花费，平民百姓家庭很快陷入困境。我在陪伴妹妹的几年时间里，就见过不少放弃治疗的白血病患者，回到家里等待死亡的到来。

特别贫困的家庭会借助媒体报道寻求帮助，但随着血癌发病率不断增高，这种事见怪不怪。就拿厦门来说，早在我妹妹入院时的 2001 年，经媒体报道的捐款数额至少达万元以上，甚至更多。到了 2006 年，捐款数额便少了一半。有位厦门郊区的病人亲属把电视台请到病房来摄像，收到的捐款只有 3000 元。

还有一个途径，癌症病人可以到本地红十字会寻求帮助。但由于白血病病人越来越多，呈历年上升态势，红十字会所扶助的数额也不大。

骨髓移植（同造血干细胞移植，二者只是说法不同），一般要准备五六十万，即移植费 25 万左右，移植后的治疗费二三十万。记得我带小妹去北京求医时，曾在北京一家著名的中医院就诊看病。在那里，我碰到一位同去看病的白血病患者的亲属，她姐姐是在北京一家大医院做的移植，当时花费也才 30 万，但移植后排异反应比较厉害，医院又不让其住院，只好在医院的周边租房，三天去门诊看一次病。说起看病的经历，她泪眼婆娑，每次挂那家医院的专家号要从头一天的下午五点开始，一直排到第二天上午。如果你不排队，找挂号的“黄牛”就要花上 300 元的挂号费（这件事我也同样遭遇到，我们在那家医院看病也同样花费了 300 元，因为我不可能丢开小妹去排队）。她姐姐在那家医院的门诊看了半年后，加上移植的费用共是 80 万。后来，我们得知，她姐姐还是死于排异反应，最终人财两空。

更多的平民百姓家庭选择放弃。他们最多承受 2 ~ 4 次的化疗然后就出院。有的去找当地的一些中医大夫继续治疗。若错选了没有真本事的中医大夫或被骗子蒙骗，那只能拖个半年一年便离世；若选对了好中医大夫，则因祸得福，活个五年十年，甚至几十年而彻底痊愈。

有钱有权有地位的人就大不一样。得了血癌，首先想着就是做移植。因为钱对于他们来说根本不算问题。请一次专家，出诊费用 30 万元，请上十次就 300 万元。然而偏偏得不到老天的眷顾，该走的照走不误，多大代价也挽留不住生命。

有位前往一家中医院看病的富人说，他治疗三个月花费 40 多万。面对医生们惊讶的眼神，他更是语出惊人：

"这算什么？你们不知道，有个病人移植后复发，住了 400 多天，花了一千多万。这还不是高高兴兴来，抱个骨灰盒回去。"

台湾著名富商郭台铭的弟弟郭台成因患血癌，在北京某大医院先后做了两次骨髓移植，很不幸都复发了，花费上亿，仍无法挽救他的生命。

我采访中有不少因祸得福的例子。他们别说移植，就连化疗的费用都捉襟见肘。所以，从来没想过移植的事，因为对他们来说，这完全是不着边际的想法。我就一直搞不明白，不少生活贫困的家庭、贫困的大学生为何患血癌就一心想着去移植，想着靠大家捐款去做不切合实际的治疗呢？为何不想想，除了移植之外，还能另辟蹊径，去走一条既经济又相对稳妥的治疗之路呢？如果将自己治病的高额费用完全寄希望于社会、寄希望于他人，那么，随着环境污染、食品安全等因素，使白血病、癌症的患病比例会越来越大，所有病人都要求做移植，都要求捐款，那这个社会是很难承载的。我总觉得，人要自立，有多大能耐做多大事，自己能解决的事尽量不要求助于他人。因为我是血癌病人亲属，所以我不是站着说话不腰疼。按理说，我妹妹在事业单位工作，比贫困家庭要好得多，但当她听说移植的高昂费用时，立刻知难而退，从来没想过走这条路。

生命截止在骨髓移植

北京人民大学法律系有位 23 岁的张姓学生，来自山西某县，2005 年患了慢性粒细胞白血病。她曾经用中医药治疗过 10 个月，病情好转，生活质量也大有改观。她的县委书记父亲听说根治慢粒只有做移植，于是卖掉两套房，领着女儿前往北京某大医院进行骨髓移植。女儿移植成功后，全家欢天喜地，办酒庆贺。谁知刚刚过去三个月，孩子就复发了，且病情日渐加重，再次用中药治疗已无力回天。移植后五个月不到就去世了，从发病到去世不到两年，花了百多万，同样人财两空。

我来到给她医治过的山东淄博某中医院，找到了她的病历，我看到她开始服这家医院的中药治疗顺利，也看到她移植后因排异重新记录的情况。开始，她是身上长水泡，发展到全身难受，最后不能吃东西（估计皮疹侵犯了内脏），再后来病历戛然而止，可能在医院抢救吧。这家医院的医生回忆道，姑娘长得很水灵，亭亭玉立的。2005 年就开始吃我们的中药，效果不错，后来突然失去联系。2006 年 7 月，又要求我们诊治，这时才知道她做过移植，而且已经复发，医院不治才又找到我们，太可惜了！

北京有个赵姓小伙子，25 岁，是急性粒细胞白血病患者，也是移植后复发，被医院拒收，只好赶来用中药治疗。他还算幸运，这家医院竭尽全力为他延长了两年半的生命。

山东淄博临淄区有位姓常的女工，年轻美丽。她患白血病后，一心想着用移植治疗自己的病。听说她正在募捐，邻近的中医院也去了现场，但他们不是捐钱，而是捐上他们医院治疗白血病的中药，因为听说她化疗后血象比较低，就带上药，让她试着吃一吃，看看结果。她虽然接过了药，但有些不高兴地说：

“我现在缺的是钱。”

果然，医院电话回访，她压根就没有服用。她已经募集到了 50 万元移植款项，前往北京去做移植。后来移植复发，没多久就走了，才 30 多岁。

看来，人们对骨髓移植抱有的希望太大了。要知道，不是所有的病都能用金钱摆平，拥有金钱≠拥有生命。

骨髓移植是高强度的化疗

不了解白血病的人，只要一听到谁得了白血病，就说赶快去做骨髓移植呀。其实，世上哪有这么简单的事？骨髓移植里面有很深的学问。

以下是我在网上随便“百度”一下，搜索到的一条求助的提问和一位医生的解答：

“再见三丁目”提问：M5型白血病治疗方法和最好的治疗医院

我妈妈54岁，查出患上M5急性白血病，是M5中最严重的一种。我想知道是不是必须换骨髓，她的年龄适合不适合换骨髓，全国哪个医院治疗效果好？还有就是听说有一种中药方子有效果，请知道的帮个忙，会重谢！！邮箱（略），希望得到您的帮助！谢谢！最好能提供给我中药药方，万分感谢！！

“希望星”回答于2009-5-19 03：37

调养是一方面，治疗也绝对不要耽搁。骨髓移植基本不用考虑，因为年龄太大。

骨髓移植实际上也是化疗，是一种高强度化疗，完全摧毁她的骨髓，然后植入干细胞进行骨髓重建，有可能治愈，但不是救命稻草，而且骨髓移植风险相当大。我曾经管过一个M2的白血病病人，18岁，缓解以后去某医院做了移植，现在六个月没做化疗了，情况还蛮好。但是她那一批九个人进仓，就她一个活下来了。所以对待骨髓移植要理智。

病人的目的是希望活下来

他是全国人民热爱的一位央视播音员，可因罹患恶性淋巴瘤，仅在世上活了48年，就离开了热爱他的观众。他的朴实微笑，带有磁性的声音，就这样永远定格在人们的记忆里。

在患病期间，他曾接受了记者的电话采访。记者询问他，是否患上了恐怖的淋巴癌时，他在电话中笑了起来：

“有那么恐怖吗？我觉得没那么恐怖。不是很多人想象的那个样子，没那么严重，不用动手术，输输液，在家里静养就好了。病情完全在医生的控制之中。”

我佩服他对疾病的坚强无畏，短短时间竟然做了九个化疗！但他毕竟没有打赢这场“立体战争”，而是在稀里糊涂中与癌细胞同归于尽。他没有像抗癌明星高文彬那样“既要不怕死，还要争取活”。

我觉得，他的致命弱点就是太轻敌。患病时，如果他和家人好好去了解“敌情”（只要到网上点击“血液病”三个字就能看到很多信息，包括能了解到移植的弊端，知己知彼，就能理智地选择适合自己的治疗方案。而不是把自己完全排除在“立体战争”之外，把生命全权托付给他人），如果不移植，只是做一般的化疗，当出现危险时，医生就会停下来，把身体调养好了再继续治疗。这样，他很可能还活着。

我在广州中医药大学某附属医院血液科采访时，有位主任医生说到他时也感到很惋惜。他还在自己的博客里说道：“他很可惜，单独从我这个医生角度来讲也是这样。其实他这个病不用移植，40% ~ 60%的几率完全可以治愈。当然，移植是一个选项。这就好比打仗，你一开始就把最先进的核武器用上，结果发现过火了，再想挽救已经来不及了。我的意思是，不要盲目地去做移植，不要以为有钱就可以短平快地解决问题。”

负责治疗他的医生也这样说：“他要想治愈，必须接受化疗；如果化疗无效，就要接受移植。这些对身体都是很严重的打击。”

请注意，“如果化疗无效”这几个字，我采访的血癌病人中不乏有人是和他一样，因为化疗效果不好、耐药或病情复发的，西医没办法或不治才想到用中医治疗的。可他们运气好，找对了路，碰上了好医生，治疗成功了，不少人如今活得很健康。我采访他们，正是因为他们的治疗方法对于深陷危难中的血液病患者有很好的借鉴意义。

在江西，我采访了江西省某中医院的血液科主任，她说：“我们科的血液病患者大多是在西医院治疗效果不好才到我们医院来治疗的。”我们采取祛邪扶正、解毒固本的方法，治疗效果还不错。即便最终不行，也可带瘤生存，延长患者的生命，让他们在亲人的关怀中安静地离开人世，至少不会像单纯性化疗和骨髓移植走得那么迅速，那么痛苦，那么快地结束生命。我们有的病人带瘤生存三五年，有的甚至十几年，直到现在还活着。

我写此文，丝毫没有诋毁骨髓移植治疗白血病的意思，而是在尊重生命的前提下，根据我几年来在全国各地的采访和照顾小妹7年多的亲身经历，向处在危难中的白血病朋友们诉说一些客观存在的事实。血癌病人是不认贫富，不认金钱的，而医学又是一个经验积累、经验叠加的科学。我们祈祷医学专家们能尽快攻克移植复发的难题，提高移植存活率，挽救更多的血液病患者，使他们彻底走出人财两空的灾难和困境。

迟来的访谈：医德＋先进医技，骨髓移植之魂

就在此书即将发稿时，我接到一位武警军官的电话，他姓丁。他说，在网上看了我的文章很有感触，想跟我交流一下。他是个骨髓移植成功者，患的是急性淋巴细胞白血病。但接下来，他说的话令我大为振奋又疑虑重重。他告诉我，和他一起进仓的6个人全部活下来了（后经了解，有5个存活，1个去世。但请大家注意：他们均为二三十岁的年轻人），且生活质量不错。

从这天起，我的心不平静了。如果一批进入移植仓里的白血病病人能够百分之百活下来，和正常人一样生活着，应该不会是碰巧。可是，从我妹妹患病十多年来，尤其是妹妹去世后，我从2009年开始采访至今，耳边听到的、见到的移植病人家属们，几乎全是哭声、骂声和发自内心的悔恨。而且不止一个对我说出这样的话：

“我那批就只活下来我一个人。”

“我看到十个进仓，九个死了，就吓跑了。”

“她活下来了，但生不如死！”

……

就算 2009 年资料上显示的骨髓移植的成功率是 30%，也只能活下三分之一，剩下的三分之二是人财两空。我身边也有两例移植成功的例子，一位是当地一家医院的张姓护士，患的是淋巴瘤，与她同胞姐姐在北京一家大医院做的半相合移植，至今十多年了，挺好。还有一位姓赵的画家，他 2001 年患的是淋巴瘤，那时我陪妹妹住院当天就碰到他和他太太。他也是在北京一家大医院做的自体移植，至今一直很健康，生活、工作状态都不错。前不久，我还和他通了电话。他说，他是发现得早，做了一个疗程、六个周期、约半年的化疗，就前往北京去移植了。他说，那家医院已经是北京最好的医院之一，即便这样，也难说有多少成功率。比如，同样情况进去不一定都能出来。他在仓里待了 20 天，达到规定的血液指标了，就出仓慢慢休养恢复。常规是 20 天，过了 20 天就麻烦了，有的就出不来。他移植一年后，身上的肿瘤全部消失了。不过，身体也跨了，一年年慢慢恢复就是。

由于是自体移植，所以赵先生所花的费用只有二三十万。进无菌室是 16 万，自己报销了 6 万，还有一些其他费用。赵先生还说，医保条条框框太多，根本报销不了多少。比如，进口药是不给报销的，而许多国产的药物基本不用，进口药物又非常贵。

当今血液病患者日益增多，不少人选择骨髓移植。而 HLA 配型完全相符的概率非常低，即便是兄弟姐妹也仅为 1/4（我家兄妹四人，只有我与小妹配到三个点），而在非血缘关系全相匹配供者的几率在千分之一到数万分之一。这一状况，促使人们另辟蹊径。近年国际上开展了患者亲属半匹配骨髓移植，80%的患者可以在父母、子女、同胞、堂表间找到半匹配供者，费用也节省了许多。

如果小丁说的是事实，那么，这家医院的半相合骨髓移植成功率至少有 50%以上，说明我国的移植水平四五年间迈上了一个大台阶。这当然是件好事，等于做骨髓移植的病人有一半都能很好地活下来。于是，我迫不及待地联系上了为小丁做骨髓移植的医生——某空军医院血液科主任，上线进行采访。

丽晴：主任，您好！我主要向您了解贵院骨髓移植方面的问题。

主任：好的。

丽晴：请问贵院骨髓移植的成功率是多少？

主任：60％。

丽晴：我指的是完全能活下来的，生活质量不错的，不是指出仓率。

主任：我明白，就是指治愈率，三五年以上。如果说出仓率，应是95％以上，一般没有什么大问题都能顺利出仓。

丽晴：不包括那些排异反应厉害的吧？

主任：那些排异反应严重的，属于去世的40％以内。

丽晴：可是，我在2009年去卫生部了解移植成功率，并没有准确的答复。网上有关资料上显示是30％。

主任：不只这个数。北京其他权威医院成功率都和我们医院差不多。当然有些大医院病人比较多，他们会选择一些条件好的病人做，这样成功率更高。这是有医学论文证实的，不可能有假。关于这个数据，中华骨髓库会更清楚些。

丽晴：假如像我妹妹这种复发的病人也能做移植吗？

主任：如果复发后化疗能缓解，有50％的希望。如果几次复发，难度就大，主要是移植后复发概率太高。

丽晴：现在患急性淋巴细胞白血病的孩子特别多，我采访过一个上海某医院血液科治愈的一位孩子的母亲，她告诉我，上海这家医院治疗急淋很有经验，一般急淋的孩子都能治好，不用移植。她女儿是1984年患的急淋，靠化疗治愈的，现在已经30年了，已为人母。

主任：急性淋巴细胞白血病在北京儿童医院的治愈率是60％，不用做移植，除非是缓解后复发的高危病人才做移植。还有，M3 型白血病也不用做移植，90％化疗能治愈，或者做自体移植都能活下来。

丽晴： 请问贵院何时开始做移植的？

主任： 1991 年，至今有 22 年。刚开始，治愈率不高，半相合移植也做得不多。现在我们半相合做得比较多，因为独生子女多了，与父母均为半相合，所以孩子接受半相合的概率也比较高。有经验了，成功率就高。

丽晴： 我在您的个人网站上看到好多感谢信，其中一例是慢粒急变的病人，你们都做成功了，真了不起！

主任： 慢粒急变肯定可以成功的，有 30％的成功率。还有，慢粒急变可以用药物治疗后拉回慢性期。你妹妹患病是十多年前的 2001 年，那时水平不够高，半相合移植也不行。我们医院移植比较早，但也是十年前开始做半相合，当时骨髓库存志愿者也不多。现在好了，中华骨髓库存 100 多万份志愿者配型样本，有 1/3 的病人能在那里找到配型。国家政策也比过去要好些，会有点补贴，加上基金会再资助一些，做的人就多了。

丽晴： 是不是 50 岁以上的人不适合做供者了？

主任： 现在五六十岁的供者，只要没有糖尿病、没有严重的冠心病等大病，都没问题。做移植大部分都能活下来，个别病人不成功，但概率是少的。这种病如果长期化疗，容易感染，而且 90％的患者容易复发。

丽晴： 但是，做移植化疗关是不是挺难过？听说是平时化疗量的十倍？

主任： 这个没法比。因为每个人的情况不一样，方案也不一样。移植化疗有两种作用：一个是将体内的白细胞全部打掉；另一个是摧毁病人的免疫系统，让别人的细胞能在自己的体内长起来。其实化疗关挺好过的，没有谁因化疗过不去。

丽晴： 我知道一个，是我弟弟的一位同事。她去北京一家大医院做移植，打着化疗就复发了。

主任： 这是疾病本身的问题。

丽晴： 做一个移植大概需要多少费用？

主任：全相合20万，半相合30万，个别感染者的费用会高一些。出仓后根据病人个体情况来看，如果不感染，几万即可，半相合要多些。

丽晴：您的一个丁姓移植病人告诉我，他移植花了80万，加上其他费用总共花了100来万。

主任：他是在仓内真菌感染，进口药非常贵。不过，好像也没有这么多吧？

丽晴：他出仓后又在过渡病房治疗了两三个月才出院，所以花的钱比较多。

主任：可能他将在外租房的费用全部算上了吧？

丽晴：科学在发展，移植的费用以后是否还能慢慢降一些？

主任：不会。物价在涨，进口药物很贵。国外移植更贵，要几百万，而且没有中国做得好。

丽晴：移植最关键的问题是什么？

主任：第一，最关键的是对病人要有个整体的评估，他（她）是处于高危，还是中危或是低危阶段，适不适合做移植。因为移植手术不是像外科手术那样，做完了就知道成功不成功，它是需要好几个阶段的。第二，移植不是一个人的力量，而是需要一个团队的集体合作。因为移植后，要两至三周，干细胞才能长上来。而且，不同时期会出现不同的并发症，是否处理好，直接影响到移植的成功和失败。第三，要度过感染关、复发关、排异关。

丽晴：我在观看央视《非常姻缘》这个节目时，您说的一句话令我感到欣喜。您说，好在现在我院对于排异已经到了可控的地步了。我知道，移植一旦复发，只有死路一条，连中医对这种病人也是宣布不治。

主任：对，是这样。移植后主要问题有三大块：感染、排异和复发。而早期半相合移植的难点有两个：一个是干细胞植不进去，还有一个就是植进去后产生排异反应。随着医学的进步，很多新药出现了。比如说，我们可以给供者做一些特殊的处理，给供者打一些升白的新药，叫动员剂，这个动员剂可以改变T细胞的功能和数量，因为T细胞是参加排异反应非常重要的一个细胞，所以，排异反应已经在医生的可控范围之内。也就是说，可以早发现问题，早处理。排异比复发好控制。最难搞的就是复发，复发是重新长出坏细胞了，一旦移植后复发就没办法。就像你说的，中医对这种病人也无法收治。

丽晴：什么样的病人属于高危病人？

主任：比如，高烧、炎症、感染，又突然出现拉肚子，也就是严重的肠道排异反应。

丽晴：谈谈您的团队好吗？

主任：移植我们共有4个大夫，非常辛苦。科里现在共有12个移植仓，也就是说一拨可做12个人。每一个环节都很重要。比如，医生开了医嘱，需要护士精确去完成它，还有消毒、防护，等等。一句话，也就是说需要团队团结一心，这个很重要。

丽晴：如果相互间意见不一致怎么办？

主任：那只有主任拍板。我们科还好，临床上没有太大的偏差。因为都是经验学科，没有绝对的正确，绝对的错误。

丽晴：我了解到，你们医院也会出现医疗纠纷。

主任：当然，每家医院都不可能幸免。比如移植，还有40％不成功的病人。谁都想自己的亲人能成功，能活下来。这个我们也理解。

丽晴：还有一个问题，您的手机号是否提供给病人？

主任：给。但不是全部，病人太多了，尤其是移植病人要给。因为移植是个很复杂的治疗过程，容易出现紧急情况。

丽晴：能碰到好医生是多么幸运啊！而有的医生不允许病人多问一句话，多说一个字，更别说知情权了。我发现这种情形很普遍。去年，我陪老妈在江西一家省级医院住院也是这样，什么事都得病人捧着，病人对医生得小心翼翼，生怕得罪了。

主任：我们不能这样。如果我们这样，那病人还不闹翻了？我觉得，病人有要求，只要合理，就得满足他们。我们平时把病人当亲人看。

丽晴： 了不起！所以我还是对部队医院比较信赖。我自己也曾经在部队医院工作过。对了，主任，您信中医吗？

主任： 我信。但中医治白血病不信。再好的中医也不行，比如北京某著名中医院，对于白血病，他们的治疗仍然是化疗加中药。

丽晴： 最著名的中医院不一定有最好的治疗血液病的中医。比如，我去过你说的那家中医院为我妹妹看病，专家看到我妹妹的病历很吃惊，因为她仅靠化疗就整整活了七年多时间。他亲口对我说，在我们医院，像你妹妹这样的三五年就没了。

主任： 你妹妹如果坚持正规化疗可能活下来了，因为她不是高危病人，而且她对化疗药物敏感，所以多次复发都能缓解，但缓解后不做移植最终还是要复发。

丽晴： 当时我带妹妹去北京一家有名的大医院，正是我的家人想让我妹做移植，但专家说我妹妹只有1%的希望。我当时都想好了，如果妹妹同意我准备把自己的房子卖了，只要能救她，我什么都不在乎。当地的医生说，只要复发过一次，移植成功率极低，而且还需一大笔费用，而她死活不会允许我卖房的。她是一个非常善良的人，不仅对我、对家人，而且对同事、对朋友、对所有人都是这样。她最听医生的话，从没考虑过移植。

主任： 多次复发也是属于高危病人，高危病人移植，干细胞有可能植不进去，的确困难。

丽晴： 问一句题外话可以吗？

主任： 问吧。

丽晴： 您相信郭林气功吗？

主任： 不相信。

丽晴： 我采访了不少晚期癌症病人，他们其中不少被医生判死刑，但放、化疗后坚持练习郭林气功的，都活下来了，时间长的甚至已有几十年。

主任： 这个我相信，但那只是个例。有数据吗？

丽晴：不是个例，是成千上万，有西医专家的论文为证。

主任：成千上万我也信。比如乳腺癌患者，大多数都能活下来。

丽晴：不只是乳腺癌，是什么类型的癌症都有。

主任：那只是个案，不要以点概面。

丽晴：真的不是个案！郭林气功最大的好处就是能防止癌症复发，现在外国人都到中国来学。好，不说了，您的时间很宝贵。非常感谢您百忙中接受我的采访，有问题再请教。谢谢！

主任：别客气！

我自己都没想着能活着回来

小丁是我采访的首位半相合骨髓移植的5年康复者。他是新疆某部的武警军官，今年33岁。

丽晴：小丁，请问你是哪年做的骨髓移植？

小丁：我是2006年生的病，9月30日入院，10月1日到10月14日在北京武警医院确诊为急淋白血病。2007年6月8日在某空军医院做的骨髓移植，2008年8月1日归队，正常工作。我自己要不说生过病，谁也看不出来。

丽晴：完全和移植前一样吗？

小丁：没有生病前那么结实，那么强壮。但在部队工作、生活没有任何问题，否则，你知道，新疆是反恐第一线，没有一个好身体是不行的。

丽晴：那你真是太幸运了！

小丁：的确不容易，很多都没有活下来，都挂了。

丽晴：什么叫挂了？

小丁：就是死了，没活下来。我原来身体非常好，这个病就跟你文章中写的一样，好多人身体都很好，然后突然就生大病。我也是这样。我平时就不生病，只是在2007年出了一次车祸，后来发现淋巴结肿大。我在北京时，那个台湾大老板的郭台成也在北京看病，他是在另一家医院，后来也挂了。

丽晴：当时是谁为你配的干细胞？

小丁：我母亲。当时她 59 岁，现在 60 多了。

丽晴：是半相合吗？

小丁：是的。开始是在中华骨髓库找的，但因供者有脂肪肝，骨髓库为了保证供体的安全，最终不同意，只好找家人。

丽晴：移植前做了几个化疗？

小丁：先是在某武警医院打了四个化疗，每次都很顺利。

丽晴：为什么选择这家医院？

小丁：在北京治疗时，我趁自己还能动，去北京各大医院都考察了一遍，最终确定在某空军医院做。有几个原因：一个是这家医院是全国半相合移植做得最好的医院之一；另一个是我去他们那儿看病，跟主任说，我真的不甘心就这样结束自己。主任说，孩子，你别担心，你到我们这儿来吧。听了这话，我的心里感到很温暖。

丽晴：你说你移植是九死一生？为什么这样说？

小丁：的确是九死一生。移植首先得挺过化疗关，再就是排异反应。我在仓里待了两个多月，因为排异反应引起肺部真菌感染，脚也感染，天天输液，受尽了折磨。后来在过渡病房又待了好长时间。现在回忆起来太痛苦了，尤其是化疗，每天天黑前，我都不知道能不能看到第二天的太阳。说实话，我自己都没想着能活着回来。但当时我觉得不做骨髓移植肯定是死，做了还有活的机会。

丽晴：真菌感染都能治好，说明这家医院技术的确不错。我采访中得知一位美籍华人的孩子患白血病，在美国化疗时真菌感染，医院毫无办法，后来是在山东淄博某医院用中药治好的。你真幸运，总算冲破了黎明前的黑暗。

小丁：这与家人的支持和精心照顾有很大的关系。当生命走到尽头时，家里人会想尽一切办法来挽救。

丽晴：可以问一下移植费用吗？

小丁：移植共花了80万，加上其他租房等共100来万。

丽晴：你家是农民，怎么筹到这么多钱呀？

小丁：当时钱就是命。家里想办法贷款、借款，筹集了50万。

丽晴：我在北京为妹妹看病时，碰到一个移植病人的亲属，她说80万抱了个骨灰盒回去。

小丁：这种情况非常多。我活过来后，就觉得是上帝给我开了一个玩笑，怎么能如此考验我？

丽晴：你们那批一共有几个人，都活下来了吗？

小丁：我那批七八个吧，都活着，大多数为半相合。

丽晴：你怎么知道他们都活着？

小丁：我们都留了联系方式，经常联系。比如上央视的小向两口子，还有几个我们都有联系，他们都活得不错。我那批，还有一个50岁的，大家管他叫老团长，他退休第二年发病，他最顺利，20多天就出仓了。

丽晴：你认为骨髓移植成功有哪几方面的原因？

小丁：我觉得与个人身体、精神因素有关，与医院的医生和医疗技术也有很大的关系。事实证明，我选择这家医院是对的。

丽晴：为什么？

小丁：我在仓里严重感染时，欠了医院十多万元医药费，但医生没有停止对我的治疗，否则我就死在那儿了。再有，科里的主任、主治医生、护士长、护士们对病人都非常尽心，我很感激他们。尤其是主任，她从来不叫我名字，都是叫"孩子"，就像家人一样，感觉特别亲。后来，我看到白血病患者与医院发生纠纷时，心里很不是滋味，因为没有一个医生愿意让病人死在自己手里。

丽晴：你想过自己怎么得的白血病吗？是不是与环境有关？

小丁：我觉得不一定。新疆的空气好，工业少，污染少，可我还是得了。听说有的人是基因缺陷造成的。

丽晴：你做骨髓移植，部队也出了一部分吧？

小丁：是的。

丽晴：好好工作，好好报效部队，报效帮助你移植的父母和家人。

我妈妈想给红包，但医生怎么也不肯收

小向和小闫是一对患难夫妻，他们俩在2007年同时在某空军医院成功做了半相合骨髓移植，他们不仅都恢复了健康，而且十分珍惜这段缘分，他们相爱了。经过五年的相互了解，湖南邵阳的小向来到小闫的山东泰安的家乡，在当年的移植医生血液科主任和护士长的见证下举行了婚礼。由于他们的“非常姻缘”带有传奇色彩，因此还走进了中央电视台的节目。

小向和小闫年龄相仿，都是80后，那年才23岁。小向是湖南人，她患的是急性非淋巴细胞白血病（M4型）。说起当时做移植的感受时，小向说：

“主要是化疗太痛苦了，痛苦得不行啊。一直想吐，绿色的水，一直输营养液，20多天没吃一点东西。看到我妈送的饭就吐，什么也吃不了，天天打点滴。虽然化疗痛苦，但移植却一直很顺利，顺利得一天长一斤肉，从化疗的70多斤一直长到82斤、83斤了。”

“当时可能是骨髓在生长的原因吧？我全身都特别难受，那种感觉是说不出来的。天天对医生说：‘我不行了！’妈妈看见我难过也天天哭。那时，主任、博士就天天安慰我。主任说，放心吧，你保证不会死的。”

“你呢？你化疗难受吗？”我问小闫。

“我是慢性粒细胞白血病，这个病开始是不用化疗的。在仓里化疗时也一样反应挺大，我当时就使劲吃饭，因为不吃饭就要打营养液，营养液挺贵，要多花钱。我天天喝粥，当时只想吃清淡一点的，比如，吃点我们北方的玉米糊糊，吃点馒头，一点小菜。可能女孩比较柔弱一些，我太太她

就吃得比较少。”

小向说:“后来，我听护士告诉我，有个战士要护士给他打一针把他打死算了。这时，我才知道不是我一个人难受，移植的人都一样难受。别人都挺过来了，我也能挺过来的。我们和小丁他们那个时间段大多是半相合，前后差不了半个月，只有一个全相合。

“他们都活过来了吗？”我问。

“只有一个失败，其他都活下来了。我们三个80后，还有一个老团长，山东人，这个人很搞笑，说话办事跟开会一样。我们经常通电话，他20多天就出了移植仓，一出仓就跑去给儿子买礼物。他恢复得很好。另外，还有一个史阿姨，是1962年出生的，也是40多岁，贵州的。他们都成功了，我们都有联系。都是2007年做的，到现在五年多了。那个失败的主要是在后期，开始他老婆还挺感谢我的。后来他老婆和他老妈一直合不来，弄得他心情很不好，家庭给他的温暖太少了。是他弟弟给他捐的骨髓，但移植后他弟弟从来没有去看过他。所以，他后来复发了。因此，我觉得个人条件很重要。”

“你觉得这家医院和地方医院比起来一样吗？”

“怎么可能一样？这里的医生特别好，就是和家人一样。我第一次去就有这种感觉:怎么跟我们那里的医院相差那么大啊？开始，我们也去过另一家大医院，但一听说要给医生红包才会给我安排，就打了退堂鼓。来到这边后，我妈妈也怕医生不负责任，就想给红包，但医生怎么也不肯收。我除了送锦旗外，只在中秋节时送了一盒月饼。我去过主任家里，他的家特别俭朴。后来，我还介绍过3个病人过去。”

“三个病人都活下来了吗？”

“有一个也是后期不行，同样是家庭不和睦。”

“小闫，你做的也是半相合吗？

“是的。”小闫回答，“我是慢粒，前期基本不用化疗。我们选择这家医院也是一个机缘，因为他们是最早做半相合的，很有经验。”

“北京其他的大医院不好吗？”

“不是不好，可能是移植的人太多，床位紧张，所以要他们早早出院，让新的病人进来做移植。”

“你们都说这家医院的医生好，怎么个好法？”

小向抢过话来说：“这里的医生医德很高尚。他们都很正直，有时候好得让你都不敢相信，怎么会有这么好的医生？真的，有时都不太相信眼前的事实。”

小闫也说：“包括护士长和其他一些护士，都是全心全意照顾我们，因为化疗太难受了，有时我们情绪不好，会不自觉地发一些脾气，可他们从来没烦过。有一次我爸回去了，家里又没人来照顾我。护士长知道我的情况后，就自己包了饺子送到医院来。”

小白说：“主任查房时，对我们年轻人从来不叫名字，都是叫孩子。”

我问起了他们的移植费用。小向说，她差不多40万左右，小闫也差不多。我问起他们要孩子了吗？还是几年以后要孩子？

小向说：“不是要不要，而是因为我们做完移植，生殖系统受到很大影响，移植后不能正常怀孕，因为化疗量太大了。移植前我们都签了协定，我和我妈妈一起去的，我自己签的。医生说我们不能正常怀孕，建议我做试管婴儿。

我感到奇怪，问道：“为什么不能正常怀孕啊？我采访的中西医结合治疗的全都生孩子了。我还采访了一个专门化疗好的，是在江西治好的，她缓解五年后要的孩子，已经上幼儿园了。孩子很健康。”

小向有点遗憾地说：“这么好呀，他们是哪里的呀？真不错，因为中西医结合治疗起码费用不大呀。”

我赶紧安慰她说：“没关系，现在医学这么发达，我祝福你们健康快乐，白头到老，幸福长久！不管用什么办法，阿姨希望你们能够有自己的结晶。”

“谢谢阿姨！”

我肠道排异没用进口药就好了

我与小向小闫提到的“史阿姨”谈的时间不长，因为她正在上班，又是做财务的，那天很忙。

史女士是贵州贵定县人，今年51岁。她也是和小向、小闫、小丁他们同批移植的，同样是半相合。她说，当时一次是六个仓，现在听说多了许多。

史女士也是慢性粒细胞白血病，只不过查出来比较早，是2007年3月26日查出来的。她做了一个妇科手术，白细胞高出正常人的几十倍。她兄妹七人，都争着为她配型，有两个半相合，最后是由小弟为她捐的。

她移植很顺利，虽然当时出现了肠道排异反应，但四天就好了。她说医生开了两支9000多元的进口药，她没吃，只吃了不太贵的国产药就好了。但她为了防止感染，在仓里“赖”了72天才出来。刚出院的那个月，每个星期都要到医院复查。在北京住了四个月，加上移植总共七个月。

她移植加上租房等费用总共是40万元。但她是坐办公室的，为事业单位，医保报了十多万，保险公司又给她报了20多万。比以上几个年轻人“滋润”多了，轻松多了！

史女士恢复之快简直令人瞠目：她2007年11月回来，按她的话说，和从前的她没有丁点不一样。而且，一回来不是回单位上班，而是忙着做起了生意，因为她家是做汽车配件的。牛吧？！

你非要送，我就拿去给你交医药费！

小何是一个年轻警官，今年才28岁，从警校毕业后通过公务员考试后来到云南丽江工作。没想到这警察还不好当，才几个月自己就生了重病，和小向一样，是M4型白血病，确诊后打了三个化疗。之后与他妹妹配型做半相合骨髓移植。费用总共花了七八十万，只报销了一部分。

小何比前面几个移植者晚一些，他去做骨髓移植时，他们已经做完了。他那一批目前跟他联系的有三四个。有一个是黑龙江的，姓王，是急性淋巴细胞白血病，当时十六七岁，在上高三；有一个是河北邯郸的，现在上大学了，当时也是十六七岁；还有一个是河北张家口的，现在要结婚了。

小何说："另外三个和我一起移植的都不在了，没几个月就走了，他们都差不多大。当时在移植仓里很危险，我也差点死了。先是心包积液，后是肺部排异、免疫性损伤。他们都知道，我差点就死了。现在我还有排异，有一个加号的蛋白尿，不认识我的人基本都看不出我生了病。"

小何欣喜地告诉我，他也快结婚了。我问他，女方能接受你生过病不能生育吗?

小何笑了说："唉，现在的年轻人哪里会在乎这个？阿姨你不知道，现在不生育正常得很哪。先别说我们得白血病的，你去男科医院看看，这种不能生育的很多，连号都挂不到。什么精子少、无精症、成活率低，等等等等，毛病多得是。那些人都好好的，没生病呢，照样生育方面有问题。现在只要受过一点教育，个个都想得通。当时医生跟我们说这事，要我们自己选择。我们当然要救命啊，生育问题根本不算问题。"

你们看，他多想得开!

我又问小何是通过什么途径知道这家医院做半相合好的?

小何说，有个女孩子，也是学医的。她说，有个导游1998年做的移植，一直到现在都挺好。她让我把那家医院的资料下载下来。我见那些人都好了，我也就选择了这家医院。当时我在中华骨髓库找到了两个全相合，但等不及，因为从低分贝到高分贝检测还要很长一段时间，怕等不了就"挂了"，所以我就用了家人的半相合。

到底是全相合成功者多，还是半相合成功者多?

"反正我觉得只要不复发，基本都成功了。我看到有个高危的，急淋L2，照样活下来了。她是河北张家口的，姓朱，1988年出生的，我跟他姐姐一直有联系。去年底，她快要结婚了，说要去再检查一下。她没有爸爸，妈妈是卖早点的。她男友知道她的病。”

说起这家医院的医生，小何太有感触了。他说：

“医生太好了，很负责任。你问十个人，有八个人会这样说的。”

我笑着问他送礼了没有。他说：

“我送了，他们不收。如果是地方医院可能早就收了。我还亲眼看过两个病人给主任送钱，都被她拒绝了。一个是浙江人，还有一个是小孩，和我一起做移植，东北吉林的，1990年出生，今年也23岁了，他是全相合。主任说，你们本来就是病人，你再送，我就拿去给你交医药费，这样不是更麻烦吗？”

“除了医德，技术也好，因为他们天天都在做。特别是主任这个人好，说话和蔼，没有架子。我介绍了两个病人来这里做移植，其中一个去了307医院治疗，骨髓库找了八个点，也活下来了。在这里做移植的那个是全相合，自己兄弟的，花了一二十万。他是去年做的，后来有排异了，又去医院住了一两个月回来了。”

小何家也是农村的，为了给他治病，家里没别的办法，只有卖地。

“说是说租，但是签了个出租几十年的合同，不和卖一样呀？现在条件好了，就多给对方一点钱，又把地给赎回来了。移植几年过去了，我不仅还了债，而且结婚的房子都买好了。我的医药费报销了40万元。我家种了一些桉树，当时生病等着钱用，树苗一两万一棵，一两年就卖了三四十万。现在我们都有工作，父母买了辆面包车，小型的，家里用。如今国家政策一年比一年好，村子里也会越来越好的。”

小何是这几个当中唯一有少量排异反应的人，侵犯部位在肾，腰疼，有蛋白尿。看过不少医生，效果不明显，其他还好。

我说，以后碰到会看肾病的好中医就推荐给他。他高兴得连连点头。

记得2001年，我妹妹患白血病时，几乎对自己是绝望的。当时我们劝慰她说：“不要紧，医学在发展，科学在进步，会有办法的，我们一边治疗一边等。”

果然，在 2007 年 11 月的一天，我在网上看到一篇报道："上海血液学研究所在建所 20 周年之际透露：继在急性早幼粒细胞白血病诱导分化、凋亡靶向治疗领域获得举世瞩目的成果后，另一种白血病类型——M2 型白血病基础研究和诱导分化治疗也获得了重要的新进展，目前已经完成临床前试验并进入药物开发阶段……研究人员在基础研究中发现，中药提取物冬凌草甲素通过靶向治疗，可以诱导 M2 型白血病细胞凋亡，和诱导分化剂联合应用时，可以使 M2 型白血病获得良好的疗效，并在动物试验中得到验证……上海血液学研究所和江苏恒某药股份有限公司签订了冬凌草甲素治疗M 2 型白血病的临床试验合作协议，这标志着这一领域的基础研究成果向产业化转化迈出了重要一步。"

这篇报道令我兴奋异常，因为这是给 M2 型白血病病人带来的生命曙光！我当时高兴坏了，我妹妹也表示愿意奉献自己，勇于当一只"小白鼠"以配合医学科学所需的药物试验。2007 年 11 月 15 日，我终于与上海血液病研究所的负责人通了电话。遗憾的是，他们虽然在做这项工作，但用在临床上至少还要两三年。现在已经过去了七八年了，仍音讯皆无，石沉大海。

我们感谢我国科学家用中药的砒霜研制成了治疗白血病的亚砷酸，使急性早幼粒细胞 M3 型白血病的患者缓解率达 84% ~ 91%，基本上都能治愈。我采访了哈尔滨医科大学第一附属医院中西医结合科的张春主任和李元善主任，他们都是战斗在临床血液病前沿的斗士。他们明确地表示，在他们医院，M3 型急性早幼粒白血病中的 80% ~ 90%病人都能治愈，而 M2 型白血病虽有治愈，但不多。

我妹妹在 2008 年已经走了。当时，我是多么希望医学科学的进步，能突破这个难关啊，比较普遍的急性粒细胞白血病（M2）也能如 M3 型一样用中药制剂治愈。因为像我妹妹那样不信中医的大有人在。在那些亲眼看着小妹的生命即将像花一样凋落的日子里，我几乎看不到一线光明！我甚至直接找到冬凌草甲素的厂家，恳求他们卖给我一些冬凌草甲素的原料给我妹妹服用，希望能出现奇迹。但结果你们是知道的，当然是无效。

现在，小妹走了六年。六年后我听到了如此多的好消息，白血病除了可以用中西医结合治疗外，还可以用中医中药治疗，可以用西医 + 郭林新气功治疗，可以用西医 + 营养调理治疗。今天，又听到移植率已从 2009 年的 30% 升至 60%，这说明超过一大半，等于 2/3 的病人都能活下来，真是令人振奋！

和移植成功的康复病人交谈后，我深深舒了一口气，谢天谢地。这一切都是真的！这次因为时间紧，我没亲眼去看看他们，最关键的是我的眼疾——可能因过度奔波和操劳而日益加重，每天看电脑屏幕的时间越来越短，连看书也吃力了。有时，我真担心还没等到这部书稿问世时它就瞎了……所以我得用只争朝夕的速度，用顽强的毅力，赶在四年之内完成它。以后身体恢复了，随时可以去看他们。

这次采访，使我对骨髓移植看得比较透彻了。同时，也在我的内心引起了很大震动。特别是他们发自内心地感谢医护人员的话语像雨露一样洒在我干涸的心上。我真希望在所有医院里都能听到这样的话。因为太稀少，所以倍觉甘甜，倍觉感动！

医乃仁术，德为医之本。古人拥有高尚医德者不计其数。

传说“三国”时期江西名医董奉隐居庐山，居山不种田，每日为人治病亦不取钱，而让重病愈者栽杏五株，轻病愈者则栽一株，如此数载，得十万余株，蔚然成林，并以每年所收之杏，资助求医的穷人。至今医界仍流传着“杏林春暖”的佳话，以赞扬医生的美德。明代医生潘文元医术高明，行医施药从不计报酬，他虽行医 30 年，但仍贫穷得几乎没有土地，在他仙逝后，当地百姓万人为他送葬，以表示哀悼和永远怀念；宋代医生张柄，治病救人“无问贵贱，有谒必往视之”；元末明初的名医刘勉曾任太医，在他一生的医疗实践中，把“不分贵贱，一视同仁”作为自己的信条，他常说，“富者我不贪其财，贫者我不厌其求”；张杲在《医说》中记载：“北宋宣和年间的医家何澄，有一次为一患病缠年而百医不愈的士人诊治，其妻因丈夫抱病日久典卖殆尽，无以供医药，愿以身相酬。何澄当即正色道：娘子何为此言！但放心，当为调治取效，切勿以此相污！”这士人在何澄的精心治疗下，终于获得痊愈，何澄的这种高尚的道德情操一直为世代传颂。

再说现代，远的不说，就说前不久央视表彰的那些“最美乡村医生”，他们扎根乡村，用一颗颗质朴的心，为百姓的健康默默奉献着。他们有着高尚的医德，却有着和城里人相比最低的待遇和最少的收入。在贫穷地区，他们的生活甚至仅够温饱。然而，他们再苦再累也没想过放弃。因为他们心中珍藏着两个字：责任。为了这两个字，他们永远牵挂着乡村。目前，我国拥有近8亿人口生活在农村，而乡村医生就是他们的健康保护神，也是他们身边最亲的人。

我始终认为：医德＞医技。我认为，作为治病救人的医生，最主要的不是看他的职称高低，而是他的医德，其次才是技术。如果没有医德，他会将病人的生命置之度外，他不会一心一意为你着想，即便有再好的技术也会出现纰漏，也会发生重大失误。如果让医德差的医生治病，还不如不治，不如选择待在家里和亲人走完最后时光更为理智。

同样，在移植过程中，究竟什么最重要？我认为仍然是医德。因为，骨髓移植是一个环环相扣的系统工程，医生的移植技术，护士的治疗到位，医院的医疗环境，家人的照顾和患者本人的精神因素等，都是相得益彰、相辅相成的，如果有一个环节失误，整个环链就会断裂，将直接危害到病人生命。而在这所有环节中，医德是所有环节的主导，它最为重要，也最为关键。我觉得，这正是某空军医院移植成活率高的主要原因。在我采访的几位康复病人中，除了化疗痛苦，其他方面都各不相同，但他们异口同声地向我反映该院的医德高尚，说医生护士医德好，说他们视病人如家人，说他们拒收红包，说他们对病人的真诚与热情……我听了都为之动容。

要想净化我国的医疗环境，主要矛盾依然与医德有关。当然，病人与医务人员比例失调、医生工作强度大、门诊量超员、有些医院医生待遇偏低等也是现实中存在的客观因素。比如，我妹妹在当地治疗的病房，原来是 34 名病人，十几名护士，现在是八九十位病人，比过去增长了将近三倍，竟然还是十几位定岗护士（加上轮流实习生才 20 位）。由于工作太忙太辛苦，造成新的干不了，老的又不愿干，纷纷找门路调离，且护士难招又是全国的通病。医生也忙得没日没夜，江西南昌一家大医院的门诊量，每天上万，这还是四年前的数据。厦门几年前看病，专家号并不难挂，现在病人多得连看普通医生都很难挂到号。一旦付出与收支不平衡，就容易滋生腐败，而腐败直接关系到医德，如接收医药代表的回扣、收病人红包、开高价药等损害病人的利益。这样下去，肯定会导致医疗水平下降、医患关系紧张等恶性循环。

这些医疗卫生的弊病，国家正在进行改革和调整。因为医德差、医疗腐败是医学科学的绊脚石，它将严重制约医学科学的研究和发展，所以，不把这个障碍扫除，我国的医疗环境是很难出现阳光明媚的局面。我们有理由相信，在新一届党和政府的领导下，这一切都将会有大的改观。

我们真心期待着。

第七章

做一个聪明的病人

人生，是一个密封条，里面贮藏着无数个生存密码。
从细胞开始激活，到密封条关闭，所有的生存密码
全是一道道生命难题，由你自己一个个解答。
选择 A，便放弃了 B；选择 C，便赢得了 A 和 B。
而当你偷懒将选择权转让，那么，
　生命终将要报复你！
　——让你失去 ABCD，失去你的全部生命！
该清醒了，学着做一个睿智的病人，
和医生和朋友和家人，携起手来，
　共同解答这道生命难题。
让生命自然保鲜，自然陨落，完成它的正常轨迹。

做人、干事业需要智慧，成为病人后同样需要智慧，而且需要大智慧。

所谓大智慧，非同于一般生活中、工作中的智慧。生活中、工作中缺少智慧，最多丢失名和利，而当你成为一名重疾病人，如果缺乏智慧，失去的不仅是战胜疾病的信念，而且有可能一不小心弄丢你的性命。

我觉得，在这一点上，我们都应向抗癌明星高文彬学习。高文彬说：

“抗癌是一场立体战争，对待癌症，在战略上要藐视它，战术上要重视它。得不偿失、两败俱伤的仗不能打，与癌症同归于尽的仗更不能打。抗癌的目的是为了保存自己，消灭癌症。在与癌症的斗争中，既要当与癌症搏斗的战斗员，勇敢地与它作战；又要当司令员，统率三军，联合作战。要不怕死，还要争取活。”

癌症≠死亡

癌症的降临，不仅是生命的灾难，也是人类的灾难。而灾难带来的是巨大的恐惧。

对死的恐惧乃是对生的呼唤。

每个癌症病人几乎都要经历相同的苦难和恐惧。患了癌症之后，如果医生这样对你说，你的癌症是早期，只要手术把肿瘤割掉，你的病就好了。那么，你会欣然接受手术，包括手术后的疼痛。但当医生对你说，你的手术有两种结果：一种是病灶尚未转移，手术后应该会慢慢康复；如果打开后，已经是弥漫性转移，手术已经没有了意义，只好重新缝合，用其他方式治疗。说白了，能手术，说明病情不严重，治愈的希望就大；不能手术，说明病情严重，治愈的希望就小。希望小，离死亡的距离就近。那么，你的恐惧马上就会产生，而且挥之不去。

尤其是癌症发生转移的晚期病人，他们对化疗、放疗的恐惧更是如此。现在谁都知道，化疗、放疗是好细胞坏细胞一起绞杀的，它会带来一系列的副作用和难以忍受的痛苦。它既是生的希望，又是死的先驱。但就在这时，如果有人告诉你，做完化疗，病情稳定之后，有办法使你的病不复发，有办法使你的肿瘤逐渐变小，直至消失。比如中医中药，再比如郭林新气功，你会接受吗？我想也许你会，因为你渴望告别死亡；也许你不会，因为你对二者持怀疑态度。但是，当一个和你一模一样的患者用西医方法治疗后，最终做郭林新气功康复了，或者带瘤生存二三年，五年，十年，甚至几十年，早已脱离了死亡的威胁。而且，这个人就活生生地站在你的面前，你难道还不信吗？

在山东淄博，我就见到了一位已是中晚期癌症、被医生判定死刑的人，现在还活得比你我都健康。他中等个偏高，身材魁梧。不论谁见到这样的酷哥，都想象不到他曾经是一位濒临死亡的癌症患者。他就是千千万万个郭林新气功受益者之一、著名作家、诗人柯岩所写《癌症≠死亡》书中《一篇不死的宣言》的作者——淄博抗癌乐园的李园长。如今他说起患病时的情景依然令人动容。

那是 2001 年 7 月，李园长刚刚 35 岁。他因剧烈的咳嗽和痰中带血，去当地医院检查。专家接过片子，脸上立刻露出无比惊讶的神情，他急切地拿出相机把片子拍下来，一边惊奇地自语：

“天哪，肺上 20cm×12cm×8cm 的巨大瘤体，不可思议，太不可思议了！这么大的瘤子，太特殊的病历，可以上教材了！”

专家自顾自地说，完全把站在身边的李园长当成家属了：

“病人现在的情况怎么样？还可以下地吗……我建议保守治疗，估计最多也就两个月……”

李园长的脑子顿时“嗡”的一声，就什么也听不见了。老专家那自顾自的惊叹而没有丝毫同情的话语和表情彻底激怒了他。

“两个月？我才 35 岁，我的生命怎么可能就只剩下两个月？！”

一股莫名的愤怒和委屈顿时充满了他的胸膛，他的情绪顿时失去了控制，他狠狠地冲着专家吼道：“我就是病人，我知道你是专家，但我想告诉你的是：我最少也要活两个月零一天！”

李园长患的是“弥漫性大B细胞淋巴瘤中晚期”，由于肿瘤巨大，与心脏粘连，且又包着上腔动静脉两条大血管，根本不能手术，只有走大剂量放、化疗这条路。这一突如其来的变故把他逼入了生命的绝境。在巨大的痛苦中，他完成了三次化疗。就在他精神和身体濒临崩溃的边缘时，他看到病友递给他的一本《癌症≠死亡》，这个震撼的标题使他像抓住一根救命稻草似的充满希望。但他看完后摇摇头说：

“不可能。肯定是瞎编的。”

当他从病友那里得知书中的老陈、小周、高文彬、于大元都还活着时，他的心豁然开朗了！一个念头冲出他的脑际：

“我要去见他们！”

他很快找到了北京抗癌乐园，见到了书中的抗癌明星——于大元、孙云彩、何开芳等，他们全是些“老癌”，有“癌大哥”“癌大叔”“癌大姐”“癌阿姨”还有“癌总理”……那天，他的心里充满阳光，充满希望：

“我清晰地记得妹妹陪我去北京抗癌乐园，见到于大元老师他们的那一天。面对那么多来咨询的癌症病人，于老师操着浓浓的四川口音，风趣幽默地给我们一个个举例‘老癌’战胜癌症的例子。在场的许多曾被判了‘死刑’而又顽强活下来的癌症明星们，也纷纷向我们讲述着他们抗癌成功的经历……所有新病人的脸上马上‘多云见晴’，没有了悲苦和不安，眼睛里透出来的全是欣喜与希望，我们的心始终被于老师和那些本不熟识、却有着亲人般感觉的抗癌明星们温暖着、感动着。”

返回医院的路上，他感觉整个世界在眼前都变得亲切和生动起来：天是那样的蓝，草是那样的绿，连鸟儿的鸣叫都显得格外地脆声声。总之，见谁都分外亲，见到谁都想上前去拥抱……

“妹妹！你看这儿像解放区吗？”

“解放区？”李园长的妹妹疑惑不解，继而马上明白了哥哥的意思，“对！解放区——癌症患者的解放区！”

李园长的妹妹也同样兴奋地大声回答。

解放区的天是明朗的天，

解放区的人民好喜欢

……

不顾周围人们一脸的惊讶，李园长拉着妹妹的手，孩子般地跳着、扭着，不约而同地唱了起来……

笼罩着李园长死亡的阴霾一扫而光，一直压抑着的心从未有过的明亮着、畅快着，激动的泪水扑簌簌地流淌下来……他感到了从未有过的轻松和愉快。因为，他知道应该怎样活着了！

从那天起，他认识了这群特殊的人，并从他们身上渐渐懂得了一个道理：活着，是靠自己一点一滴的努力争取来的。不能把生命完全托付给别人，挖掘生命的潜能，科学正规地治疗，乐观智慧地活着，必须做自己命运的主宰！

从那天起，于大元老师等谆谆教导的“以健康的精神为统帅，以自我心理治疗为先导，首选西医，结合中医，坚持郭林气功锻炼，讲究饮食治疗，注意生活调理”这条癌症康复语录，就牢牢地印在了他的心里……”

从那天起，李园长的治疗不再像开始那么痛苦、那么难受了。因为他的心态变了，他的心里充盈着乐观、坚定与自信，充盈着“老癌”们对他深深的爱。就像换了一个人似的，他已经与那个与死亡握过手的自己彻底告别了，他接受了“老癌”们的洗礼，开始用自己的新理念重新诠释生活，诠释生命了！

也就是从那天起，他开始学练郭林气功。不知不觉，光阴似箭，他至今已经活过 12 年，大大跨越了医生“两个月”的死刑期限。专家的预言彻底瓦解了！

我问他：“你和央视那位著名主持人得的是一样的病吧？

“是的。当我听到他病逝的消息时，禁不住泪水直流。不仅为他惋惜，而且为自己庆幸。我和他是一模一样的病，而且我的肿瘤巨大，远比他的病要重得多。他一年不到就走了，而我却一直健康地活着。”

有太多恶性淋巴瘤治好的例子了，而且不少是因为化疗效果不好、耐药或多次复发，才来找中医的，就这样他们也能活下来三五年，甚至更长时间。他们活得很健康，活得很潇洒。而那位主持人却突然离世，走得那么匆忙，那么猝不及防，令人难以置信。

现在的李园长身体棒得跟牛似的，他年年参加冬泳，更重要的是，他自己已经成了一位抗癌专家。从 2002 年 7 月康复后，他发起和组织了淄博抗癌乐园，一直在做着帮助癌友们的公益事业。他鼓励病友坚持郭林新气功锻炼，与疾病顽强抗争，团结并引领大家走群体抗癌、综合治疗之路。他拍抗癌明星片，到处宣讲抗癌明星故事，他举办郭林新气功学习班，救了不少癌友。他不仅自己打赢了这场对癌魔的立体战争，而且使更多的癌友远离了死亡。他成了一个大忙人，忙的全是帮助癌友、教功救人的事。

2007 年，李园长被评为“感动淄博十大人物”，激励了不少癌症朋友去战胜病痛。他在用自己的方式呼唤生命，用自己的方式为拯救生命而呐喊！

他的智慧使他得以重生

我拜读了一本癌症病人写的书，书名叫《重生手记》，作者姓凌，是一位著名记者和作家。这本书给我最大的感慨就是：凌先生是一位名副其实的聪明病人！

在我所采访的上百个癌症病人当中，像他那样有智慧的不多。我所说的智慧，并非指他的高智商，而在于他极高的综合素质。当他得知自己肺癌晚期、脑转移，医生判定他的生命只有三个月的危难时刻，他竟然能不急不躁，冷静地判断和分析自己的病情。从北京到上海，凌先生的肿瘤胶片被摆上知名专家的办公桌上，他们的诊断结果却大同小异：“脑胶质瘤，恶性，建议立即手术。”这时，他很清楚，如果要做脑瘤手术，即使手术成功，他也将成为一个丧失自理能力的“废人”，作为一位名记者和作家，如果没有正常的大脑，没有正常的思维能力，不就等于是个废人吗？那么，他活在这世界上还有什么意义呢？但如果他不做这个手术，按医生的说法，短短三个月后，他将面临死亡。他说，那段时间的状态就是癌症患者经常说的一句口头禅：治，是找死；不治，是等死。反正是一个死，他在“预知死期”的日子里寻求着最适合自己的生存之路。

最终，他从容地做出该放弃的放弃，该保留的保留的正确决定，既控制了疾病，又保留了人体最重要的器官——大脑，为今后的身体康复、早日回到工作岗位提供了良好的保障。做到这一点，是非常不容易的。

一般人得知身患重疾后，往往只会盲目地着急，其实着急解决不了任何问题。关键时刻，的确需要一个冷静思考的大脑，需要一种成熟的心智。

凌先生说：“面对医生的死亡判决，要用我们的脑子救命，而不是用腰包救命。”

他抛开一切干扰因素，为自己寻找一条康复之路。他选择了切除左肺的恶性肿瘤，但不接受脑瘤的切除手术。当他明白放、化疗的致命弊端后，甚至拒绝了手术后的常规化疗和放疗，而开始尝试用一些纯自然的方法恢复自己的体能。最终，医生的死亡判决失效，凌先生并没有像医生预见的那样迅速走向死亡。不仅如此，他自己也能清晰地感觉到死神离自己越来越远。

“两年、三年，如今已经五年过去了，我仍然活着，而且越来越像个健康人。”

凌先生是一名高级记者，同时，他也是位癌症患者，和所有癌症患者一样，他同样也遭遇了精神和身体上的巨大磨难。他虽然年轻，但他能清晰地分析自己的病情，果断地做出决定。最终，他赢得了自己的生命权，他成功了！他一步步走向康复，走向健康！

其实他的许多体会我都有，许多经历我同样经历过。虽然我不是病人，但我比病人更痛苦、更难受。因为凌先生的家人大多能意见统一，而我家中除了有儿子的支持外，几乎是单枪匹马。我一方面要说服家人，一方面要说服比较偏执的小妹（有时说服是没有用的，为了她的生命，我必须和她斗争），更重要的是，我已经为小妹辞去了报社的工作，要全力以赴地照顾她，而不是像家中其他亲人那样，短时间看望一下就离开。我有时感到自己太累太累了，尤其是心理上的。我的理念一直想要用化疗 + 中医的办法救她，但却得不到家人和小妹的支持，我只能看着她等死。因为我早就看出，这样下去肯定死路一条。整整七年多，我在这种正压和负压中煎熬，有时感觉自己的精神已经到了崩溃的边缘，实在难以承受。特别在最后，小妹和家人都因为30%的癌细胞，坚持要去省里接受“化疗只有1%的希望”的治疗方式时，我简直要疯了！因为，这等于让我亲眼看着小妹活活死在化疗上啊！可我却阻止不了，因为，就像北京某中医院一位教授说的那样：

“你不该承受那么大的压力，你不是她的父母，你只是她的姐姐，你也没必要全天候陪着她，为她辞去工作。你可以经常去看她，照顾她可以请护工。”

是啊，我一个人怎么能承担小妹的生命之重呢？

很多时候，我当着小妹的面对朋友说，可惜她不听我的……我话还没说完，小妹马上瞥了我一眼说：

“我当然不听你的，你又不是医生！”

每当她说这话时，我便无言以对。但我心里却说，小妹啊，我虽然不是医生，但我是最希望你能活下来的人！有了这个希望，我才会全力以赴地去想尽一切办法救你，延长你的生命，而悲哀的却是你根本不理解我。

现在，当我读了凌先生的书时，真是太兴奋了，因为，终于有与我观点相同的人了。凌先生在他的《重生手记》中这样说：

“如果你一定要问我，有没有一些可以让癌症患者共同遵循的东西，那么我会说，有。的确有一些事对所有病人都是相通的——

我们必须有足够的坚强，去接受那些应当接受的治疗。

我们必须有足够的勇气，去拒绝那些不应当接受的治疗。

我们必须有足够的智慧，去分清楚哪些是应当接受的、哪些是不应当接受的。

我们都需要知道，什么时候该从容地迎接死神降临，什么时候该坚定地寻找康复之路。视死如归固然可敬可佩，叩开康复之门却更困难也更可贵。这不仅需要勇气，更需要智慧。”

凌先生是癌症病人的楷模。即便不可能每个人都能像他那样睿智、那样聪明，但至少也能像有些白血病亲属那样，感觉自己亲人西医治疗无望时，就赶紧寻找新的治疗方法，兴许还能挽回不必要的损失。如果每个癌症病人都能像凌先生和那些病人亲属那样，做一个聪明的病人，那么，每个人都能把握好自己的生命，让我们的智慧在拯救生命中发挥出巨大作用！

智慧也使他的生命得以延续

2009年夏天，我在山东采访时，见到过不少和央视那位著名主持人一样患过淋巴瘤的人。有位青岛的转业军人，姓张，他看上去气色不错。我问他得的是什么病，他笑着说，和央视那位著名主持人一样的病，但我已经四年了。他正在青岛某公园练习郭林新气功。最近我又问了问他的情况：他现在除了坚持练功外，还经常出外旅游，活得特潇洒。

有一位青岛的晚期直肠癌康复者，在谈到自己的成功治疗时这样说：

“我1986年术后做了两个疗程化疗，导致中毒性肝炎。当时，我以为是化疗方案没选择好，于是，专程到上海求助一位留美的知名专家。拿到他的方案我愣住了，方案上的药物与本地医院的完全一样，剂量比本地医院的还大，我疑惑地问他为什么？他说，你的腹腔有转移，必须用这个方案，这是国际标准，到哪里都一样。原来他是按我的身高体重的最大耐受量来制定化疗方案的。但我认为，这是一个完全没有把握的治疗方案。于是我放弃了化疗，开始寻找中医、气功与其他综合方法治疗。我活下来了，而且至今健康生存23年。令我不解的是，央视有位著名主持人的治疗与我当时情况很相似，而他却走了……

说实话，20多年来，我记不清接触了多少淋巴瘤患者，但可以肯定的是，他们都比那位主持人活得长，而且花钱少，有的完全康复而重返工作岗位。”

毅力和勇气，抗癌明星的另一种智慧

在我的采访对象中，我最敬佩的是抗癌勇士们那股战胜疾病的毅力和勇气。比如，淄博抗癌乐园的李园长，面对长在肺上的一个20多公分的超大恶性肿瘤，医生说他活不过两个月，而他当场就对医生说，我偏要活过两个月零一天！他偏不服医生的断言，他觉得自己一定能找到活下来的办法，一定能坚强地活下来。后来，他是在柯岩的《癌症≠死亡》的激励下，找到郭林老师的弟子，在没行手术的情况下，完全靠化疗和气功彻底治愈的。

如今，网络上到处都是他的文章——抗癌明星到底赢在哪里，文中的那些话每一字每一句都称得上是锦言。如：

将生命把握在自己手中，自己做自己命运的主人。抗癌明星们没有把自己的生命交托给别人，而是知道科学地借用外力，最大限度地挖掘自身生命的潜能，以一种良好的心态看待疾病，看待生死，把生与死看得同样庄严和平等，阳光心态，乐观生活。有些病友即使生命垂危，也永不放弃。好多危重病友绝处逢生，从死亡的峡谷里劈开了一条路，他们这种对待生命的态度令人赞叹不已，和他们在一起交流，我的整个人，整个心都是暖暖的，柔柔的，有种如沐春风的感觉，浑身上下都充满着感动和力量。

在生命的艰难中能够把握自己，把握人生和生命，的确是需要智慧、毅力和勇气的。

如果我们最后再总结一下：抗癌明星到底赢在哪里？我想，他们康复的道路是综合的而不是单一的，他们所进行的是身心合一的康复而不单纯是身体的。他们赢在心的改变，赢在头脑的智慧，赢在看待生命的态度和勇气，赢在他们点点滴滴的行动中。

这些年，也遇到好多病友。有的听医生说只能‘活几个月或几年’的判决后，顿时万念俱灰，精神立刻垮掉了，身体一天天消瘦下去，还没有活到医生判决的日子就离开了；有的被医院下了四次病危通知，却十几年好好地活着。身边的朋友曾说起这样一件事情：一个看似很健康的人，突然间查出肝癌，而且已是晚期，医生摇头说没救了，他的生命只能维持几个月，结果三天后这个人就去世了……

无论条件好的还是不好的，都尽可能去更高一级的医院，把钱交给医院，把命交给医生，而病人本身只是单纯地依靠和等待。刚得病的时候，说真的，我也是这样，有这样的思想，有时也会天真地幻想：治疗完了，我也就好了。好多手术、放化疗以后的病友，恢复一段时间以后，不都很好了吗？至于自己该干什么，该用什么样的方法去巩固治疗成果，其实是一无所知的，这就是大家都经历过的得癌以后的茫然期。接触了北京抗癌乐园的病友以后，知道了高文彬的故事，聆听了于大元、孙云彩、何开芳老师的讲课，参加了郭林气功的学习班、讲习班以后，我才逐渐明白了：在癌症治疗与康复的过程中，其实需要我们自己努力的东西是那么多！

命是自己的，怎么能那么简单地把它交给别人呢？一个病人，如果没有主动性，只是单纯地去依赖别人，那是不行的，是被动的，这种思想意识会成为我们抗癌路上一个最大的障碍。

我一直在观察、思考和研究成功战胜癌症病友的抗癌道路，他们都曾经历过和我们一样的苦难，有的甚至比我们还要艰难，但今天看来，他们是那样的阳光和健康，在他们脸上，你找不到曾经苦难的印记。而他们的今天，都是靠幸运，都是靠治疗过来的吗？不是的！看一看每位成功者所走过的道路我们就会发现：所有成功战胜病魔的人，在与疾病抗争的过程中，他们都具备这样的特点：一份执着的精神、坚韧的毅力、科学的态度、有效的方法、不死的信念、对家人的感恩，等等。而没有一个得病以后单纯依靠治疗，把命交给医生，把钱交给医院，而自己却无所作为的。

试想：如果一个抗癌成功者只去消极被动地等待别人来治病，等待别人来救自己，而自己却没有一点主动性，稍好一点就欣喜不已，加重一些便感觉世界末日已经来临，整天惶恐不安，气急败坏，自私无比，对无论了解还是不了解的方法都持怀疑态度而不去实践，这样的态度、这样的做法，怎能取得抗癌的成功呢？怎能高质量地活着呢？

一个癌症病人要想康复，首先应该是心的康复，应该这样讲：战胜癌症，从心开始。而这里的'心'，就是说的心态。看得开、放得下，没有一般人的恐惧和悲哀委屈，不怨天尤人，不气急败坏，不自私自利，知道感恩，这样的心态无论对治疗还是康复，都有着非凡的意义；相反，整天把'癌'挂在心里，哭天抹泪，气急败坏，即使不是这样，也是着急万分，惶惶不可终日，身上有癌，心里也有癌，这样的治疗和康复肯定是失败的。而这样的做法，结果只有一个：那就是最终走向自我毁灭。因为本人是一个癌症患者，不是站着说话不腰疼，所以，我敢这样说。

毅力和勇气对于一个癌症病人来说，是另一种智慧，这种智慧是无比崇高的。如果再加上凌先生睿智的判断和分析能力，那么，健康的生命将会簇拥着你，亲吻着你。

有时候，老百姓比文化人更聪明

姚女士是北京城里一位普通的家庭妇女。她今年 73 岁，我在北京见到她那年是 69 岁。听说我要来，她拄着单拐，早早地候在家门口的阶梯下。

远远的，我看见她了，我知道那就是她。微风吹拂着她灰白色的头发，她倚在拐杖上，过于发福的身躯在夏日的阳光中颤动着……我忽然鼻翼发酸，内心升腾起一阵感动。我连忙向她招了招手，快步迎上去。

在我采访病人的艰难旅途中，像姚女士那样坦坦荡荡愿意接受我采访的人并不多。即便接受，也要求严格保密，不想让别人知道自己曾经是位癌症病人。我的采访大多数以血癌病人家属的身份出现，将录音笔藏进包里，悄悄地录音，悄悄地工作。

姚女士一见到我便开始数叨。她说自己身体不好，高血压、糖尿病，加上骨关节炎引起的关节障碍等。但是，她高兴地告诉我说：

“只有白血病十多年了再也没犯过。”

姚女士患的是急性单核细胞白血病（M5型），发病初期是1997年的冬天。不知怎么，她总是感冒，还伴发低烧，牙龈出血，她老以为是牙的毛病。到北京某医院做骨穿，说是骨髓异常综合征，之后又确诊为M5型白血病。

姚女士说：“我打了四个疗程化疗。第一次住院78天，出院21天。然后回去化疗第二次。第三个疗程就复发了，坏细胞12％。一进病房，大家都知道我的情况不好。病人对我说，你孩子在楼道里哭呢，你知道吗？我说，不知道。到了第四次化疗，我用了最厉害的柔红霉素。三天打完后心脏出了问题，发生心跳间歇。后来肛门又长了一个蚕豆大的包，并且溃烂，非常难受。

第三次复发后，我就感觉这样下去不行。有一天，病房里有张《健康报》，大伙争着去看。原来，那上面说山东淄博有家医院治疗白血病效果不错。我想了想，淄博离济南挺近，我弟弟和我儿子都在济南工作，我觉得这很简单，去一趟看看不就得了？于是，他们爷俩就开车去了，并从那给我开了药带回来。后来，我弟弟又陪我去过三次。这一切，我都是瞒着医生去的。除了吃他们医院的成药，我还吃着糖尿病的药。

我一边打化疗，一边吃中药，第四次化疗打完后，医生给我做骨穿检查，看看药物是否起作用，结果是‘骨髓受益’。我继续吃他们医院的降幼稚细胞胶囊，大约两三个月后，骨穿检查仍然是‘骨髓受益’。几个月后，再次做骨穿，仍然是‘骨髓受益’。我对女儿说，‘估计是中药起作用了’。

我一共拿了五次中药，差不多吃了一年多。有时吃完没药了，又忘记开时，也会去找别的中医师开药，比如友谊医院的专家等。当时在大栅栏那里看病，一次抓了七副药，共半年。两种药一块吃。后来，什么药也不吃了。”

姚女士还告诉我，来不及开中药时，她碰到过一个假中医，五六十岁，他的中药就是马路边长的草，要1500块钱。因没带这么多钱，就开了500块钱的药。结果，她上当了，吃他的药一点效果也没有。

姚大姐病情缓解后，去当初的医院做检查，有人认出了她，吃惊地喊起来：

“哇，这个人怎么还活着？！”

因为，北京那家医院做骨穿的医生是给西哈努克亲王做骨穿的。听说他骨穿做得特好，姚大姐又胖，于是就要求请他做，一针就做好了。姚大姐对他说，我吃中药才能活到现在。可他却说：

“你甭给我说这个，中医治不了这个病！”

“他不信，其他西医也不信。所以我吃中药都不跟西医说，干脆不告诉他们。我从生病到现在都11年了。如果当时我不吃中药继续化疗，可能早就不在人世了。其实中央电视台的那位著名主持人也是死于内脏衰竭，她爱人现在还给我来电话，问我怎么样？我说挺好。她说，你就是提前吃中药吃的，要不然，不见得你能活到现在。

的确，当时医生说我只能活三个月。我今年70多岁了，天天在家做饭，干什么都行。就是腿脚不方便，是骨关节炎，年轻时就摔过的。我还有糖尿病，但白血病早就没事了。常常有白血病病人和家属打电话来咨询，我都会实话实说，都是为了他们好。对了，当初给我治病的淄博医院的院长也来看过我两次。他们还真是挺关心我的，经常向我了解血液和骨穿检验情况，指标是多少，可我从来就不问那些。反正，他给我开啥药我就吃啥药。因为我吃他的药‘受益’，所以我完全相信他。”

这就是姚女士的聪明。她虽然只是个家庭妇女，但她却能在重病中保持清醒的头脑。在化疗效果不理想的情况下，她避开医生，偷偷看中医，吃中药，经多次实践证明服中药确有疗效，不管医生怎么反对，她依然我行我素，对自己所选择的治疗方法坚定不移，而且自我感觉好时，连化验结果都不多问。她没有任何心理负担，没有任何心理压力，想好了就勇敢去做。

她的聪明和勇敢救了她的命。

有时候，有钱便是祸

最近，一位白血病吧的网友告诉我：“有个 8 岁的小姑娘在北京一家大医院做移植失败，花费了 300 多万元。一个普通的家庭借上几百万元的债，一辈子也难以还清。”我在网上发帖说：“为什么不选择更稳妥、更经济的综合疗法治疗呢？”有位网友回答我说：“得了这个病反正活不了，还不如拼一把。”这就是对这个病的无知，也与媒体一边倒的宣传有很大关系。

我们说，不论移植或化疗，都是为了治病，为了使亲人活下来。但如果因为治病而丢失了性命，那么，任何治疗都失去了意义。

哈尔滨有位在银行工作的先生，他的儿子不幸得了白血病。当时，他并没有移植的打算。但单位的同事们听说此事后，短短时间里为他捐了 110 万元。有了这笔钱，他和太太带着孩子专门上北京去做移植。谁知在第三个化疗时，孩子就不行了，生命垂危。为了抢救孩子，他辗转了北京几家大医院，仅抗感染就花掉近 70 万元，孩子还是没能救活。

虽然失去了孩子，但他还是很愿意接受我的采访，他说：“我和我太太都想借此事告诫天下的父母，如果你的孩子得了白血病，千万不要着急去做移植，这样活下来的几率更大。如果大家不给我捐这些钱，我也不会想着去做移植，因为没钱。这样，我就会想着用中医中药，也许我的孩子现在还活着。

看来有钱并非好事。不少家庭贫寒的老百姓，他们对移植想都不敢想。他们只是认命，有的化疗没打几个就没钱了，只好出院用中药，结果反倒因祸得福活了下来。

有时候，没钱也是福

我在采访中认识了两位和我妹妹患同一种病的女士，不同的是，我妹妹走了，她们活着。一个至今 19 年，一个至今 20 年。看见她们，我总是在想，如果小妹也和她们一样用化疗加中医的方法治疗，说不定至今还活着。

走进山东青岛陈女士的家，不难看出她的家境。陈大姐两夫妻都是工人，她在针织厂当工人，每月 400 元工资，丈夫在手表厂工作，100 元一个月，家庭生活十分窘迫。1994 年，她不幸患上了急性粒细胞白血病（M2a），为了照顾她，她丈夫 6 年没法上班。好在住院厂里有报销，但她还是借了七八万元债务。更难受的是，她的治疗很不顺利。在第三次化疗时，差点把命都丢了。第一个疗程，血象 20 天上不来，牙龈出血、肿痛。医生输血后再打第二个疗程。七天打完后，马上就感染了，高烧半个月；牙龈感染更厉害了，嘴巴和脸肿得都变了形，什么也不能吃。医院用的抗生素还是最贵的进口药，折腾了半个月，没想到不仅没效果，而且牙齿开始脱落，好端端的一口好牙全掉光了。当时她才 41 岁，头发没了，满口好牙也没了，人不人，鬼不鬼的。可那时连伤心的劲都没有，整个人太难受了。在医院化疗七天，医生给她发了病危通知。骨穿出来一看，幼稚细胞还有 6%。第三次化疗后又开始发烧。医生都觉得没指望了，就说："算了，你回家吧。"于是，她丈夫把她背回了家。在丈夫的照料下，她又得以活了过来。可两个来月后，骨髓还有 6% 幼稚细胞。大夫说，你还得回来巩固化疗，于是又住院打了第四次化疗。这次抢救过来后终于完全缓解，但这一抢救就花了四万元。当时，她以为自己活不了，寿衣都准备好了。

不幸的是，没过多久，她的病情又复发了。医生又要她去化疗，这回她死活不去了。因为第四次化疗是输着氧打完的，她的心已经死了，不想活了。再说，家里已经一贫如洗，根本住不起院，还欠着那么多债务。

这时，有位病友拿了一本书来给她看。这本书里说的是山东淄博有家医院可以治这个病。她感觉抓到一根救命稻草，马上按书上电话号码找到了这家医院院长。听到院长和蔼的声音，她忍不住哭起来。

院长说："你不要哭，有吃药不打化疗的办法，有些病人治好了，活了三五年，都结婚有孩子了。"

她先生听了，第二天就去了淄博，为她配了第一次药，千把块钱。然后叫她七天后化验血象。她一直拖着，十天半月才查一次。反正当时她对吃药也不抱希望了，行就行，不行就认命了。血象虽然不稳定，但奇怪的是癌细胞没了，而且，三个月后检查一切正常。她心里很高兴，以后就一直吃那家医院的药。两年后，厂里不给她报销医药费了，那家医院就开始减免费用为她治疗。

说起那家医院，陈大姐感慨地说，院长人很善良，对病人很用心，他将学的东西都用在病人身上，有不少病人都延长了生命。我吃他的药一次都没复发过。两年后，我开始慢慢减少药量，两个月的药能吃半年。一年大概有个两三千元就够了。

陈大姐说，我的病好了，就回到最初治疗的医院，想让大家都去吃那家医院的中药，可没想到，当时住院的那些病人全都去世了。

有时病人打电话来咨询时，我好心好意地把自己当时发病的情况说给他们听，可到最后还说我是托，真把我给气坏了。我的病案都在医院，他们可以去查啊。连医院的大夫都不得不承认，说我的病吃中药管用，我是一个奇迹！

离厦门仅有一小时路程的漳州，有位60多岁的林女士，她在41岁那年也是患了和我妹妹一样的病——急性粒细胞白血病（M2a），只打了四个化疗，还没缓解，因为没钱继续住院，只好出院了。出院后，她从病友那里听到一则消息，得知一位和她患一模一样病的人吃中药治好了。于是，马上联系这家医院开始吃中药治疗，没想到化疗没缓解的幼稚细胞吃中药却缓解了，她的病彻底痊愈了。如今，19 年过去了，她仍然活得很健康。现在我和她成了好朋友，她听说我已经从医院采访回来了，便埋怨我没给她捎面锦旗去。她说：

“像我这种病，100 个里也活不了一个，人家把我救了，我却连一面锦旗都没送过，真是过意不去。”

不久，她自己想办法送去了锦旗，上面写着八个大字：医德高尚，医术高明。

当年，我正是亲眼见证了林女士的奇迹，才建议小妹也可以尝试用中药的。结果小妹竟嗤之以鼻地说：

“只有你这样的傻瓜才会相信！给她几个钱，不就什么都说了？”

我从林女士采访回来的欣喜若狂（因为我见到林女士后，便料定小妹有救了），却被小妹劈头盖脸泼了一盆冷水，从头凉到脚……

我还能说什么呢？我还怎么去对她说呢？面对既固执，又不听劝阻的小妹，此时此刻我真是无奈。我为她不理解、不相信我而感到无比难过。我是一个“老记”，在新闻行业工作了 20 年，我知道如何辨别真假，那一张张破旧的出院小结、诊断证明不可能是假，那一沓沓的骨穿报告和血液化验单更不可能是假，但我没办法说服小妹。后来，在家人的帮助下，小妹勉强接受了中药治疗。事实证明，效果很不错，化疗结束后，她的白细胞竟然上升到了近 4800 个，这是从未出现过的事，一般她最多到 4000 就往下掉。可惜小妹遇到一场重感冒后便没有坚持服用，又去医院接受化疗，最终失去了中药治疗的最佳时机，因化疗后感染而离开了人世。

很多人对小妹放弃中药治疗不可理解，都问我说，既然你妹妹用中药

治疗效果不错，为何又不继续吃呢？面对大家的疑问，我只有苦笑道："我有一个知书达理、善良大度的好妹妹，但遗憾的是，她不是一个聪明的病人。"

生命有时真的取决于自己的决定

2009年夏天，我来到山东淄博某医院采访。选择这家医院不仅是因为身边就有他们治愈的白血病病人，而且也是我从全国各地网站中筛选出来的。其他一些声称能治愈血癌的医院，当我提出要采访康复十年以上的病人时都三缄其口。

我采访有一个习惯，总是不按常规出牌。一般记者到某个地方采访总是要先采访领导，我没这个习惯。我不喜欢受领导人左右，我有自己的采访目的和要求，我的要求很简单，即通过自己的眼睛和耳朵来发现"珍宝"。

那天，是院长的坐诊日，我在那待了没多久就自己转悠起来。在一个诊室门口，我看到一位年轻医生正和一位皮肤白皙的漂亮姑娘聊天。姑娘短发，活泼俏丽，说起话来笑眯眯的。他们聊得很开心，他们旁若无人。

一开始，我以为他俩是朋友。心想，院长那边人满为患，这位年轻大夫倒是挺清闲，还有时间聊天。姑娘走后，我走进去与这位年轻大夫攀谈时，这才恍然大悟：原来那位浑身充满青春朝气的姑娘是他的一位患者，她姓陈，患的是急性淋巴细胞白血病。

得知真相，我赶紧追过去与小陈聊起来。小陈是2008年患的病，打了九个化疗，最后那一次复发了，癌细胞是30%。几天后骨穿做出来的结果已经达到60%。

谁都知道，白血病就怕复发，尤其是在化疗中复发。每当出现这种情况，别说患者，连医生的信心也不足了。小陈说，既然医生已经肯定接下来化疗难度大，打下去也没什么效果，我何必再去打？于是，她从网上找到了这家医院。当时给她看病的正是这位年轻大夫。吃了大夫的药，她感觉好多了，一个月后做骨穿，癌细胞竟然全没了。从此，她一直找这位年轻大夫看，一直吃这家医院的药。

小陈说，有一次，她听见有人说这家医院不怎么样，感到挺生气。她说：

“你们吃了人家的药吗？既然没吃，为什么要乱说？我吃了很好呀！”

小陈还告诉我，她曾经感染几次，到西医院花了上万元也没好，腿上长了红疹子，西医院的大夫说要将疹子挑破去检查，她觉得这样更容易加重感染，就没同意。最终，她还是找了这位年轻大夫，大夫直接将汤药方发 E-mail 给她，让她在当地抓药，几包药下去红疹就消了，才花了几十块钱。

现在，我和这位开朗的姑娘成了朋友，我们常常 QQ 或短信联系。有一次，她给我发来短信说：

“生命有时候真的取决于自己的决定！我虽然不能确定生命的长度，但是，我能决定生命的宽度！我会快乐地活好每一天……”

我相信她一定能做到，一定能健康长寿！因为，从复发的那天算起（白血病病人如果没复发，生存期达 5 年就算临床治愈），她已经顺利地度过四年了。

希望生命报销还是药费报销？

2012 年 5 月，在淄博这家医院的康复患者联谊会上，有一位康复五年的白血病患者告诉大家，她恢复健康后，主动向当地患者介绍运用中西医结合的方法获得新生，但许多患者表示，他们也想配合这家医院的中药，但在当地治疗的医药费能够报销，而外地的中药则不能报销，所以没有配合中药治疗。结果药费是报销了，人也“报销”了。其实，有一个不争的事实摆在面前：虽然病人报销的实际费用占了 80%，但剩余 20%（有的更多，比如进口化疗药、进口止吐药等为个人负担）的数字也远远超过用中药的费用。而且并不是钱越花得多效果越好，关键在于中药如何与化疗进行有机的结合，达到最好的效果。

患了重病后，大多数人对疾病和治疗极度无知，确诊后，只会惊慌失措。有的先是转院入大城市的医院就医（就像我妹妹，在上海确诊后住院化疗，第五天就病危，差一点死在上海），有的赶紧在当地医院就医。然而，目前医院的正规治疗方案费用较高，打不了几个化疗患者就捉襟见肘，没钱支付。别说农村的贫困家庭，即便城里的工薪族也很快会感到经济危机。我妹妹在事业单位有稳定的工作，她平时就省吃俭用，独自带孩子住单位房。得了病后更是如此，到死也没买上住房，丢下一个孤苦伶仃的女儿，我们看着就心酸。

由于中医药费用较低，一部分病人只好"死马当活马医"，抱着试试看的心理求助于中医，有的竟能因此而死里逃生，转危为安。有的一边服中药，一边断断续续配合化疗；有的竟然五年以上没有化疗一次。2012年，在这家小小的民营医院的统计表上，存活五年以上的患者达194位，而海外的患者中仅马来西亚，存活十年以上患者就有九位，全是有名有姓、有住址、有电话的真实病例，全是一个个鲜活的生命啊！即便如此，那些专家们仍然会肯定地说：

"不可能，这绝不可能！"

"甭跟我提中医，中医根本治不了这个病！"

"那只是瞎猫碰到了死耗子。"

"如果治好了，都得诺贝尔奖了！"

"我绝不会相信！"

有位陈姓先生也深有感触地说："我的亲哥哥就是这样的人，也患了相似的血液病，在我的力劝下服用贵院的中药，效果非常显著。但因为中药不能报销，所以就没有连续使用中医治疗，后来还是选择了能够报销的化疗。一次次不间断地化疗，使本来虚弱的身体雪上加霜，最终死在了过度化疗上。而我的儿子在服用这家医院的药物治疗五年，达到临床治愈后，每年都到湖南最大的某医院做骨髓检测，每次都正常。做骨穿的医生听说陈先生儿子采取先在医院化疗、再用中药治疗方法时，非常不客气地埋怨他们夫妻糊涂，称中医治不了这样的病。而且说，如果中药能够治好这样的病，应该拿到诺贝尔奖了。现在，我儿子已经是一名优秀的大学生了。”

我的生命我做主

2001年8月，我妹妹在上海某医院上第一次化疗时就出了问题。五天化疗，刚打完3天就莫明其妙地闹肚子，一拉就是四天，不能进食，喝奶拉奶，喝水拉水。医生什么办法都用尽了，均无效。于是，医生对奄奄一息的妹妹宣布病危，并要我们家人做好思想准备，很可能就在这几天……

我无论如何不能接受。一面急电厦门，请家人和单位领导前来见妹最后一面，一面不顾一切地拿着病友提供的一张小广告，当晚就乘火车转汽车奔向浙江农村。到了那里已经黑灯瞎火，晚上九点多钟了，我就这样摸着黑，高一脚、低一脚，一家一户地找，终于找到那位小广告上的草医。没想到上海大医院用尽办法解决不了的问题，却被一个乡村郎中搞定了。而且，他用的是一种极为简单的办法，很快遏制了腹泻，药到病除。

小妹从濒临死亡的绝境中缓过劲来后，身体仍异常虚弱。但医生二话不说，竟然要继续上化疗，我只好决定出院。因为当时小妹所有血液指标都下到最低点。于是，我果断地在出院小结上签上我的名字。现在想起来，如果当时继续化疗，我妹妹很可能就死在上海，从发病到离世最多也才一个月。

我觉得，生命必须由自己把握，由你自己的心来把握。你的心是自由的，它只属于你自己。它只为你一个人跳动，支撑你的生命，维持你作为人类生存一份子的本能。它最勤奋、最不知疲倦、最任劳任怨地为你服务，分分秒秒地忙个不停。你的智慧，你的能量，你的金钱和物质，以及你的一切都可以赠予他人，但心不能。如果你把自己的心都给了别人，你就没有心了。没有心，就没有生命。没有了生命，你的意识与整个世界将完全断裂，你已经不复存在。给予、付出、得到已经彻底消亡，你和你的心变成了尘土，游移在宇宙之中。

只有一种情况例外：比如，你要施行一个大手术，必须全身麻醉。那也只是将心暂时借给医生们，让他们暂时托管，这是没有办法的事。此外概不允许施舍，哪怕是在罹患重疾，在治疗效果还存在未知数的当儿，也不能毫无保留地把自己的治疗完全托付给医生，这等于把自己的心轻率地捧给了他人。一旦你把它的权力完全交给了他人，你就成了一个只具备人形的躯壳，一个没有心的空心人。对方可以将你的心随意主宰，当未知数成为正数，你的心回来了；当未知数成为负数，你空心的躯壳和你的心、你的生命全部 =0！

所以，亲爱的病友们，请一定切记：我的生命我做主。在关键时刻，一切要以生命为重，一切要以活下来为目的，其次再去谈治疗。如果命都没有了，治疗还有意义吗？

人生最宝贵的是生命，生命对于每个人来说只有一次。人世间，可以允许犯任何错误，但生命不可以。任何事情做错了可以重来，但生命不可以。它没有改正的机会，失去了就永远失去，不可挽回！

过度治疗把孩子送上绝路

前不久，有个河南驻马店的白血病亲属小陶在网上看到我的文章后，给我发来邮件说："我是一位白血病病人的家属，我儿子今年三岁了，是小儿急淋（L1）。化疗 11 个疗程后复发了，医生让我们放弃继续治疗，我们现在非常绝望。今天我非常幸运，在网上看到了你的文章，仿佛抓住了一根救命绳子。看完这篇文章，我心里非常感动。你曾经也是一位白血病患者的家属，为了自己的亲人，千辛万苦地寻医，你真是一位伟大的姐姐，也给了很多病人打开了一扇窗，带来了福音，你真的很了不起，很伟大！”

读了小陶的信后，我真为他感到惋惜。我知道，医学上都有一套统一的治疗方案。但是，每个生命个体都不一样，而且临床上我们到处可以见到过度治疗的患者。尤其对于一个一岁零七个月的孩子，连续打上十多个化疗是否合适呢？事实证明，他果真耐药了。同样是急淋（虽然急淋也有几种），同样是孩子，为什么上海新华医院儿科血液病房的急性淋巴细胞白血病的化疗方案是：三个月打一次，一年只打四次，然后每年只打一次，大多数孩子治疗能如此成功呢？而且，小陶告诉我，他的孩子并不是打五天，有时十天半月，最长打过一个月。就算化疗药物不同，但也得想想，本来孩子的免疫力就低，如此小小生命怎么能承受时间如此之长、密度如此之大的化疗？没有抵抗力了，孩子不复发才怪。我采访上海的那位先生，他的儿子也是急淋，只打了四个化疗，见孩子每况愈下，就坚决出院换中医治疗，孩子就这样被这个聪明的爸爸救了一条命。可想而知，如果按他们的意思一直打下去，肯定凶多吉少。

可是，小陶的孩子实在太可怜了。复发后，医院宣布不治，小陶去找了几个中医也没把握。我又帮他找了广东的一位著名中医，帮他咨询。这位中医一听我说完他的病情后立即回答道：

“孩子我没见到，但按你说的情况可能比较麻烦，是医院过度治疗造成的。这种事太多太多了，不是你和我能管得了的。”

我劝小陶，去上海找那家医院血液儿科，他们同类的病在上世纪 80 年代都能治好，现在更不用说了，至少他们对孩子白血病比较有经验。但小陶没去上海，而是去找了北京的两家大医院，大医院的专家说，孩子可以移植，用小陶的干细胞，半相合就可以。事已至此，小陶听专家的，还是下决心移植。可是，钱呢？几十万元的移植费用怎么办？他是一个普通的水电工人，太太无工作，东拼西凑，仍然凑不够移植费用。我是不同意他给孩子移植的，因为移植的化疗量太大，孩子受不了。小陶说，没关系，我儿子现在还活蹦乱跳的。几天后，他突然给我打电话，高兴地说：

“丽晴阿姨，我找到办法了。”

“什么办法？”

“我去卖肾！”

听他这么一说，我半天说不出话来，心里特难受。我劝他还是慎重一些吧，别做后悔的事，因为移植并不能保证救活孩子，以后你还要生活啊。

“没关系，我已经想好了！我一定要救他，移植是最后的希望。”

然而，今天他又在QQ上对我说：“丽晴阿姨，我找不到卖肾的地方，怎么办？我发到网上可以吗？我去找了好多家医院，人家说买肾是犯法的，只有捐献可以。”

我真不知道如何回答他！这使我想起前几天也有一个白血病孩子的妈妈，姓潘，她的儿子也是急淋，也是3岁，在医院只打了半个化疗，孩子就感染了，一直高烧不退，所有抗生素都用遍了，还是退不下来。她觉得不能总这样下去，而且孩子的坏细胞已经到了肝脏。于是，她听病友介绍后，去了石家庄某中医院，十来天后，孩子的烧退了。她很感谢这家中医院的医生，而且也对中医产生了好感。后来，她又在网上找到我的文章，马上给我打电话，了解我采访的信息真实与否，为她孩子今后的治疗做准备。

如果小陶能够像小潘那样，别那么傻乎乎地一直化疗下去，早点配合中医中药治疗，孩子复发的危险也许可以避免。

后来，他集了35万元去北京为孩子做移植，我劝也劝不住。结果一个联合化疗打下来，孩子的白细胞不仅越打越高，而且肝脏被打坏了。唉，本来孩子去北京之前还活蹦乱跳的，现在他QQ留言说孩子状况很不好……

现在我能做的，只能为孩子祈祷，但愿奇迹能发生。然而，孩子不久便走了……一想到这件事，孩子那双又黑又大又亮的眼睛就会出现在我的眼前，好像在对我说：我真想活下来，我长大了要当警察……

在这里，我想对所有的白血病和癌症朋友说一声：向抗癌明星高文彬学习，向凌先生学习，做一个聪明而智慧的病人，要和医生一起，科学地分析你的治疗方案，这是法律赋予你的权力。掌握一个原则：生命第一，而不是细胞第一。要根据自己的承受能力来做决定，不要等出了危险还弄不清究竟是什么原因导致的。

千万记住：我的生命我做主！

第八章
如何识别好医生

这是一种特殊的判决，独有死亡期限，
　没有犯罪记录。
穿着白大褂的生命法官，对着病痛着的你——
　雪上加霜，指指点点：
　最多六个月，
　最少活不过六十天。
我极其厌恶这副嘴脸！
既然没有触及法律，凭什么
　划定我的生死界线?!
即便我会死，也用不着你来说三道四。
请给我和我的家人一点尊重，
　这是做人应有的度量和准则；
请给所有病人一点尊重，同时也尊重你自己。
当面对那些失效的死亡判决时，
你无须尴尬地走下——
　一级级台阶。

采访了这些抗癌团体，我思绪万千……

我想起我采访过的淄博抗癌乐园的李园长。我真想问问他，当初给他看片子、说他只能活两个月的那位专家现在该作何感想？！因为，李园长已经活了140多个月了！判定他仅有几个月生命的专家，如果他得知李园长已经康复十多年，会不会因自己的判断失误而感到尴尬？

一位抗癌病人的亲属对医生的死亡判决十分反感地说，你又不是阎王爷，凭什么说到了时辰就得把人带走？！

真想建议这些曾经对癌症病人下过死亡判决的专家、教授们，应定期对那些医院宣布不治的癌症病人进行死亡期限回访，看看他们是否还活在人世？他们是否超过了你的死亡期限，你的判定是否准确无误？建议你定期到各地的抗癌团体走一走。毫不夸张地说，他们可从中找出若干个李园长。

仅从北京郭林新气功《2007年病例论文集》中，就可见到数十个和郭林一样的抗癌英雄。2007年，在选编此书之前所征集的病例中，已涉及26个省市、自治区、直辖市共117名癌症康复者，包括肺癌、肝癌、乳腺癌、胃癌、肠癌、肾癌、膀胱癌、卵巢癌、子宫癌、白血病等20种癌症。其中，被医院宣判只能活3～6个月的27人，而最长的已存活26年。可以说，他们中的每个人都是奇迹，每个人都是一个活生生的故事，都是一首生命的赞歌！

比如，我前面所提到的桂教授，原发性肝癌，从未放、化疗，也没做手术，也没用中医中药治疗，完全是靠郭林气功治愈的。另一个奇迹，也是一位军队离休干部（江西景德镇军分区干休所），他叫李志民，他患的是肾透明体细胞癌，他的癌病灶有保温杯那么大，两肺已转移，后来又发展为肝、肺、淋巴等全身19处癌病灶，不能做手术和放化疗。他在北京找到了郭林老师，在她的辅导下练习郭林新气功。几年后，他的身体全面康复，至今23年，人人都说他是中外医学史上的奇迹。

书中选编的癌症康复者大多数是中晚期患者，医生判定最短的病人5

天之内死亡。还有的是用担架抬到公园的，先练躺着风呼吸，慢慢练到能坐在轮椅上，再慢慢能围着公园走好几圈，最终越练越精神。

奇迹太多了，不是十个百个，而是千个万个，全国无论哪个癌症群体都有不少奇迹。不少被医生宣判“死刑”的癌症病人都没有死，而且他们还活得很开心，很健康，很幸福。因此，我建议我国的医学专家们取消这种不人道的判决，因为这种判决缺乏对癌症病人最起码的尊重。任何人都无权决定人的生死时速，也无权武断地判定癌症病人的生死期限。

德技双馨——好医生的标准

生了病，人人都想碰到好医生。那么，什么样的医生是好医生呢？药王孙思邈在其“大医精诚”中说得非常透彻：“凡大医治病，必当安神定志，无欲无求，先发大慈恻隐之心，誓愿普救含灵之苦，若有疾厄来求救者，不得问其贵贱贫富，长幼妍蚩，怨亲善友，华夷愚智，普同一等，皆如至亲之想。亦不得瞻前顾后，自虑吉凶，护惜身命。见彼苦恼，若已有之，深心凄怆，勿避险恶，昼夜寒暑，饥渴疲劳，一心赴救，无作功夫形迹之心。如此可为苍生大医，反此则是含灵巨贼。”

这就是医为仁术的精神。

说到好医生，我想起众人皆知的钟南山院士。

2003 年 6 月 19 日，因在抗“非典”战斗中表现卓越，他被广东省委省政府授予唯一的特等功。2004 年 4 月 8 日，又被授予国内卫生系统的最高荣誉称号———白求恩奖章。

他无愧于这个称号。在“非典”肆虐之时，他不顾个人安危冲在第一线，并振臂呼出：

“把所有的重症都送到我这儿来，我不怕感染，我来治！”

在抢救一个病人，两三个医务人员被感染的险恶环境中，他却创出了连续工作38小时的记录，直至累得病倒，然后干脆把办公室搬到家里来工作。当时，钟南山见广医附一院有20多位医务人员感染得病，同时该院还收治了许多兄弟医院的医务人员，他心里时常揪得疼。不管多忙、多累、多晚，他每天都要到病房走几趟，除了看病人外，还要了解每一位同事的身体状况，检查每个医护人员的隔离措施是否到位。作为广东省非典型肺炎医疗救护专家指导小组组长，钟南山还要经常到兄弟医院指导救治工作。面对病人，他总是亲切地询问病情并亲自检查。

病人这样评价他："钟院士查房时极富人情味。天冷时，他总要用手把听诊器搓热，并从语言上给病人极大的鼓励和安慰……"

无论他出现在哪家医院，病人都觉得快乐和放心。他一出差，病人就会着急地问："钟院士什么时候回来？"

他曾经说过，若想身心松，三乐在其中：知足常乐、自得其乐、助人为乐。尤其对个别医生索取红包礼物的行为，钟南山深恶痛绝。他说：

"医生的天职就是救死扶伤，不能有任何折扣，你选择了这个职业，就必须具备这个品德。"

在钟南山身边工作的人员都知道他有一句名言："看病只看病情，不看背景。"他还有著名的"三个一样"——高干、平民，有钱、无钱，城市、农村，一样的热情耐心，一样的无微不至，一样的负责到底。

而且，钟南山还不惧强势，勇于说真话，说实话。他的这些优良品质和忘我的工作精神，赢得了全国人民的爱戴。这样的专家才是老百姓拥戴的好专家，这样的医生才是老百姓拥戴的好医生。

其实，各地都有不少德技双馨的好医生。有时，辨别好医生就在不经意的点滴小节之中。

2013年冬的一天，我在厦门某三甲医院体检中心体检，突然有位中年人闯进体检中心办公室，对正在忙碌的负责人说：医生，我的耳朵很不舒服，你帮我看看好吗？这位负责人姓周，正是一位耳鼻喉科的主任医生，她马上回答说，好的，你稍等。她忙完手头的事，就带着那位中年人到诊室帮他看耳朵。我觉得挺奇怪，顺口问道：

“你认识他吗？”

“不认识。”

“他连号都没挂，竟然就跑来找你看病？起码得挂个号吧。”

“没关系。他说耳朵很不舒服，我顺便帮他看看。”

2014 年 3 月初，我深圳的一位战友在深圳某人民医院心脏内科更换心脏起搏器，手术很成功，医生一改往常先装临时体外起搏器的步骤，直接将起搏器顺利装进心脏。为她做手术的医生姓董，是心脏内科的主任医生和科室带头人、博士生导师。我战友很感谢这位医生，包了一个 2000 元的红包。可是，董医生无论如何都不肯要。她没办法，只好送上一块牌匾，上面写着八个大字：大医大德，仁心仁术！

如果多一些这样的好医生，再加上病人和家属对医生的尊重，医生对病人的相互体谅、相互理解，我国紧张的医患关系肯定会有所缓解。我觉得身为病人更要尊重医生，尊重医生的劳动。尤其我国病人多，医生少，以至造成当前医生工作十分艰辛的局面。只有病人和医生相互尊重，相互体谅，我国的医疗环境才能得到净化，人们的健康水平也会相继得到提高。

菩萨一样的好医生救了我女儿

2009 年 2 月初，我在江西九江采访时，见到了一位退休小学教师，她姓罗。当我问起她早年患白血病女儿的事时，她却满怀感激地向我讲起了一位姓顾的医生。她说，如果不是这位好医生，我的女儿可能早就不在人世了。

罗老师的女儿是 1983 年患的病，那年她刚刚四岁。那时，一得知她女儿患得是急性淋巴细胞白血病，便了解了这个病的凶险。她和丈夫一方面尽力去救孩子，另一方面趁年轻时又要了一个生育指标。结果没想到儿子生了，女儿竟也奇迹般地好了。现在30年过去，女儿早已为人妻，为人母，过得健康幸福。罗老师说：

“当初女儿得病时，我们当地医院的医生都说没办法，要治也是往长江里扔钱。那时，女儿只有靠输血维持生命，只要一输血，她的小脸就红扑扑的，很好看，但没过几天就不行了，又得输血。我们实在不忍看着这个小生命离去，尤其是她爸爸，非常疼爱这个女儿。听了医生的话后，他常常是抱着女儿，看着无言的长江水泪流满面。我们那时生活很艰辛，经济情况也不好，根本维持不下去，我都准备放弃了，可丈夫还是舍不得。就在这当儿，我们听一个得过白血病的家属说，上海某医院对儿童血液病治得很不错。于是，我们赶紧带着女儿直奔那里。

在那里，我们碰到一位姓顾的女医生。她长得小巧玲珑，很有爱心（那里其他医生也一样很有爱心），真的，就像菩萨一样的好医生。我女儿得以治愈，正是靠她了。顾医生大约四十来岁，新加坡人。记得那年，我带女儿去上海看病时是大年初二，医院的病人都回家过年去了，我们住院很顺利，恰巧就碰到顾医生。她对我和他爸说：

‘不要急，孩子患这种病好治，而且治愈率高，不易复发。’

她这样一说，我们的心就放下来了。原来，这并不是不治之症啊。

在给女儿做检查时，顾医生一边拍拍孩子一边说：‘宝宝，阿姨给你打一针啊，不痛的。接着，她把孩子抱过去，有一个护士给她做帮手，就一两分钟，腰穿就做完了。孩子竟然没有哭，也没叫痛。这使我想起在我们当地医院做骨穿时，扎不到又拔出来重新扎，孩子那哭声啊，直钻进我的心里，撕心裂肺地……顾医生的技术真是太好了。

女儿每次化疗五天，每周只有两个下午能探视。

我选择上海这家医院，是有位朋友推介的。她的孩子也是在那里治好的白血病。去了那里，我才发现，他们的管理非常好。病房里，孩子们手上扎着针，但可以在病房里到处跑。因为天花板装有轨道，轨道上拴着输液瓶。还有，我女儿五天中每天只打一次针，不用天天拔，五天后才拔。

现在可以用塑料管埋在里面，但当时只有留置铁针头。

患了白血病的孩子都很聪明。病房里孩子们不分男女，也不分年龄，小的三四岁，大的十几岁，住在一起很安静，哪怕治疗也听不见哭声，而且很听话。开始我们不放心，去了一次，眼见为实，我们很放心。比如，医生来打针，只要吆喝一声：‘阿姨来了啊——’

孩子们便一个个乖乖地脱下裤子，于是病房里便撅起一排白花花的小屁股，等着护士阿姨打针，那管理可真叫好。

顾医生对病人真是体贴入微。那时候，都很少听到做移植这么一说，患了白血病只有打化疗。孩子们用药量小，常常是半支半支地用。她知道我家经济条件差，就想方设法减轻我们的负担。比如，有一个孩子，他家经济条件好一点，每次他住院时，顾医生就给我打电话，让我女儿去住院。目的是那个孩子用的另一半药给我女儿（如果我们不用也就浪费了），我女儿仅需付药费的四分之一，对我们来说真是一件大好事。此外，她还经常打电话问我女儿的病情。我真是对她感激涕零。听说现在住院还要送礼送红包，我们可是一分钱都没送过啊……我女儿五年后九岁，彻底好了。现在她都30多岁了，结了婚，有了自己的小宝宝。当时顾医生得知我女儿找了对象时还说，什么时候吃宝宝的喜糖啊？

后来，顾医生回新加坡了，我们得知后，还真的给她寄了喜糖到新加坡呢。

现在我女儿的身体很健康，很少生病。只可惜顾医生在新加坡，我们没法见面。如果能见到她，我一定要带着女儿女婿一家人去感谢她！那以后，我就想，怪不得大家得了重病都喜欢往上海跑，就是因为上海医院的医术至少比我们小地区的医院先进20年啊。后来我也患了重病，是卵巢癌。我在当地做了手术后，还是选择去了上海这家医院。医院的医生很是惊讶，说：

“你们那儿连这种病都治不了啊？”

记得我拿掉一个卵巢后，在上海剖腹探查，不通过血管，就直接把化疗药往肚子里灌。当时我的头发全掉光了。医生安慰我说，不要紧，长出来的头发会更漂亮！果真如此，我现在都60多岁了，头发不仅自然卷，而且没有一根白头发，简直奇了！”

写这本书时，我又再次询问了她四岁女儿当时的化疗情况。虽然急性淋巴细胞白血病也有不同种类，但我还是想将她的化疗方案告诉大家，以供参考。因为，现在患白血病的孩子越来越多，而且有半数以上的孩子患的是急性淋巴细胞白血病。2012年，厦门某媒体刊登了一篇在福建漳州十位白血病孩子的家长向社会求助的信，他们中大多数均为急性淋巴细胞白血病。

她女儿的化疗方案是这样的：

第一年3个月打一次化疗，一次5天。

第二年开始，一年只打一次，一次5天，连打4年，就OK了。

罗老师的女儿是上世纪80年代患的急性淋巴细胞白血病，她能够以纯化疗的方式得以痊愈，一方面得益于碰到了好医院、好医生，尤其是好医生。可见患重疾时能碰到一位好医生该有多么的重要！它将在你的治疗康复中起到十分关键的作用。另一方面，与医院高超的医疗技术也是分不开的，如选择化疗方案等等，这些都非常关键，需要医生有高度的责任心去分析、去了解病人的具体情况，这样才能做出最适合病人的决定。否则，就会像我采访的那位专家所说的：量小了，达不到治疗效果；量大了，造成过度伤害或引起抵抗力下降、感染等，直接威胁病人的生命。

中医院的真中医和假中医

写到这里，使我想起近期发生的一件事。

由于近年来写纪实总是出外采访，既辛苦生活又无规律，我的胃终于造反了，大闹天宫，吃不下，睡不着，又烧又痛，本来血压就低，这样一闹，收缩压竟然不到80mmHg，天天头晕头痛，生存质量大打折扣，简直到了无法扛下去的地步。曾服过各种各样的西药和中成药，均不见效。家人提醒我说，西医不行就去看中医试试，说不定能柳暗花明。于是，我冒着酷热去了当地某中医院，结果连普通号都没了。导医告诉我，现在瞧病都要提前预约。我在网站上认准了本地某中医院消化内科一位吴姓主任医生，因为他的个人网站里有不少感谢信。可惜的是，他的号太难约，我花了两周时间，费了好大劲都没约到他的号，只好找了一名副主任医生。结果我带着对中药的热切期望而来，而这位中医专家却给我开了一大堆西药，一味中药都没有。而且我的药与前一位胃疾中年妇女的药一模一样（那位患者是带着上一次的药来复诊的，我站在她身边看得一清二楚）。开药时，他还拿一张大卡片要我看清楚所有不能吃的东西。其他不说，水果几乎全都不能吃！我的老天，大热天，怎么能保证不吃水果？这不是苦行僧吗？人家都说中药忌口，从来没听说西药也要忌口，而且忌得如此之严，令人瞠目。我苦笑着请求他能不能给我开点汤药试试？这位专家很痛快地答应了，电脑“刷”地一下一张十多味中药的处方就出来了，共七副。我惊讶地脱口而出：

“主任，您开中药不把脉？也不看我的舌苔？”

“嗯……嘿嘿……”

“算了，我还是服那些西药试试吧。”我无奈地说。

“这就对了，你目前的情况就是吃西药控酸，吃中药没用，控不了酸。”

好在这位副主任和蔼，没有像某些专家那样对话不到三句就开始烦躁，我心存侥幸！

我抱着一大堆昂贵的西药从中医院走了出来，内心五味杂陈，很不是滋味。这就是我不到万不得已绝不上医院的缘由。一路上，我心里直叹息：

“完了完了，难道中医真的会像某些人预言的那样，若干年后不打自亡吗？炎黄子孙几千年的瑰宝难道真的要被西医同化掉、吞噬掉吗？”

回到家，我吃了三天西药，剧烈的副作用使我吐了三天，拉了三天肚子，关键的是没有丝毫好转的迹象，反而愈演愈烈，既恶心吃不下东西，又不能睡觉，只能通宵坐在床上。服下药后最多只能保持一个小时（喝水也可保持一小时，还没副作用），还要忍受那么大的副作用。一个小时后，胃继续刺痛难忍，把我折磨得坐卧不安。

我曾经在网上看到美国一位叫曼戴尔松的医学博士在他的《一个医学叛逆者的自白》一书中说，一个药品的开发，必须从老鼠身上开始它的程序，一直到批准上市，要耗资百万（其中贿赂当道的钱不算在内），费时十数年。显示的这个药品似乎是经过千锤百炼，对治疗疾病必然是百发百中的，称之为“科学的成品”。可是等到新药面世之后，不到几个月，就出现各式各样的毛病，不但治不了病，而且它的副作用简直骇人听闻。勉强撑了不到几年，这个千呼万唤出来的圣品，就被淘汰了。

的确是这样。就拿胃药来说，现在这些新药，还不如几十年前的胃舒平、氢氧化铝凝胶、颠茄片等，我记得部队医院的战士们患胃病（包括胃溃疡）都吃这些药，效果挺不错。什么胃达喜还不如氢氧化铝凝胶效果好，还要嚼服，又涩又难受，吃下去最多一小时就又不行了。唉，现在上哪去寻觅那些廉价药的香魂？它们就像恐龙灭绝一样消失得无影无踪。我所服用的胃药中有一味叫复方铝酸铋颗粒，说明上面写着：用药不可间断，服药后 10 天左右，自觉症状减轻或消失，但这只说明病情的好转，并不表示已经痊愈，仍应按上述用法与用量继续用药，直到完成一个疗程。但是，我服三天就无法忍受下去了，那是一种折磨，是比我胃痛病更痛苦的折磨。因为胃痛不会引起剧烈的头痛和呕吐，外加腹泻。可恶的是，呕吐竟然会在半夜突然而至，闹肚子连跑家里的卫生间都来不及。这使我想到妹妹的化疗反应，几乎如出一辙。可怕！

我没法坚持下去，于是不得不给那位副主任医生打电话，得到停药换药的指令。但我不想再换西药，通过朋友终于找到了那位消化科主任。朋友告诉我，挂不到号可以到某社区门诊去看。果然，我挂到他的号了（之后我一想，要是没有这个社区门诊，我可能至今仍在受着病痛的折磨）。他给我开了七包中药，价格仅 77 元，刚到西药的一半。但我的心里还是忐忑，他的中药究竟效果如何呢？令我奇怪的是，吴主任并没有要求我这不能吃，那不能吃（其实久患胃病的人基本知道哪些禁忌，不会自己糟蹋自己）。我的一位视中医如粪土的朋友听说后嗤之以鼻道：

"就你娇贵！一点副作用就坚持不了。医生说得对，那些破草药能控酸吗？真是的！"

平时，我和他只要谈到中医，总是争辩得不可开交，可现在我连应声的精力都没了。心里只想说：上帝救我！

上帝没救我，但中医中药救了我。随着 7 包汤药下去，整个人慢慢舒服多了，胃痛、反酸、烧心，以及吃饭、睡觉等一切症状全部在改善。事实证明，中药岂止能制酸？！我暗自庆幸，我找着好中医了！我继续找他调理。第二次调理后，我竟然能睡五六个小时了，第三次能睡六七个小时，而且一觉睡到天亮都不起夜。睡眠一改善，整个人很快精神起来，低血压也接近正常。但接下来主任开会没办法继续找他看，我只好将上次的药方重开一遍。怪不得有的病人挂两个号，一次开 14 包药，正是因为主任号太难挂了，这是没有办法的办法。可是，为什么我守在电脑边都约不到他的号呢？主任告诉我，听说有人会"秒杀"，几秒钟就把所有号都约完了。

没想到厦门看病也出现了"黄牛"，真可恶！

我在看病期间碰到一个从泉州来的 30 多岁的小伙子。我问他怎么跑到厦门来看病？他说，我的胃看遍了整个泉州，中药西药都吃遍了，还是好不了，整个人太难受了。我又问他，吃吴主任的药如何？挺好，好太多了，他说。可我觉得奇怪的是，我们厦门人都很难挂到他的号，他是怎么挂到的？他回答道：我哪里挂得到哇，也搞不清可以到社区卫生站来找他看病。我第一次找到中医院时，就没挂到他的。于是，就一直等到他看完所有病人后走出来时，我就拦住了他。我说，医生，我是从泉州来的，能不能麻烦您给我看一下？主任非但没生气，反而和蔼地点点头，给我看了病。小伙子感动得不行，说："我的运气真好，真的碰上好医生了。我这样做也是不得已。后来，我得知主任每周都会下社区为百姓治病，所以 就上这儿来了。”

一位厦门的老阿伯说：“他不仅能看胃病，还能看疑难杂症，我找他就不是看胃病，而是看其他病，好中医什么病都能看，一通百通啊。”

阿伯说得不错。今年年初，我爸妈来厦门过年，我鼓动老妈去找他看胃病。老妈有几十年的老胃病，还伴有轻度脑梗死，心脏也常出状况，成天这难受那难受，尤其晚上要起夜四五次。老妈找他治疗三次后，情况一次比一次改善，晚上起夜仅一两次，睡眠好了，其他毛病跟着迎刃而解。老妈高兴坏了，说这个医生太了不起了，我起夜的老毛病几十年都未曾改善过。临回南昌前，她还记着开了十来包冲服的中药带回老家（老妈说，没想到厦门比我们省城都先进，冲服的中药不用熬，既方便携带又疗效好），并叮嘱我一定要谢谢这位好中医。

后来我才知道，这位主任已经是该院副院长了。院长下社区看病，比在医院看病更辛苦，完全是超负荷工作，而且诊疗费极少，等于完全在做奉献。不过，对于老百姓来说，可是一件大好事。能在社区找到疗效好的中医专家看病，总算有个途径，虽然等的时间长，但是值得！我记得第一次找他看病时，他的号挂了 80 个；后几次，都快挂到上百个号了，快到下午才看完。为了多看病人，他甚至经常早上六点多就开始给病人看病，比他的徒弟（由于病人太多，由他带的学生为他写病历）还来得早。不少病人心疼这位看病细致、为人温和的好医生，都说这样下去，他自己不也“看”出胃病了吗？但是没办法，大家都愿意找他看，因为疗效好啊！

这才是我佩服的名医

厦门有位离休老干部，听说我在写有关医生、病人的书，便拉着我，说了一段他的往事。有段时间，他觉得自己睡觉时喉咙干燥、难受，担心自己是干燥综合征。于是上医院找了一位著名专家看，专家说，你别走了，住下再说。于是，他“挂床”在医院住了半个月，所有检查给做了一遍，花了两万元钱。结果专家最后的诊断是：干燥综合征可能？

这位老干部见状后不干了。他问道：

“这算什么诊断？模棱两可的。”

专家笑笑，没说什么。

他可笑不出来。心想，真狡猾！以后不论得没得这个病，他都没有责任。可现在住了半个月，花了两万元，老症状还在，怎么办？他想了想，还是看中医吧。于是，他同样找了位厦门的名中医，这位名医望闻问切一番后即开口说：

“您不是干燥综合征，只是肝火旺。”

于是，开了一个汤药方，老干部只服了两剂就痊愈了。这位老干部伸出大拇指对我说：

“你明白吗？这才是我佩服的名医！用眼睛看看，用手摸摸，就能知道病人哪里有病，诊费又便宜，药到病除。”

说到诊疗费，我想到张悟本，仅挂号费就要价千元以上，最高达2000元。这哪是看病？简直是讹诈。真正的大医是菩萨心肠，不仅从不多收病人钱财，而且还要悬壶济世，普救众生。从古至今皆是如此。那些古代名医哪一位是敛财求利之徒？反之，敛财求利之徒有几人能成为真正的名医大家？因而，病友们定当好好甄别。

真正好中医就是挺神，毫不夸张。离休干部说的这位专家姓杜（前年去世），是位德高望重的名医，全国第二批500名老中医之一。他擅长各种内科疑难杂症，特别是对各种泌尿系疾病、肾病有独特经验，并提出肾炎的肺脾论说，对肾病从临床实践到理论研究均独树一帜。他还研制成治疗泌尿系（感染）新药——肾舒冲剂，并荣获科研成果奖6项，撰著《肾病证治精论》《锦海论医涵道》《情志发病初探》等三部书。

谁说中药疗效慢，西药疗效快？

在咨询我的病人中，其中有一位女士对我书中的故事提出了质疑：

“您文章提到山东淄博某医院院长去病人家中出诊，这事有可能吗？”

“为什么没可能？”我反问她。

“您想，一个医院院长，工作那么忙，怎么可能有时间去出诊？这个我不相信。”

“但这个的确是事实。”我说，“而且这个院长还挺有意思，他不愿给有钱人看病，喜欢给穷人看病。此外，还经常接受全国各地抗癌群体的邀请去讲中医课，去义诊。2012 年 5 月，福州抗癌协会就请他讲“肺癌和如何预防肿瘤的复发和转移”，因为离厦门近，我也去听了，讲得很好。从癌症的发病机理，到中医的辨证论治，以及如何用综合方法配合康复等。课后开始义诊，不到两天，他和他们医院的另一位年轻中医，一共看了上百位病人，别说挂号费了，连一分钱也没收。后来福州抗癌组织送的路费他们也予以退回。在场听课的人中，就有好些癌症病人是他们医院治好的，当场就对院长表示感谢。其中有一个 6 岁男孩的父亲发言，他是一名军官，他的孩子正是这位院长治的，孩子恢复得很好，他非常感谢院长，听他们的发言感人至深。”

“真的吗？”

“是的。不管他到哪个城市开中医讲座，总能听到受益的癌症病人康复后对他表示感谢。2008 年 5 月，他在上海做的‘中医药在癌症治疗中的作用”的讲座吸引了众多患者，讲座结束后纷纷赶到前台索要他的名片。其中，有位中年女士含着眼泪请求院长到上海某大医院为其母出诊治疗。她的母亲是上海华东师范大学生物系的李人圭教授，患的是慢性淋巴性白血病。刚患病时，她通过自己的亲戚朋友找遍了上海的知名教授和医生，在上海大医院接受了高强度的化学治疗，但身体却越来越差，生命几次发出警报。越来越高的年龄、越来越差的身体，令她再也无法维系西医的治疗方法了。此次正是由于她的病已经发生了‘慢粒急变’，医院向她的家人下了病危通知。得知中医专家到上海巡诊，家人立即赶来求助。李教授接受了院长的中医中药治疗后效果很显著，她不但挺过了危险期，而且治疗两年后的血常规检测结果也全部接近正常，且面色红润气色好，能吃能睡。这些年来，在年近九旬老伴的陪伴下，她风雨无阻，每个月必到院长在上海设立的咨询处诊疗，并不断介绍亲戚朋友前来治疗。”

在这家医院召开的患者座谈会上，全是五年以上的康复病人，他们感谢医院，感谢医生，称他们为自己的再生父母。此情此景，无论谁在场，都会受到感动。这家医院治好的白血病、癌症病人共有几百个，虽然这与他们30年来的总病例数相比并不算多，但每治好一个都是奇迹。只要治好5个以上，必定有它的治疗规律，不可能是碰运气，更何况他们收治的病人中有90%是被其他医院宣布不治或过度化疗、耐药、复发的危重病人。

我觉得判断一个真中医或是假中医，判断一个是不是带着中医帽子而混日子的庸医，不能仅仅看他的职称和年龄大小，而要看他是否能药到病除。其实很简单，找他看一次病就能辨别。

2009年夏天，我来到这家民营中医院采访时，他们还没搬家。医院就在一个不宽的旧街道里，门面也不大。正值暑热，我乘两趟火车从南方来到北方，一路征程，身体说不出的难受。我一边采访，一边想找个中医看看病。但我没找院长看，而是留了个心眼，特地找了一位年轻中医，看看他们瞧病的功底到底怎么样。

这是位30岁左右的医生，他大约四五分钟就给我看完了，奇怪的是，我没说到的症状，他倒是给我补充说了。比如，他看完舌苔，诊完脉之后问：

“你的胃痛，是不是按下去像针刺一样？”

我想了想说：“嗯，是这样。”

“大便是不是粘在马桶上冲不下去？”

真是奇了怪了，怎么这都知道啊？

他听说我要去北京采访，给我开了三天的中药，由他们医院自己熬制成九袋（他们医院的汤药都是一包熬三个小塑料袋）。我根本没在意，也没多想。结果到北京，吃完九袋药后，我感觉人清气爽，大便通畅。尤其惊奇的是，我的胃和肠道多年来一直是压哪里，哪里都痛，哪里都不舒服。可是，这回我压哪里，哪里都不痛了，真把我佩服得五体投地。也就是从这一天开始，我改变了“中药疗效慢，西药疗效快的”固有想法。当然，胃病还是有“三分治七分养”的特性。就算医生给你治好了，也得自己好好爱护，特别要注意的是有规律地生活。往往这一点我就很难做到，总是夜猫子，晚上迟睡，早上晚起，碰到出差采访时更是不规律，所以要想胃肠永远不犯病，必须有决心调整自己的生活习惯，规律生活，早睡早起，这才是保持胃肠不生病的关键。

这位年轻中医毕业于北京中医药大学，那年刚30出头。后来我经常在网上找他看病，有时也找他们医院其他的年轻医生看。一般感冒，两三副汤药就药到病除。我不由得注意起这个年轻的门诊部主任来。

这位医生的长相很“中医”：个子高大，慈眉善目，还没说话先微笑。听医院的人说，他喜读书，爱钻研，如《黄帝内经》《伤寒杂病论》等，现在又在研究《易经》。平时不爱玩，不旅游，甚至连出国的美差也不感兴趣。除了天天看病，就是钻进他的医书里。这个人，我想应该是院长最得意的门生吧？和他一样掌握了中医的精髓，对那些辨证施治了如指掌。只有辨别得准，药才下得准，才有如此好的医术。而且这个医院的医生还有“隔岸观火”的绝招，有半数以上的患者来自互联网，中医的望闻问切根本无法做，但他们仅凭着一张人体信息采集表所填的症状来判断，来辨证，里面虽然也有中医测的脉象和舌苔等，但毕竟见不着患者的面呀，而且，有些只是发个邮件说说自己的症状，连表也不填，他们不仅可以应付自如，而且可以又快又好地寄去药及方，使全国各地、海内外的血癌病人都能得到很好的治疗。没有几把刷子哪成？真是令人佩服！

过去在内地或在厦门，我找的几位好中医都是70多岁的。比如，我妹妹病危大出血时，西医催产素等全用上均无效，我凌晨五点敲开了原厦门某医院的一位陈姓老中医的家门，三包汤药只服了两包就止血了。我还采访了他用自己研发的剧毒的“钩吻草”（碳化胶囊）治愈的好几位肺癌、胃癌、子宫癌和肾病等患者。

看来，人这一辈子，身边能有几位好中医乃一大幸事。因为，中医和西医不一样，真正的好中医什么病都能看。它是整体调整，整体辨证，并不像西医那样专科性强。所以有些病在不经意中给你调好了，连你自己都莫明其妙。而西医的各科室分得很细，互不搭界，有时你上一次医院得挂好几个号，费时费力，得不偿失。

他把自己的手机号给了他的病人

你想知道医生的联系方式吗?

没人会告诉你。

医生会说，我天天上班，天天在医院；护士会对你说，对不起，我不知道；或者说，这不太方便吧？这算是客气的。不客气的会说，你问医生电话干嘛？我知道也不会告诉你！

可是在我的采访中，却有这么一位主任医生，居然主动将自己的手机号留给他的病人，这究竟是怎么回事呢？

我在广州中医药大学附属某医院采访了一位刘姓血液科主任医生。采访中，我们的谈话不时被他的电话所打断，来电好像都是病人。我有点好奇，就问他：

“病人怎么知道您的电话呢？”

“是我自己告诉他们的。”他说。

我更好奇了。因为，在一般医院里，病人想要知道医生的手机号简直比登天还难，没人会告诉你。尤其在亲人病重时，急着想找到主管医生更是难。这位主任医生居然把自己的手机号主动告诉病人？难道这位病人是他的好友或是非同一般的人？但我的想法马上被排除了。见我有疑虑，他解释道：

“在广州，很多血液病人是打工者。他们在鞋厂、制衣厂等工厂打工，不少人患上了原发性血小板减少性紫癜。他们没钱，住不起院。我只能给他们开点药，休息几天，一边吃药一边上班。我把手机号留给他们，是让他们在万一发病时，就可以马上找到我，生命就会有保障。不然，突然出血或其他紧急情况出现，弄不好人就没了。再有，病人是需要沟通的，尤其血液病人的心理治疗很重要，经常和他们沟通就大不一样。总之，我是尽量想办法把他们治好，让他们康复，长寿。”

后来我进了“好大夫”网站，看到这样一封感谢信，原文摘抄如下：

我是一个找刘教授看过病的再障（再生障碍性贫血）患者，现在通过这个平台向您说一声谢谢！是您以精湛的医术，高尚的医德，使我的病痛得到解除，恢复了正常的生活和工作。生病对一个人来说是不幸的，但能遇上像您这样的好大夫则属不幸中的万幸，先不说您的医术有多高明、经验有多丰富，就凭您对病人和蔼可亲的态度和认真负责的精神就让人觉得您是一个病人可以信赖的医生。初次找您看病，整个过程中您都是以轻松聊天来询问发病过程和诊治经历的，并以您的经验介绍此病的可控可治及治疗的困难程度，对我们提出的诸多问题您有问必答，使我消除了对疾病的恐惧感，懂得治好此病要持之以恒，并要科学用药，坚信总有一天会好起来……

记得有一次，我去找刘教授复诊，由于路上耽误了时间，眼看下班时间快到了，赶紧给刘教授打电话，刘教授回答说不用急，我等你，什么时间到就什么时间看，实在令我感动不已。这种处处为病人着想，以病人的需求为己任的精神，我想应该就是毛主席说的“毫不利己，专门利人”的精神吧！如果当医生的都像刘教授这样对待病人，处处为病人着想，就不会发生那么多医患问题，这个社会将会多么美好……

此外，我看到患者对他的评价无论是疗效还是态度，全是100%满意。离开这位医生很长一段时间，我都在为他的所作所为而感动着。最近我在好大夫网站，又发现南方医科大学珠江医院的吴秉毅主任医师在回答一位慢粒患者的问题时，直接就将自己的手机留在网上。可能因为他们很忙，没有那么多时间上网，让病人打电话更为方便些。如果病人都能碰到这样的好医生，真是福气啊！

说到沟通，我觉得有一件事值得一提。当病人被确诊患了血癌时，西医往往告知病人的方式都很直接，"这个病很凶险，化疗下去很可能人就没了"，使病人的精神顿时被打入十八层地狱，还没治疗，人的精神就趴下了。而中医就不这样，他会这样对你说："这个病虽然比较重，但不是绝症。我们不少病人都活了好多年，现在仍然健在。"

病人一听，心情就放松了，也能很好地配合治疗。因为，他看到了希望。

因此，请医生们不要一下子将病人的希望毁灭掉，要让他们建立一种治疗疾病、战胜疾病的信心。我们敬佩那些既有高超技术又有高尚医德的好医生，痛恨那些无技无德，把病人生命当儿戏的医生败类。我采访中，常常会被我见到的好医生所深深感动着。因为他们会把自己的心系在病人身上，他们尊重每一个生命，他们同样会尽力挽救每一个生命。

留美博士的失误使他失去了亲人

我在江西南昌市采访一位白血病病人时，听一位当地警官讲了这样一件令人痛心的事。当时，他正陪同母亲一起来找当地名中医熊墨年看病。他对我说：

"很庆幸我老妈找到了真正的好中医，不像我可怜的舅舅那么惨。"

于是，他说起他舅舅的遭遇。

我舅舅在上海一家医院被误诊为膀胱癌，为他做检查的是一位从外地调到上海的留美博士。这位博士大人在给我舅舅做检查时，不慎刺破了膀胱，造成出血性瘀血，使病情恶化。更可气的是，由于他的过失，舅舅并发成尿毒症，不得不做血透，而这位博士大人竟然说这是癌细胞已经全面扩散。最后，拖了三个月却找不到一个癌细胞。两年后，舅舅终于被折磨得去世了。我想来想去，终于知道是什么原因造成如此严重的后果。其实，说白了，就是面子问题。那个博士误诊后，换了一个姓张的副教授，他帮我舅舅冲洗膀胱时，血都喷在他的脸上了，这才发现真正的病因。这个医生不错，对病人态度也很好。说实话，如果这时我舅舅走了，我并不会怪这位博士。可恶的是，我舅舅好转后，这位博士大人却因为面子（因为明显是他的诊断错误）而忙着停药，修改病历。你说，无论哪个病人碰到这样的医生都会倒大霉。所以说，看病不要迷信所谓“老中医”和“专家”“博士”，要看他有没有真本事，最关键的是看他的医德好不好。你想，就算他有了一流的技术，但不认真为你治疗，你的命照样会丢在他的手上。

为他母亲看病的院长很明确地说：“医生治病千万不能讲面子，因为这个面子会使人付出生命的代价。没有永远正确的医生，医生也有判断失误的时候。因为医学是一门循序渐进、不断完善和发展的学科，偶尔失误不要紧，只要认真接受教训，总结经验，下次就不会再犯了。”

这位大博士的失误，使我想起前几天，厦门某大学的一位教授对我说起的一件事。他说，最近上级又分了一位博士给他带，特地说明，他是这批博士生中最出色的一位。教授平时一直很忙，正好有本杂志请他写卷首语，就把这个任务交给了博士。没想到简单的卷首语竟难倒了这位大博士，他写了一个月也没写出来。我曾经也碰到这样一件事，我在一家杂志社做刊外编辑时，主编拿来一篇报告文学，说是厦门某名校一位出类拔萃的研究生写的。没想到这篇稿子写得又长又臭，既无立意又散乱无章，气得我只能为他重新编写，如果不是主编要用，早被我扔垃圾桶了。

所以，不管哪个领域，都不要盲目轻信所谓的专家、学者、教授、博士，不要被他们的头衔所吓倒，不看文凭，而看实际工作能力。尤其是医生，主要看其治病的临床经验和水平，看他的医德，而不是看他单方面的研究成果。

一次腰穿要了老将军的命

江西有位老将军，“文革”时受诬陷被关进监狱多年，本来铁打的身躯被折磨得一身病痛，60 多岁就拄上了拐棍。有一次发病，医生给他做腰穿检查，没想到发生意外，老爷子竟再也没醒来，走时还不到 70 岁。当时他的孩子们正在外地出差，连最后一面都没见到，非常遗憾！

我有位深圳的朋友，她父母都是南下干部，因为她老爸年轻时南下患过伤寒，所以兄弟姐妹七八口人全都随父亲白细胞偏低，全是三千左右，但男孩健壮，女孩健康，从未有谁感到过头晕、全身乏力等症状。她的老爸体检时，发现白细胞两千多，被医院确诊为白血病。但他本人基本没啥感觉，生活质量、精神状态等各方面都不错。而医院说很危险，要住院化疗。结果上化疗没多久，老人便走了。

老人本来活得好好的，送到医院就去世了，全家人顿时傻了眼，根本反应不过来。假如家人再坚持自己的观点，不让老爸住院；假如医生了解一点他们的家族史；假如医生再多观察一段时间再做化疗……我想这种后果是完全可以避免的。

我们有理由相信，随着社会环境的净化，好医生会越来越多的。既然这样，我们为什么不能完全相信医生呢？这是因为“医学，是一门循序渐进的学科”，它是在不断摸索、不断创造中前进的，而许多病又是没有标准答案、没有固定模式的，哪怕是同种病发生在不同人的身上，治疗方法也不能一概而论，照搬照抄。因此，请朋友们务必记住一点：如果家人年

纪大，身体弱，做各种损伤性检查时千万要慎重。因为，他们抵抗力差，万一有个闪失将会发生危险。最好保守治疗，西医不行就用中医，或者中西医结合。总之，标准是以保证老人生命不受到威胁为前提。

请尊重每一个生命

如果把自己宝贵的生命寄托在无良无德的医生手里，一旦被治死了，也只会当成正常死亡。有一位康复后的癌症病人发自内心地对我说：

“建议你去北京某肿瘤医院感受一下，你看看每天有多少排队住院的病人，感受一下穿着白底蓝杠的病号服那个无奈的世界，感受一下人死了，他们是怎么对待的。我相信，你去了，一定会感到震惊！你知道吗？一个生命终结了，他们用黄带子一拉一卷，将人扔在冰凉的担架车上。然后一边聊着天一边推着走，途中，还不时嘻嘻哈哈地打闹着。”

说到这里，他无奈地张开两只手，眼睛都红了。

“就这样，你明白吗？真好比像死了一只狗那样，无关紧要！”

其实，在我照顾妹妹的七八年时间里，我看到了太多太多的苦难。在这里，生命的陨落竟是这样的家常便饭，生命的重量竟是这般轻如鸿毛。它像什么？像纸，像浮萍，无论是多少美丽和鲜活的生命，无论是天真无邪的孩子，还是美丽清纯的少女，今天你还在和他们说着心里话，几天不见，他们就像云烟一样漂走了……消失得无影无踪，连声道别也来不及说。

在小妹离世前的一天夜里，我正迷迷糊糊地打瞌睡，大约一点多钟，我听见了挺压抑的抽泣声，我出来一看，哭声是从走廊顶头那间病房传出的，那是一位患急性白血病（M3）的病人去世了，她才 34 岁。这个病是白血病中最容易医治的一型，80% ~ 90%以上的病人用我国发明的亚砷酸（中药砒霜研制）化疗即可治愈。不过，这种病有个特点，发病急且重，如果没及早就医或没掌握好治疗时机，就易出危险。哭的人是她的丈夫。我看见他坐在她的床边，怔怔地看着永远也醒不过来的妻子，轻轻啜泣着……

大约20分钟后，几个穿着白色工作服的人（有可能是工友）将他太太用白床单裹了一下，放在冰冷的、只有几根铁条的推车上，连个垫被都没有。他泪眼婆娑，就这样眼睁睁地看着他们将自己亲爱的人拉走了……好长好长时间，他仍然一动不动地坐在那里……我看着看着，泪水无声地滑落下来……我当即就想，小妹怕冷，她走的时候，我绝不会让她冻着，绝不会让她躺在冰冷的铁推车上让他们带走！

第二天，我对父母说，我要给小妹买衣服了。弟弟听了坚决不同意。还是老爸理解我，说：

“去吧，但不要让你妹妹知道。”

三天后，我亲爱的小妹走了，我强忍着撕心裂肺的悲痛帮她洗净身子，给她那依然凹凸有致的身子换上洁净的新衣，从内到外，整整齐齐。小妹从小就酷爱干净，她虽然从不化妆，但她是那种天生丽质的美，根本用不着粉饰。奇怪的是，别的白血病病人都掉发，可她的头发直到离世还是那么密密实实，是天生的深棕色，很漂亮。她是基督徒，我给她穿上信徒的服饰，带上天使帽，看上去，宛若天使一样美丽。我在铁车上铺上暖和的棉被，让她躺上去温暖而舒适，她不会被冻着，不会的……我亲爱的小妹……

在这里，我很想为我结识的几十名已经离世的白血病朋友们道一声：一路走好，希望你们过得平安，过得幸福，过得开心，因为天堂没有化疗……

在这里，我要用心呼唤：请尊重每一位生命吧！无论是生者或死者，他们都必须得到应有的尊重！

不要随便挂专家号

不要随便挂主任号。最好上网查看一下有关专家的个人网页，查看一下专家的信任指数及好评率，查看有没有患者发的批评帖子或感谢信等，然后，再确定预约找哪位专家看病。否则找到不负责任的所谓专家，不仅看不好病，而且会给你惹来一身的麻烦。比如，开一堆检查单，几句话，一两分钟，再给你开一大堆无关紧要的高价药，把你打发了，花了那么多钱，还惹了一肚子气。

前几年，我突然手指关节痛，当时，因为照顾小妹，并没把它当回事。但半年一年后，逐渐往腕关节和肘关节上移，并伴有腰痛。后去厦门的一家三甲医院普通风湿科看，医生给我查遍了所有风湿项目，全部正常，然后我只好去骨科挂了个主任号。这位老主任还没等我说完，就哗哗哗给我开了一大堆检查。结果是 CT、HLA-B27 等全部正常。当我拿着检查结果再次找他看时，他只看了看检查结果，连我的手关节和腰碰都没碰一下，就说：

“你要么是强直性脊柱炎，要么就是类风湿。”

“不会吧？”我问，“检查结果全是正常的呀，而且，我的腰从来没有半夜痛过。”

“那也只能是这两种情况。”

“您确定吗？”

“确定。”

他说完后便不再理我，也不问我需不需要治疗，就接过下一位病人的病历了。给我看病前后只用了一分钟左右，但这短短的一分钟，把我的情绪彻底搞坏了，我的精神一下子降到冰点。

强直性脊柱炎？类风湿？这两个病虽然一时半会死不了，但都活得很痛苦，而且治疗起来比较麻烦。可是，我怎么会突然得这么重的病呢？记得我在部队医院工作时，曾在骨科干过好几年，我们科就有强直性脊柱炎的病人，他们有一个明显的特征就是半夜痛得厉害，天亮起来后，活动活动就好多了，可是我晚上并不痛。

不久我回南昌老家，又在江西省一家中医院，找了一位著名风湿病专家看，又重新花了不少钱做检查，结果仍然没有问题。可是这位专家同样说：

“你是类风湿。”

“为什么所有检查都是正常呢？”我仍然有疑问。

“这个病，有的人到关节变形都检查不出来，还有的人到死都检查不出来。”

他一边说，一边开了一张中药方。我看见那上面起码画了三四个圈圈，圈圈下有这位专家的签名。

“这些圆圈是什么意思？”

旁边那位转抄处方的女实习生说：“加签药。”

“什么叫加签药？”

“就是有毒！”那位女实习生不屑地瞥了我一眼说。

我接过处方，并没去交钱抓药。因为，我怀疑医生的诊断。我又去找了一位针灸科的主任。主任仔细检查了我的手关节，然后轻轻一笑说：

“别听他胡说！他的病人不少跑到我这儿来，我给扎扎针就好了。”

“真的？”我一下子兴奋起来。

“当然。”主任说，“你想，患类风湿两年后关节就会变形，不信你等着瞧，你肯定不是类风湿。你已经过了类风湿的发病年龄了。”

那么，我的问题究竟出在哪儿呢？

有一天，我在妹妹病房里揉手上的关节，被同病房的病人看见了，问明情况后对我说：

“去开点罗钙全吧。我妈妈膝关节痛，医生给她开了一瓶罗钙全，一吃就不痛了。”

我猛然想起，对呀，我正进入更年期，是不是该补钙了？

当时有一种钙叫美国乐力，天天在电视上做广告。我每天服一片，并配合促进钙吸收的药，没想到手上的关节疼痛慢慢开始减轻，半年后完全好了。我的腰痛，经厦门中医院的一位副主任医师检查后，确诊为腰肌筋膜炎。2010 年，我去北京采访时，顺便去了北京积水潭医院，医生检查了我的腰，就很干脆地说：

“你这腰没事儿，就是个腰肌劳损。”

我只出了个挂号费，就把自己的病彻底搞清楚了。好医、庸医就是不一样。

如此看来，我根本不是什么强直性脊柱炎，更不是类风湿了。而且，至今我已经 7 年了，也没任何关节变形。后来，我在当地中医院推拿科扎扎针灸，做做按摩，再配合做气功，我的腰虽然没彻底好，但只要睡眠好，基本上没事。看来，医生的正确诊断对病人的康复和治疗影响太大了，尤其是误诊造成的精神损害简直无法估量，弄不好会把人给毁了。

记得当时，我到网上查询，这位拥有不少头衔的主任投诉率最高。看来，我的感觉是对的，这样的“名医”连一般骨科医生都不如，是位名副其实的既无德又无技的无良医生。

看病警言

生病不是过错。人人都有生病的可能，身体再好的人，也保证不了一辈子不生病。因此，患病也是生命的内容，不可忽视。不能因为生病，而削弱生命的价值。

首先我想说的是，患了病一定要选对医院。最近我看到厦门当地网站上有好几个帖子，都与没有选对医院有关。有两个产妇都选了中医院去生孩子或产检，说是离家近，方便。结果一个因前置胎盘几次大出血，幸好产妇的先生脑子还没急糊涂，去找了另外一家大医院，母子这才得救；另一个产妇就没那么幸运了，破水后孩子胎死腹中。患者家属只知道生孩子要到医院，但遇到特殊情况时，应选择综合实力强的医院。因为生孩子是大事，是两个人的生命是否得以保全的大事，千万大意不得，马虎不得。

我厦门一个好友突然患了带状疱疹，在西医院看了一个多星期也止不了痛。她找到我说，怎么办？三天后我就要出国啊。我让她赶紧去中医院看皮肤科，我知道中医院有一种他们自己医院配的药膏，治带状疱疹很灵。结果她不到三天就止痛痊愈，健健康康出国去了。

前面所说的上海华东师范大学 79 岁的李人圭教授，她患了慢性粒细胞白血病后，西医化疗使她的身体每况愈下，并报了病危。后来她选择了山东淄博那家医院的中医中药治疗，情形好转如初。她在给院长的感谢信中这样说：

“回顾我近年来的抗白血病之路，深深感受到正确选择治疗的重要性。院长及其旗下团队的各位医生，不仅医术精湛，且有良好的医德。你们的医术和医德令我尊敬。”

李人圭教授也是个聪明的病人。她是个知识女性，她仔细研究了院长主编的《白血病中医治验实录》，觉得他说得很有道理，于是她选择了中医，得到了意想不到的疗效。

记住以下几个步骤：

一、如果是小病小灾，完全可以像那位编辑一样，先上百度有针对性地查阅，再选择上相应的医院。如果是突发性急病，那就立即上医院。

二、如果医生检查确诊为重疾，回到家再上谷歌、百度，查阅这个病的病因（比如，孩子确诊为白血病，如果他住在刚装修的房子里，首先要做的就是立即搬离）、临床表现及治疗方法和治疗药物，包括药物的副作用等，做到心里有数。

三、了解共有几种治疗方案。比如，肿瘤患者有手术治疗和非手术治疗（如放、化疗），如果是七八十岁的老人，身体又比较弱，选择手术治疗和放化疗时千万要慎重。在这里，我特别要提醒一些来自农村的病人，刚生病来到城里的医院什么也不懂，不要医生说啥就是啥。其实，有的病是不需要做手术的，有的病做与不做是同样的结果，有的病不做手术可能反而恢复得快。说白了，就是防着个别无良无德的医生，他们不是研究病，而是研究钱。

四、做好病人思想工作。良好的心态不仅有助于康复，而且可以治病。

第九章
国医——中国人的骄傲

你从远古走来，带着神秘和传奇。
用一颗颗仁爱之心，救苦救难，悬壶济世，
　似甘露洒在黎民百姓的心里。
你从远古走来，带着超人的魅力，
用一双双温暖的手，救死扶伤，施恩千里，
　如观音再世，佛陀再生。
你从远古走来，带着太极阴阳哲语，
点化神农，造就扁鹊、华佗、思邈、仲景。
识百草，探经络，著《千金方》，酿万种医。
国人有了你，病痛消除，转悲为喜；
国人有了你，逼退邪气，化病魔为生机。
我们的国医，世界上最神奇，
你不愧为民族瑰宝，宇宙明珠，
你将恩载千秋，造福世纪。

“药王”孙思邈一针救两命

药王孙思邈，隋唐时人。著有《千金要方》《千金翼方》两部医书传世，人称百岁神医。以下正是这位神医流传在民间的起死回生的救人故事。

有一次，孙思邈行医途中，遇到四个人抬着一口薄棺材向郊外的荒丘走去，后面跟着哭得泪人似的老婆婆。孙思邈定睛细看，发现从棺材的底缝里滴出几滴鲜血，便紧上前挡棺，询问详情。原来棺材里是老婆婆的独生女儿，因难产刚死不久，胎儿仍在孕妇的肚子里。孙思邈听罢寻思：这个产妇可能还有救。于是，请求抬棺材的人赶紧撬开棺盖。只见产妇面黄口青，伸手摸脉竟发现还有微弱的跳动。他赶紧取出随身携带的银针，选准穴位，扎了下去，并采用捻针手法，加大力度。过了一会儿，“死去”的产妇竟然奇迹般地睁开了双眼，苏醒过来，同时，腹中的胎儿也生出来了，发出一声清脆的啼哭声。老婆婆见孙思邈一针救了两条性命，倒头便拜，四个抬棺的也长跪不起。

从此，“活神仙”孙思邈能起死回生的声名便传开了，他一针救两命的神奇故事，刹那间也不胫而走，轰动京兆，传遍唐土。从此，人们对孙思邈称颂有佳，均以药王相称。

仅凭一滴血，就能判定棺内之人没死；仅凭一根小银针，就能起死回生，扎一针救两命；仅凭望、闻、问、切，就可看病治病，世界上还有比这更神奇的医术吗？！

这种神奇的医术就叫中医，即中国的国医。千百年来，中国人就是靠这种神奇的医学而繁衍生息下来。它是中国传统文化中最为精髓的奇葩之一，同时也是世界医学不可或缺的一部分，在世界传统医学中占有非常重要的地位。中医学的某些认识也正在影响现代医学的发展。

即便到今天，许多中国古代名医的方剂仍然有神奇的疗效。比如，钱乙的六味地黄丸，日本人曾经想改良药方后占为己有，但他们一味药、一钱剂量都动不了，因为只要改动一味药或增减一点剂量，它的药性和作用就随之发生改变，非常神奇。因而，世界卫生组织对中医和中药予以很高的评价，他们说："中医药是世界传统医药的榜样。"而且，还郑重其事地向各国推荐。有的专家还预言：

"21 世纪将是中医药世纪。"

邓铁涛先生也曾用和氏璧的故事来比喻中医发展的道路坎坷："中医就像和氏璧。和氏拿着和氏璧送给厉王，专家鉴定说是石头，砍掉他了一只脚。武王在位了，和氏又去献宝，专家还说是石头，他又被砍掉一只脚。文王在位了，他抱着和氏璧在中山哭了三天三夜，眼泪流干继之流血，感动了文王，于是发现了和氏之璧。后来还有完璧归赵的故事，证明它确是国宝。中医就像这块玉，新中国成立以前国民党要消灭中医，砍掉了中医的左脚；新中国成立后，王斌要改造中医，又砍掉了中医的右脚，幸好党中央毛泽东主席发现了问题，制定了中医政策。直到国家中医药管理局成立的时候，中医才有了娘，有了单列的财力、物力、人力。虽然近百年来试图消灭中医的举动是失败了，但改造中医实际上却成功了。表面上中医发展很兴旺，凡西医有的中医都有，职称有教授、副教授，学位有硕士、博士，机构有大学、研究院，有大医院，但真正中医的内涵却日渐缩小，西医的成分越来越多。对这一现象，我名之曰"泡沫中医"！此乃按西医之模式以改造中医之结果也。

千百年来，中医在不断发展、创新，至今依然在国民中占有极高的地位。2002 年，当全球性瘟疫（非典）蔓延时，只要启用了中西医结合的地区，如广东的死亡病例便大量减少，死亡率仅 3.5%，而北京为 5.5%，香港为 17%，台湾为 27%。当时，世界卫生组织在听取了钟南山院士汇报后认为：

"世界卫生组织希望得到的治疗非典型性肺炎的经验在中国广东找到了，这在世界上是独一无二的。"

邓铁涛在他的论文《中西医结合有伪科学吗》一文中阐述道：

“为什么一水之隔的广州和香港，会有那么大差别呢？原因就是有无中医的参与治疗。”他还举例：“在广州中医药大学第一附属医院，没有用类固醇，院内60例、院外会诊几十例‘非典’患者均无一例死亡；全院服中药预防，医护人员无一例感染。北京中日友好医院收治的16例‘非典’病人中用单纯性中药治疗，病情无一例恶化。我有一个学生的太太是广东省中医院急诊科护士长，感染了‘非典’，开始用大量的激素治疗无效，我让他赶紧把西药停掉，用中药治疗，结果病情得到控制，三天就退烧了；而另一个护士长感染‘非典’后，用西医方法治疗，后来牺牲了，而前者却痊愈了。”

事实证明，中医在抗瘟疫中与西医结合起来，能起到不可低估的巨大作用。而且，中医在治疗癌症上，钟南山院士也肯定了“整体治疗”“以正攻邪”“人瘤共存”等具有中医特色的基础理论的科学性。他在列举中西医对肿瘤的治疗理念时这样说：“以前西医是简单地把肿瘤给杀灭了，最后发现瘤没了，人也死了；中医不是直接把瘤消灭，而是提出‘以正攻邪’‘人瘤共存’，改善病人的生活质量，延长寿命。现在整个世界对肿瘤的治疗理念也向这方面转变，跟中医是有关的。”他还随口说出一个“肺与大肠相表里”的中医术语，并举了个浅显的例子：一个慢阻肺的病人如果经常便秘，呼吸也会受影响，而消化好了，大便通畅了，呼吸困难也会得到缓解。

上海中医药大学的何裕民教授也提到：我们的临床表明，中医是可以治疗癌症的（当然，更多的情况下，考虑患者的综合利益，我们同样看重中西医学的合理配合）。30多年来，三四万例的诊疗经验，促使我们体会到对于许多癌症，中医学的疗效是明确的。特别是那些对西医疗法不甚敏感或者说疗效不显著的、较难治的肿瘤，如肝癌、胰腺癌、小细胞肺癌等，中医常常显示出不凡的疗效。例如，我们在对近400例晚期胰腺癌的纯中医治疗中，三年生存率超过了40%。所以说，对于一些西医无法可治的癌症病人，常常是中医药大显身手的时候。

目前的研究已经表明，中医药对肿瘤的多个环节都有作用。比如它的扶正功能可以调整免疫，增强体力，防止肿瘤拖垮人体；它的诱导细胞分化、凋亡乃至杀死癌细胞的功能可以对肿瘤细胞的分裂繁殖起明显抑制作用；它消除“癌症发生场（利于癌细胞生长、分裂、繁殖的周遭小环境）、改善内环境等的功能可以防止癌细胞的转移。

尤其是中医药治癌既重视整体调整，又重视个体的局部病变特征。针对癌症的主要病机进行全身整体扶正，同时对局部也进行适度攻伐。而西医治癌尚未完全摆脱过去的生物医学的模式，大多采取对抗性治疗，治疗的目标仅定位于缩小瘤体。因此，即使癌瘤被完全切除或部分切除，但由于人体长癌的条件尚未改变，癌瘤复发和转移依旧在所难免。

2009 年夏天，我去北京同仁堂医院采访时，正值入伏前的“三伏贴”门诊，门里门外到处都是人，所见的景象真是令人惊叹。广州、厦门也是如此。由于“三伏贴”是有时间性的，头伏、中伏、末伏都只有一天，所以人满为患。前几年，连厦门的社区门诊都在开展这种治疗。因为药是统一的，在哪贴都一样，既能赚钱，又受到社区居民的欢迎。我有一位朋友的朋友，她贴“三伏贴”简直上了瘾，因为疗效显著，她一连贴了十年之久，以至皮肤上出现难以消除的色素沉着，她也舍不得放弃。

2013 年夏初伏那天，厦门中医院和往年一样，人潮涌动，简直可以说是气势磅礴。从早上六点多钟排队，一直到下午六点，中医院出动了医生、护士、实习生，外加有关卫生学校的学生，全力以赴参与贴“三伏贴”的大军之中。看看这气势，瞧瞧这场面，我常常在想：如果真的像某些人说的那样，要取缔中医，让中医消亡，不知中国老百姓会作何感想？

中医是消亡不了的。因为，有老百姓拥戴。毛主席早就说过，中国对世界有三大贡献，第一就是中医。我一直坚信，中医治癌终将会有一日成为中国对世界所做出的伟大贡献之一。它的发展趋势是不可阻挡的！

莱氏捧着太极图说：请允许我加入中国国籍吧！

美籍华人名医、美国明道大学校长、西医内科学、哲学、法学博士张绪通先生在记者访谈中说起被中国某些人抨击的中医时，感慨地说：

“说来真令人难以置信，欧美国家不少知名学者说起《易经》《内经》《道德经》以及太极八卦、阴阳五行来，往往津津乐道，认为中国古代的道学家们太伟大，能够浓缩天地间的万事万物，总结出这套既对立又统一，既相生又相克的哲理，实在令人佩服。英国皇家学会李约瑟博士在其不朽名著《中国科学技术史》第十章中高度评价‘道家思想是中国的科学和技术的根本’，并认为道家的哲学思想对欧洲科学技术发展也有重大的贡献。德国大哲学家、数学家莱布尼兹正是受‘太极图’中阴爻‘--’和阳爻‘-’的启迪，发明了‘二进制’算术，这成为当今计算机数理逻辑的基础。并认为‘太极阴阳’是至高无上的辩证法。莱氏曾捧着‘太极图’激动地说：

‘请允许我加入中国国籍吧！’

著名的物理学家玻尔得益于《易经》，他在《相生相克原理》一文中成功地解释了经典理论无法解释的原子发光现象，而获诺贝尔物理学奖。在庆祝获奖酒会上，他用‘太极八卦图’制成纪念章馈赠来宾，以示受惠于中国的《易经》。同为诺贝尔物理学奖获得者普列高津更为直接地指出：‘中国传统医学理论包含了许多系统论思想，而这是西医的严重缺点。’凡此等等，举不胜举。这些获诺贝尔大奖的西方学者们无不得益于中国传统的哲学思想。

然而，中国人说起这些传统文化来，往往含羞带愧，好像冒犯了洋人似的；更被那些崇洋媚外者视为歪门邪道。这一不公平的待遇就连德国慕尼黑大学知名教授波克特都愤愤不平地说：‘中国传统医药学在中国至今没有得到文化上的虔诚对待，没有进行科学的认识和认真地探讨，没有从人类福利出发给予人道主义的关注，受到的是教条主义式的轻视和文化上的摧残。这样做的不是外人，而是中国的医务人员。'”

国家扶持民间中医，鼓励多渠道发展

“民间医药和民营中医医疗工作是我国中医药事业不可或缺的重要组成部分。民间医药是中医药学形成的重要来源，是中医药服务体系的重要补充，是中医药自主创新的重要领域。”这是国家中医药管理局局长王国强所说。

在我的采访中，民间中医中药治癌，疗效显著而神奇，真是令人振奋！

民间出高人。中医源于民间，盛于民间。从古至今，许多名医都是来自民间，也有在民间被“招安”的。有文字记载的历代名医，基本出自民间，如扁鹊、华佗、张仲景、孙思邈、李时珍等。药王孙思邈因治愈唐太宗唐太后头痛病，宫廷要留他做御医，他撒谎去采“长生不老药”献皇上，继而偷跑了。之后他还多次辞谢了朝廷的封赐，一直在民间悬壶济世，并撰写了《千金方》留传后世，成了千古“药王”。30 名国医大师大多都具有民间行医的经历，如张灿玾、陆广莘、苏荣扎布等，被周恩来总理称赞为“高明的医生，又懂辩证法”的现代中医学家蒲辅周，也是从民间调入北京进行中医研究工作的。

2010 年 11 月，国家中医药管理局在京召开全国民间医药暨民营中医医疗工作座谈会，卫生部、国家中医药管理局负责人参加了会议。会议强调，在新的历史起点上，要推动民间医药传承与创新，进一步扶持和引导民营中医医疗机构健康发展。对民间医药坚持“挖掘、整理、总结、利用”方针，坚持传承保护与开发利用相结合，政府扶持引导与发挥市场机制作用相结合，鼓励社会各方面力量参与，因地制宜，分类指导，稳步推进。对民营中医医疗机构，鼓励多形式、多渠道投资发展，把其与公立中医医疗机构摆在同等重要位置……

令人欣喜的是，国家支持民间中医并不只在口头上。近年来，国家中医药管理局的重点建设专科项目中就纳入了一些民间中医的项目，如上海民间中医邓筱琴的祖传烫伤膏治疗烧烫伤、北京民间中医任晓艳的“穴位埋线新疗法”已被国家卫生部列入十年百项基层实用技术推广项目。此外，还有很多值得开发研究提高的项目，如“经络三通立体综合疗法”“经络面诊法”“银针飞飞秀”“定向减肥”，以及“定向激活生命元素”创始人之一、中国民间疗法专业委员会秘书长蔡韬、小针刀的发明人朱汉章等，数不胜数。

2012年，国家中医药管理局组织召开了“中国民间中医精英大会”，会议邀请了十几位民间中医高人到会进行名医经验交流及民间中医药特技人才演示，表彰了民间中医精英人物、民间中医特技人才，对民间秘方、验方及特殊医疗技术合作的研发、推广、转让进行了洽谈。会上还商议了与美国等国家和地区的相关机构合作，筹备组织“中国民间中医特技人才环球展示活动”，传播中医文化；与央视等多家主流强势媒体合作，开辟“民间名医”栏目，进行立体化宣传推广等。

虽然在短期内，要做到“民间中医与公立中医平起平坐”不太可能，但国家和政府已经开始重视民间中医了。这是一个良好的开端，民间的好医好药、奇技奇方将不再流失，而会得到很好的传承。我们为此拍手叫好。

西医的局限性日趋明显，但没必要取消

西医的局限性日趋明显，这几乎是一个全世界不争的事实。

江西一位著名作家听说我写了这样一本书时即刻兴奋起来。他说：

“丽晴，我对你刮目相看，因为它的理念可以挽救许多人的性命。西医治癌已经走进了死胡同，除了放化疗没有别的办法，用西医治癌只能控制，治愈的虽然有，但为数极少，而且死亡率高。我的母亲和前妻的亲身经历

也说明了这一点。还有这样一个数据：以色列医生罢工一个月，那个月全国死亡率降低了50%，停止罢工后死亡率又上升。不只是以色列，在哥伦比亚，医生罢工的两个月中，全国死亡率降低了35%。而在洛杉矶，医生因为抗议医疗保险额下降而延误治疗，结果死亡率降低了18%。你想到没有，这些令人吃惊的黑色幽默说明了什么吗？所以，我现在生病很少上医院。我的糖尿病和高血压都是我自己调好的。我现在血糖已降至正常，血压从190降到130，药物全停了。否则，长期服用降压药副作用会慢慢加大，对身体非常不利。我的方法全是从网上查的食疗方法，又没有副作用。比如，早上空腹吃西红柿，每天吃一点三七粉，醋泡花生米等等。”

美国罗伯特门德尔松医学博士（Confessions of a Medieal Heretic）撰写的《一个医学叛逆者的自白》一书，之所以不断再版，是因为书中的内容引起了无数读者的共鸣。书中摘录了美国政府公布的数字显示：每年因服用化学药品而致残、致死的人达150万之多。书中的副题是：如何捍卫自己的生命，不受医生、化学药物和医院的坑害。

书中列出了六个重点：

（1）医院的年度身体检查是一个陷阱。

（2）医院是患者的险地和死所。

（3）大多数的外科手术给患者的伤害过于益处。手术每次必定都是“非常成功”的，但病人却伤了或死了。

（4）所谓疾病化验或检验，检验的体系和过程不合理，简直是腐败一团。即使是科学仪器，也是错误百出，完全不可信任。

（5）大多数的化学药物，不但没有治疗的真实效果，反倒是致病、添病的缘由。

（6）X光的检验，是诊断程序的重点和特色，“一张照片胜过千言万语”。它的辐射线不但对人体十分危险，而且检验结果也错误频出。因为，解读X光照片的是人，人就会受偏见、情绪的影响而导致错误的判断。即使是同一个专家，在十年后再次解读同一张照片，就有75%的偏差（试验证明）。

我倒是觉得这个美国人有些偏激，好像在赌着气说话。中国有位姓纪的名医，他是全国抗癌协会淋巴瘤委员会委员，对于医治病人他这样说道：

“医生的诊断有三成是误诊。如果在门诊看病，误诊率是50%，如果你住到医院里，年轻医生看了，其他的医生也看了，大家也查房、讨论了，该做的B超、CT、化验全做完了，误诊率是30%。

人体是个很复杂的东西。每个医生都希望手到病除，也都希望误诊率降到最低，但是再控制也控制不住。只要当医生，没有不误诊的。小医生小错，大医生大错，新医生新错，老医生老错。因为大医生、老医生遇到的疑难病例多啊！这是规律。中国的误诊和国外比起来，还低一点儿。美国的误诊率是40%左右，英国的误诊率是50%左右。我们应该正常看待误诊。误诊的原因是多方面的，太复杂，一时说不清，但是可以告诉大家一个原则：如果在一家医院、被一个医生诊断得了什么病，你一定要征得第二家医院的核实。这是个最简单的减少误诊的方法。

作为医生，我给自己只打20分。为什么？有1/3的病医生无能为力，有1/3的病是病人自己好的，医学只解决1/3的病。而这1/3的病，我也不可能解决那么多，我能打20分就很不错了。做医生这么多年，我有一种感慨：医生永远是无奈的，因为他每天都面临着失败。”

作为病人，我们对医生不能太苛求，再好的医生，也不可能百分之百地治好每一位病人。所以要相互体谅，尽量将生病的几率降到最低，加强锻炼，与人为善，爱心助人，多吃一些健康食品，保持身心健康，少上医院，多做养生保健。这也就是孙思邈“上医医未病之病”的高明之处。

虽然西医的局限性日趋明显，但完全取消西医恐怕没有必要，可能有不少中国老百姓也不会赞成。

钟南山院士说：“治急性病、重病是西医的特长，比如细菌感染发热，用西药退热快。但热退了之后，用中医药对免疫功能进行调节能起到好作用，一些慢性病的防治也是如此。”

有些病，西药虽然有副作用，但针对性很强。比如，患了疟疾，吃奎宁就会好。新中国成立初期，我父亲从东北南下到南方工作时，经常下乡。乡下的蚊子多，好几个南下干部都得了疟疾，用当地老表的话说是“打摆子”，其中有两个因此病而离世。因为当时县城没有奎宁这个药。我父亲也得了疟疾，非常痛苦。虽然他年轻，身体底子好，用老表的土方法和草药挺了过来（不知道是不是青蒿煮水），但如果当时有奎宁的话，不就很快解决了吗？另外，并非所有西药都有副作用。我平时睡眠不好，吃枣仁片无效，两片安定就可以搞定。植物神经紊乱时，吃上个把月的谷维素和维生素 B1 就可以慢慢缓解。还有，人人都知道激素不是个好东西，但它在短时间内却能起到维持生命体征的作用，不可小觑。

我妹妹当初化疗拉肚子病危，所在的上海某大医院束手无策时，结果是一位乡村的土郎中告诉我，让我马上给妹妹吃几片激素。最终，几片强的松救了小妹一命，使她转危为安。直至今天我想起来都觉得挺可笑，关键时刻，为什么一位用中草药治病的乡村郎中反倒会想着用西药来救命，而大医院的专家却忽略了这一点，除了给我妹妹发病危通知书，基本所有办法用尽，却无能为力，使我和我妈妈眼睁睁看着妹妹在生与死的边缘挣扎。

妹妹还有一次病危也是用地塞米松转危为安的。那是在她化疗后的一次感染，高烧一周不退，血液指标全都很低，而抗生素丝毫不起作用，于是医院报了病危。说来也巧，正在我们急得六神无主时，当地的血液科主任帮我们请到了上海瑞金医院、全国赫赫有名的大专家沈教授（他正好来厦门开会）和福州协和医院的一位老专家，同时为小妹和一些疑难病人会诊。会诊意见之一是先用少量激素以降低体温后即停用，再继续原有的治疗。于是，5mg 的地塞米松救了小妹一条命。烧一退，奄奄一息的小妹很快就从床上坐了起来，精神逐渐恢复正常。

关于这一点，我采访了江西省某大医院的血液科专家，她说：“激素在维护生命体征这方面能起到立竿见影的效果。只要生命体征一平稳，即可停用。”这就更证实我采访过的多位专家的话无比正确。他们是这样说的：

"方案是死的，但用起来要灵活。"

他们的意思是，一切要以病人生命为主导。激素虽不是个好东西，但它有一个长处，可以救急。一旦病人的生命没有危险，再把它停掉不就行了？我妹妹总共只服了两次强的松共三片，第一次一片，上午服了，马上止泻，没有再拉；第二次又服了两片，之后没再服用。因为她此后再没腹泻，既然止住了腹泻，当然没必要再服用。

再有，西医的放化疗和手术在癌症急性期的控制病情方面能起到极为重要的作用，尤其对于乳腺癌和子宫癌的治疗更为显著。我有几位朋友，都是在上世纪90年代末患了乳腺癌，手术后按常规化疗，之后没有再做任何治疗，包括中药。十几年过去，她们一直到现在都很健康。还有一位澳洲的朋友，她的乳腺癌是刚刚萌芽，所以国外的医生说，切除就可以了，没必要化疗。她到现在也已经七八年了，身体和气色看上去都显得很健康。

只要是科学的，只要对治病有益，为什么非要摒弃一样，从一个极端走向另一个极端呢？西医有它的局限性，但可以用中医来弥补。中医西医各有所长，适合用中药的病就看中医，适合用西药的病就看西医。按我们长辈的话就是：走中西医结合的路，或者像钟南山院士所说，"中西医不好结合，但可并举来发展"，其道理是一样的。

专家谈中医：中医要走向世界，但无须走出国门

"中国传统医学，如果从神农试验草药开始计算，至少有5000年的历史了（而西方的对抗疗法只有百年历史）。5000年智慧的积累，使它具有极丰富的知识、理论、实践和经验积累。"

"要西方人接受中医，我觉得不用担心。世上哪里有宝藏，还用得着登广告？只要中医能治病，各国的医生和病人都会自动找上门来。如果中医药无防病、治病的价值，即使把它翻成洋文，白送给洋人，洋人还当你有

毛病。毛泽东时代，美国总统尼克松访华，中国当场给他表演了针刺麻醉手术，自此，外国人对针灸趋之若狂；美国人的疯狂程度更厉害，只要你有个中国面孔，就说你会针灸。那时，何曾有谁翻译过针灸书籍，向洋人传授过针灸之医理？美国第一本针灸的书是我写的，我在书中告诫美国人，不要对针灸期望过高，免得以后失望，痛贬针灸，甚至痛贬整个中医和中国文化。针灸有它的长处，但不能包治百病。美国人应以冷静态度，从教育上开始，教育医师和病人，正确对待针灸。先不狂热，亦避日后狂冷。之后，各国都先后对针灸立法，针灸学校也如雨后春笋般而起。直到如今，又有谁能拦得住洋人们自动掏钱学针灸的热情呢。”

“现今中医药的生死存亡，关键就在于‘中药国际化’的定义和内容和中国人的觉悟。中医药‘国际化’可以分作两方面来诠释：一是‘把中医药学术文化向国际推广’和‘大量出口中药为国家人民创汇创收’。从任何一个中国人的立场来说，这都是理直气壮、天经地义的事。二是所谓国际化，就是把中医药向西医药看齐。据我所了解的，就是一般人口头上不断说的‘中医药科学化’‘中药西药化’或简称‘中药西化’‘中医药向国际接轨’。这是完全的‘舍己从人’的‘美德’的表现。说得难听一点，就是用自己的热脸去贴洋人的冷屁股。从意识形态来说，就是完全失去了民族文化的自尊，患上了‘洋大人的群候征’。”

我在网络上看到张绪通先生有关中医中药的一系列言论时，很感动，也很震惊。虽然他出生于中国名门和名医世家，但作为一位多年生活在美国的西医专家、名医、博士，却对中国医学、道学如此厚爱，并为其所遭受到列强和国人的伤害而振臂呐喊，著书立说，十分不易。我辗转找到并采访了张绪通先生的弟子陈博士。

陈博士说，张绪通先生在1988年受聘为美国总统府（里根时期）咨议（顾问），但他非常爱国。他在上世纪60年代日本留学时得了肠癌并腹膜转移。其实一开始他根本不相信中医药，只因当时日本的西医已无药可施，所以他只好抱着“死马当活马医”的心态尝试用中医治疗自己的顽疾。就这样，他用张仲景的小柴胡汤加减方，治好了自己的癌症。此后，他开始研究中医，宣扬中医，在世界各国为弘扬中医药文化做了大量的工作。现年他已经81岁了，仍应邀到欧美各国大学作学术报告等，身体还很健康。

陈博士在澳大利亚莫纳仕大学、开罗大学国家肿瘤医院作学术报告时说，治癌不能一味地追求手术和放化疗。如果手术、放疗、化疗这类创伤性疗法能解决中晚期肺癌、肝癌、胰腺癌等恶性肿瘤，那么这类癌症也不可能成为世界医学的难题。如果光按照西方医学的路子走，不创新，那么永远是西方医学的学生。

陈博士还邀请我去昆明采访云南省抗癌协会的各类癌症病人，也可以帮我联系与他们合作过的埃及和澳大利亚的肿瘤专家们，问问他们为什么对中国医学治疗肿瘤情有独钟？听听这些老外对中国医学的看法。我想或许他们对付肺癌、肝癌等癌症已经没有办法了。

我在采访营养医学专家王博士时，向他提出一个令人担忧的问题。最近，我弟弟在外文网上看到这么一条消息：英国决定禁止所有中药上市。原因是，他们在中药里检测出致癌物质，还有一些物质竟然检测不出来，不知道是些什么东西。于是，干脆全面禁止。

对于这个问题，王博士说：

“我的意见是不予理睬。

第一，我们的中医中药，别说英国人，就连不少中国人也没搞清楚，一个劲地叫嚣要取缔中医，说中医不好。可他们知道从古到今，西医是啥时候进来的？没西医之前一直是中医，中医怎么会不好？西医进来几百年，中医存在几千年。您说中医怎么会不好？如果中医不好，中国人不早就死绝了吗？

第二，中药的成分是复杂的，这是肯定的。因为他们的检测是按西药的方式检测，按照生化的方式来检测，用做药物分析的方案来检测，以西医的标准来检测它，那怎么能通过？本来它就是不同的医学科学，两种不同的物质，两种不同的思维。

第三，中药种植和制作的安全问题的确令人担忧，但我相信，国家应该会监管。再则，即便中药含有致癌物质，也是极微量的。人体患癌是一个综合因素，而不是单个因素造成的。比如，讲羊肉串致癌，但羊肉串是新疆人的最爱；讲酸菜里亚硝酸多，东北人家家吃，世世代代吃，照样活得挺结实。所以说，看问题要客观和辩证地去看。西方人的思维比较幼稚，逮住一个就不放。”

还有许多人说豆腐乳致癌，我妹妹就从不吃它。可我姥姥和太姥姥吃了一辈子，她们都是高寿。外国人看问题，用我们的俗话说就是“一根筋”，不会拐弯。我们的思维不能由他们左右，更不能跟着他们跑！

王博士说：“你们福建福州寿山有个大老板对我说：‘韩国人比我们厉害，日本人又多么厉害。人家日本连中医的针剂、片剂都制出来了。’我说，‘那只是工艺上的改造，跟理论的提升没有任何关系。要想懂中医，就必须生在中国，长在中国，接受中国人的思维方式和文化，你才能懂中医。你日本人也好，韩国人也好，如果生在中国，长在中国，到最后也成中国人了。必须是这样。否则，他永远学不到真东西，成不了真正的好中医。’”

他的话使我想起一个人，乔布斯。我在我的博文里说：“如果乔布斯在中国，如果他在第一次手术之后能用中医维护和控制病情，他后面的并发症也许就不会发生，当然也不会英年早逝。”可为什么乔布斯宁肯选择印度的土医，也没想到中医呢？这说明他对中医十分不了解。看来，中医要走向世界并非是件容易的事。那么，中医是否需要走向世界呢？对此，王博士是这样说的：

“中医是要走向世界，但无须走出国门，就本本分分在家待着。因为你走到美国你就得按照人家的标准来做，走到英国又要受到英国的制约。这不，果然让人家给禁了。中医是我的，凭什么按你的标准来做？我在自己国家做好就很不错。

那么，怎么在世界打响中医的牌子呢？我向全世界宣传中医，让全世界跑到中国来治病。比如，西哈努克患淋巴瘤，从50多岁跑到中国治病，一直活到90多岁。他是中西医结合治疗，他相信中国医生，也相信中医。如果用纯西医治疗，他未必有这么长的寿命。多好的例子！要到全世界范围去讲，大力宣传，然后再给中医定标准，所有的中医都不允许出国。这样，如果碰到疑难杂症，全世界的西医都治不好，只有老老实实跑到中国来治，因为中医专治疑难杂症。啥叫疑难杂症，你治不好的我来治，要不怎么叫"难"呢？可我们治起来却不难。这样一来，可以为国家增加不少财富。不仅如此，还彰显我们的中医既有地位，又非常神秘。"

说得太对了。仅我们中医的神秘感，就会把他们迷得晕晕乎乎、团团转转，让他们永远只知其然，不知其所以然！而且，在我们自己的国土上为外国人治病，腰杆直直的，信心满满的。他们没办法弄懂咱们的《易经》、太极，阴阳和八卦。因此，根本没必要傻乎乎地走到国外，去看人家的眼色行事。

"所以中医千万不能取消。中医有很多方面比西医先进得多，比西医有价值得多。首先说几千年来，中医药一直是人们通过长期实践而积累起来的经验，如果哪个方子有效，那肯定是真的，肯定很有研究价值，甚至可能为医学的研究和发展提供指导性的方向。中医理论是建立在朴素的唯物主义哲学的基础上的。比如阴阳学说，不就是哲学中的矛盾论吗？所以我个人认为，中医理论只是一套符号系统，是跟人体症状、体征和中药相对应、相匹配的一套符号系统。"

那您对于中医治癌有什么高见吗？比如，不止一位西医专家对我采访的民间中医、民营中医治癌颇有疑虑，认为他们大多数没有论文数据，不足以说明疗效，只能说明是个例。我提出某个民营医院已经治愈五年以上的血癌病人几百例。但专家认为，这几百例是在多少例里的几百例？因此不足以为信。

"西医的说法是错的，因为西医不懂这个病。中医的问题出在哪？比如，200多个好的，一定有他的原因。要弄清楚他是怎么好的。比如，我只要能调好一个人M5型白血病，理论上其他白血病也能治，但前提是我要知道我是怎么治好的。按道理所有人都能调好，因为修人和修车一样，不管什么车，原理一样，基本结构就一定是一样的。当然，也有修不好的。西医的讲法是错的，能治的概率是0或1的关系。这病不能治，就是治不好，一个也治不好，能治就一定都能治。认识清楚后，有没有没治好的，我要知道为什么没治好，这才是对的。没治好的，是受许多因素干扰的。另外，中医讲辨证，辨对了就能治好；反之，就治不好。”

如果是长官就没命了！

我采访的几位民营医院的名中医都有一个共同特点，就是喜欢给老百姓看病。

有位民营中医院院长回忆起他为一位高干子女看病的经历，十分感慨。他说：

“孩子的父亲是搞影视的，生活在高干家庭，在北京有钱有权。记得我到他们家去给孩子看病时，方子还没开完，孩子妈妈竟然从床底下拿出一包5斤重的虫草问我说：‘孩子能不能吃这个？’我说：‘不合适，中医需要辨证论治。’当我给她孩子把脉时，孩子仍在玩电脑，我感到心里很不平衡。

记得有一次，她儿子的幼稚细胞是6%（5%以下都算正常）时，就马上来电话对我说：‘院长，你是怎么搞的？你快点来吧，不得了，孩子癌细胞又长上来了！’听着这话，我就揪心。她完全是那种居高临下的样子。”

听到这里，我忍不住笑了，问：“后来这孩子走了吧？”

“是的。其实我们给他治疗不是没希望，但她频繁地更换医生，出现几个幼稚细胞就像天塌下来似的，不要看见有几个幼稚细胞就那么紧张。我本来想好好把这个病例攻下来，可是他们很难配合，最后还是化疗给搞坏了。出现几个幼稚细胞，她就急得不得了，说赶快给儿子上化疗。其实幼稚细胞不是敌人，只是不成熟的细胞，我们想办法让它改邪归正，成为朋友，和平相处。就像社会风气一样，提倡学雷锋，雷锋多了，社会风气就好了。通过这件事之后，我不喜欢给有钱人看病，我不适合做御医，我还是喜欢给老百姓看病，而且我这里治得很漂亮的都是穷人，因为他们是百分之百相信你。”

另一位民间老中医更有意思。北京某部部长和另一位研究员同时得了癌症，当时两人都打听到这位老中医能治癌症，部长秘书问：

“有救吗？”

老中医回答：“如果是长官就没命了，如果是老百姓还有得救。”

秘书明白老中医话中有话，就说：“我回去做部长的工作。”

最终部长没有来。而比部长病情更为严重的研究员既信中医，又懂《易经》，他接受了老中医的治疗，服药后仅仅 20 多天，他从原来的脸色干黄发青、手脚冰凉、身心疲惫，变成了手脸红润、手脚温暖、精神充沛，而且头上竟然长出了黑发。短短三个月过去，他就痊愈了。那个没有接受老中医治疗的部长先生却早就不在人世。2004 年，来自卫生部、中科院、协和医科大学、中医药大学的教授，以及世界中医药联合会等各界名流，在广东茂名参加了“董草原中草药治肿瘤与癌症研讨会”，卫生部某培训中心的李教授的发言是这样说的：

“我昨天在饭桌上跟董教授一块吃饭的时候，提到了电视报道的牛玉儒。他是呼和浩特的市委书记、内蒙古自治区的常委，只活了 52 岁，副部级干部，是中央组织部管的。到北京治疗时，也有人建议找董大夫。我知道他们是负责副部长以上医疗的，但他们比较保守，说只能在北京治，不能外出，所以他的病就这么给耽误了。这么好的干部，这么廉洁的干部，这么有威信的干部，如果经过董教授的治疗，如果成功的话，对内蒙贡献多大啊。”

阴阳平衡才能身体健康

如何理解阴阳平衡？一位中医名家这样告诉我说："中医的基本理论是阴阳五行学说，它的核心是'动态平衡观'，好比正常的阴是十分，阳是十分。病人身体中常出现阴是三分、阳是三分，阴是二分、阳是二分，甚至一分，但他仍可以活着。就怕阴是一分、阳是九分，或者阳是一分、阴是九分，太不平衡就活不了。中医治病，同样要求治好，如果治不好就要求动态平衡，阴十分、阳十分当然最好，足足的。但到了70岁，五分平衡；80岁，三分平衡；90岁，二分平衡都好。平衡时，老人就活灵活现着。但西医发现幼稚细胞超过5%就不对了，就要打化疗，就光看数字不看人了。很多人就为这5%的化疗而失去了生命。

再比如我们的饮食，辛甘酸苦咸五味，光有甜而没有苦就不行，五脏是肝心脾肺肾，五脏和五味是平衡的。如果饮食苦的吃得少，那么金生水，水生木，木生火，火生土，土生金；金克木，木克土，土克水，水克火，火克金。相生相克的正常规律就被打乱了，就会病从口入。久而久之，五脏失去了平衡，人就生病了。"

因而在生活中，我们不是只想着得了病去治病，而是没得病时就要想着如何来防病。事实证明，中医在防未病方面是有极大建树的。

中医除了治癌，对普通病的医疗也比西医更简单、更实惠。我坚信总有一天，越来越多的国人会逐渐认识它，亲近它，因为它的确是我国的一件珍宝。我在网上看到这么一个帖子，觉得既说明问题，又挺有意思，便将其移植过来，博众人一笑：

"我以前从不上医院，最多去药房买个感冒药之类的东东。但是工作之后整天对着电脑，越来越感觉身体变得好差，最后终于病倒了！在被西医折磨一番之后，我才明白：

（1）现在西医看病不是人在看病，而是机器在看病！全身检查一遍，能做的都做，能查的都查，然后才能治病！

（2）现在西医用药就用最好最贵的药！能多打针就多打针！先不说花费，单说好药吃多了，以后再吃普通的药就没效果了！病只会越来越难治！这不是在害人吗？！

MD，以后西医完全可以搞个自动化的程序，医院入口放一堆仪器，病人先用银行卡刷卡，然后通过这堆仪器检查，检查完之后电脑自动配药，自动打针，需要做手术的直接用电动椅送入手术室。科技再发达点，可以直接用机器人代替医生做手术，准确无误！西医完全只是摆设！

相信很多人都看过武侠电视小说，那里面可没有西医，是真正的医生！我一直认为真正厉害的医生就是：①用眼睛看、用手摸就能知道病人哪里有病。相信大家都读过《扁鹊见蔡桓公》吧，那才叫神医啊！②用最简单的方法、最简单的药治病。感冒发烧什么的跑去看西医首先什么都不问，先拍片子，再打吊针，我晕死！国外医生都是用冰块降温、喝热开水等物理疗法，越简单越好，能不开药就不开药！国内的西医不知道拍片子有辐射啊？身体被西医越治越差！

作为一个有知识的青年，我不否认西医在一些疾病上的疗效，但我更觉得中医的伟大及神奇，更觉得中医应该被大家所重视、所认识！

作为患者，我觉得不管黑猫白猫，能逮到老鼠的就是好猫！能简单有效治好病的就是好医生，就是好的医学！我更相信治病在于治本，而不是西医所谓的哪儿病了就治哪儿！”

外国中医在中国坐诊

就在一部分中国人嚷嚷要“废除中医”的同时，国外却把中医当成宝贝。近年来，前来学中医的留学生也不断递增，尤其是现代人追求绿色、健康的生存环境，对西药的毒副作用越来越排斥，来源于大自然的中医药便逐渐凸显出它的优势。据有关资料显示：目前已有120多个国家和地区建立了各种类型的中医药机构，特别是在东南亚、日本、韩国等地，中医已被广泛应用；欧美一些国家也在逐步解除对中医的限制；美国已认同中医药学与西方主流医学一样，是一门有着完整理论和实践体系的独立科学体系；有些国家已经将中医、气功等纳入了医疗保险的范畴；德国等在法律上对中医予以认可；一些国家还开办了中医药正规学历教育。

中医学的国际影响力日益增强，世界各国逐渐掀起了学习中医的热潮。世界卫生组织还将国际针灸培训中心办在了中国，已培训了成千上万名中医药专业技术人才。在中医药院校的留学生要学习 3 ~ 7 年，有的是本硕连读；汉语不过关的学生还要专修 1 ~ 2 年汉语，才能得到学习中医的资格。

我国有十几个省市的中医药院校都有外国留学生学习中医，如四川、山东、北京、南京、上海、山西、福建、天津、云南、广东等。这些留学生中的大多数学习中医是为了回国开中医诊所，为本国国民服务；还有一些留学生在中国获得了中医师资格证书，个别的还留在中国坐诊看病。有一个叫迪亚凯特的马里青年，20 年前在中国进行了八年苦读，完成了中医的本科学业，29 岁时就获得了中医行医资格。回国后，他成为马里国立公共卫生研究所的专家。2002 年 8 月，已经 45 岁、事业有成的他又再次回到母校——广州中医药大学攻读硕士学位。他说：

“这一次我不仅要学习更多的中医知识和理论，更要好好研究中国在发展本国传统医学方面所取得的突出成绩和丰富经验。”

这位马里青年正在一家正规的中医院里“坐堂开诊”，是广州中医药大学附属医院消化内科的客座实习医生。他说：

“我发现自己好像比中国同行更受欢迎一些。很多病人更愿意让我给他们号脉、看舌苔。”

这种感受令他十分兴奋。

据有关部门统计，来中国学习中医的外国留学生的人数仅次于学习中文的人数而名列第二，可见中医药在世界的影响之大。

我有一位战友去美国旅游，她发现一个中医按摩诊所生意非常火爆，患者排着大长队在等待治疗，而且全是白皮肤的老外。诊所老板是个 40 来岁的中国人，他从广东民移到美国，主营中医按摩，在当地火得不得了。老板说，这里的广东、福建人挺多，本来开这家店的目的是为当地的华人服务，没想到老外比华人更喜欢中医。他们说中医好，既有效果，又没药物的副作用。去年，他实在忙不过来，只好从广东家乡叫来几位护士，帮他扎针灸或做些管理。

中医正是以这种真实疗效得到国外各界认可的。

关于梁启超之死

对于梁启超的死，我们只知道他是被错割了好肾后，病情日益加重，不到一年就去世了，时年才 57 岁，而梁启超自称自己能活到 80 岁，但具体细节并不清楚。去年，我在中华网的一篇《梁启超之死》的文中才弄清了事实真相。原来，梁启超之死确系西医所误，但很长一段时间都无人知晓。直到 1994 年费慰梅撰写的梁思成夫妇传记《中国建筑之魂》出版，才有了关于 68 年前协和医生那次致命失误的解释：

“40 年后，1971 年，思成从自己的医生那儿得知父亲早逝的真相。鉴于梁启超的知名度，协和医院指派著名的外科教授刘博士来做这项肾切除手术。当时的情况，不久由参加手术的两位实习医生私下讲出。据他们说：‘病人被推进手术室后，值班护士就用碘在肚皮上标位置，结果标错了地方。刘博士就动了手术（切除了那健康的肾），没有仔细核对一下挂在手术台旁边的 X 光片。这个悲惨的错误在手术之后立刻就发现了，但由于攸关协和医院的声誉，被当成‘最高机密’归档。

其实，当时梁启超也曾经对院方的诊治产生过怀疑，他在给儿子梁思成夫妇的信中写道：“这回上协和医院一个大当。他只管医治，不顾及身体的全部，每天灌两杯泻油，足足灌了十天，把胃口弄倒了。也是我自己不好，因胃口不开，想吃些异味炒饭、腊味饭，乱吃了几顿，弄得肠胃一塌糊涂，以至发烧连日不止。人是瘦得不像样子，精神也很委顿。”

“上海的张雷是梁启超的好友，和两位实习医生也很熟，他把真实情况告诉我，并且说：‘直到现在，这件事在中国还没有很多人知道。但我并不怀疑其真实性，因为我从和刘博士相熟的人那里得知，自那次手术以后，他就不再是充满自信的外科医生了。”

以下一点可能也很重要：1928 年 11 月，即为梁启超动完手术后的九个月，就是梁死前六个星期，刘博士辞去了协和医院的外科医生职务，到当时的卫生部当政务次长。关于这一前往南京的调动，布尔曼（HowardL. Boorman）编撰的《中华民国人名词典》中如此解释道：“刘博士认为，不管私人事业如何赚钱，公众职务总是更为重要。”他利用余生 33 年，致力于奠定全国卫生服务网的基础。

另外，文中还提及梁启超在西医治疗无效的情况下，不得已服中药，那段时间反而产生了极好的疗效：3 月 16 日动手术将右肾全部割去。但割去右肾后，尿血仍未能完全停止，协和医生只能做消极性防治，不能做积极治疗。到了手术后的第四个月，梁启超给友人写信，说他的病“颇有增剧之象，不得已拟试服中药矣”。

为他开药的是著名的中医唐天如。唐天如曾在吴佩孚幕中做过秘书处处长，后归隐香港，此番听说梁启超得了尿毒症，特地北上去看他，并为其治疗。

9 月初清华开学后，梁启超便搬入清华园住。自从服了唐天如开的中药后，病况很有进步，他极为高兴。9 月 14 日，他在给孩子们的信中说：“你二叔叔天天将小便留下来看，他说颜色比较好了，他的还像普洱茶，我的简直像明前龙井了。”

1927 年 4 月初，割掉肾子一周年，梁启超再到协和住院检查，结果是：肾功能已完全恢复，其他各部分都很好，“赤化”虽未殄灭，于身体完全无伤，不理它便是。他们说唯一的药，只有节劳。

但后来梁启超由于受他的几位师长及好友相继离世的打击，加之写作的劳累等原因，故又再次找西医治疗，最终治疗无效而去世。

我从另一资料上还看到梁启超给儿子的信。内容为当时西医为他查病时，一会儿说病源在梁先生的牙齿上，于是一连拔掉梁启超的七颗牙齿；一会儿又说病因出在病人的饮食上，于是梁先生又被饿了好几天。经过几番诊断，梁启超的尿血症却仍未见好转。当时始终未能查出梁先生的病源到底在哪里。

这也许就是事实的真相。所以我在想，假如中国那些极力想取缔中医的人，一旦自己得了重疾，在西医治疗效果不好的情况下，是否也会像梁启超一样去体验一下中医的疗效呢？

第十章 偏方的是与非

偏方，也是一种治疗途径，
只不过需要你
　具备一双慧眼，
甄别谎言与真实。
好的偏方，百姓世代铭记。
不是悬念，而是
　先人浓缩的美酒，
　先人祛病的锦囊。
它历经岁月磨砺，
　蜕变成一颗颗发光的宝石。
融化烦恼与忧伤，
点亮破旧的日子，
缩短你
　从病痛到健康的距离。

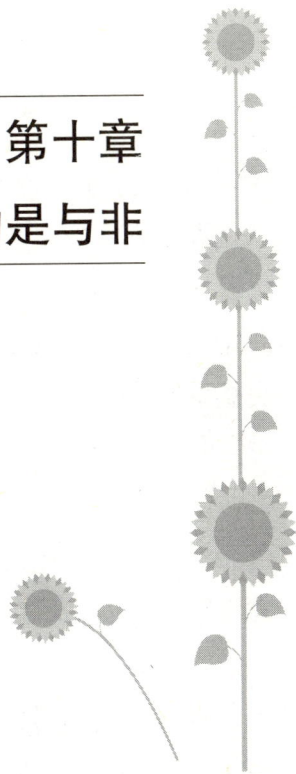

偏方，也是一种治疗途径

记得孩童时，有一次我在野地玩耍，无名指突然被草丛中的毒虫（后来大人说是蜈蚣）咬了一口。当时感觉像是被一把利刀猛刺了一下，立即变红变紫，既而随着心跳的节奏发出一阵一阵剧痛。我一边大哭，一边跑回家。当时我姥姥见状，拉起我就往鸡栏里跑。只见她挑起地下一泡褐色的、稀乎乎、臭烘烘的鸡屎（我们管那种鸡屎叫“糖毛鸡屎”）就往我手指上涂。这时，奇怪的事情发生了，手指不仅马上痛止，而且还凉丝丝的，挺舒服。小伙伴们见我不哭了，拍起手大笑起来，一边笑还一边有节奏地拍手嚷起来：

“糖毛鸡——屎，糖毛鸡——屎！”

看着伙伴们笑，我也挂着泪珠忍不住笑起来。

那时候，我不知道这就叫偏方，但这些方便、廉价、随手得来的东西的确可以治病。后来，我还知道不少这类方子：如小伙伴们被蜜蜂咬伤了，肿痛难忍，大人就会到处找喂奶的阿姨，只要挤上几滴奶水，便可消肿止痛；脚底板长茧，一走路就痛，可用红砖放在煤炉子上烧红，再将烧得红透的红砖扔进尿桶里，嗞——一下，然后拿出来，在砖上铺上稻草，再将脚放上去敷，用不了几次，脚板就不痛了。

这就是民间偏方。我相信，这样的偏方，哪家人都会说上好几个。比如食醋、大蒜、生姜的妙用等。它的好处是随手捡来，经济便捷，药到病除。

土郎中保住了地质专家的腿

我姨父是个地质专家，在外风餐露宿跑了半辈子。前些年退休在家，有一次下楼时不慎摔成小腿粉碎性骨折。他先是到公费医疗所属的西医院诊治，第一次接骨上了石膏，哪知，三个月后却发现没接上。紧接着，又做第二次手术，结果伤口感染，一直不能痊愈。小腿烂了一个很大的窟窿，天天往外流脓水，治了半年多也不见好。令人气愤的是，最后医生说要截肢。小姨又气又急，气的是由于医生的过错造成眼前的后果，急的是不能因此毁了一条腿啊。正在这时，小姨报社的同事打听到，有位民间的土郎中，接骨技术不错，问她信不信。小姨说，都这个时候了，还谈什么信不信？赶快把他请来吧。

土郎中来了，小姨一见心里就直打鼓。因为他很年轻，看上去不到30岁，就算是祖传秘方，能靠得住吗？

土郎中虽然年轻，但他有绝技。他的针灸技术很棒，会飞针，相隔一尺，他针扎过去又准又稳。但他提出，他的药很贵，至少要5000元，因为要到深山里去找，还不一定能找到。小姨说什么药那么金贵？土郎中说，他要找一种长在与死人胸口相对应的棺材上的那颗灵芝，还要找一种特殊的石头（这种石头的名我没记下来），将二者磨成粉敷在创口上。十几年前的5000元不是小数目，但能挽救我姨父的一条腿还是值得的。小姨毫不犹豫地答应了。土郎中马上进山去了，还算运气，半个月后，他找到了这两味珍贵的药材。

奇迹果然发生了。小姨说，她是亲眼看着我姨父的创口长出新鲜嫩肉，直至痊愈的。年轻的土郎中，用他的中医偏方保住了一位地质专家的腿。

我查了一下资料，土郎中说的那种灵芝叫棺材菌，色红如血，大多生长在雨水充沛的南方，的确很珍贵。据说，这种棺材菌还有一个传说：一位官人死了，这官人生前吃参太多，人死之后，入土埋葬，参气外溢，凝聚不散，日子一久，棺中尸体口里，便吐出菌柄来，一直伸展至棺盖外，在棺材外结成菌，这便是棺材菌了！

听上去不免有些神奇。其实，科学的说法是棺木埋到地下后，经过一段时间的朽化，遇到相应的温度和湿度，就会产生适合灵芝生长的条件，继而长出灵芝。只不过是在地下，没有阳光的照射，灵芝的颜色不会那么鲜艳。又因为在地下没有其他植物相争，尸体腐化后又会变成很好的肥料，所以棺材菌长得比较肥大。根据生长的位置，棺材菌又分为头部的、肺部的和腿部的，其中肺部的最好，头部其次，腿部再差一等。小姨父所用的正是对着胸口（肺部）的灵芝，所以非常珍贵。据刘力红的《思考中医》里提到：棺材菌，治骨癌疼痛，极效。

所谓民间偏方、验方，是指对某些病症具有独特疗效的方剂和方法。在我国传统的医学宝库中，独具特色的民间偏方，以其药源易得、使用方便、价格低廉、疗效显著、易学易用易推广等特点，几千年来广泛流传于民间。其涉及内容包括长期用于预防和治疗疾病，有临床实践经验积累，但未形成系统的理论，未被典籍所录载，具有独特疗效的方子和诊疗技术，如单方、验方、秘方、针灸、拔罐、推拿、牵引、熏洗、灌肠、刮痧、点穴、放血、火灸、蜂疗技术等。

民间偏方是中医药中重要组成部分，它源自几千年来我们的祖先们与自然和谐相处、与疾病抗争中的摸索和积累，是先人们智慧的结晶。千百年来，中国人就是靠中医和这些民间医药而生存和繁衍。直至今天，它仍在发挥着作用，为国人的健康保驾护航。

安宫牛黄丸配合化疗治愈了她的白血病

在我采写的白血病病人中，就有一位与偏方有很大关系的患者。她今年52岁，漳州人。十多年前，当她确诊为白血病（M5）时，有一位曾患白血病的朋友，要她赶紧去买安宫牛黄丸服用。原来，他当年患病时家里穷，住不起院，也是听别人说了这个偏方，结果真的就吃好了，从未打过化疗。

于是，她还没开始化疗时就先服用安宫牛黄丸，每天服一丸，后来一边化疗一边服用。据说这种药很贵，药店里就有卖。她通过熟人在漳州医药公司买的，打了些折扣，100 元一丸，她整整服了一个月后就再也没服用。她的化疗很顺利，从未复发过，一年多就完全治好了。她的病不能说是完全靠偏方治愈的，但至少服用的安宫牛黄丸对她的病起到了很好的辅助作用。而且，我去山东淄博某医院采访时了解到，他们自己研制的治疗白血病的药物里同样含有牛黄。

网上一位病友的亲属说了这样一件事：他朋友的爷爷患了癌症，而且是肝癌晚期，医院都说没救了。后来，她去云南旅游时，为她爷爷找了一种叫做红豆杉木的植物，卖给她的当地村民说，每天用红豆杉泡水喝，一个月癌症就没了。她抓住这一线希望照着去做，果然到今天，她爷爷还健在。癌症没了，而且都不用再喝什么药。他朋友说这个红豆杉木真的很神奇，一泡水就会自然变红，泡了很多年了一直是这样……当时，因为当地农民还不知道这种植物的真实价值，所以她只花了二百块左右就买到了。但红豆杉是世界公认濒临灭绝的天然抗癌植物，是中国的国宝，非常珍贵，是不允许买卖交易的。

已故中医泰斗、原卫生部中医司司长吕炳奎曾经说过：“认真挖掘、收集、整理民间秘方，给民间中医药走向世界铺一条便利道路，有利于民间中医药的发展，有利于病人的身体健康，有利于社会的进步和发展。”

米醋治好了父亲的皮肤病

我对民间偏方情有独钟是从小就开始的。除了我姥姥用“糖毛鸡屎”治好了我手上的毒虫咬伤，还有一次是我生儿子不久就患上了乳腺炎，疼痛伴高烧不退。那时，我在军队干休所、孩子的爷爷奶奶家坐月子，离我工作的部队医院很远，加之在月子里又不便外出，只有找干休所的军医了。当时，医务所所长姓冯，我们管他叫冯军医。冯军医 40 多岁，中西贯通，看病很有经验，医德更不用说。当晚，他就打着手电筒冒雨在干休所附近的山上挖来了新鲜草药（我记得那个草药的叶子扁扁大大的，有点像君子兰的叶子），捣碎后给我敷上了。草药敷上后感觉清凉舒适，很快就止痛了。仅仅一晚上，肿消痛止，烧也退了，真是奇效！这种病如果到我们医院去，至少得打上好几天针，而且也不可能如此神速般痊愈。

我的家里一直保存着一种治疗皮肤病的药水，是我父亲闹皮肤病时，他早年的通讯员送给他的。通讯员的父亲就是一位老中医，这方子还真是他家祖传的。这种中药泡制的药水虽然没治好父亲的老年性皮肤瘙痒，但治其他的皮肤病很见效。后来，我把这个药方要来了，用白酒泡制而成。记得我们报社的美编小腿正在闹皮肤病，痒得日夜不宁，将皮肤都搔破了。我给了她一小瓶，让她试试，结果一抹就好了。

老爸的老年性皮肤瘙痒更是难治，稍稍吃一点“带发”的东西都不行，一年要住好几次院，用激素、抗过敏药等治疗，从未断过根。而且长期服用雷公藤、激素类药物，其他药物也都用尽，曾尝试着用过中药，并在中医院住院治疗，最多也只能缓解，没多久就又复发。这个病折磨了他 20 多年，痛苦得要命。他长期服的药我看了都怕，也很担心。比如雷公藤、强的松之类，不仅会损伤肝肾，降低人体抵抗力，而且雷公藤吃多了会导致中毒。但老爸说，不吃不行，痒啊！有些食物防不胜防，比如牛、羊肉都是他的最爱，但一碰上就痒得受不了。就是这个医院都毫无办法的顽疾，却被一位农村的赤脚医生治好了。方法太简单不过：用农村酿的米醋洗澡。

我非常感谢这位了不起的民间医生，还因此特地到江西某地去采访了他。这个人 50 多岁，看上去有点神经兮兮的，说话也挺随便。老爸说：

“人不可貌相，别看他长得不咋地，但人家有真本事，会看疑难杂症，尤其在治骨病方面有绝招，他给我的一位首长的爱人治好了骨裂。首长的爱人听说我有皮肤病，就介绍我找他看，没想到还真看好了。”

还真那么神？我有点将信将疑。于是，我去拜访了那位首长的爱人。

“没错，就那么神。当时，我屁股痛，在医院看了很长时间，还是痛，不见好。结果他来了以后，把医院没有检查出来的骨裂给查出来了。果然，我到医院去做 CT，还真是骨裂。你说奇不奇？”

看来民间有高人啊！

此人不仅是看病的高人，还是个传奇式人物。他姓涂，早年曾在江西某地一个公社当过社长。他经常为老百姓看病，而且看得很好，深受大家的爱戴。因为他从不收钱，于是被他看好病的老表们就送点烟酒表示感谢。当时的市委书记是个造反派（南下干部中的败类），得知此事后，就对下属说：

"此人流里流气，不像个好人，你们得好好查查！"

下属说："这个没法查，送他东西的人太多了，都是病人。"

"他是不是党员？"

"是，还是社长。"

"那就撤了他的社长，开除他的党籍。"

他说起来是那么的随意，那么轻飘飘，但轻飘飘的话无比恶毒。一个社长的前程和尊严就这么毁在他无比随意、无比轻飘飘的一句话里。想想那个年代，开除党籍的人能有啥好果子吃？一个群众信赖又能为百姓治病的社长，顷刻间被撸得连根毫毛也不剩。不过，他倒是挺有个性，手一甩，说：

"不让老子干，老子还不想干了呢！"

从此，他一走了之，谁也不知道他去了哪里。后来听说他不仅赚了大钱，而且连国家都把他用起来了。再后来，深圳一家大医院高薪把他请去看病，并给他配了专人诊室。几年后，他觉得那个大城市人挤人拥的，感到憋得难受，不如回自己家乡，回赣江边那个小巧玲珑的美丽小城待得更舒坦。再说一生总在外飘，年纪大了，也想老婆孩子，便打道回府，不管对方怎么留也没能留住。大家听说他回来了，又纷纷上门找他瞧病。

我去当地采访他时，正赶上好几个从乡下来的腰椎间盘突出症的病人找他看病。我亲眼看见他们艰难地弯着腰被人扶着走进去，他在自己家铺着白床单的诊断床上治疗了三四十分钟，病人便像正常人一样直着腰走了出来。一位病人收诊费 100 元。

谨防中医骗子

当然，无论是偏方还是良方，未必每个人都适用，也未必百分之百能治好。因为各人病情不相同，各人的体质也不相同，所以，对于民间偏方既要重视，又不要盲目轻信。最好的办法是了解清楚，是不是确实有人用过，而且颇见成效，对身体又没有什么损害，这才可以去试用。一旦发现反常现象或效果不明显时就必须立即停止。

尤其是近年来，不少人打着民间偏方、祖传秘方的幌子，趁火打劫，骗人骗财，包括一些媒体也做了些伤天害理的宣传，最终被《焦点访谈》给揭露出来。这些骗子不仅害人害已，还把中医的名声给毁坏了。非常可恶！

我也曾去验证网络上与血液病有关的一些中医网站。比如，我的电话打过去，有的对我的采访吞吞吐吐，提供的院长电话竟然关机，我一听就明白对方底气不足，这样的医院是不会有真本事的。再比如，郑州一位所谓的“血液病医院的主任医生”曾向我提供他治好的一位病人。我电话打过去，对方愣了老半天才说：

“别信他的。他根本不是什么主任医生，只是一个拉大板车的。你想，他能治病吗？扯淡！好多人都被他给骗了，他骗了别人不少钱。”

真正有过硬医术、有过硬技能的从医者，是欢迎任何人来验证，更欢迎媒体前去采访。再有，一般正规的医生永远不会向病人承诺治疗结果，而骗子往往抓住你想得到一个治疗结果的心理，便给你打包票，说保证能给你治好。

在病急乱投医的情况下，我相信许多病人亲属都有类似经历，有时说不定就碰上好郎中了。我也一样。在小妹患病期间，有病友为我们介绍了福建莆田的一位老中医。开始，因为小妹不信中医，所以我没敢让小妹去，而是我自已先去莆田找他问诊。这位老中医姓陈，70 多岁，腿不太好，拄着拐杖。经了解，他是民间一位真中医。他曾经给好几位白血病患者看过病（我看了他留下的一些病历记录和资料），有两位年轻姑娘被他看好了，已经结婚生子。其中一位在福州的某宾馆工作，有名有姓。而且，他开中药也是辨证论治，治疗白血病的主要原则是清热解毒。他开的中药方除了中草药（只能到他们村里的药铺抓，因为有些草药在城里的药店还未必有，有些药名很奇特，我听都没听过）外，还有自己家院里种的一棵树，他让家人亲自采摘了几十片树叶，每副药里要放上十几片，在药快煎好时才放入，开锅就好。吃他的药得要有一个好胃，那些草药根本没法放药罐，堆起来整整一大脸盆，只能用一个大钢精锅去煮，水刚漫过，煮出来也一大暖壶，你一天光喝药不吃饭都够了，很难坚持。我给妹妹拿了20天的药，她只服了十来天就实在没法坚持了。我们家人也理解她的苦衷，只能望药兴叹，没办法！

2008年5月，我陪小妹去北京求医回来，病情复发，但并不算太严重，癌细胞只有30%左右。我的意见是继续用中药治疗，不能再打化疗。主要是担心她耐药，一旦耐药，就会适得其反，她的体质再也经不起折腾了。但小妹和我父母兄弟的意见还是寄希望于化疗，想把这30%的癌细胞压下去再说。

我儿子一听说小姨又要做化疗，就含着眼泪对我说："妈妈，求你了，别让姨再化疗了好吗？"

我儿子对他姨很有感情，他姨对他也非常好。尤其是儿子在上中学时，因为离家远，中午饭全都是他姨照料。记得在小妹快离世的日子里，我儿子经常在她床前伺候。儿子对她说：

"姨呀，我小时候不懂事，给你惹了不少麻烦，现在我长大了，我可以照顾你了。你快点好起来吧，我还等着孝敬你呢！"

儿子的一番话，说得小妹泪流满面……

化疗结果与我担心的一样，大剂量的化疗不仅没有丝毫效果，而且癌细胞越打越多，血小板竟然连续一周是零，小妹再度病危，命悬一线。后来，又引起了肺癌感染。这时，病友又介绍了一位民间中医，这个中医是个冒牌货，高烧时只会要她吃藿香正气水，一点招都没有，吃他开的方子毫无效果。之后，医院又请中医会诊，但仍然无济于事。我想，小妹后来一定后悔了，最后不该去福州打化疗，那等于是去送死啊，只是她自尊心强，不愿在我面前承认而已。不过，走之前，她不再反对中医了，吃着当地医院中医科开的中药（她只吃正规医院医生的中药）。直到我给她擦净身子穿上基督徒的新衣时，她的嘴角还流出了中药汁，令我悲伤欲绝，心痛不已……

我姥姥活到近100岁才走，我跟姥姥也亲，但对她的去世，我并没像小妹去世那么难过。直至现在，我想起她化疗时那生不如死的场面，那种悲伤和绝望仍然难以释怀……

所以，我非常理解寻求偏方的病人和亲属们，憎恶那些发病人难财的中医骗子。因此，对待民间偏方，我们必须具备一定的鉴别能力，千万不要上当受骗。

第十一章
生命护栏启示录

呵护生命，是世上最值得做的事。
因为，生命最懂得回报，
给它甘泉，它就微笑；给它阳光，它就灿烂！
它虽然脆弱，甚至光阴很浅，
它虽然抵挡不了阴晴圆缺，世间冷暖，
但它的韧劲像砍不断的流水，
　它的顽强像烧不尽的野火，
　它的有限可以创造无限，
　它的恒心可以水滴石穿！
即便残缺，它也会经久不衰，魅力永远。
别遗弃它，亲们，更别留下缺憾！
因为，它值得你用一生去呵护，
　值得你用一生去浇灌……

拥有气功，你就拥有一位自我保健师

生命在于运动。当今时代，人们已经从过去的“吃饱穿暖”过渡到了“健康享乐”，尤其对健康生活的质量呼声越来越高。提到健康，就离不开锻炼。没有一个健康的身体，一天到晚病怏怏的，何以去享受生活？建议每人选择一种适合自己的锻炼方式，比如慢跑、快步走、太极拳、养生气功和各种运动项目等。我就是一位气功爱好者，但是刚开始，我也是不相信，说来还挺有意思。

上世纪80年代初，正是气功盛行之时。可我没有随大流，因为我根本不相信。看着大堆大堆的人们在操场、在礼堂里哭呀笑呀发疯似的发功，我更是嗤之以鼻。但是不久，有一件发生在自己家中的事，彻底改变了我的看法。

我儿子的奶奶鼻腔里长了一块息肉，弄得天天头痛鼻塞，不滴药就无法呼吸，每天鼻子“吭吭吭”的，自己痛苦，别人听着也烦。看来，只有下决心到医院去做手术了。可是到我所在的部队医院一检查，医生无论如何也不同意为她做手术。一是她患有高血压和心脏病，医院说做手术会有生命危险；二是将军的夫人，出了事谁也不敢担这个责任。她只好作罢。就在此时，她碰到一位气功师。她问气功师，我的鼻息肉能不能做掉？气功师毫不犹豫地回答，只要你坚持练习，一定能做掉。这样的答复给了她练习气功的勇气。于是，每天凌晨五点，她准时起床，跟着气功师练功。记得那时，她还让我陪她一起练。可我白天在医院上班，每天起得太早，实在难以坚持，只陪了两三天便偷懒不练了。那是个养生保健功，看上去就像是打太极，挺简单的。

我心里暗笑，那个什么气功师肯定是在糊弄她呢。我相信科学，而这种只活动四肢的所谓功法，怎么可能对鼻息肉产生作用呢？

大约练了40多天，有天早上，她突然感到鼻子流了点血，还有些发痒，紧接着一连打了好几个喷嚏，竟然把那块有半指宽、三公分长的息肉给打出来了！息肉出来后，她高兴极了，因为鼻子完全通了，头也不痛了。她立即将这块坑害她呼吸的坏家伙泡在装了酒精的小瓶子里，拿到我们医院去炫耀。给她做过检查的五官科叶主任死活不相信是练气功练掉的，他非常仔细地检查了她的鼻腔，说：

“别瞎扯了，肯定是用激光打掉的，连切口都非常平整。”

这件事使我对气功的态度发生了根本性的转变。

还有件事，我弟媳生孩子时是剖腹产，输血时染上了急性黄疸型肝炎，住在我们医院传染科。正好产前她学了一种叫“先天自然功”的功法，那个功法比儿子他奶奶练的功还要简单，舌顶上颌，全身放松坐在那即可，也可以躺在床上（但不能睡着）或站在地上，没意念（没意念当然就不会出偏）。她在隔离病房练了一个月，所有指标全部正常，医生感到很惊奇，说这种病不可能这么快就痊愈，但事实确实如此。三个月化验仍正常，六个月化验还是正常。

这太令人折服了！我也跟着加入气功队伍。这才发现气功创造的奇迹太多了。在我的功友中，有的治好了椎间盘突出（初期时是被背着来的），有的把风湿病练好了（有一节下蹲是排湿气，她竟然排得连袜子都湿透了），有的把膀胱结石给练没了。

2000 年，我们合唱团去泰国演出，我不小心在浴池里摔了一跤，这一跤摔得特狠，我痛得天晕地转，差点痛休克。当时整个肩膀即刻肿起来，右手不能抬，连筷子都不能拿，只好用左手使勺，天天吃西餐沙拉。回国后，我每天练功、站桩（即自发功，平时一周一次，身体出状况时可每天练习），整整七天就完全好了，好得一点痕迹都不留。不仅没上医院，连一块止痛膏都没贴。

前年，我儿子从外地回到厦门工作。有一次他在晚上跑步时突感不适，胸闷气短，眼前发黑，险些晕倒。回家后他问我：

“老妈，我是不是得了和小姨一样的病？”

我听了立即斥责道："瞎说什么！"

但嘴上不说，心里却猴急起来。我赶紧陪他上医院。医生做完各种检查后说，心电图有问题，24小时心动图也有问题，尿酸高出正常一倍多，白细胞更玄乎，从刚回厦门的6000多锐减到3000多。分别在两家大医院查结果都是如此，而且第二次复查更低。

虽然白纸黑字不可动摇，但医生仍怀疑我儿子是平时不按规律生活造成的亚健康状态，建议这段时间该睡就睡，该吃就吃，一周后再来检查。

回到家，我对儿子说，你真的病了，怎么办？儿子彻底蔫了，低着头不说话。

"跟我一起练气功吧？"我试着问道。因为我曾经问过他，得到的结果是，用伸舌头、做怪样来取笑我。但是这一次他没有反对，而是问道：

"做气功有用吗？"

"当然有用。"

"那好吧。"他无奈地答道。

我没想到儿子答应得那么快。那时正是大夏天，我请来气功师，陪他一起在公园练了五天的气功。儿子练得非常认真，气功师夸他的动作比练了十多年的我更到位。他第一天做功就感到手掌心发烫，而且他每天都练得鼻涕眼泪直流，止都止不住。气功师对我说：

"这是在调理全身的脉络，你儿子气感很好。"

一周后，儿子重回医院检查，没想到心脏及血常规全部恢复正常。

拿到化验单时，我儿子陷入了沉思，从小就爱追根刨底的他感到太不可思议：这气功究竟是啥玩意儿？它到底是怎么发挥作用的呢？它怎么就能使所有检查都正常了呢？仅仅隔了七天，为什么会有两种截然不同的结果？几天后，他对我说：

"妈妈，我确定，这与人的潜意识有关！"

我问他，为什么这么想？儿子说，因为练这个功有意念，其实意念就是人的潜意识，你不得不承认。

这是儿子的结论，不管我承认与否。一年后，他由练气功得来的灵感而创作的长篇科幻小说《越魂》得以完成，因其题材属国内首创，发在网上挺火，很快就有出版社找他签约出版，今年四月上市后不仅卖得火，淘宝网上还出现了大量盗名、盗版书。

那么，气功究竟是什么？我是这样体会的：气功就是让心彻底静下来。心一静，血脉便开始欢腾。血脉只有在心彻底安静时才会发挥它的所有潜能。它在全身的血管通道里涌动，它在平和无我的气息中奔驰。它疏通结节和淤积，它大口大口地呼吸，与大自然输入的氧气亲密接吻。

这种全身放松的练功状态，包括郭林新气功和所有气功都是一个道理。只不过，郭林新气功不意守，采取风呼吸；而养生气功有些需要意守，并要求保暖，摒弃风呼吸而已。

我已经练了十几年了。有一个发现，就是在我所认识的做这种养生功的功友中，目前还没有发现一例癌症患者。不知这是不是巧合？

不管是不是巧合，反正每天只抽出半小时做你的健康护栏是非常值得的。别小看这半小时，假如得了癌，即便要练郭林新气功也是每天至少三四个小时，而且要一直坚持练下去。所以还是提前治未病，不要吝啬这半小时，它兴许可以锁住你的健康，让你毫无顾忌地过好每一天。

掌握一点基础医学知识很有必要

掌握一点基础医学知识，用不了占用太多时间，哪怕在网络上学习也可以。或者，当身体不适时，养成一个上百度的好习惯，一般重病急病都会有提示。只要在百度查询“急救常识”，有5300多万条，“癌症的早期症状”有400多万条，“癌症的晚期症状”有800多万条。尤其是一些小病小灾，如果不注意，可能会酿成大灾大祸。

前两年，我儿子打篮球把小腿摔得鲜血淋漓，回来后，我找来盐水给他冲洗伤口，他怕痛，买了一瓶碘酊，门一关不让我进去，说自己处理。结果小腿愈合半个多月后突然红肿，到医院一检查得了脉管炎，打针吃药花了不少钱。事后，他才明白，当时真该听老妈的。医生说，正是因为当时没有将伤口上的沙子和细菌冲洗干净，就上了碘酊，于是，伤口表面上愈合了，实际上脏东西（细菌）跑进了血管里，引起脉管炎。这是件很危险的事，如果不及时治疗，细菌进入骨髓，很可能会患上骨髓炎，造成终身遗憾。

记得在我儿时的梦想中，从来没有“护士”这两个字，但参军入伍，一切由不得自己选择，这是没办法的事。在部队只学了基础医学知识和战地救护，之后就上临床做了医护人员。那时，我在北京离长城不远的野战医院，所里每周安排两次业务学习。我酷爱学习，碰上夜班，白天哪怕不休息，我也必听无疑。每次业务学习，都由一位军医主讲一个病。我学的第一课就是休克。接着还有肺炎、肝炎、急性胃肠炎、急性胆囊炎等，没想到那时学的东西至今都忘不了。不过，那时讲休克的定义很简单，就是一句话“收缩压（即血压中的高压）低于 80mmHg 的是急性微循环障碍”，现在好像不这么说。总之，我学的东西都没有现在那么复杂。但就这么点皮毛，却给我日后的生活和家庭带来了太多的益处，我俨然成了家人和朋友的医学顾问。

有一次，我姨从南昌打电话找我，说我姨父的腿红肿，并伴发烧、头痛。姨父觉得是小毛病，死活不上医院，我姨只好陪他到小区卫生所打了好几天点滴。每次点滴打完，体温逐渐恢复正常，可回到家第二天又开始发烧，只好又去打点滴，如此反复折腾了好几次，总是不见好。那时我已经调到厦门，不能马上去看望他，但我知道姨父曾经摔伤过小腿，就问他小腿的伤是不是又犯了？姨说没有。我又问姨，姨父身上有没有其他伤口？我姨想了半天说，他有脚气，而且在流水。我马上明白了，即对我姨说，很有可能是脚气感染引起的丹毒（我在部队业务学习时学过这种病）。我姨问要不要紧啊？我说，很要紧，如果不及时治疗会引起败血症，危及生命。这下我姨急坏了，问我该怎么办？我建议她赶紧将姨父送到家对面的南昌市洪都中医院去，医院可能会用中西医结合的方法治疗，即三管其下：西药点滴抗生素，口服清热解毒的中药汤剂，局部敷草药。我估计的不错，姨父患的果然是丹毒。而且我姨说，医生用的正是我猜测的三管其下的中西医结合的方法治疗。仅仅治疗了五天，我姨父就痊愈了。

还有一次，我的一位同行朋友患了面神经麻痹，住在厦门一家大医院。我去看他时，他已经治疗了20天，发病时口眼歪斜，20天后眼睛竟然还是闭不上。见状，我要他立即请求医生用中医的针灸治疗，但他说用针灸只能出院上门诊治疗。我说，那你就立即出院。因为针灸有一个最佳治疗期，过了这个治疗期就麻烦了，也许你的眼睛永远都闭不上了。他听了我的建议，马上办出院，用针灸治疗，果然很见效，不久便痊愈了。针灸，我在部队护士训练班时就学了，在临床上用的也比较普遍，尤其是急性病，一定得抓紧时间，拖过一个月，神经不敏感，再扎针也无用。我的一个亲戚也是面神经麻痹，因为我们不在一个城市，我知道他的病情时已经两三个月后，这时再用针灸治疗已经无济于事，他到现在仍然是个歪嘴。如果稍稍懂得一点针灸的适用范围，就不至于弄到这种地步。面部的缺陷，影响了他的一生，尽管他是事业单位，但仍然没有姑娘愿意嫁给他，最终勉强成了家。

人活在世上，是件很不容易的事。有时生命十分脆弱，像玻璃一样，一碰就碎，比如天灾人祸；但有时生命又十分顽强，像烧不尽的野火，一点就着。我们要珍惜仅有一次的生命，为它花上一点时间，掌握一些保护它的方法，就是为它做了一件事半功倍的大事。

女博士的悲剧在于对疾病的无知

无论谁看了《此生未完成》这本书，都会对书中患有乳腺癌的女博士于娟的离世感到遗憾。

我总觉得哪怕她懂得一点医学常识，也不会发生这样的悲剧。癌症到了晚期就是剧烈疼痛，这是一个很常见的医学常识啊，而她和她的家人竟然一无所知。她曾这样分析自己对医学的无知：

“我们的错误不在于没文化，我们的错误在于太有文化，我和光头加在一起有两个博士、三个硕士的教育背景，有东洋、北欧的教育背景，然而我们都不懂医学，都不懂去求助懂得医学的朋友、师长……”

女博士所说的“太有文化”，说白了就是“两耳不闻窗外事，一心只读圣贤书”，整日把自己闷在一个学业的闷罐子里，对外面的世界一无所知。他们呼吸不到社会的综合信息，体验不到生活中的油盐酱醋，他们活在学术的真空里，与社会彻底隔绝了。

让我们一起来分析女博士的病程。

起初，女博士以为自己扭伤了腰，但“还是硬撑着去了大润发，买了牛奶回了家”。没想到，“第二天悲剧来了，我基本上不能起床，腰如同断了一样，动一动就是豆大的汗珠往下掉”。然后是“接二连三跑医院，接二连三被误诊，接二连三被她说的‘狗屁医生’误诊为腰肌劳损，接二连三吊针、推拿、针灸、贴膏药等轮番上阵。医生们不去治还好，腰肌劳损对症下的药，活血通筋，道道都是催命符。两个星期治下来，癌细胞全身骨转移，CT里的乌骨鸡啥样，我就啥样，我成了乌骨人。没人知道乌骨人是什么滋味，稍微动一动，感觉就像锈锥钝刀在磨筋锉骨头一样往死里痛……”

读到这样的文字，谁不感到揪心哪！这就是对疾病的无知所导致的悲剧。不能完全怪她，起码，她是生病去医院求助医生啊，谁能想到会碰到这种无良的庸医呢？我想起中国古代名医吴鞠通所说：

“呜呼，生民何辜，不死于病而死于医，是有医不若无医也；学医不精，不若不学也。”

人家前来求医，却死在你这不学无术的庸医之手，所以有医等于无医，真该让众人诛之！

腰扭伤的疼痛，是无法与癌症晚期的疼痛相比的。作为医生，连这么普通的症状都没考虑到，正如吴鞠通大师所言“学医不精，不若不学也”。生活中，我们也有扭伤腰的时候，但那种疼痛只是短暂的，即便是突发性的急性腰扭伤，也只需在硬板床上绝对卧床三天，无须任何治疗，腰痛也会基本痊愈。而女博士当时是噬骨般的疼痛，这就是晚期癌症最起码的特征，是常人难以忍受的，它会痛休克，痛晕厥。

我在北京野战医院服役时，所里曾有一位晚期癌症患者，他是我们兵种话剧团的名演员，曾经在电影《南征北战》中饰演过张军长。入院时，他和电影中的张军长完全判若两人，一米八几的大高个，瘦得只剩下一把骨头。但我们仍然记得那一段经典台词：

“看在党国的份上，拉兄弟一把吧！”

他患的是胃癌，住在我们医院的一个单间病房。我每天去上班，还没走到病房，就能听见他痛苦的呻吟。见到医生护士，他第一句话就是：“杜冷丁（一种含吗啡的止痛药）、杜冷丁……求求你们了，给我打一针吧？”日夜不停地喊叫，难以自制。

现在想来，女博士不愧为女中豪杰。假如在新中国成立前，她被敌人逮捕，肯定是位女英雄。全身骨转移，还没用任何止痛药，连医生都感到吃惊。

如果女博士痛得厉害时，哪怕上谷歌查一下，至少会有癌症信号的提示，做到这一点并不难啊。她去世后，博文都印成了书，为何当初就想不到上网查询呢？

我看到有一位博友在她的博客上留言说：

“作为病友真的有个问题想问你，你的乳房有肿块，你一直没有发现吗？洗澡的时候也没注意吗？这个是很少见的，我自己是因为喂奶而误诊后耽误了很久，我看了你的博客就是没搞懂，你怎么会没发现自己的乳房肿块的呢？”

女博士回复道：“我去查，医生说是哺乳期奶块。我发现疼痛有肿块时儿子才四个月，误诊，一再误诊，直到儿子14个月后、疼痛剧烈时也没发现。如果家人早早想到可能是癌症，就不会用去宝贵的十多天时间来治所谓的腰扭伤，也不会用半个月来等待检查结果，而是及时住院放、化疗，情况会大不一样。”

缺乏医学常识又碰到害命的庸医骗子，她的病就是这样被耽误了。如果早发现、早治疗，凭着女博士对生命的强烈渴望，对战胜疾病的坚强毅力，再加上适当的锻炼，她就能活下来，而且会活得很好。我身边好几位同事、朋友、战友也患了乳腺癌，她们都是早期发现后即得到了很好的治疗，有的是纯西医治疗，有的是中西结合治疗，有一位在国外的朋友切除后连化放疗都没做，因为医生说发现早就不需要化疗。她们都七八年、十几年快乐地活着，病情均未复发。

我有位老朋友的母亲同样遭遇了和女博士一样的惨剧。她母亲曾经患过胃癌，几年后，突然颈脖子疼痛剧烈。医生明明知道她患过胃癌却没想到她是癌症复发，硬是把她母亲当成颈椎病治，而且还说是长了骨刺，要把骨刺割掉。她们家人也不懂，医生说啥就是啥。结果手术一做完，她母亲立即瘫痪在床了。最终是癌细胞转移到肺部时才发现真正病因，但已经晚矣。她母亲就这样走了，她心疼得不得了，也恨自己对医学的无知。她说：

“医生明明知道她患过胃癌，为什么就想不到是胃癌复发呢？现在的医生怎么能依靠啊？！”

当凌先生的《重生手记》出版后，她一气之下买了一大堆，专门送给父母健在的朋友们，让他们不要重蹈她母亲的悲剧。

村妇的生与公务员之死

我在采访江西省某医院的一位血液科主任时，她说起过这么几件事：有位公务员，一周后就要扶正时查出了白血病。她建议立即住院治疗。可他却说，我暂时不治，等到扶正后再治，那时要什么有什么。可到一周后人就没了。

他死于精神因素。主任说，白血病的精神因素非常重要。

她又说起另一位病人。她姓谢，40 多岁，是江西某县山区的一位村妇，她的家在深山老林里，经济条件很差。1990 年，她患白血病后来我这住院化疗，只打了一个疗程，缓解后就回家了，因为她没钱。之后，她回到家，打柴、下地、种田、做家务一刻也不停。等凑够了两千块钱就又来医院打化疗，打完后又出院回家种地、打柴去了。

我是 HA 方案、DA 方案换着给她用。到第九年，我就不让她用药了，现在已经 20 年了。前年，她送孩子上大学，还来医院看我，身体各方面都不错。

她的治疗成功，也是精神因素。

主任说，白血病是因人而异，不是以贫富而分、有钱就能解决的问题。它很公平，它不认官职和名人，大家都在同一起跑线上，生的机会和死的威胁同等，说到就到，说来就来，令人猝不及防。除了及时治疗，就看你的心态好坏了。可以这么说，心态的好坏将直接主宰你的命运。

所以，我采访山东淄博某医院院长时得知，他所治愈的病人大多数均为普通老百姓。这里面不外乎以下几种情形：其一，他们不是拒绝单纯的西医化疗，而是因为经济拮据，没钱再治下去，又不能眼见亲人离去，才不得不选择中医；其二，也有一些比较有主见的病人或家属，不光是因为经济原因，而且是看着亲人在化疗后每况愈下，便开始对这种治疗方式产生质疑，因而去寻找更适合的治疗途径。当然，也有少量的经济充裕的有钱人在单纯化疗后效果不佳，西医明确无能为力时，也不得不选择中医。比如远居国外的华人，相距再远，因为西医已经没有办法，所以他们会想办法回国求医，或者请中医前去治疗。他们是看到《健康报》和新华社的报道后，慕名前去求医的，没想到会获得新生。如美国的一位血癌小患者化疗后，肺部感染上了很麻烦的真菌，也同样在他那里解决了。

虽然他们医院效果显著，创造了不少奇迹，但医学高峰是无止境的。他总是在不断研究，那些用药效果差的原因究竟在哪？目前，有一个原则他是肯定的，就是被化疗打得生命衰竭的病人及心、肝、肾所有脏器全部损坏的病人几乎没有效果，化疗后病情复发的有不少效果不理想。他的治疗有三个原则：

移植复发的不治；慢粒急变的不治；生命衰竭的不治。

他怕众人围观而谢绝郭林新气功

我采访世界医学气功协会有关负责人时，得知这样一件事：有位文艺界名人患了癌症后，牵动着全国人民的心。北京抗癌乐园的老师们主动找到他，想帮助他。但他却这样说：

“唉，我是公众人物，出来锻炼怕引起众人围观。”

他就以这样的理由，婉言谢绝了生命的呼唤！

后来，他去世了。抗癌乐园的病友们都为他惋惜！因为在抗癌乐园里，和他一样的病人大有人在。他们不仅 5 年、10 年、20 年地活着，而且活得开心、健康。

大家说，患了病依靠医院没错，医院也治好不少病人，但医院不是万能的。既然有别的治疗方式，而且事实证明和他同类型的人都活蹦乱跳地活着，为什么就不去尝试呢？后来，抗癌乐园癌友们得知他离世的噩耗时，都纷纷说：

“他离开人世前肯定后悔了。”

“如果当时他学练郭林新气功，说不定能一直活下去。”

“是啊，怕别人看他，总比大家去八宝山看他好吧？”

还有一种状况，就是自我认识的错误和偏差。青岛有一位小肠癌患者，本来一直练着李少波的真气运行法，肠子里的癌肿早已萎缩，脸上气色也很不错。但后来不知怎么鬼迷心窍，迷上了一个所谓的佛教大仙，不练功，不吃药，天天去念经，还出国去求佛。结果有一天，他肚子突然很痛，到医院一检查，满肚子都是癌（肿瘤），长得满满的，不久便走了。

他把生命寄予常去省里开会的“名中医”

有人说，生意味着死，生是为死而准备的。我反对这种观点，不管是谁说的，不管是哲人或名人。因为人不可能生下来，就准备去死。生和死之间是存在距离的。人们尽可能地拉长这段距离，尽可能地在生与死的距离中显示生命的张力。人的生命是顽强的，只要有一线生机就会爆发出生的希望。即便是罹患重疾的人，依然可以经过自身的努力驱赶病魔，赢得生命的主动权，在生与死的延长线中，充分享受健康，享受大自然，享受天伦之乐，享受人世间的一切美好。

人为地缩短生与死的距离，往往就是病人自己。这完全属于一种自我毁灭。

因而，人生最大的悲哀不是病痛，而是得了重疾后对生命的放弃！我的几个战友都是这样悄然离世的，想来遗憾不已。其中有两个是肺癌，一个肠癌。化疗之后，我都向他们推荐了好的治疗方式，建议他们去学做郭林新气功，有的我还给他们寄去了郭林新气功光盘。可是他们都没有采纳，有的说化疗后身体太虚弱；有的一直推说事情多，没空学；有的连我的电话都不接，让自己爱人代替。

接受的人和不接受的人态度完全迥异。我这几位战友中，有两位颇有地位，他们是不会接受抗癌群体的。他们想活着，却不愿与癌细胞抗争，只接受西医一种办法治疗。他们的情绪一直处在消沉状态，他们分别说：我的病很凶险，是癌症里最严重的一种；化疗后身体承受不了，无法运动等等。另一位战友患肠癌，手术后一段时间恢复得不错。尽管我劝他，趁现在恢复好，赶快练习郭林新气功，这样病情不易复发，可惜他还是拒绝了我的帮助。他告诉我很好，已经上班，状态不错。

我很无奈。因为他们要么精神颓丧，要么过于自信。我没办法帮他们了，唯一能救的只有他们自己。没过多久，他的肠癌果然复发后便很快转移了。我又介绍在治疗癌症方面很有经验的中医，但他说，当地就有一位名中医，省里有重要会议，每次都是派他去，所以他决定服他的中药。

我无语。我从他的回答中听出了他的精神和意志已经出了问题，他退缩了。这是一种精神颓丧，精神的颓丧就是向死亡的召唤。即使你不愿放弃生，死亡也自然而然会来亲近你，拉着你的手，将你引向地狱。

他就这样悄然离世，无比清冷，无比悲凉，任何一位战友也未通知。他太太说，这是他生前的遗愿。

最划算的健康保险——抗癌公社

癌症是无法预测的。谁也不想得病，但即便很健康的人也难以规避患癌的风险。

有的人活得好好的，单位一体检，癌症！于是，精神上、经济上、生活上的压力滚滚袭来，有不少人顿时就垮了。家人、身边的朋友就这么眼睁睁地看着他（她）人形蜕变，魂游天际，撒手人寰……

既然避免不了，我们只有沉着应对。兵来将挡，水来土屯，放下包袱，积极治疗。

说到治疗，首先就是治疗费用。一个白血病患者，只要一住院，钱就像流水一样哗哗流淌。几万，几十万，眨眼间就不见了。中国老百姓还是穷者居多，一下子拿出几十万来治病并不是件容易的事。由治疗费用引起的亲人反目、家破人亡的人间悲剧简直是太多了。

如果有这么一个机会，在确认你罹患癌症后，短时间内就能收到30万元捐款，将是一件多么令人欣喜和感动的事。这就是我要跟大家介绍的抗癌公社。

我是在网上查资料时发现这一创举的。了解后，我感到很惊奇，于是迫不及待地加了发起人张马丁先生的QQ，和他热聊起来。原来，出身贫寒的他，当年正是由于经济的窘迫，使得他患癌症的母亲没有得到及时、良好的治疗而离世。因此，他有了这个为穷人着想的创意。他想通过这种方式，来完成他的“财务抗癌”计划：为人们建立一个简单完善的健康保障，以至在遭遇大病或不幸时，在遭遇肉体痛苦与精神痛苦时，不再承受治疗费用带来的巨大压力。

加入抗癌公社是有一定的要求和条件的。

其一，年龄在45岁以下的无癌病的人（张马丁先生说，抗癌公社刚刚起步，以后经验多了有可能会提高年龄界限）。

其二，必须懂得电脑操作。

其三，有了以上这两个条件，你就可以加入抗癌公社了。但加入公社后必须有一年的观察期，这样可以规避一些投机取巧的人。

过了一年观察期，如果你真的患了癌症，在经过有关当地证明和公正手续确认后，你就可以收到大家30万元（社员达三万人）的捐助，然后自动转成爱心成员，不再接受捐赠，继续捐赠他人。张马丁先生说，公社定的原则是每人每次最多捐款为10元。随着公社成员日渐增多，比如社员将由十元减到三元至一元，甚至几角钱。

抗癌公社成员正在慢慢增长。因为它是项公益事业，小张也没法投钱做宣传。说实话，我倒是乐意做这个广告。因为如果社员发展到十万人，有人患癌后，每人只要出三元，病人就可获得30万元的治疗经费（做骨髓移植的前期费用也足够了）；到了30万人，每人只要出一元就能筹到30万元的治疗经费了。

最近，我联系小张，得知有一位社员患了癌症，经过多渠道确认后，社员们都很主动地为她捐款，有的甚至捐上几十、几百元，并真心祈祷她早日康复。

抗癌公社被有关媒体称之为“自助救人”，公社成员可自愿加入，自愿退出。我觉得这种“人人帮我，我帮人人”的方式，比商业保险更为经济，更为实际。用最小的投入，换来最大的利益。尤其在防不胜防的环境污染、食品污染的今天，在癌龄不断年轻化的今天，此举用来抵御癌症袭来时的经济危机，的确是一个很不错的选择。

但愿45岁以下的年轻人都来加入抗癌公社，为自己的健康，同时也为他人的康复做一个最值得、最聪明的选择。

附：一个抗癌公社成员获捐助的全程演示

小王，25岁，IT业者，工作压力大，又亲历家中曾有患癌症的亲人没钱医治的重压，毫不犹豫地申请加入了抗癌公社。

加入抗癌公社后，他也进入一年的观察期。此期间他无须捐助别人，同时也得不到别人的捐助；经过一年的等待期后，26岁的他成为公社正式社员，并享有公社所有的权利与义务。

27岁时，抗癌公社有人患癌，小王通过电子邮件和短信收到了公社发出的组织捐助的通知。当时抗癌公社成员为一万人，由于每人捐助上限是十元，故在一个月内，小王通过抗癌公社提供的通道，通过支付宝向患者捐助了十元钱。

28岁时，抗癌公社又有人患癌，当时抗癌公社成员为十万人，根据规定，小王需要向患者捐助三元钱。这时，小王也可以放弃捐助而自动退出公社，小王考虑之下，还是捐助了。

29岁，小王娶小李为妻，并建议小李也加入了抗癌公社。

30 岁时，小王生了儿子，为了儿子的健康，也帮儿子报名加入了抗癌公社。

31 岁，抗癌公社有人患癌，此时公社有 30 万成员。根据计算，小王只需捐助一元钱，但由于小王还需要代自己小孩履行义务，于是他捐出三元钱。

33 岁时，小王的儿子不幸患白血病，小王提交相应资料得到审核通过，并经过审核、公示，其他成员无异议之后，公社为其组织捐助，小王得到其他成员的捐助共 30 万元，小孩自动成为爱心成员（可以对外捐助，但不再接受捐助）。

50 岁时，小王不幸患癌，提供资料，经审核、公示、其他成员无异议后，得到其他成员捐助 30 万（那时候这个标准可能提高了），并且自动转成爱心成员。

小王之妻小李一直未患癌，履行义务到 70 岁时，即自动成为爱心成员。

小李从加入公社一直未患癌，她所捐出的钱约等于 30 万乘以癌症发病率，且分散在近 40 年里，每年对外的捐助最多几十元，对她来说，没有任何经济压力。

有人问，小李不是吃亏了吗？捐了这么些年，没有享受到捐助。小李说，我帮助了别人，心里很满足。更重要的是，在这 40 年里，我的家人享受到了公社的福利，我自己无论得不得癌，都活得很安心。

第十二章
弘扬国医文化，增强民族气节

国医，是一种中国文化，
它带着东方典藏，东方神韵。
它包含着文明尺度，
蕴含着做人的风骨。
它外延绵长，内涵丰富，
那么，为何不让教科书
　告诉我们的后代——
　尊重它，保护它，弘扬它。
让孩子们铭记：
　守住国医文化，
　就是守住国家的尊严！

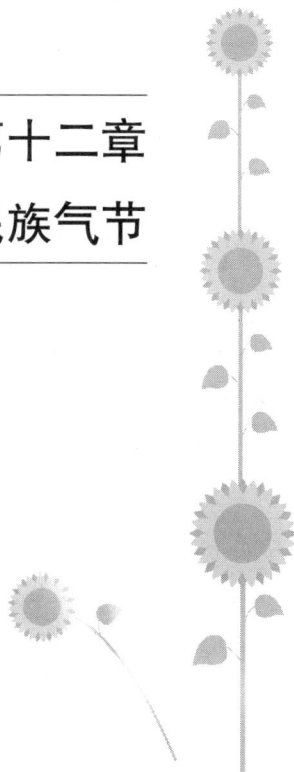

中医版权危急!!!

张绪通先生说，西医西药进入中国是1840年鸦片战争以后的事情，此前我们的祖先都靠中医中药治病。应该说，中医中药为华夏民族的繁衍昌盛做出了卓越的贡献。这个事实，连西方医学史专家也不得不承认。近30年来，随着全球性的环境污染，老龄化社会的到来，导致癌症等疑难病症居高不下，西方医学又显得力不从心，这才发现中医治病的整体观、辨证施治的方法论自有其科学的道理。目前欧美国家正在加大力度研究中医药，尤其希望在癌症、艾滋病等全身免疫系统疾病方面与中国合作，从中医药文化中吸取营养。

正是因为西医的弊端日趋明显，而中医中药的优势又不断显现，所以美、日等列强才虎视眈眈，设计谋划大肆掠夺中医中药的版权，将其改名换姓，公然占为己有。

张绪通博士还在多个场合阐述了这样一种观点：废除中医是掠夺中医的阴谋。

说到掠夺，我想起前些年在中国热播的韩剧《大长今》，戏中竟然把针灸说成是高丽人发明的，而且，韩国已经将脱胎于中医药的所谓韩医，向联合国申请为人类非物质文化遗产。在韩国，《2010年最有前景的10种职业》的调查表明，“韩医”是“2010年最有前景的职业和韩国人最希望从事的职业”。“韩医”在韩国社会地位较高，收入也相当可观。如果中国的中医生想在韩国行医，必须通过由韩国有关部门组织的严格考试，就连中药也不能随便在韩国销售。据国家非物质文化遗产专家委员会委员、中国民间文艺家协会副主席白庚胜介绍，大概四五年前，“韩医”这个名词还不存在。改名是韩国为保障韩国人从事这一传统医学行业的优先权和保护“韩医”免受外来冲击的措施。

据悉，我国拥有一万多种中药资源和4000多种中药制剂。然而，目前有900多种中草药项目被外国公司在海外申请了专利（这还是2009年的报道）。

除了日本、韩国外，欧美各国也一直都在支持对中医药进行研究，并为此投入巨额资金。美国已设立数十个研究所研究中医药，日、韩等在我国设立饮片厂盗窃炮制技术，有关跨国公司和制药公司也纷纷在我国设立办事处，购买中药处方，寻求商机。而现在的有关中外合作几乎成为通例的是，中国的中医药专家不能成为研究项目的负责人，更别说想拥有自主的知识产权了。

我国中医药产业同样面临着受到国外天然药物和“洋中药”的强大攻势。

张绪通博士在如何看待“中医药国际化”形成背景的这个问题上这样回答记者：

随着全球性回归大自然的今天，纯天然药物是继化学药物、生物制药、基因工程类药品之后最具发展前景的。天然药物因无明显毒副作用，在治疗局部疾病的同时，能明显调节人体的免疫功能，且有给药途径方便、价格低廉等优势，广泛地受到世界不同肤色人们的青睐；同时也受制药企业的推崇。因中药等天然药物研发成本低，研发周期短，研发成功概率高，药品利润空间大，市场发展前景好，已成为一块诱人的奶酪。这就是“中医药国际化”的大背景。

世界卫生组织统计：全球已有超过40亿人口使用中草药治病；未来五至十年，全球中药销售额将高达2000～3000亿美元。正因为中药具有如此之大的市场诱惑，所以张绪通博士认为抵制中医的势力并不是不愿意接受中医，而是将抵制中医当做一场掠夺中医市场的商战。

“这些势力利用中国的中医药缺乏知识产权保护意识，打着‘帮助中国实现中药现代化、科学化和国际化’的旗号，目的就是要中国人对自己的中医药学术的根源与体系产生怀疑，最后厌弃；然后再打出拯救‘中医中药’的美名，以‘中医药国际化、科学化’的幌子，达到彻底操纵、把控中国的中医药及其市场的阴谋。”张绪通说，“现在中国一些提出‘废除中医’的人，就是被这些势力欺骗或者收买，心甘情愿出卖其他国家一直想得到的、中国最宝贵的民族医药文化和知识遗产。

西方国家的决策者们认为，以中药为主的天然药物将成为发展空间巨大的战略性产业；同时，也把‘中医药国际化’看成一场对中国的商战。”

张绪通博士的话，绝不是危言耸听。我们的中医中药居然在国人的不知不觉中出现了巨大的危急和内外夹击的严重挑战！对于这场危急而激烈的商战，张绪通先生这样诠释道：

“既然是战争，就得讲究战略、战术。他们的战略目标是：利用中国的中医药资源优势，如缺乏知识产权保护意识的中成药经典方剂资源的优势、极为丰富的中草药原料优势、廉价的人才和劳动力资源的优势、具有13亿人口庞大的医药市场优势等等，在挣中国人钱的同时，预先设置好药品的各种技术壁垒，阻止中国的中成药进入国际市场竞争，并借此来瓜分国际中医药市场。在战术上，目前他们有以下四种打法：

——进口中国廉价的中药原料或中介体，到了他们国家后，经精加工或分成小包装，再加上人家国家的品牌，于是形成高附加值的洋中药或功能性食品，不仅在国际市场挣钱，还返销到中国，挣中国老百姓的钱。

——在中国投资设厂，用中国的组方、中国的原料、中国的人工，还利用中国政府的招商引资优惠政策，生产出低成本、高利润，且是本土化的洋中药；他们运用内外夹攻的战术，试图挤垮中国的民族医药工业。据报道，目前世界前十强医药帝国的巨头都已长驱直入到了中国本土安营扎寨，洋中药在商战中屡屡获胜，民族医药已经是峰火四起。

——据中国国家知识产权局有关人士介绍，近年来，‘洋中药’纷纷在我国境内抢注中药专利，获准专利数已高达一万多项，占我国同类专利的八成以上；同时这些跨国医药集团还到世界各国申请中药专利。中国人祖祖辈辈传下来的民族医药瑰宝，却成了西方人的摇钱树。西药的知识产权99％都是他们的，现在绝大部分中药专利技术也成了他们的，这是在知识经济年代里对我国民族医药工业使出最毒的一招。

——中国加入了世贸组织，国际贸易过程中的关税壁垒虽然消除，但技术壁垒依然存在，而且技术的‘游戏规则’由人家制定。如欧盟在去年出台的《传统药品法案》，目的就是千方百计地杜绝中国的中成药竞争欧洲市场。”

张绪通博士说：“日本人所谓的《皇汉医学》其实就是中国的中医学。现在日本人向世界卫生组织正式提出将《皇汉医学》更名为《东洋医学》，但没有更改其内容。为什么日本人要把中医药占为己有？因为它有价值，就毫不客气地把它日本化了。我常听到国人一谈到中医，马上就要‘国际化’，是不是太为外国人着想了呢？很怕外国人得不到中医的好处，怕外国人吃亏。中医药是中华民族的瑰宝。既然是瑰宝，就应该申请中华瑰宝的专利权，财产权。外国人要翻译中医的书籍，学中医的技术，都得花一定的代价，以后凡从中医中所得到的利益，都得向中国支付相当的报酬、版税才是正理，才是真正的‘现代化’‘国际化’的思想和做法。怎么可以无端地、自告奋勇地翻译出来白送给人家，还生怕人家不赏脸。这岂不成了并不好笑的笑话！”

张绪通博士还说：“我多次回国，发现国内普遍重西医，轻中医，就连中医界自身也以仿效西医学的研究方法为荣，将其标榜成‘中医药科学化’。其研究课题容易通过政府组织的专家评审，立项后可以得到政府科研经费的支持。这种好事何乐而不为？至于对切脉问诊，传统中医药的研究，则被视为‘老土’，难登科学殿堂，也难得到政府科研经费的支持，所以导致很少有人愿为中医药理论去花费时间，或用理论去指导临床实践。现在除极少数名中医能临诊组方外，多数中医药大学毕业的中医师们因中医药文化功底不深，只能开些中西成药，应付病患了事。这就涉及中医药文化的传承和教学问题。国内的中医药大学存在严重西医化的倾向。课程安排上，中西医课时几乎相等；医古文要求不高，英语要求不低；望、闻、问、切实践不足，对西医的仪器、设备费心不少。于是，培养出来的学生不中不西。不说学生本身难以立足社会，就是要这样的学生去处理临床病人，弄不好还会坏了中医的名声。长此以往，再过二三十年，现存的名老中医谢世后，中国的中医药文化前景的确不容乐观。记得中医泰斗邓铁涛老教授说过一句气话：'不要紧的，即使中医在中国消亡了，在国外还是会存在的。'”

张绪通博士最后说：“邓老的话说得令人深思啊。前年，我应邀回国与政府有关部门和专家谈到中医药发展等问题，今年我喜悉中国政府正在积极调整对中医药科研、教育和产业的政策，这好比枯木逢春，前景灿烂。“

最好从娃娃开始学习中医文化

中医是国宝，中医是大医。所谓大医，贵在“治未病”这三个字上，“治未病”才是中医理论的最高境界。“药王”孙思邈早就强调：“上医医未病之病，中医医欲病之病，下医医已病之病。”而我们现在的医疗并没有将这三个字列为重点，所以才会病越治越厉害，病人也越治越多。我觉得，这是一个方向性的问题。一条大船在海上航行，如果方向错了，行驶得再快也到达不了彼岸。

治未病应当成为中国医疗的最为重要的一个目标。治未病就是改善环境，就是养生保健，就是提高全民的健康素质。治未病，也需要提升全民的中医文化素质，让它世世代代相传下去。

我国对中医药一直很重视，前些年顶着压力表彰了30位国医大师，弘扬了国医正气。

但光表彰老的远远不够，能不能将普及国医的火点燃，让它燃遍全国呢？美国有中医节，德国有中国年，28个国家和城市有中国郭林气功研究会，甚至不少国家在大学开设了中医课。那么，中国更应再接再厉，重视中医文化的教育，重视中医的可持续发展。

对中医文化的传播做出重大贡献的贾谦先生说：“要培养真正的中医，

最好从初中甚至小学毕业开始培养。先行中华文化教育，继之以背诵中医经典，跟师临床，三五年即可培养出一个能临床的好中医。山东中医药大学在这方面已经做出了表率，招收了少年班。”

贾谦先生说得太好了。中医如何可持续发展？如何保住它的版权？我觉得这种意识应从幼儿开始培养，从小学生开始培养，让中医的博大精深和孩子们一块成长，根植在孩子们的灵魂之中。中医知识应该编入课本，成为应试教育中的内容。只有这样，我们的国医才不会青黄不接，才会后续有人，才会发扬光大。

本人认为，中医学是最伟大的自然科学，它研究人体生命、健康、疾病，具有独特的理论体系，丰富的临床经验和科学的思维方法，是以自然科学知识为主体，与人文社会科学知识相交融的科学知识体系。它既是中国哲学，又集社会学、天文学、地理学、化学等为一体，其中蕴含了做人、为人、仁心、仁爱、仁术的大道理。中医历来就是以“病人为本”，以“救人近患”为宗旨；它主张医者“要有割股”之心，即只要对病人有利，哪怕割医者身上之肉也在所不惜。真正的好中医，不仅医术高明，而且医德高尚，是我们做人的榜样。从古到今，这样的例子为数不少。所以，不要小瞧国医教育，它是胸怀大度的一种民族气节。孩子如果学一点中医基础知识，同时也就学到不少做人的大道理。

中国的教育制度日臻完善，并在全国对初中、小学实行了全免费学习制度。可以说什么都不缺，缺的就是胸怀大度的民族文化和民族气节。孩子们缺乏民族文化和民族气节，就会自私狭隘，眼光短浅；就会出现近年来出现的校园丑闻：名校高材生同室操戈，投毒杀人；撞伤人后竟杀人灭口；连十六七岁的在校女生都会因鸡毛蒜皮的小事做出持刀行凶、致同学死亡等不可思议的恶事。这种骇人听闻的恶性案件已经引起了教育界的反思。因而，为孩子们普及爱国主义，学习民族文化和增强民族素质、民族气节乃是当务之急，这样才能使孩子们从灵魂到身心都能健康地成长。

再有，不少人之所以不相信中医，是因为有太多地打着中医牌子行骗的骗子。这些不法分子正是因为西医无法行骗，所以才会去钻中医的空子，打着中医的旗号去行骗。加之不少媒体为了赚钱刊出一些所谓的祖传秘方治疗疑难杂症的虚假广告被戳穿，一些不懂中医的名人口诛笔伐一番痛斥，就把中医打翻在地，变成现在“邪气压正，‘中’气不足”的惨状，弄得“假作真时真亦假”，真正的中医反倒被打趴下。但无论怎么打压，中医中药毕竟有着几千年的辉煌历史，所以在民间，它早就像干涸洒落的春雨，滋养着万千中国百姓，它的根早已嵌入在人们的观念深处、内心深处，它像不倒翁一样，将永远散发出诱人的魅力。

只有学好中医，才可以让我们提高识别真假中医的本领，让那些假中医和中医骗子没有立足之地。西医的理论是科学，中医的理论是哲学。让孩子们以最简单的方式学一点国学，学一点哲学，理解一点阴阳平衡、对立统一、五行既相依又相克的哲学道理，对日后孩子的成长和做人均有好处。

此外，从小学一点中医，孩子们能了解自己的身体与大自然相辅相成的整体观，从而掌握它，保护自己的健康。如中医里的风热感冒都有哪些表现？该用哪几味中药？风寒感冒有哪些表现？又该用哪几位中药？舌苔黄、舌苔白、舌上齿印是怎么回事等等。我本来对中医中药乃是一窍不通，总觉得中医有些玄妙，难懂，摸不着头脑。但在几年的采访中，我接触了不少中医，惊奇地发现其实中医并不玄妙。我们不做医生，没必要弄懂那些中医理论，但可以学习一些中医基础知识，从而掌握一些防病养生的基本要领，至少不会那么容易上当受骗。

作为一个中国人，如果对中医不了解，也就是对中国文化的不了解。因为，中医中药是中国文化中极为重要的组成部分。不明白这一点，就枉为中国人了。

呼吁国家重视中医和中西医结合治疗癌症的研究

中医与西医，就像是既对立又平衡的阴阳鱼，二者不可分割。何不用红线把它们连接在一起，缔结一个美好姻缘呢?

中西医结合是国家策略，好比人的两条腿，二者不可分割，缺一不可。它是中国医学的特有模式，是世界医学领域的一大创举，没有理由在我们这一代消亡。

中西医结合的治病理念早在建国初期就大力提倡过。毛泽东同志说："中国医药学是一个伟大的宝库，应当努力发掘，加以提高。"他要求"由各省、市、自治区党委领导负责办理"西医离职学习中医班，要培养"中西医结合的高级医生"。近年我国有关领导人也说过："大量的医学实践和科学研究证明，中西医结合防治疾病的效果优于单纯西医药或单纯中医药。"它"已经成为中国特色社会主义卫生事业不可或缺的重要内容，在保护和增进人民健康中肩负着重要使命。"

因而，"中西医结合代表了整体医学的发展方向，代表了未来医学发展的方向"。

如果国家能成立中医治癌、中西医治疗癌症研究小组，将全国著名的中西医专家们集中起来，共同开创出一条中国式治疗癌症的绿色通道，那么，中国医学走向世界医学巅峰的时代将为期不远!

中国人聪明，中国人具有大思维、大气度，中华民族是最优秀的民族之一。从古至今，多少著名学者、旷世英才皆出自中国。

中国只要持之以恒，就没有战胜不了的困难!

中国医学科学家们只要敢于拼搏，锲而不舍，获得诺贝尔医学奖不是梦!

我们的国家是有大国风范的，因而我们国家的有关部门，要有一个大

度而宽广的胸怀。不论是中医或西医，不论是大医院或小医院，不论是国有医院还是民营医院，只要他们找到了治疗癌症和疑难杂症的好办法，就要放下架子去接纳，去学习，去结合，去与它握手，去共同研究，去共同推广。因为，为了拯救生命，这样做是很值得的，也会得到全国老百姓的拥戴。

呼吁设立国医节，推广中医理念

1929 年 2 月，国民党政府卫生机构提出取消旧医药（那时中医中药被称为旧医药），炮制了臭名昭著的“废止中医案”。为此，大量的中医药人士纷纷抗议游说，上海名中医张赞臣主办的《医界春秋》为此以“中医药界奋斗号”一刊发起了对取消旧医药的抗命。同年 3 月 17 日，全国 17 个省市的二百多个团体、三百名代表云集上海，召开大会，高呼“反对废除中医”“中国医药万岁”等口号。同仁们上南京请愿，国民党政府不得不撤除“取消旧医药”的决定。为了纪念这次抗争的胜利，并希望中医中药能在中国乃至全世界弘扬光大，造福人类，医学界人士将 3 月 17 日定为“中国国医节”。

伟大的抗争，民族之大幸！

“国医节”是我国中医人庆典的节日！是纪念中医先辈们奉献精神的节日！是传播中医精神文明和物质文明的节日！

谨此，呼吁我国主流媒体向国人宣传这一节日，把这一节日划为法定的节日范畴，并开展一些纪念活动，让各界人士以及中医界学者积极参与“国医节”，共同传播国医精神，弘扬国医文化，以此作为我们对中医先辈们最好的回报！

附录：采访康复病例摘选（45例）

1. 林大姐，福建漳州人，离我最近的白血病康复者，至今18年。1996年患白血病M2a，打了四个化疗没缓解，没钱再住院。后看见一则介绍山东某医院的小广告，继而开始服他们的中药治疗，两年后痊愈，至今17年。如今，林大姐和我已经成了好朋友，听说我去了山东，便埋怨我没有给她带面锦旗去。她说，像她这样的病一百个中活不了一个，太感谢那家医院了。后来，她自己将锦旗寄到医院，锦旗上写着八个大字：医德高尚，医术高明。

2. 江先生，现年59岁，家址上海。2008年发现胰腺癌肝转移，著名专家判定他最多活3～6个月。后他的亲戚在上海听了山东某医院院长的中医讲座后，觉得像这样既有中医理论，又有实践经验的好中医太难找。于是，介绍他去找院长看病。院长给他使用特制的中药胶囊、汤药及联糖素、散结通等联合治疗方案，他自己也配合练习郭林气功。两个月后，肝上的三个转移肿块逐渐变小到消失，小便也越来越清。五个月后，肝癌B超显示肿瘤已成为点状，七个月时点状也没了。血液检测肿瘤四项指标中的三项正常，一项偏高。病人一切正常。十个月后，著名专家看完片子后说是奇迹！最近得知江先生因呼吸系统疾病去世，但他已经活了五年半。

3. 朱先生，吉林某地的政法干部，50岁左右。2011年10月在上海瑞金医院确诊为肾癌。在此前，他读过《发现大药》《破解重大疾病迹象》等介绍中医治疗癌症的书籍，感觉与他看的其他中医书不一样，比较客观。于是，他来到某中医诊所治疗了四个月就已痊愈。现仍在诊所养生，因为深山空气好，他养了一大群羊、鹅、鸡，生活十分惬意。

4. 桂教授，现年 82 岁，家住北京，肝癌康复者，至今 21 年。桂教授是 1992 年体检时发现癌症的，但当时机器坏了，因无法做核磁共振而没法确诊。就在等待确诊的两个月时间里，他接触了郭林新气功，尝到了甜头。两个月后的核磁共振正式确诊他为原发性肝癌。因此，他大胆地提出，拒绝手术和化疗，一边住院一边做郭林新气功，医生反对这种破天荒的想法，觉得太冒险。桂教授主意已定，毅然签字出院去团结湖拜师，苦练郭林新气功。练了半年不到，肿瘤完全消失。四五年后，肝上又发现一个 0.2cm 大的肿瘤，医生检查后确定为复发。他找到了复发的原因，又找到气功老师，调理功法，仅用半个月，用他的话说，"小小肿瘤就被我干掉了"！

在所有采访对象中，桂教授是我敬佩的人之一，他简直太强大了！

5. 杨先生，现年 29 岁，上海人，急性淋巴细胞白血病（L2）病人，至今 16 年。1997 年，12 岁的他因家庭装修引发白血病，化疗后病情危重，于是其父即停止化疗出院，服山东某医院药两年痊愈，已结婚生子。杨先生的父亲是个非常有主见的人，当医院的护士告诉他，你孩子治下去没希望时，他马上要求出院。医生说："要出院你签字。"他说："签字就签字！我的孩子不能死在这里。"

6. 陈师傅，山东青岛女工，1994 年（41 岁）患急性粒细胞白血病（M2a），至今 19 年。陈师傅确诊后住院化疗四次，两次抢救，终于缓解，但不久又复发，医生让打第五次化疗，否则将回家等死。被陈师傅断然拒绝后，她服用山东某医院中药痊愈。陈师傅因下岗，家境贫寒，这家医院得知后减免了她的医药费，至今讲起仍感激不尽，所以她一直热心接听全国病人的电话，常被人骂是"托儿"，受了不少委屈。但这位质朴而知恩图报的女工这样说："医生救了我，我也想实话实说地去救别人。"我听了挺受鼓舞。我在她家吃了一顿饭，因为当时是另一位病友开车送我去她家，没来得及给她买营养品，我把手腕上心爱的景泰蓝送给了她，算是留个纪念。

7. 姜先生，现年 66 岁，北京人，肠癌康复者，至今康复 16 年，现为北京抗癌乐园副理事长。1997 年，他确诊为肠癌，之前他接触过气功师，认定气功很神奇。于是，手术后马上拖着虚弱的身体找到了气功师，要学练郭林新气功。这天练完功，以往被疼痛搅得难以入睡的他，中午就睡着了。紧接着，晚上也倒下就睡着。他觉得这功法太神奇了，收益如此之快，简直立竿见影。打那以后，他不仅把自己的癌症练没了，还担任了北京抗癌乐园负责人；不仅为中国人教功，还先后接受邀请，到波兰、美国、香港等国家和地区教授郭林新气功，将祖国气功医学文化传播到世界各地。

8. 柳小姐，现年 32 岁，家址北京。2000 年患白血病 M3 型，至今 13 年。柳小姐只打了两个化疗，第二个化疗还是借的两万元住院，结果半个月左右就复发了。她老爸在医院看到一本介绍用中西医治疗白血病的书，便带她前往某医院治疗。服了胶囊和汤药后，血小板升得特别好，血象很快恢复正常。2006 年痊愈上班，并继续服药。2008 年结婚,2009 年怀孕（我去北京时正赶上她怀孕，不便接受采访，是用电话聊的），现在孩子活泼健康。

9. 黄女士，湖南韶关人，51 岁。在足浴城修脚时，不小心划破皮肤，引起感染，不久脚上的痣肿大，变红黑色，当地医院确诊为黑色素瘤。经过放疗后转移到脑，做了长达十多公分的大手术，最终医生宣告不治。此后，又找了多家医院仍然不接收她，都说治疗没意义，这才去了某中医诊所。她对我说，治疗快三个月了，刚开始躺在床上不能动，现在可以坐起来（她是坐在门口和我聊的），好太多了！如果当时没手术会更好治一些，做了手术再来治，只有慢慢恢复了。现在，她的左手活动还是有些不方便，其他均无大碍。

10. 张女士，现年 55 岁，家址江苏南京，1995 年被查出患有急性粒单核细胞白血病，至今 17 年。张女士住院化疗四个疗程后，体质急速下降，也花完了家中的积蓄。后用化疗加中药的方法，五年治愈。值得一提的是，她生病时，正是丈夫背叛她之时，但她有个深明大义的好婆婆，一直陪伴她身边，并为她杀了1000只癞蛤蟆治病。病好后，她丈夫又回到她身边了。前不久，她和婆婆角色互换，婆婆得了肺癌，她即带婆婆前往自己看过病的医院去诊疗，并照顾有加。婆媳俩的事已传为佳话。

11. 常先生，现年45岁，家住北京，肝癌，至今五年。常先生从中学时开始就有乙肝，40岁那年确诊为肝癌。住院手术后，没想到一年多病情就复发了。这时，有人向他推荐了一位营养医学博士。他开始并不以为然，但读了他的书后，觉得营养调理疾病很有道理，尤其对他说的“糖尿病是肝病”这个理论特别佩服。他说，因为它真正解释了为什么现在糖尿病患者会如此之多，为什么糖尿病到了后期，肝都不好的根本原因。他接受了博士的营养调理。先是喝了四周的新鲜蔬菜汁，他的各项指标就发生了令人吃惊的变化，竟然都在往好的方向发展。经过一年多的营养调理，常先生基本和健康人没啥两样，能吃能睡，他非常感谢这位博士，也对自己的未来充满希望。

12. 李先生，现年73岁，家址江西贵溪某厂工程师。2001年患白血病（M2a），至今12年。李先生共打了三年化疗，第一年一个月打一次，第二年两个月打一次，第三年三个月打一次，治疗顺利。后配合服了山东某医院的药两年后痊愈，之后再不吃任何药。李先生对我说，这家医院最大的优点就是医生服务态度好，只要你找他们看病，他们对病人很负责，而且一定有答复，并能很快寄药。还有，院长是辨证论治，中药开得好，我是看了中医书后才了解的。

13. 源先生，现年78岁，家址广东江门，“世界华人百名抗癌明星”之一，至今28年。他是一个奇人，1985年患上肾癌，转移到肺，先后做了两次大手术，切除了两个硕大肿瘤和自己的左肾和脾脏。尤其在第二次手术中，腹主动脉破裂，血流成河。医生为他输血6000mL，之后又胸腔积水，差点要了他的命。死里逃生后，他不想等死，听说郭林新气功可以治癌，想方设法找到一本书自己练习，竟然也有了效果。于是，又想方设法找到北京的气功师学练。一年后，胸腔积水全部消失；五年后，他完全康复；八年后，他开始教授郭林新气功，还常常定期去国外传授郭林新气功。2009 年下半年的一天，源老师觉得头有点发胀，一量血压 178/90mmHg。医生说，从现在起，你要终身服用降压药了，每天一片“寿比山”。可他偏不信这个邪，辨证施功后三个月，血压完全正常。

源先生是辨证施功的典范，跟他学功的弟子不仅遍布中国各地，而且还延伸至海外一些国家。

14. 姚大姐，家址北京，现年 73 岁，1994 年患急性单核细胞白血病（M5），至今 19 年。当时患病后，她化疗三次病情危重，开始瞒着医生配合山东某医院中药治疗，再上第四次化疗后情况好转。之后继续服中药痊愈。姚大姐还有糖尿病、心脏病、骨关节炎等，但白血病再没复发过。大姐真是个热心人，她怕我找不到，早早拄着拐儿，候在离家几十米远的地方，我忍不住上前紧紧拥抱她，心里暖暖的，眼眶也湿了。

15. 小高，女，现年 39 岁，江西人，急性淋巴细胞白血病康复者，至今 12 年。小高患病时 26 岁，正在派往日本打工的途中，后被送回治病，在江西省肿瘤医院治疗。她的化疗方案是每个月一次，一次五天，一共 13 次（医生说 11 次就够了，但她在第四个化疗时复发了，所以她家人说还是巩固两次为好）。值得一提的是，她在做第四个化疗时，情绪很不稳定。后来在家人的开导下，继续化疗，同时配合服用江西省某肿瘤医院的中药后缓解，并继续化疗。结束化疗后，又接着做了 100 个放疗，每天做一次。之后没有再做放、化疗，只是每半年复查一次，两年后复查，完全康复。五年后她才要的孩子，现在孩子已经五岁了。

这是一个放、化疗加中药治疗的成功病例，而且她前后才花费五六万元。

16. 白女士，现年 48 岁，家住桂林。结肠癌晚期肝、肾转移康复者，桂林癌症康复协会会长，至今 14 年。白女士于 1999 年患病，那时她才 30 多岁，年轻漂亮，事业有成，还有一个帅气的丈夫及稳定的家庭。医生确诊为“晚期低分化结肠癌IV级”，她做了切除手术。两个月后，结肠癌原位复发，并发现肝上面有2cm的占位，肾上面有3cm的占位。医生诊断：结肠癌并肝、肾转移，是晚期，被医生断言只能活2～3个月。白女士前往北京治疗后回来不久，病情有了好转，但与她共同生活了八年的丈夫抛弃了她，移情别恋。她多次想到死，后在抗癌群体“老癌”们的热心帮助下，习练郭林新气功，逐渐恢复了活下来的勇气。在癌火中重生后，她开始大彻大悟，感激亲人朋友，感激抗癌协会的朋友对她的关爱，辛勤地为癌症病人工作，而她神奇的爱情之花也再度开放。

17. 李先生，现年43岁，家址淄博张店。2002年2月，确诊为骨髓增生异常综合征（MDS），从山东淄博转到北京治疗，效果不好，医院宣告不治。当时情况很不好，眼睛看不见，身体虚弱得上不去楼，血色素只有2.9克。也吃了省市等十几家医院的中药，均不见效，对中药都快失去信心了。后来经人介绍，开始服山东某医院的中药。三年来，血液指标虽没完全恢复正常，但病情稳定，不再输血。现在又加上练气功，吃饭睡觉都好，基本不感冒，感觉身体好多了。他说，医院早就没办法了，可我已经活了11年。

他有一个好太太，每个月去献一次血小板，这样，可以为他减少一些医疗费用。得知他老婆献血的事后，这家医院常减免他的中药费用，夫妻俩对此感激不尽。

18. 蔡女士，43岁，家住厦门。她是2009年患的晚期癌症（肠癌四期），当时她丈夫的哥哥才走了一年多，为了不使公公婆婆难过，她一直隐瞒自己的病情，独自一人承受了12个化疗，但对死亡的恐惧仍然压得她喘不过气来。后来，她去了厦门癌友俱乐部，得知有的癌友已经成功活了几年、十几年，甚至几十年！她开始练习“台湾癌友新生命协会”带过来的一种功法——旋转瑜伽，练掉了自己对疾病的恐惧，找回了自己的健康，同时，她成为了癌友俱乐部的负责人。

2011年11月20日，她带领同心癌友团参加了在台湾大学体育馆举办的吉尼斯世界纪录活动，与加拿大、新西兰、南非、菲律宾等 8 国共千名癌友们共同创造了 90 分钟旋转的吉尼斯世界纪录，大展癌友们的风采。

19. 刘先生，现年 70 岁，家址北京，1998 年患慢性粒细胞白血病，至今 15 年。当时检测白细胞达 19 万！听说自己是白血病，觉得活不长了，便伤心地向大家告别。但战友和朋友们得知后，都纷纷为其出主意，有两个人推荐了山东某医院院长。他在前往这家医院的出租车上，就听司机说起这个医院院长人品如何好，做了许多善事。他心里暗想，这回来对了。院长给他的治疗方法是每日半片或 1/4 片羟基脲，每周三针干扰素，再配合他开的中药，每半个月查血象一次。奇迹果然出现了，血液指标一直正常，精力充沛，正常上班了。退休后常外出旅游，越活越有滋味。

20. 李先生，现年 47 岁，家住山东淄博，弥漫性大 B 细胞淋巴瘤中晚期康复者，淄博抗癌乐园园长，至今康复 12 年。当时，由于肿瘤巨大，与心脏粘连，且又包着上腔动静脉两条大血管，根本不能手术，只有走大剂量放、化疗这条路。这一突如其来的噩耗把他逼入了生命的绝境。在巨大的痛苦中，他完成了三次化疗。就在他精神和身体濒临崩溃的边缘时，他看到病友递给他的一本《癌症≠死亡》，他很快找到了北京抗癌乐园，见到了书中的抗癌明星——于大元、孙云彩、何开芳等，开始了他习练郭林新气功的生涯。从 2002 年 7 月康复后，他发起和组织了淄博抗癌乐园，一直在做着帮助癌友们的公益事业。他教功，拍抗癌明星片，发起“淄博市困难家庭重病患儿爱心救助活动”，宣讲抗癌明星故事，他写的“抗癌明星赢在哪？”一文已风靡整个网络。现在的李园长身体结实、健康，更重要的是，他自己已经成了一位抗癌专家。

21. 小沈，女，现年 23 岁，大学生，家址浙江平湖，1995 年 9 月确诊为白血病 M3 型，至今 18 年。小姑娘开始是在上海某医院治疗，共打了 3 次化疗。后一直服山东某医院的中药，直至我采访的 2009 年还没停。其父亲说，医院让他给孩子停药，但担心复发而没敢停，依然断断续续服用，不过几天才服一颗胶囊。我也劝她该停药了，因为五年不复发，就算临床治愈。孩子特健康，红扑扑的脸儿，人又漂亮，我给她抢拍了一张切西瓜的照片，很可爱。

22. 史女士，贵州贵定县人，现年51岁，患慢性粒细胞白血病，她也是和小向、小闫、小丁他们同批移植的，同为半相合骨髓移植。史女士说："她家兄妹七个，都争着为她配型。"与她半相合的有几个，她选了小弟。移植很顺利，虽然当时出现了肠道排异反应，但四天就好了。她说医生开了两支9000多的进口药，她没吃，只吃了不太贵的国产药，排异反应就好了。但她为了防止感染，在仓里"赖"了72天才出来。

她的移植费用包括租房才40万。她在事业单位工作，医保报了十多万，保险公司又给她报了20多万。史女士恢复很快，按她的话说，移植后和从前的她没有丁点不一样。她回来后，不是回单位上班，而是忙着做起了生意，因为她家是做汽车配件的。

23. 小郑，女，现年18岁，中学生，家址青岛，患恶性淋巴瘤。找这位小患者让我费尽了周折，后来还是在青岛患者王老师的帮助下，找到了孩子的舅舅家。我等了一个小时，孩子妈妈毛女士不让我见孩子，只让我和她通电话。孩子三岁时得的病，化疗三次后就开始吃中药了，到上学时就好了。她妈妈在电话里说起孩子的病，把功劳全归功于自己。当初，她牵着孩子找到山东某医院院长时，哭着跪在地上说，我知道孩子的病治不好，但这样突然走掉我很难接受……求你给她治疗，让她慢慢走，我心里也会好受点……院长很感动，他扶起她说，孩子虽然病重，但我们会尽力的，你放心吧。可惜，这位母亲把当初的救命恩人全忘光了！在采访中，我碰过几例这样的病人。不过，大多数都对拯救自己的医院和医生抱有感激之情。

24. 赵先生，男，在福建厦门工作。2001年患淋巴瘤，做了一个疗程六个周期约半年的化疗，就前往北京某肿瘤医院做移植了，至今一直很健康，生活及工作状态都不错。他说，他在仓里待了20天，到了规定的血液指标后，就出仓慢慢休养恢复。常规是20天，过了20天就麻烦了，有的就出不来。他移植一年后，身上的肿瘤全部消失了。身体也一年年慢慢恢复过来。赵先生的费用只有二三十万。进无菌室是 16 万，自己报了六万，还有一些其他费用。

赵先生特地提到，医保条条框框太多，根本报销不了多少。比如，进口药是不给报的，许多国产药物又基本不用。

25. 王先生，现年 33 岁，家址陕西靖边，1993 年（13 岁）查出急性淋巴细胞白血病（L1），至今 20 年。当时化疗三次后，病情危重，加之经济拮据，其母让孩子出院求助中医。出院后一直吃着中药，开始中药效果不太明显，一年中还会有几次感冒，但吃着吃着就不感冒了，即便感冒也很快就好，说明这中药除了治疗，还能增强免疫力。

王先生说，他在妻子怀孕期间仍在服中药，因为他感觉那中药没有啥副作用。2005 年孩子出世，很健康。他除了感谢为他治好病的医生，还得感谢自己的母亲。当时患病后，他父亲选择了弃妻儿出走。可怜他母亲为了他，每天默默无闻地工作 16 个小时。冬天活少时，就带孩子看病求医，终于使孩子康复。

26. 阎女士，现年 53 岁，大庆人，2008 年 3 月患晚期淋巴瘤，至今五年。和当时央视的那位著名主持人患同样的病，他就住在她的楼上。6 月 5 日他的去世对她打击很大。阎女士病情严重时，不到半小时就休克三次。她做了 11 个化疗后，回家吃农村老中医的中药。一年后，停了中药。2011 年 3 月，癌细胞转移到肺。后通过网络找到了淄博抗癌乐园的李园长，开始学练郭林新气功。现带瘤生存，生活质量不错，还常去旅游，义务教功，帮助癌友康复。采访她时，她一再让我提醒大家：如果发生后背疼时，一定要注意。她遇到好多病人，肺癌、肾癌、肝癌、胃癌、卵巢癌、肠癌全是从后背疼开始，且找不着痛点。还有，在治疗期间，尤其是中晚期癌症病人在吃东西时千万要注意，不能吃发的东西。

27. 陆大姐，家址黑龙江望奎县，现年 67 岁。2000 年患白血病（M4）后在医院化疗 11 次，一个月一次。治疗顺利，后一直用中药治疗。痊愈后怕复发，仍一直断断续续服药，至去年停止。陆大姐虽然60多岁，但皮肤似姑娘般靓丽，白里透红。陆大姐特意向我提到，她的病能好得那么快，全靠她老伴的照顾，她老伴听了一个劲地傻乐。这天，这对纯朴善良的夫妇特地请我在街边的小馆子店吃了一顿饭，还热情邀我到她家住。我不忍打搅他们，就在他们家附近找了家小旅店凑合了一夜。结果，这一夜差点让我窒息，因为这是仅有的一间九平米客房，无窗。

28. 曾女士，45岁，家址厦门。2009年确诊癌症时，已经为肺腺癌四期了，医生只能将大的肿瘤切除，对那些数不清的小肿瘤却无可奈何。术后，她打了三个化疗。停了化疗后不久，她开始练习郭林新气功。2012年5月来到厦门癌友俱乐部，学习旋转瑜伽。当时，她还不太敢放弃郭林气功，干脆两种一起练。练了五个月后，再去检查身体，肿瘤虽然还在，但还是那么大，没有长大的迹象。后来，医生要她继续化疗，被她拒绝了。她说化疗太难受，既然现在控制得还好，我就不想再去受那个罪。她现在每次都能旋转一个小时以上。

29. 郝先生，2009年我采访他时76岁，原山东淄博某医院内科主任。2003年患白血病M4型，后又转为白血病M5型。共做了三个半疗程的化疗，在第二个疗程开始时，肺部和肠道感染，胸腔积液。之后听病友推荐本地有个中医院治疗白血病不错，于是偷偷摸摸开始用这家医院的中医中药治疗，从此不再做化疗和骨穿，身体逐渐康复，精神状态越来越好。他对我说，那个推荐他用中医中药的人因为报销不了，自己反而一直用西医治疗，后来死在医院。他用西医治，我用中医治，我成功了！但我采访他时，其太太还千叮咛万嘱咐，不要让他们医院知道他是服中药治好的。

后来，我听说他前两年因摔了一跤导致其他病症发作而离世。

30. 小向，女，现年29岁，患病那年23岁，湖南邵阳人，病中与病友小闫相爱，病好几年后两人成为夫妻。小向因急性非淋巴细胞白血病在某空军医院成功做了半相合骨髓移植手术，手术很顺利，也很成功。小向移植没感染，费用只有40万左右。

小向说，空军医院的医生特别好，就和家人一样，还不肯收红包。我只送了锦旗，过中秋节时送了一盒月饼。后来，我还介绍了三个病人过去。两个活下来，另一个后期不行，他的家庭很不和睦，弄得他心情很不好。看来家庭因素在骨髓移植中也起着举足轻重的作用。

31. 小闫，男，现年29岁。山东泰安人。病中与病友小向相爱，病好几年后两人成为夫妻。因慢性粒细胞白血病和小向同时在一家医院进行了半相合骨髓移植，手术顺利。在仓里化疗也一样反应挺大，但比小向好些。小闫的移植费用也是40万。

小闫也说，空军医院的护士长和其他护士，都是全心全意照顾我们，因为化疗太难受了。有时我们情绪不好，会不自觉地发一些脾气，可她们从来没烦过。有一次我爸回去了，家里又没人来照顾我。护士长知道我的情况，就自己包了饺子送给我吃。

32. 曹女士，现年39岁，家址黑龙江省大庆市。1998年，她刚生完孩子才五个月就患上了急性白血病（M1），打了五个化疗。后因感觉自己身体已经无法承受，宁肯死也不打了。于是，在众多的小广告中选择了山东某医院治疗，一个月一千多元的中药，吃了三年，就自作主张停药，医生让她最好再吃两年，她说我的病已经好了，不用吃了。而她老公李先生说，她生病，我从心里感谢共产党。当年，她才23岁就办了病退，虽然只拿700元钱，但是每年都在加，现在已经一千多元了，而且她又找了工作，每月2500元呢，加上病退的一千多，在我们这里已经相当不错了，她们单位的人都羡慕得要死。如果不是共产党的好政策，我老婆哪能活得这么好啊！

当晚，曹女士夫妇请我在当地“一口猪”特色店进餐，最难忘这里东北黄豆做的豆腐，在厦门很难吃得到，因为成本高，所以厦门从来见不到东北黄豆。

33. 小何，男，现年28岁，家址云南丽江，是位人民警察。他患的是和小向一样的M4型白血病，但他的骨髓移植比小向他们稍晚一些，他进仓的时候，小向他们已经做完了。他说，和他一起做的有六个，都是年轻人，从十六七岁到二十多岁。三个活下来了，另外三个没几个月就“挂了”。小向说，当时在移植仓里很危险，先是心包积液，后是肺部排异，大家都知道他移植时病情很危重，差点就死了。现在他还有排异，有一个加号的蛋白尿。不过，不认识他的人基本上看不出他生了病。

34. 孙老师，女，退休教师，现年 69 岁。2003 年患白血病（M2b），一年中打了大大小小 27 个化疗。后来配合用山东某医院的中药，幼稚细胞从 12％降到 5％。于是，坚持服中药，至今 20 年。我采访她时，她特地提到山东大学附属第二医院血液科的主任同意中西医治疗，这对病人是一个鼓励。主任说:“中西医治疗能延长化疗期限，哪怕多延长一个月，等身体恢复好了再去化疗也好啊。”孙老师看上去气色不太好，但她能得以健康生存这么多年，可能应归功于中医的阴阳平衡。

35. 陈先生，40 多岁，家址深圳。1999 年患白血病 M5 型，至今 14 年。陈先生在医院化疗后，一直配合用中医中药，即中西医结合治疗（他服的中药是深圳某医院一位张姓老中医的中药）共 18 个月后不再用药，康复至今。

36. 黄女士，现年 49 岁，家址江西贵溪，2003 年患白血病（M4），至今有 10 年。她患病后前往上海某医院治疗，化疗打得很艰难，好不容易打下去后，血象又上不来。后来服山东某医院的中药痊愈。我到她家时，她外出旅游去了，只有她老妈和患帕金森症的老爸在家。她老妈告诉我，女儿现在身体境况不错，气色也好，脸儿红扑扑的。只可惜她生病后，上班的位置被别人占了，于是，黄女士只好拿一点生活费和一点补助长期在家待着，不过，她过得挺开心。

37. 朱先生，现年 58 岁，家址青岛，2007 年患上急性单核细胞白血病（M5b），至今 6 年。和其他血液病人一样，他住进医院打化疗，开始治疗还顺利，他一边化疗一边配合服中药，没想到在第九个化疗后，病情还是复发了。正当他写下遗书准备放弃时，他的太太听说营养调理也可治疗疾病，于是，他们一面继续在医院化疗，一面在专业指导下进行营养调理。不知不觉中，他的身体竟然渐渐走向了康复。现在，他可以心无所恃地和太太、儿子一起去看海，一起去公园，共享天伦之乐。

38．张先生，家址南昌市，退休前是江西省某国企的干部。1923 年出生，今年 91 岁，是我采访对象中最年长的癌症康复者。他毕业于黄埔军校，早年跟随中国远征军汽车团参加过缅甸战役，后返乡工作。1957 年，突感不适，喉咙嘶哑，被当成感冒治疗了两三个月无效，后前往华东军医院，切片检查确诊为喉癌。因当时江西设备缺乏，无法手术，最终来到北京，经三家医院会诊后，于当年 7 月 22 日由北京耳鼻喉医院徐院长亲自操刀为其手术。张先生特地提到，徐院长是位名医，曾留学七国，中西贯通，医术十分高明。术后半年，他病情有所复发，正是徐院长给他服用了一段时间的“神龙丸”（一种中药丸），病情好转。此后，他还服用了一位农村老中医的草药，身体逐渐康复。张先生说，从住院、手术到出院及休养恢复共半年时间，他就开始上班，直至退休，病情再没复发过。徐先生身康体健，很有精、气、神，看上去顶多 70 来岁。

值得一提的是，在多年的康复实践中，徐先生自己发明了一种功法，从活动四肢关节，到头、颈、五官、肩、胸、腰背部共 20 多节操。这个了不起的功法，成了他的健康护卫，陪伴了他几十年春秋。

39．徐女士，家址南昌，今年 66 岁，生病前为南昌某企业职工。1996 年她确诊为患乳腺癌，至今有 17 年多。徐女士手术后一直习练郭林新气功，病情从未复发过。如今，她不仅是江西省癌症康复俱乐部片区负责人，而且还带了数不清的徒弟习练郭林新气功。她的家住在南昌市郊，为了带领大家学功，她天天乘车前来，无论寒冬酷暑，风雨无阻。我问她，这样会不会很辛苦？她回答说：“不会呀，因为我的生命是赚来的。你看，和我同一天做手术的还有两位姐妹，一位 20 多岁，一位 30 来岁，我当时年龄最大 48 岁。她俩的单位好，家庭条件也比我好。当时我所在的企业改制后，只能拿一点生活费。患病后，她俩的宗旨是尽量吃好玩好，唯独没练郭林新气功。结果她俩都走了，而练郭林新气功的我却活了下来，一活这么多年。我经济条件不好，所以一直靠练郭林新气功，治病花的钱很少。

我很感谢这个群体，它给了我战胜疾病的信念和力量。”

40. 小雷，女，家址广州。1998年三岁时患急性淋巴细胞白血病（L2），化疗三年，花费三十万，孩子备受折磨，其父断然决定离开西医，选用中医治疗，服用山东某医院中药三年后停服所有药，痊愈至今15年。遗憾的是，当我赶到广州时，正逢孩子感冒，她的家人婉言谢绝了我的采访。我从厦门来到广州，就为采访这个孩子，可到了孩子家门口，却未能见到孩子，我的心里真是失落极了！

41. 小罗，女，现年36岁，家址江西某市。完全靠化疗医治的急性淋巴细胞白血病康复者，至今20年。她是1983年患的病，当时她母亲一得知女儿患得是急性淋巴细胞白血病后，便觉得可能孩子没救了，又去要了一个生育指标。结果没想到，儿子生了，女儿竟也奇迹般地好了。现在30年过去了，她早已为人妻，为人母，过得健康幸福。她母亲说，女儿得活命，完全靠上海某医院血液儿科和一位姓顾的好医生。至今，她对他们医院的管理和服务仍赞叹不已。她女儿的治疗很成功，完全是靠打化疗治好的。她的化疗方案是：第一年是三个月打一个疗程，一个疗程五天。第二年开始，一年只打一个疗程五天，连打四年，就OK了。看来，对于孩子高发的急性淋巴细胞白血病，只要选择好化疗方案，把握好化疗时机，大多数孩子都能治愈。

42. 小丁，男，今年33岁，新疆某部武警军官。2006年10月在北京武警医院确诊为急性淋巴细胞白血病。2007年6月8日在某空军医院血液科做了半相合骨髓移植（其59岁的母亲供给干细胞）手术，虽然手术后在移植仓严重感染，九死一生，但最终在医护人员和家人的精心治疗和照料下战胜了疾病，于2008年8月1日回到部队，至今已六年。目前和正常人一样工作，只是体力没过去那么好了。

小丁的移植费用是80万，加上其他费用共100万。他是在网上看到我的文章后主动找到我，要和我谈谈他做骨髓移植的感受，并向我提供了几位同时做半相合移植成功的白血病康复者。

43．胡女士，现年49岁，福建漳州人，2000年确诊为白血病（M5），至今13年。发病后，听朋友说，这个病可以吃安宫牛黄丸，于是就一边在漳州某医院化疗，一边瞒着医生吃安宫牛黄丸（在医药站买比较便宜，一粒100多元，吃了一个月），她的治疗一直很顺利，从未复发。第一年一个月化疗一次，第二年是两个月一次，第三年是四个月一次，愈后不再打化疗。

44．张女士，家址南昌市，今年52岁。她24岁患肠癌，是中晚期。当时孩子才两岁，现在她含辛茹苦养大的女儿已经25岁了。张女士看上去瘦瘦小小，但她非常坚强。她的病先后转移复发了三次，罹患三种癌症，她都顽强地挺了过来。尤其是患病初期，尚未找到病因，她靠输血维持生命，而她的丈夫却在她最需要关爱、照顾的时候向她提出了离婚。好在她的父母用博大的爱心接纳了可怜的母女，并竭尽全力给她治病。张女士说，当时她不知道有郭林新气功，第一次手术后只服了五年中药。2004年癌细胞转移到子宫内膜，医生将子宫和卵巢全部端掉了。

子宫内膜癌，拿掉子宫不就行了，为何连同卵巢都要拿掉呢？我觉得有点奇怪。张女士说，我也不清楚啦，可能医生认为我的身体有“前科”吧。为了生存，拿掉也无所谓。第二次手术后，我吃了半年多化疗药，身体慢慢恢复起来。之后，我听说吃五行蔬菜汤好，就吃了一段时间。没想到2006年又发现了直肠病变。这时，我才知道了郭林新气功，练了好几年，之后病情再也没复发。我问她，如果不靠父母，现在女儿能养活你吗？她说，当然能，我女儿早就说了，妈妈，你不用做工，我来养你。

45．董草原，男，68岁，广东化州人。他的身份特殊，既是民间中医，又是癌症患者。他研究中医治癌40年，曾三次患癌，全被自己发明的中药治愈，他在家乡开中医诊所，专治癌症。南方医科大学有关专家对他的治癌中药进行了科学验证，论文结果是：抗癌效果达35％，剩下的癌细胞正在趋向凋亡，且小白鼠一只没死。民间对他褒贬不一，他曾将对他报道不实的媒体告上法庭，并在一个小镇找出12位被他治愈的各种癌症康复者作证，赢得了官司。

后 记

2009年夏季的一天，我结束在山东、北京、浙江、上海的采访，准备从上海返回厦门。但因为对上海新建的南站一无所知，把北站当成了上海唯一的火车站，到了北站才知道还有个上海南站。尽管我奔命般往南站赶，还是没能赶上回厦门的火车。

那天下着雨，天空阴沉着脸，罩着我无比郁闷的心。直到晚上七点多我才疯赶到上海南站。此时，天已经黑透，我打算在南站后面找个旅馆住上一夜，第二天再重新买票。没想到南站后面空荡荡的，走了很远才见到一家酒店。这是一家四星级酒店，住一晚要四百多元，四百多元啊！当时我提前内退，每月工资只有一千元，怎么可能花四百元去住店呢？然而，此时此刻，从中午一点多到晚上八点，经历了赶车、误站又误车的我，又累又乏，又渴又饿，真的好想有个地方马上能安歇下来，给自己放个假，调整一下疲惫和晦涩的心情。

雨，像着了魔似的越下越大，我的行李和衣裤几乎全部湿透，虽然是夏季，但冷风一阵紧一阵地侵蚀着我身着短袖T恤的身体。

怎么办？我该怎么办？

雨仍在肆虐，丝毫没有减弱的意思。我站在华灯闪烁的大上海，站在四星级酒店的屋檐下，第一次感到六神无主，孤独无助。我想亲人，想儿子，可他们都远在天边，无法帮助我。我突然想到上海嘉定的大舅。对，去嘉定找大舅，这恐怕是唯一的出路了。

嘉定离上海市区约30公里。因为我的行程安排得很紧，采访都是一站紧接一站，大舅家又远，所以，计划中根本没打算去他家。酒店的工作人员告诉我，离这里约一公里处有个公交站，那儿有去嘉定的公交车，不过只能赶最后一班了。我拖着越来越重的行李箱，迈着越来越重的脚步，终于找到了公交站，上了去嘉定的末班车。

晚上11点半，大舅冒着雨把我接回了家。换上舅妈的干衣服，我倒下去就起不来了……我连续烧了两天两夜，全身疼痛、昏昏沉沉地躺了好长时间，才慢慢清醒过来。大舅见我醒来，紧皱的眉头终于开了锁，问我想吃点什么，一个劲张罗着要给我做好吃的，而我却看见大舅家满天满地挂满了我的湿衣服，真是又好笑又辛酸……

这就是我采访之行中最艰辛的一个片段。

采访的确艰辛，许多困难是难以想到的。为了解除癌症康复患者的疑虑，我像克格勃一样，怀揣着录音笔，不得以打着病人亲属的身份小心翼翼地工作，但仍然很不顺利。特别是当你历经千辛万苦地来到了采访对象的城市，找到了已经痊愈的病人或亲属时，本来事先已经联系好了采访的对方却突然反悔，不仅不接受采访，还对你迁怒有加，甚至甩掉你的电话，这时心里不知有多难受……不过，站在对方的角度想想也就能理解了。比如康复的年轻人要找对象，如果让对方知道曾经患过癌症，说不定要吹灯；再比如，痊愈后要找工作的人，如果让工作单位知道此人曾患过重病，就有可能会辞退。活着，的确不容易！我非常感谢那些能接受我采访的康复病人，感谢他们具有宽厚、大度的胸怀，为了把自己治疗成功的经验告诉世人，他们不在乎被别人说“托儿”，不在乎自己受委屈。他们正是我的榜样！

近年来，随着我书中的片段在博客中刊出，找我寻医问病的电话越来越多。其实，我推荐的多名好中医、好专家、好医院，只要在网上百度一下就能查到，可他们为何要找我呢？对于这一点我心知肚明：因为他们是抱着对一位记者、一位作家的信赖才给我打电话的。不管他们是想向我求证事实的真伪，还是向我寻求好的治疗途径和治疗方法，抑或是想向我倾诉“没有早看到我的文章，以至眼睁睁地看着亲人离去却束手无策”的悔恨和悲伤……总之，在这个万象更新而又纷繁杂乱的社会里，他们能信任我这个陌生的“老记”，这就足以令我感动不已！而且，我已经收获了一些病人和病人亲属的感谢了，他们都是通过我在文中提供的方法，使病情得到缓解的。仅凭这一点，就已经超出我当初“只要能救一个人，我所有的艰辛和委屈就没有白费”的预期了。我做到了，真的，这令我倍感欣慰。

但是，有一点我觉得有必要和大家说清楚。世界上没有神医，再好的医生也不可能成功治愈每一个病人。再有，我采访和提到的医德高尚的好中医和西医专家不多，毕竟我一个人精力有限，但我相信各省市都会有德技双馨的好医生的。我花四五年时间来完成这本书，并不是给癌症和白血病病人介绍神医，而是用我所采访的康复多年的癌症病人的事实来为大家提供一些有效的治疗途径。让大家知道，除了医院手术、化疗外，还有多种既经济又不错的治癌良方。至少，可以让癌症病人明白：

“患了癌？别害怕！就像你平时得了感冒一样，咱还有多种方式可以医治。”

这样，首先在精神上就立住了。精神不垮，这一点非常重要，千万不要得了癌就觉得必死无疑。

因此，我真心希望读到这本书的癌症朋友，能振奋精神，找到适合自己的治疗途径，成为一个聪明的病人；也希望读到这本书的健康朋友，能珍惜生命，调理好自己的工作和生活节奏。因为，生命是爱憎分明的，它最懂得知恩图报。人在生命旅途中不可能不生病，生了病，顺应生命的冷热圆缺去灌溉去施药，它就回报你微笑和健康；而违背它的自然规律去拔苗助长，尤其是超出它所承受的范畴，就等于扼住了它的咽喉，它当然会被激怒，但它不会挣扎，只会用死亡惩罚你！

这是天意。

我一直这样认为：记者和作家的职责同样是为人民服务，要有社会责任感，要时刻惦记着百姓的疾苦。当你见到社会不平、人间不平时，就不能漠然视之。否则，就算不上一个合格的记者和作家。这就是我写此书的全部目的和全部意义——

呼唤生命，为拯救生命呐喊，我为自己所肩负的崇高义务而感到光荣和自豪！

感谢为此书提供采访线索的所有人，感谢扶持此书的厦门市委宣传部，感谢信任我的病友和病人亲属们，特别要感谢中国中医药出版社的领导和责任编辑，他们为此书所作的努力和细致的审核工作是一般同行难以做到的！在我曾几度想放弃时，他们不断给我鼓励和信心，才使得此书得以顺利出版。

此外，我并非医生，书中有些表达和描述不一定专业，尤其此书采访、写作、修改断断续续达5年之久，出现一些错误和纰漏在所难免，敬请读者朋友们谅解！

丽　晴

——2013年3月30日初稿

——2013年5月8日二稿

——2013年9月28日三稿改毕于

福建南靖云水谣老墙农家乐

——2014年3月26日定稿于

江西婺源段莘乡官坑村油菜花开时节